南京大學域外漢籍研究所專刊

國家“雙一流”建設學科“南京大學中國語言文學”資助項目

江蘇省 2011 協同創新中心“中國文學與東亞文明”資助項目

南京大學文科卓越研究計劃“十層次”資助項目

教育部人文社科研究基金項目“宋詩典範對日本五山
漢詩的影響研究”(19YJC751002)的最終成果

域外漢籍研究叢書　第四輯

張伯偉　主編

宋詩典範與日本五山漢詩

曹逸梅　著

中華書局

圖書在版編目(CIP)數據

宋詩典範與日本五山漢詩/曹逸梅著. —北京:中華書局, 2023.12

(域外漢籍研究叢書.第四輯)

ISBN 978-7-101-16419-0

Ⅰ.宋… Ⅱ.曹… Ⅲ.①宋詩-詩歌研究②漢詩-詩歌研究-日本 Ⅳ.①I207.227.44②I313.072

中國國家版本館 CIP 數據核字(2023)第 216790 號

書　　名	宋詩典範與日本五山漢詩	
著　　者	曹逸梅	
叢 書 名	域外漢籍研究叢書　第四輯	
責任編輯	吳愛蘭	
責任印製	陳麗娜	
出版發行	中華書局	
	(北京市豐臺區太平橋西里 38 號　100073)	
	http://www.zhbc.com.cn	
	E-mail:zhbc@zhbc.com.cn	
印　　刷	三河市中晟雅豪印務有限公司	
版　　次	2023 年 12 月第 1 版	
	2023 年 12 月第 1 次印刷	
規　　格	開本/920×1250 毫米　1/32	
	印張 11¼　插頁 2　字數 280 千字	
國際書號	ISBN 978-7-101-16419-0	
定　　價	68.00 元	

總　序

張伯偉

　　十六世紀以來，在一些西方的文獻中，往往提到中國人有這樣的自負：他們認爲惟獨自己纔有兩隻眼睛，歐洲人則只有一隻眼睛。這些記載出自英國人和葡萄牙人，而法國的伏爾泰也曾謙遜地認同這種説法：“他們有兩隻眼，而我們只有一隻眼。”用兩隻眼睛觀察事物，是既要看到自己，也要看到他人。是的，作爲中國文化基本價值的“仁”，本來就是著眼於自我和他者，本來就是在“二人”間展開的。不過，當大漢帝國雄峙於東方的時候，儒家“推己及人”的政治理想，即所謂的“仁政”，實際上所成就的却不免是以自我爲中心的天下圖像。政治上的册封、貿易上的朝貢、軍事上的羽翼以及文化上的四敷，透過這樣的過濾網，兩隻眼所看到的除了自己，也不過是自己在他者身上的投影。這與用一隻眼睛去理解事物，除了自己以外看不到他人的存在，又有甚麼本質的區別呢？

　　從十三世紀開始，陸續有歐洲人來到東方，來到中國，並且記録下他們的觀察和印象。於是在歐洲人的心目中，逐漸有了一個不同於自身的他者，也逐漸獲得了第二隻眼睛，用以觀察周邊和遠方。不僅如此，他們還讓中國人擦亮了第二隻眼睛，逐步看到了世界，也漸漸認識了自己。不過，這是在中國人經歷了近代歷史血和淚的淘洗、付出了沉重代價以後的事情。

　　同樣是承認中國人有兩隻眼，但在德國人萊布尼茨看來，他們還缺少歐洲人的"一隻眼",即用以認識非物質存在並建立精密科學的"隻眼"。推而廣之,在美國人、俄羅斯人、阿拉伯人及周邊各地區人的觀察中,形形色色、林林總總的中國,也必然是色彩各異、修短不齊的形象。我們是還缺少"一隻眼",這就是以異域人觀察中國之眼反觀自身的"第三隻眼"。正如一些國外的中國學家,曾把他們觀察中國的目光稱作"異域之眼",而"異域之眼"常常也就是"獨具隻眼"。

　　然而就"異域之眼"對中國的觀察而言,其時間最久、方面最廣、透視最細、價值最高的,當首推我們的近鄰,也就是在中國周邊所形成的漢文化圈地區。其觀察記錄,除了專門以"朝天""燕行""北行"及"入唐""入宋""入明"的記、錄爲題者外,現存於朝鮮/韓國、日本、越南等地的漢籍,展現的便是"異域之眼"中的中華世界。這批域外漢籍對中國文化的每一步發展都作出了呼應,對中國古籍所提出的問題,或照著講,或接著講,或對著講。從公元八世紀以降,構成了一幅不間斷而又多變幻的歷史圖景,涉及制度、法律、經濟、思想、宗教、歷史、教育、文學、藝術、醫藥、民間信仰和習俗等各個方面,系統而且深入。

　　從學術史的角度看,域外漢籍不僅推開了中國學術的新視野,而且代表了中國學術的"新材料",從一個方面使中國學術在觀念上和資源上都面臨古典學的重建問題。重建的目的,無非是爲了更好地認識中國文化,更好地解釋中國和世界的關係,最終更好地推動中國對人類的貢獻。二十世紀中國學術新貌之獲得,有賴於當時的新材料和新觀念,用陳寅恪先生的著名概括,即"一曰取地下之實物與紙上之遺文互相釋證","二曰取異族之故書與吾國之舊籍互相補正","三曰取外來之觀念與固有之材料互相參證"。域外漢籍可大致歸入"異族之故書"的範圍,但其在今日的價值和意義,已不止是中國典籍的域外延伸,也不限於"吾國之舊籍"的補充增益。它是漢文化之林的獨特品種,是作爲中國文化對話者、比較者和批判者的"異域之眼"。所以,域外漢籍既是古典學重建過程中不可或缺的材料,其本身也應成爲古典學研究的對象。正是本著這一構想,我們編纂了"域外漢籍研究叢書"。其宗旨一如《域外漢籍研究集刊》:推崇嚴謹樸實,力黜虛誕浮華;嚮往學思並進,鄙棄事理相絶;主張多方取徑,避免固執偏狹。總之,我們期待著從"新材料"出發,在不同方面和層面上對漢文化整體的意義作出"新發明"。

　　"樂意相關禽對語,生香不斷樹交花。"宋儒曾把這兩句詩看作"浩然之氣"的形容;"山川異域,風月同天;寄諸佛子,共結來緣。"唐代鑒真和尚曾因這四句偈而東渡弘法。我願引以爲域外漢籍研究前景和意義的寫照:它是四方仁者的"同天",是穿越了種種分際的交匯,是智慧的"結緣"和"對語",因此,它也必然是"生香不斷"的光明事業。

　　是爲序。

目　録

下編　五山詩風與詩法

緒論　視角選擇與研究理路

　　本書從典範角度切入，研究日本五山禪林詩歌吸納宋代詩學觀念和詩歌創作經驗而形成自己面目的過程。日本古代的漢文學創作傳統，就其發展而言，一般分爲王朝文學、五山文學、江戶文學三個階段①。本書以日本中世時期由禪宗僧侶所創造的"五山文學"中的漢詩爲主要研究對象。書題中所謂"宋詩典範"，包括兩層

---

① 關於"五山文學"這一術語的成立過程與所指分歧，俞慰慈在其《五山文學の研究》中有詳細的論述，可參看此書第三篇第一章《「五山文學」研究史の諸問題に關する考察》（俞慰慈《五山文學の研究》，汲古書院，2004 年，第239—246 頁）。要之，這一概念最早由北村澤吉提出（1899 年），此後經歷了上村觀光、豬口篤志、玉村竹二等學者對其內涵與外延的論證，認爲"五山文學"是指日本中世時期由禪宗僧侶所創造的漢詩文、日記、著作等一切漢字文學樣式的總和，與"王朝漢文學""江戶漢文學"並列，是指日本漢文學史上的一個歷史階段。對此概念有異見的學者有芳賀幸四郎與安良岡康，他們認爲，"五山十刹"作爲一種官寺制度，遲至室町時代才完全確立，而禪林文學的勃興從鎌倉末期已然開始，同時，整個中世時期活躍的漢文學創作者，並非全部是"五山"官寺住院僧侶，亦包括一些未曾在官寺出世的林下派禪僧，因此主張將日本漢文學史上的主要由僧侶所創作的文學階段稱爲"中世禪林文學"。不過，現在學者一般認爲，五山官寺寺院的排名雖然至室町時代才最終確定，但鎌倉時代顯然已經開始了這一制度的移入；且作爲中世禪宗社會的核心，"五山禪林"指代的是中世由五山寺廟所主導的整個中世禪林，而非僅指"京都五山""鎌倉五山"數所寺院，因此，以"五山文學"指代整個中世禪林漢文學，是完全合理的。基於此，本書在行文中，使用"五山文學"這一術語，作爲日本中世漢文學的總稱。

含義:其一指"宋代詩歌創作的典範",即詩歌觀念與創作實踐體現
著並最終造成了典型宋詩特色的詩人,以蘇軾、黄庭堅爲代表。其
二指"宋代詩學的典範",即相繼被宋人取爲典範、對宋調特色的形
成産生深刻影響的前輩詩人,如韓愈、杜甫、陶淵明等。全書在具
體研究中,主要圍繞蘇軾、黄庭堅、杜甫三位詩人展開。在這裹就
本書視角選擇與研究理路的若干問題稍作交代,以爲開場。

一、研究視角

1.典範視角的選擇

　　江村綬在《日本詩史》中説:"夫詩,漢土聲音也。我邦人不學
詩則已,苟學之也,不能不承順漢土也。"①作爲東亞漢字文化圈的
成員,日本漢詩在其發展過程中,通過不斷取法中國詩歌而實現新
變,因此,以經典作品和作者作爲典範、强調典範學習的觀念一直
存在,例如平安前期,貴族階層普遍推崇、學習《文選》,平安中期
時,白居易詩成爲競相模仿的典範,其間典範的變化,既是一時文
學風氣之體現,也推動著日本漢詩的演變。

　　降及鐮倉(1192—1333)、室町(1334—1602)時代——即日本
史通常所言的中世時期,日本僧人榮西、道元先後入宋求法,禪宗
隨之傳入日本,成爲日本中世新宗教運動中耀眼的一支。禪宗相
繼受到鐮倉幕府北條氏、室町幕府足利氏的支持,迅速發展,日本
禪林同時移入南宋的官刹制度,設立"五山十刹"②。日宋、日元間

---

①江村綬《日本詩史》卷四,收入清水茂、揖斐高、大谷雅夫校注《日本詩史　五
　山堂詩話》(合刊附影印本),岩波書店,1991年,第508頁。
②關於宋代及日本"五山十刹"的設立與變遷,石井修道、玉村竹二等學者皆有
　詳細的考證與論述。有關南宋"五山十刹"制度可参:鷲尾順敬《五山十刹の
　起源沿革》,收入氏著《日本禪宗史の研究》,教典出版社,1945年;石井修道
　《中國の五山十刹制度の基礎的研究》,刊《駒澤大學佛教學部論(轉下頁注)

人員往來日益頻繁,宋元文化的新鮮空氣隨之吹拂日域,取代了早已趨於衰敗的王朝文化,漢詩創作的權柄遂移至禪宗僧侶之手:

> 蓋古昔文學,盛于弘仁、天曆,陵夷于延久、寬治,泯滅於保元、平治,於是世所謂五山禪林之文學代興,亦氣運盛衰之大限也。北條氏霸於關東也,其族尚禪學,創大刹那於鐮倉,今建長寺之屬是也。流風所煽,延覃上國,京師五山,相尋營構。五山之詩,佳篇不尠。中世稱叢林傑出者,往往航海西遊,自宋季至明中葉,相尋不絕。參學之暇,從事藝苑,師承各異,體裁亦歧。①

這段文字值得注意之處有二:首先,描寫了日本鐮倉、室町時期漢詩文運轉移之實態。有關此點,五山禪僧亦曾自言:"本朝和歌之道,盛行於世,士大夫賦詩者,幾乎絕矣。獨吾徒研辭造句,唯以爲務,世亦以詩學專門命焉。風俗異習如斯。"②指出到鐮、室時期,作爲從前漢詩創作主體的公卿(士大夫)已少作漢詩,而接受宋元新文化的禪僧則取而代之。其次,指出了鐮、室時期,五山禪林全面接受宋元文化影響的事實。文中提到中日頻繁的交流發生於"宋季至明中葉",這一段時期,於中國社會而言,也正在全面總結、消化、發揚著兩宋所創造的偉大文化成果,日本禪林直接而迅速地接受這一風氣。所以,五山禪僧從事文藝,雖"師承各異",但其所推崇與學習的典範基本不出宋元文化之範圍。這一段上承平安、下啓江户、主要由禪僧所創作的漢文學,即日本漢文學史上所謂的"五山文學"。

(接上頁注)集》第 13—16 號,1982—1985 年。有關日本"五山十刹"制度的沿革,可參今枝愛真《中世禪林の官寺機構——五山·十刹·諸山の展開》,收入氏著《中世禪宗史の研究》,東京大學出版會,2001 年。
① 江村綬《日本詩史》卷二,第 486 頁。
② 惟肖得嚴《元日立春唱和詩序》,《東海瓊華集》卷三,收入玉村竹二編《五山文學新集》第二卷,東京大學出版社,1962 年,第 798—799 頁。

　　在整個以五山禪僧爲主體的漢文學創作階段,對集體選擇的
創作範式的模擬與學習,依舊是日本漢文學發展的動力。五山禪
僧選擇詩歌創作範式受到宋代詩壇的影響,他們既選擇宋人爲典
範,也以宋人推崇的典範爲典範。他們所崇仰的詩歌典範多爲宋
元文壇所公認和推崇的文學巨擘,如蘇軾、黄庭堅、歐陽修、陸游、
梅堯臣,以及宋人曾奉爲典範的杜甫、韓愈等詩人。對新的詩歌典
範的選擇與學習,引導著禪僧們的詩歌創作,也造成了新的文學風
氣,五山禪僧已自覺地認識到了這一點。在南北朝時期,中巖圓月
(1300—1375)爲義堂周信《空華集》作序(延文四年,1359),便指出
其詩歌創作深受杜甫、蘇軾二人影響,稱其“最於老杜、老坡二集,
讀之稔焉,而醞釀於胸中既久矣”[1]。室町前期已有禪僧在詩文唱
和的序言中指出當時叢林耽於蘇、黄的現象:

　　　　予者素不業詩,况乎眛於當世學者所耽習之蘇、黄之詩
　　矣,今之編詩者,若非自二氏之詩所出者,例而不置之於
　　編伍。[2]

直至室町後期,禪僧彦龍周興(1458—1491)在稱道友人梅雲乘意
書簡時也説:“造次於雪月,顛沛於風花,故隻言片字,言則一洗蔬
笋,孰不敢艷哉。予頃者借其行卷二三策,皆友社交接之間,擬小
坡之艷簡,準黄太史之艷詞,以相戲者也。”提到當時叢林書簡學習
蘇過、黄庭堅的現象;同時又論詩説:“蘇二新兼黄九奇,談之偶慰
暮年移。”[3]由此可見,整個五山禪林,平時不但詩學蘇、黄、杜,文學
藝術的各個方面受其沾溉者皆甚多。因此,這樣的言論在五山禪

────────

[1] 中巖圓月《空華集序》,見《空華集》卷首,收入上村觀光編《五山文學全集》第
　　2册,思文閣,1992年,第1329頁。
[2] 在庵普在弟子僧某《奉答通玄知藏見示古詩三十韻并序》,《雲巢集》,收入
　　《五山文學新集》第四卷,東京大學出版社,1970年,第822頁。
[3] 以上兩條均見彦龍周興《半陶文集》卷二,收入《五山文學新集》第四卷,第
　　951頁。

林文獻中屢見不鮮。此外，在各種字説中，日僧通過取名立字來表達對先達的尊崇時，類似於"來蘇"（蘇軾）、"希洵"（蘇洵）、"景筠"（惠洪）、"江西龍派"（江西派）的字、號比比皆是，其來源也多是宋人，亦説明他們在典範選擇方面的傾向與趨好。數百年後，江户時代詩人伊藤東涯（1670—1736）回顧日本漢詩之發展時説：

> 本朝延天以還，薦紳言詩者多模白傳，户誦人習，尸而祝之。降及建元之後，叢林之徒，兄玉堂而弟豫章，治之殆如治經，解注之繁，幾充棟宇。今也承平百年，文運丕闐，杜詩始盛於世也。①

整段話簡要地概括了日本漢詩變遷的歷史，提到其間詩歌典範由白居易到蘇軾、黃庭堅，再到杜甫的轉變過程，雖然關於杜甫至江户時代才受到關注的看法，並不符合實際情況，但他拈出日本漢詩對中國詩歌的學習與模擬，是圍繞著若干文學典範而展開的，却深中日本漢詩演變之的，也體現了日本人以"典範視角"觀察詩歌演變的自覺。正是基於這一思路，本書選擇從典範的角度切入，研究日本五山漢詩。根據這一思路，我希望究明在五山禪林的時空裏，禪僧們選擇哪些詩人爲典範、哪些作品影響著五山漢詩的發展進程，同時也討論五山詩歌在不同時段的具體表現與特色。

　　同時，以典範爲中心研究日本五山漢詩與宋詩的關係，其意義並不止於了解日本五山時期的漢詩面貌。從整個東亞漢字文化圈來看，在此段時空内，五山禪僧的詩學典範，也曾是整個東亞漢文化圈共有的典範。文學的傳播過程絶非被動接受與單方面的影響，經典在旅行過程中也會産生變異，必然受到其在地的社會環境與文化基礎的制約，這些典範在宋元時代"遠渡"東瀛，來到與宋元相異的社會環境中，經歷了怎樣被詮釋、接受與形塑的過程呢？通

---

① 伊藤東涯《杜律詩話序》，收入長澤規矩也編《和刻本漢籍隨筆集》，汲古書院，1977年，第19輯，第343頁。

過對五山禪僧筆下文學典範形象的觀察，並與中國文學中的同一典範形象進行對比，可以發現，五山禪僧與國人所認知到、想象出的典範形象既有共相，也不免出現差異。通過對這種變異進行分析，揭示在東亞漢文化共相的内部，日本文化與中國文化的差異，也是本書應當關注的一個饒有興味的問題。

2. 典範的選擇

五山禪僧成熟的典範意識指導著他們的創作，共同選擇的典範則造成了五山詩歌的"宋調"面貌。從五山詩歌真實的創作面貌與五山禪僧的相關敘述出發，本書以對五山詩歌創作影響最大的三位典範爲論述的中心，他們分别是蘇軾、黄庭堅、杜甫。

本書選擇典範的依據，主要基於以下幾個判斷標準：文集、著作刊刻和流行的程度，在禪僧作品中的被推崇的程度與頻度；相關圖贊的流傳度；作品抄物的數量。根據這些條件，蘇軾、黄庭堅、杜甫無疑是在五山禪林接受度最廣、影響最大的三位典範。下面對本書所選典範在日本受容的基本情況進行簡要敘述。

（1）蘇軾

作爲宋代文化巨擘，蘇軾聲名爲日本人所知，在其去世後約半個世紀。現存日本文獻中關於蘇軾最早的記載，出現在平安時代末期藤原賴長《台記》摘抄本《宇槐記抄》中，仁平元年（1151）九月二十四日條記載前一年（1150）宋商劉文冲將《東坡先生指掌圖》等二帖贈予藤原。所記書籍雖屬假託，但東坡之名已爲日人所知，却是事實。此後西渡求法的道元（1200—1253）在其禪宗著作《正法眼藏》中提到了蘇軾的"溪聲山色"之詩；而幾乎同時，橘季成在《古今著聞集》中記下類似"元輕白俗"的言論，對平安時代備受推崇的白詩發出了不同的聲音，也可見到蘇軾的影響[①]。蘇軾早期受容情況的這兩個細節，提示了進入鎌倉時期後，日本漢文學兩個值得注

[①] 參見早川光三郎《蘇東坡と国文學》，《斯文》1954 年第 10 號。

意的地方：宗教因素的滲入，風氣轉變的開始。在五山前期，禪僧
虎關師鍊、中巖圓月、義堂周信詩文中已對蘇軾進行過若干評論。
蘇軾詩文集，在鎌倉末期南北朝時代（1333—1394）在日本刊刻，目
前日本國立國會圖書館藏有《東坡先生詩》（王狀元諸家注分類本）
就是南北朝時期的刻本。與此同時，講解蘇詩之風氣也興盛起來，
至室町中期臻於極盛。僅目前所知的東坡抄物，就有惟肖得巖的
《東坡詩抄》、大岳周崇《翰苑遺芳》、嚴中周噩《東坡詩抄》、江西龍
派的《天馬玉津沫》、笻室周馥的《翰林殘稿》、瑞溪周鳳的《脞説》、
桃源瑞仙講、一韓智翃抄的《蕉雨餘滴》、萬里集九的《天下白》、笑
雲清三的《四河入海》，其中《四河入海》之跋云：

> 　　此抄者，集北禪和尚《脞説》、慧林和尚《翰苑遺芳》、一韓
> 和尚《聽書》、萬里居士《天下白》，以題句下，故名曰《四河入
> 海》也。一翁之聽書者，竹處和尚之口訣也。愚又受一翁之口
> 訣也。翁一日告愚曰："集以大成則可矣。"愚之抄之起本者，
> 蓋翁遺意也。①

可見《四河入海》是此前四僧抄物的一個集注本，同時也可見五山
禪林蘇詩講義代代傳承的具體情形。五山時期禪僧對蘇軾的崇
仰，還可以此時東坡圖畫的流傳來驗證。僅僅以江户前期後陽成
天皇敕編的五山禪僧詩歌選集《翰林五鳳集》爲樣本，其中"支那人
名部"，相關題詠東坡圖繪的詩作就有 101 首，而全書中以東坡爲
題材的題詠則近於三百首之數。在所有的中國詩人中，莫有過此
者。除了別集、抄物與圖繪外，在五山禪僧以及室町時期公家社
會的大量日記中，都可以看到時人討論東坡的記載，自禪僧義堂
周信《空華日用工夫略集》，到公卿三條西實隆《實隆公記》，記載
禪僧講解蘇軾的條目，一一不能備述，要之，可見五山禪林對蘇詩

---

① 笑雲清三《四河入海跋》，笑雲清三編《四河入海》卷二十五，該書影印本收入
　《續抄物資料集成》，清文堂，1980 年，第 738 頁。

的熱衷。

(2)黄庭堅

　　五山禪僧常常將蘇軾和黄庭堅比作日常生活中不可或缺的味噌和醬油，可見他們在當時受歡迎的程度。黄庭堅受到五山禪僧熱烈的追逐與尊崇，其詩文、書法在中世日本社會廣爲流傳，因此，山谷與蘇軾一樣，是由五山禪僧選擇的、對日本漢文學產生深遠影響的文學典範。芳賀幸四郎推斷黄詩流行日本叢林的時間，認爲黄詩在五山禪林的傳播肇端於室町中期，流行於應仁之亂前後①。從目前所見資料來看，這一結論顯得稍微保守。雖然沒有目錄顯示黄庭堅詩文集何時傳入日本，但萬里集九《帳中香》引用山谷舊鈔時，數次提到"鐮倉鈔"②，則至少可以肯定，鐮倉末期黄詩已開始傳播。南北朝時期，有兩種黄庭堅詩集的五山刻本，可見此時黄詩已十分流行了。大規模的黄詩注釋和講義開始的時間，也應當在室町中期左右。現藏於米澤市立圖書館的一部室町後期《山谷詩集注》中，出現了惟肖得巖、瑞岩龍惺、江西龍派、瑞溪周鳳、希世靈彦、横川景三、蘭坡景茝、天隱龍澤、正宗龍統、桂林德昌、祖溪德濬、萬里集九、月舟壽桂13位禪僧注釋黄詩的文字，其年代始自室町前期應永年間(1394—1427)，直至室町末期，流衍不絕。至於目前可見的黄詩抄物，其數量亦頗爲可觀。計有萬里集九《帳中香》，月舟壽桂講、一韓智翃抄《山谷詩集抄》，彭叔守仙《山谷詩集注》，此外還有多種和文假名抄，以及山谷詩《演雅》的專門抄物，同樣可見黄庭堅在五山禪林所產生的影響。

----

①芳賀幸四郎《中世禪林の学問および文学に関する研究》，日本學術振興會，
　1956年，第288頁。
②如《帳中香》卷六上："舊鈔云呼兒烹鼎，鐮倉鈔太半如是，近代諸老不取此說
　也。"關於《帳中香》中提及鐮倉抄的現象，張淘也曾予揭示，參《萬里集九〈帳
　中香〉引書之文獻價值》，載《域外漢籍研究集刊》第7輯，中華書局，2011年，
　第150頁。

　　(3)杜甫

　　杜甫作爲唐代最偉大的詩人之一,在宋代被推尊爲經典,宋人選擇杜甫爲典範的過程與"宋調"的形成過程相始終[1]。杜詩傳入日本,相較蘇、黄更早,最晚在日僧圓仁入唐請益之時[2],不過日本社會逐漸興起吟誦、研究、學習杜詩的風氣,杜詩受到廣泛關注,得到高度評價,則在鎌倉末期之後。日本中世禪林對杜甫的推尊,最直接原因在於他在宋代擁有至高的典範地位,蘇軾、黄庭堅對他推崇備至,正是由於這一機緣,杜甫受到日本五山禪林的矚目。不過,被選擇爲典範之過程的曲折,並不减弱他對五山禪林詩歌創作的影響。從五山文學受杜詩沾溉與禪僧受杜甫人格、風度感染的程度來看,杜甫完全堪稱五山禪林文學的典範。日本禪林同樣在南北朝時期已經刊刻杜集,此時傳入日本的杜集計有千家注、分類注、草堂詩箋等各種不同的注本,甚至因爲閲讀杜集選擇注本的不同,形成了不同的杜詩閲讀"流派"。抄物方面,最早的杜詩抄物產生於室町前期,爲心華元棣之《心華臆斷》,此後,又有江西龍派《杜詩續翠抄》。在圖畫流傳方面,杜甫也是五山禪林圖畫和題畫詩中最爲常見的主角。在《翰林五鳳集》中,"支那人名部"關於杜甫的部分,題畫詩共有十五題四十首,另外還有五種杜甫圖題畫詩散見於其他各部;《翰林五鳳集》後附選五山以外禪僧詩歌的《山林風月集》,其"圖畫部"尚有杜甫圖題畫詩三種共六首,可見當時以杜甫爲題材的圖畫創作之流行。同樣,自義堂周信起,日記中所記載的關於杜詩的討論隨處可見,杜甫對於五山詩歌的影響必然是實際存在的事實。因此,考慮到杜甫影響五山文學的確切事實與過程,我認爲杜甫是堪與蘇、黄並列的、對五山漢詩產生重要影響的"宋

---

①參李貴《中唐至北宋的典範選擇與詩歌因革》第四章《杜甫與中唐——北宋詩的大變局》,復旦大學出版社,2012 年,第 200—250 頁。

②靜永健《近世日本〈杜甫詩集〉閲讀史考》;張伯偉《典範之形成:東亞文學中的杜詩》,《中國社會科學》2012 年第 9 期。

詩典範"。

以上,簡單地叙述了本書選擇典範的理由與原則。關於這三位詩人在日本漢文學中的影響和他們在日本禪林的接受情況,目前的研究多寡不一,這一點我會在相關章節中一一論及,此處則從略。

二、研究理念及方法

本書在具體研究中,以日本現存的蘇軾、黄庭堅、杜甫詩集刻本、抄物、圖像資料、五山禪林的詩歌選本和五山禪僧的漢文著述爲研究對象,試圖探究這三位詩人的詩歌創作和詩學思想在五山禪林的傳播、接受和變異情況,一窺宋代詩歌典範的影響從士大夫社會轉移到宋元禪林、進而輻射日本五山禪林的動態過程。

雖然研究的對象涉及中國與日本兩個不同國家的文學創作,但實際上,本書所處理的文獻與材料,主要以漢字寫成,作者皆處身於東亞漢字文化圈內部,因此,本書在基本理念上,首先希望突破以往將日本五山漢詩視爲宋元文學支流或附庸的觀念,而希望以三位典範的詩歌文本爲原點,將其典範地位確立、轉移過程中所產生的文獻與文本視爲一個整體,平等地加以分析。

基於這樣的理念,從研究方法上來說,本書並非是關於宋詩典範對日本五山漢詩的"影響研究"。蓋因"影響研究"在具體的實踐中,更注重的是"接受者如何在自覺或非自覺的狀況下,將自身的精神產品認同於、歸屬於發送者的系統之中"①,如果持典範的"影響研究"眼光,容易陷入將典範與接受者之間進行簡單的靜態比較,只從題材、內容等似是而非的層面關注其同的誤區。但實際上,五山禪僧對典範詩人的效法或乖離,並非僅僅停留在這樣的層

① 張伯偉《從新材料、新問題到新方法——域外漢籍研究的回顧與前瞻》,《古代文學前沿與評論》2018 年第 1 輯。

面,細微具體如詩法技巧、修辭用語、文化意象,宏觀抽象如對詩歌本質與功能的思考、個人身份與情感的認同等各方面,五山漢詩與宋詩之間存在著許多似同而異、似異而同之處,要揭示和清理這些複雜現象,用"影響"的目光來看顯然是不够的,而必須珍視和呈現典範傳播過程中無窮的細節和無盡的可能性,重視接受者擇汰與闡釋的能動性。相比於在"影響"視野下呈現其同,本書對分析典範轉移過程中複雜的同中之異與異中之同以及不斷萌生的新現象更感興趣,我認爲這一複雜的傳播過程,屬於宋詩發展的另一種可能性,通過分析它們,將之還原到宋詩的軌迹之中,不但有利於我們更清楚地認識五山禪林詩歌與宋元詩歌的關係,也能豐富對於宋代詩學和典範詩人的認識。

特別指出的是,爲了充分重視接受者的能動性,在對宋詩典範轉移到五山禪林的動態過程的研究中,本書會特別重視四個因素的影響:

其一是時間。關於日本漢詩學習中國詩歌的"時差"問題,江村綬有一段著名的"二百年"論:

> 我邦與漢土相距萬里,劃以大海。是以氣運每衰於彼,而後盛於此者,亦勢所不免。其後於彼,大抵二百年。胡知其然?《懷風》《凌雲》二集,所收五言四韻,世以爲律詩,非也。其詩對偶雖備,聲律未諧,是古詩漸變爲近體,齊、梁、陳、隋漸多其作,我邦承其氣運者。稽其年代,文武天皇大寶元年,爲唐中宗嗣聖十四年,上距梁武帝天監元年,凡二百年。弘仁、天長,仿佛初唐。天曆、應和,崇尚元、白,並黽勉乎百年之後。五山詩學之盛,當明中世。在彼則李、何、王、李唱復古於前後,在此則南宋北元傳播於一時,其距宋元之際,亦二百年矣。我元禄距明嘉靖亦復二百年,則七子詩當行於我邦,氣運已符。①

①江村綬《日本詩史》卷四,第508頁。

中國詩壇風氣熏染日本,有約兩百年的時間差。具體到五山禪林,禪僧們頻繁、密切地直接接觸到中國文壇風氣,實際上是晚宋及整個元代;而五山禪林詩歌創作空氣真正隆盛,則相當於宋末至明代中期。認識到這一時間差的存在,則在討論蘇、黄、杜的典範影響時,必須充分考慮到五山禪林所接受到的典範和相關文本,已經過了數百年的傳承與闡釋,五山禪僧在對典範進行學習、模仿、吸收、闡釋的過程中,必然受到當時中國文壇風氣潛移默化的影響。

其二則是宗教。禪僧是五山詩歌的創作主體,無論其受到宋元士大夫文化多大的影響,世俗化如何嚴重,其宗教的身份與立場永遠起到制約作用,影響著典範選擇和學習的過程,這是應當充分承認的前提。同時,日本移植的是晚宋時期已經充分發達的南宋禪宗,在五山文學發達的過程中,晚宋直至明初的中國禪林文化,源源不斷地釋放著自己的影響。也就是説,本書在研究典範傳播的過程中,除了中國宋元文壇風氣的影響外,必須考慮到宋元禪林的流行風氣以及日本禪宗制度對五山禪僧文學創作的規範和制約。

其三是空間。這裏的空間即不同的社會文化脉絡。雖然,在東亞漢字文化圈的整體區域中,日本與中國在文化、政治、制度方面存在著許多的共相,但所謂的"共相"的產生,正是因爲有"差異"存在與襯托。把握到"空間"與"距離"造成的差異,則能盡可能地爲典範傳播過程中的"橘逾淮爲枳"現象提供較爲合理的解釋,而並非簡單地將典範旅行過程中所產生的變異看成一種誤讀或扭曲。

其四則是日本漢文學的傳統。一般認爲,五山詩歌作爲直接移植自中國宋元的日本漢詩發展階段,它與此前的王朝文學是没有繼承關係的,是前一個漢文學傳統斷裂後,橫空嫁接進來的另一種漢詩類型。不過,就實際情況來説,王朝時代的漸趨没落的貴族漢文化傳統,在中世强勁的新興文化空氣中,雖然没有影響力,但公家的學術傳承亦不絕如縷,同時也在漸漸地吸收著新學的因素。而五山禪僧並非遁迹於寺院的隱者,而常常活動於公家與武家之間，五山時期禪僧與公家的交往，是五山禪林詩歌史中不可忽略的事實。何況，五山禪僧本身出身於公卿、豪族之家者不少，他們是否在詩歌創作中隱約地顯現出前代漢詩的某些傳統因素？這是值得本書探索的問題。這樣的觀察並非沒有意義，例如，在平安時代曾經擔任著日本漢詩發展與規範使命的句題詩傳統中，直至五山時期，取"叶時宜句"的標準一直存在，這種傳統與五山禪林詩會唱和場合選題切景、切時的當座性有怎樣的聯繫？又如何影響到禪僧對典範詩人的闡釋與形塑？因此，在本書的寫作中，我也將會最大限度地探究五山禪林漢詩與公家文化的關係。必須提到的是，這似乎是近來日本中世漢文學研究獲得新突破的一個重要因素。在前期的五山文學研究中，研究者主要進行兩類工作：一則是大量基礎文獻的整理與蒐集，一則以歷史的宗教的眼光對五山文學史作整體的觀察和研究，這些學者主要是禪宗史領域的學者。而日本國文學研究者的加入，爲五山文學的研究提供了新的視角。他們天然的和文學知識背景，讓他們在觀察五山文學的過程中不僅僅將其作爲禪林的獨立的文學現象，而將之與同時期的和文學統合觀察，從而注意到了五山漢文學與當時和文學交涉的許多現象[①]。正是受到這些研究的啓發，本書也將禪僧與公家文學的交互影響，以及漢詩典範由禪林向整個社會普及的過程，作爲研究的一個視點。

[①] 這類研究主要有朝倉尚禪林文學研究的三種：《禪林の文学：中国文学受容の諸相》，清文堂，1985 年；《抄物の世界と禪林の文学》，清文堂，1996 年；《禪林の文学——詩会とその周辺》，清文堂，2004 年。堀川貴司三種《瀟湘八景——詩歌とに見る日本化の樣相》，臨川書店，2002 年；《詩のかたち・詩のこころ——日本中世漢文学研究》；若草書房，2006 年；《五山文学研究——研究て論考》，笠間書院，2011 年；小野泰央《中世漢文学の形象》，勉誠出版社，2011 年。這些論著中使用了不少中世時期出自公家傳統的漢文資料，也論及了和漢詩會等禪林與公家交往的現象。

序章　五山禪林文字禪思想的演進軌迹與創作實踐

　　晚唐五代開始至北宋，禪宗從標榜"不立文字"，而漸成"不離文字"，乃至大興文字，隨著禪僧文化水平的提高，語録、燈録、公案拈頌評唱等宗門著述之外，造論、撰史、作詩亦成爲許多禪僧不約而同的選擇。宋代這一以文字語言爲媒介、爲手段、爲對象的參禪學佛活動及因此勃興的文化風潮，後世研究者稱之爲文字禪風潮。"文字禪"一語，首見於黄庭堅詩，而經過北宋臨濟宗禪僧惠洪有意識的發揚、論證與實踐，其内涵與用法遂漸趨固定①。

　　禪宗傳入日本之始，從時間上來説，正好承接文字禪思想經過惠洪論證與實踐，禪僧著述活動更爲繁盛與豐富的南宋。整個日本中世時期，禪林著述、講學、詩會等文化活動極其活躍，留下了卷帙浩繁的文字。這些文字不但包括内典的語録偈頌、僧史僧傳、經論注疏、禪宗綱要、筆記日録，也包括世俗的詩文辭賦、史傳雜叢、

---

① 關於"文字禪"之定義，從二十世紀九十年代開始，陸續有學者進行界定，其中以周裕鍇之定義更爲合理科學。他聯繫宋人的闡釋和宋代禪宗實際情况將之分爲廣義和狹義二説。廣義"泛指一切以文字爲媒介、爲手段或爲對象的參禪學佛活動，其内涵大約包括四大類：1. 佛經文字的疏解；2. 燈録語録的編纂。3. 頌古拈古的製作。4. 世俗詩文的吟誦"。狹義則指"一切禪僧所作的忘情或未忘情的詩歌以及士大夫所作的含帶佛理禪機的詩歌"。本書對宋代文字禪的論述，即採用此説。參見《"文字禪"發微：用例、定義與範疇》，收入《文字禪與宋代詩學》，高等教育出版社，1998年，第31—42頁。

詩話文論、類書目録，甚至還有諸多詩軸畫贊以藝術品的形式流傳至今。尤其令人驚歎的是，五山詩僧留下的詩文别集，在數量上遠多於大陸叢林，更爲徹底地表現了"以文字爲禪"的風氣。故從一定意義上來説，可以將五山禪林以文字爲媒介、爲對象、爲手段、爲目的的參禪學佛活動，視爲宋代文字禪在日域的流衍。

但强調語言的局限性，是禪宗的根本立場，"以文字爲禪"的風氣也不是禪宗傳入之初就興盛起來，而是隨著日本禪僧對禪與文字之關係的不斷更新認識而發展。以日僧對這一關係的闡述爲線索，可以發現文字禪思想在彼方經過怎樣的受容，與當時的禪林著述、創作的風氣怎樣互爲表裏，相輔而行，最終促成禪林文學創作風氣的大盛；同時，還能觀察到日僧對文字禪思想的闡述與中國禪林的差異，以及形成這種差異的機緣，從而能更好地把握何以日本五山文學走出了禪宗文學的局限，而具有世俗文學的氣質。本章將從這個角度考察日本中世禪林文字禪思想的展開與實踐，同時檢視五山禪林如何認識作爲文字禪典範的惠洪。

第一節　五山禪林前期
關於文字與禪道的討論

一、五山文學的起點：排斥文字的場合

禪宗之東傳日本，濫觴於覺阿、能忍等入宋僧；然而真正在日域引起關注，則在榮西兩度入宋求法後；及其產生較廣泛深刻的影響，發展成爲日本佛教宗派之獨立的一支，當在以圓爾辨圓（1202—1280）和蘭溪道隆（1213—1278）爲代表的入宋僧、赴日僧

展開頻繁交流時。故論述五山文學，多以此爲起點。

從圓悟克勤《碧巖録》到大慧宗杲看話禪，臨濟宗一直處於宋代文字禪風潮的中心位置，著述之風大興，詩僧輩出，南宋咸淳間至宋末元初，禪宗的主流即是圓悟克勤法嗣大慧宗杲和虎丘紹隆的兩支法系。禪宗著述除北宋已發達的語録、公案闡釋、燈史等種類外，筆始於惠洪的宗門僧史著作，仿效者不乏其人，如慶老《補禪林僧寶傳》、祖琇《僧寶正續傳》；同樣創體於惠洪的宗門筆記《林間録》，則有曉瑩《羅湖野録》、《雲卧紀譚》、道融《叢林盛事》、圓悟《枯崖漫録》等仿其體例。而外集尤其是詩歌方面，南宋有別集見於著録之詩僧二十餘人，大量僧詩總集也在此時編集，如《聖宋高僧詩選》《中興禪林風月集》《江湖風月集》等。總之，文字禪氛圍較之北宋愈加濃厚。

日本禪宗直接受容了南宋臨濟宗以文字爲參禪手段的宗風和大量的文字著述，撰述之風伴隨著宋日禪僧交流以及大量書籍，包括外集傳入而興盛，單看此時傳入的各種書籍，就不難想象日本禪林的習文氛圍。不過，蔭木英雄論五山詩史，却將此期的先行者圓爾辨圓、蘭溪道隆等人排除在外，並稱其"强烈地否定文學"①。若檢索諸師語録，在論及文字與禪的關係時，確實有不少否定文字的論述，如蘭溪遺誡中規定"參禪學道者，非四六文章，宜參活祖意"②，又曾説：

> 予或時巡寮密察，多是安筆硯於蓆上，執舊卷於手中，機緣公案裏，纔有風月之句，便抄入私册中，以爲自己受用之物。恰似老鼠偷川附子在穴内相似，肚飢之時，欲喫又喫不得，只在傍看守，既無可奈何了，忽然硬喫一口，反失姓名，諸仁自己

①蔭木英雄《五山詩史の研究》，笠間書院，1967 年，第 11 頁。
②圓顯等編《大覺禪師語録》，收入《大日本佛教全書》，東京佛書刊行會，1914年，第 95 册，第 112 頁。

不明，看人語録并四六文章，非但障道，令人一生空過。①

這段語録强調自證自悟，批判當時禪僧"只管用心，貪讀古人文字，礙正見知，障伊道業"。同時之圓爾辨圓、兀庵普寧也有相似言論。諸師皆是臨濟宗虎丘派法嗣，直承南宋禪林著述和創作風靡的潮流，何以會否定文字？

從禪宗的宗教立場來説，"道本無言"，真如離語言相，離名字相，不可能通過語言文字和邏輯思維來把握。即使文字禪的提倡者惠洪，雖認爲禪可以因文字而顯，强調悟道離不開文字，但也同時承認文字的局限性，文字非禪道本身，甚至認爲"言語皆爲病"，只有在"智識不到處，言詮路絶時"②，方可契悟，從未將文字與道等同。南宋文字禪思想迅速發展，詩文僧、學問僧隊伍日益擴大的同時，也使得禪宗逐漸世俗化，將參禪等同於參文字，執著於文字，忘記了明心見性的根本目的。正因如此，宋末禪林也有不少反對執著於文字的言論，到元代就表現爲古林派提倡的偈頌主義禪風。

蘭溪道隆上文中説見僧人多"安筆硯於蓆上，執舊卷於手中"，説明此時參習文字之風實際上十分熾烈。但禪宗甫入日本，更需要强調的是它與其他宗派不同的"明心見性，直指人心"的宗教特點，"立住根本"，避免淪爲世俗模樣。故早期禪師闡述文字與禪關係，多强調文字局限性的一面，是禪宗應病與藥、隨機示教手段的表現。蘭溪之後八十餘年，赴日元僧竺僊梵僊語録問答部分，記録日本僧裔翔請教："大凡作詩及文章，何者宜爲僧家本宗之事？"竺僊從宗教立場答曰："僧者先宜學道爲本也。文章次之。然但能會道，而文不能，亦不妨也。"繼而問："多見日本僧，以文爲本，學道次之。翔見杜子美曰：'文章一小技，於道未足尊。'以此觀之，况緇流

---

① 《大覺禪師語録》，第 66 頁。
② 惠洪《又次韻五首》（其二），周裕鍇校注《石門文字禪校注》，上海古籍出版社，2021 年，第 5 册，第 2211 頁。下引惠洪詩文，皆出此本。

乎？故竊以爲恨。然如何學道可也?”裔翔認爲道本文末的根本思想與禪林參學現狀之間有所牴牾,從裔翔兩問的描述,可見雖然蘭溪等禪師不惜苦口婆心,但當時日本禪林大體依舊熱衷於文字之學,而對悟道之事則充滿疑惑。故竺僊進而解釋道與文的關係曰:

> 汝能知之,猶可敬也。我國之僧,有但能文而宗門下事絶不知者,人乃誚之,呼其爲百姓僧。若僧爲文不失宗教,乃可重也。但以道爲大事,以文助之,乃可發揚。凡世間一切不可嗜而執著之。道法雖大事,然若嗜而執著,成偏僻,爲法塵。況文章乎?

竺僊闡述道與文的具體關係,以道爲不可動搖的本體,文的作用是助其發揚,學文的原則是必須不失宗教。不過不同於蘭溪道隆斬截地否定文字,他承認文字有助於道發揚,並進一步申説兩者關係:

> 然譬如人食:有飯乃主也,若復有羹,方爲全食;無羹之時,未免咽滯而少滋味。以道之飯,得文之羹,百家技能爲菜爲饌,斯爲妙也。①

前段引文是針對現實弊病强調了參禪學道爲不可動搖的本業,此處則以進食爲喻,討論文對道的輔助補全作用,竺僊理想的禪與文字的關係,是在參禪悟道的基礎上,能得文字滋養,使道的呈現有滋味,更豐富。答語中拈出的能文而不知宗門事者的“百姓僧”,正是文字禪流行、禪宗日益世俗化的表現,日本禪林直接接受宋末風氣影響,以文爲本,這與惠洪提倡文字禪時,批判禪林盡是不學無術、游談無根的“啞羊僧”“粥飯僧”②,情況正好處於天平之兩端,故

---

① 裔澤等編《梵竺僊語録》,《大日本佛教全書》,第 96 册,第 282 頁。
② 周裕鍇《惠洪文字禪的理論與實踐及其對後世的影響》,《北京大學學報》
   2008 年第 4 期。

與惠洪強調語言文字的合理性和必要性相反,竺僊強調以道爲本。其實,從個人參學實踐來看,竺僊除語録數卷外,有《來來禪子集》《天柱集》《尚時集》《東渡集》《宗門千字文》《損益清規》《續叢林公論》《圓覺經注》等諸多著述見於著録[1],可見他並未反對文字。並且,從他的別集來看,他不但偈頌富有文采,還有不少純詩,諸體皆備,基本脱却宗門氣味,如《春日晴竹》開頭寫"東風吹正暖,麗日方融融。名園鬥花草,刺眼争白紅。何人種緑玉,挺挺森作叢。寒梢滴烟露,高節凌雲空"[2],把陽春光景渲染得生機盎然,有文字之工,頗能體現他在寫作方面的修養與真實態度。正因如此,當喬翔侍者進一步表明自己只欲學道、不欲學文時,竺僊説:"此但隨其根器,不可强爲。若乃固有天資,亦不可自捨自棄之,無學則不可大發揚也。"用造房須得有棟梁并兼有椽柱比喻禪道與文字不可分割的關係。在竺僊梵僊這一層層推進的論述中,可以清楚地看到從蘭溪道隆至此時,日本禪林文字觀念將近百年間逐漸演變的軌迹。

二、不離文字:前期日僧的文字禪思想與著述

　　否定文字並没有阻止日本禪林習文風氣愈演愈烈的傾向,經過宋末元初第一批赴日僧和留學僧的弘揚傳道之後,日僧的禪學、文學修養皆突飛猛進,產生了大量詩文僧和別集,比較同期的赴日宋元僧和日僧的撰述情况,可以發現這樣一個現象:日僧的撰述不但數量上毫不遜色,甚至在内容上更爲豐富。如鐵庵道生、天岸慧廣、虎關師錬、龍泉令淬、夢巖祖應、雪村友梅、別源圓旨、此山妙在、中巖圓月、友山士偲、龍湫周澤、性海靈見、古劍妙快、義堂周信等禪僧除語録之外,皆有別集傳世,集中多備衆體。其中虎關師錬

---

①上村觀光《天柱集解題》,《天柱集》,收入《五山文學全集》第1册,第674頁。
②竺僊梵僊《畫竹四首·春日晴竹》,《天柱集》,第688頁。

尤其引人注目,他没有入元求學,但其著述之豐富,影響之大,整個五山時期罕有其儔。作爲五山文學真正主體的日僧如何認識禪與文字的關係,與其後禪林文學的演變趨勢密切相關,故下文將以虎關師鍊、義堂周信等本土日僧談論文字與禪道關係的言論及其著述實踐爲重心,叙述五山前期的"文字禪"觀念。

(一)虎關師鍊:説法多文采,豈有定式

虎關師鍊(1278—1346)是前期著述的典範:其《濟北集》二十卷,除宗門的偈頌、祭文、疏文等外,賦、古詩、律詩、記、序、題跋、表、銘、論、辨、傳、行記等各體文字無所不備,還收入《通衡》五卷、《詩話》一卷、《清言》一卷。另外,虎關尚著有《元亨釋書》《佛語心論》《聚分韻略》《十支禪録》《禪餘或問》《紙衣膡》《正修論》,編纂了禪門四六文集《禪儀外文》。其著述涉及内外典各類文字,數量之巨、品類之雜,在宋代宗門中,大約只有惠洪可以與其相比。實際上,虎關不但著述方面堪與惠洪比倫,在闡述文字與禪的關係、爲自己"大興文字"進行辯護之時,亦對惠洪多所借鑒。

《清言》記載曾有人以惠洪箋釋《楞嚴經》受到靈源惟清"文字之學不能洞當人之性源"的責難爲由,認爲虎關著《佛語心論》將逢"靈源之勘",虎關回答:"靈源蓋有激耳。夫言説無性,非有定量。熱滯爲障,無執爲智。有情根性,萬别千差。巨網衆目,一目繫魚。三世諸佛,八萬法藏,只是設網目耳,吾豈違哉。"又説:"箋論何咎之有? 有子未到照黙地位,妄議覺範箋釋,若能委之,和論心論,三無差别。"①認爲言説無性,文字雖未必能洞當人之性源,但也未必妨礙明心見性,文字的性質如何,只在本人悟與不悟,若能開悟,一切文字皆是方便手段,箋釋造論當然也是如此。虎關師鍊著述駁雜多樣,又好騁才使氣,雄於辯論,爲文有韓愈、契嵩之風,故他特

———————
① 虎關師鍊《清言》,《濟北集》卷十二,收入《五山文學全集》第 1 册,第 248—249 頁。

别喜歡强調作爲方便法門的語言具有隨機性，此處講千差萬别的
根性與言説即是一例，實際上這正是爲自己文字的豐富多彩辯護。
而當有人質疑他"説法多文采，不似從上諸師"，他反駁説：

> 説法豈有定式？只隨時機也耳矣。從上諸師指誰而言
> 乎？甚矣子之惑也。我竺乾老人，三百餘會皆不同焉：《華嚴》
> 廣衍也，《涅槃》雅實也，《楞嚴》奇玄也，《楞伽》古奥也。逮於
> 四依又皆各異：《瑜伽》齊整也，《智渡》博涉也，《起信》含畜也，
> 《中論》精微也。竺土如彼，子指誰而言乎？震旦諸師又各不
> 同：曹溪渾奥也，江西宏深也，黄檗樸實也，臨濟如連環，雲門
> 如遺珠，曹洞精粹也，潙仰峭拔也，法眼渾厚也。船子説法，漁
> 歌也；五祖舉話，艷詞也；南堂提唱，樂府也；樓子悟處，歌曲
> 也。死心新以怒罵（筆者按："恕"，疑當作"怒"）爲佛事，端師
> 子以戲弄當應機，子指誰而言乎？①

一口氣從西竺到東土，舉出西土經論文風和東土祖師門風均各各
不同、隨機應變，爲自己講究文采辯護。整段由斬截短句的排比和
反問組成，氣勢磅礴，毫無疑滯，讀之如見其面。虎關不但認爲佛
教經論、祖師言説的自由馳騁皆是道之顯現，而且認爲外集中各類
文字均可爲參禪所用，相比其他諸師，他特别强調文字隨機應法。
但這並不代表他認爲語言文字的運用可以隨心所欲，有人認爲上
古文字淳全，漢魏以後則瑣碎，又質疑宋代禪宗言辭鋒起，騁奇競
艷，不及唐代淳厚，他説：

> 天下只一箇理而已。理若純正，雖詞百端，何害之？理若
> 迂曲，雖一句，又孔之醜矣。子不見夫水乎？平衍廣野，其流
> 安静；窮谷邃岸，其浪鳴吼。波濤隨處，水元自若……剽小説、
> 掠稗官、竊誕辭、摘怪語，修飾冗理，補法濫義，是知道之所不

---

① 《濟北集》卷十二，第 254—255 頁。

　　爲也。若能諧理，句意渾成，何咎之有乎？①

强調"適理"對於文字的重要性②，這正與惠洪論文字語言的運用標準"得所以言，言不必同"相似③，同樣，惠洪亦强調文章之理，曾不滿歐陽修文章"病在理不通"，而稱贊蘇軾"以其理通，故其文焕然"④。

　　由於對文字顯道功能和特點的這種深入認識，虎關對宋代文字禪風氣中"藉教悟宗""經教合一"之旨深有體會，其《清言》以問答形式説法，多處論及經教，是他"三藏精入，該練諸宗"的代表作，前引材料中虎關將經教與宗門並舉也是例證。但這並不意味著他忽視宗教立場，他曾將經教言句與西來祖意的關係，比作打火石與火，以石經過擊打即能出火比喻開悟，精確地表現了宋代以來禪林對於經教的態度：

　　　　夫教乘文句，石也；西來祖意，火也。若能一擊，石即火也；若不能一擊，論劫求火，遂不可得⋯⋯一擊猶如一悟。若人一悟，一切經教皆爲祖意；若不一悟，一切經教皆是紙墨文句耳⋯⋯故我言，離教無禪，離禪無教，只消一悟耳。若無一悟，祖師公案皆悉教乘；若得一悟，一大藏教皆祖意也。⑤

總之，虎關對於文字與禪的關係，强調文字作爲方便法門的多樣性、隨機性，著眼點在文的一面，故而在前述赴日諸師皆憂慮文字迷心障道的弊害時，他却批判掃却文字的無事禪："今時禪和子，動

①《濟北集》卷十二，第 253 頁。
②虎關論詩也以"適理"爲標的："夫詩之爲言也，不必古淡，不必奇工，適理而已。"參《詩話》，《濟北集》卷十一，第 228 頁。
③惠洪《題雲居弘覺禪師語録》，《石門文字禪校注》卷二十五，第 3829 頁。
④惠洪《跋東坡仇池録》，《石門文字禪校注》卷二十七，第 4033 頁。
⑤《濟北集》卷十二，第 254 頁。

座在無事甲裏,以爲究竟。不啻自惑,又教人惑。”①他雖没提出過
“文字禪”的説法,對禪道與文字關係的表述,也以强調文爲主,理
論内容似乎並不完整,但這不妨礙後人將“文字禪”視爲他成就的
標籤,義堂周信對他極其推崇,稱他“胸次《春秋》僧史筆,袖中文字
祖師禪”②。即是著眼於他在修史、寫作方面的成就而作出的評價,
而以“僧史”“文字禪”稱之,隱然有將他在日本禪林文學史上的地
位,比擬爲宋代惠洪之意。

(二)義堂周信:道固不外乎文字矣

　　虎關師錬之後,禪林著述風氣進一步流行之餘,諸師也都有關
於文字與禪關係的表述,其中義堂周信(1325—1388)作品中明確
提及“文字禪”這一概念,並將惠洪視爲典範,如“誰言翁鈍却能言,
文字禪傳自石門”“橘洲咳唾光明藏,筍水波瀾文字禪。拈却從前
閑露布,祖燈續續祖衣傳”③。另外上引其推崇虎關之詩,亦隱然有
以之與惠洪對比的意味。故下文繼續以義堂周信爲中心,討論前
期文字禪觀念涉及的其他方面。

　　前文中竺僊梵僊曾引用的杜詩“文章一小技,於道未爲尊”,是
禪林前期頗爲流行的話頭。拈此話頭最頻繁的是義堂周信,他再
三化用、引用,以表達自己對文章的態度:“小技文章不值錢,争如
默坐只安禪”“見説文章真小技,誰能傳道到玄來。”“余讀老杜
詩……至若曰‘文章一小技,於道未爲尊’,是余感之深者。”④充分
肯定在以文字參禪的過程中,悟道才是根本目的。他闡述文與道
的關係道:

---

①《濟北集》卷十二,第 249 頁。
②義堂周信《送愚溪至書記歸真福兼簡其伯有在先》,《空華集》卷九,第 1593 頁。
③分别見《次韻鈍夫常樂窩雜言兼簡九峰八首》(其三)、《次韻賀東山書記恕惟
　忠》,《空華集》卷四、卷十,第 1405、1622 頁。
④分别見《次韻戲呈攝政殿下二首》(其二)、《和答璣曳》、《杜甫》,《空華集》卷
　五、卷八、卷十八,第 1450、1548、1849 頁。

　　君子學道，餘力學文。然夫道者，學之本也；文者，學之末
也……老杜以文章自負者，尚不曰乎："文章一小技，於道未
爲尊。"①

强調道本文末，學道之餘方可學文，體現了禪宗一貫的文字觀②。
不過，這並不代表義堂反對學文，對文字顯道的作用和爲文的必要
性，他同樣有深刻的認識與論述，他在日記中多次談到"假俗體之
文，爲吾真乘之偈"③，頗能體現五山禪僧對世俗文學體裁的真實態
度，不但如此，他還常在爲他人立字之際陳述文字對參禪的必
要性：

　　夫文字固性空也。性空也，故能爲章爲句，一切法門之所
依，而炳炳然，蔚蔚然。④

這段對文字的論述，正同於惠洪所説："此中雖無處可以棲言語，然
要不可以終去語言也。"⑤雖然文字言語"性空"，本身不等於道，"無
處可以棲言語"，但是只有通過文字，禪道才有所依憑，學禪者也只
有通過文字才能領會其精神，文字語言不但是思想的載體，也是存
在的家園⑥。

　　像義堂周信這樣從各個角度借鑒惠洪的文字禪思想，論證文
字對禪道的重要性，是日本禪林此時談論的重點。略早於義堂周

---

①《錦江説送機上人歸里》，《空華集》卷十六，第 1781 頁。
②中巖圓月也申言"詩之於道爲小技，試將大道俱相論"（《贈張學士并序》，《東
　海一漚集》，收入《五山文學新集》第四卷，第 324 頁），爲義堂周信《空華集》
　作序，開篇亦言："友人信義堂，禪文偕熟，餘力學詩。"（《空華集序》，同上第
　565 頁）可見"文章小技""餘力學文"均爲此時的流行話語。
③義堂周信《空華日用工夫略集》，應安三年二月廿三日條，太洋社，1943 年再
　版本。
④《無文説》，《空華集》卷十六，第 1782 頁。
⑤《題百丈常禪師所編大智廣録》，《石門文字禪校注》卷二十五，第 3825—3826 頁。
⑥參前揭周裕鍇《惠洪文字禪的理論與實踐及其對後世的影響》。

信的不聞契聞(1301—1368)從禪道傳承的角度論述過文字的重要性:"道不得語言則不演,語言不得文字則不載。文字載者,人之資也;語言演者,人之師也。所以語言文字之於師資際,不得而廢也。"①若能親見祖師,通過祖師的語言或許就能領悟其精神;若不能親見祖師,則祖師之道只有記錄爲文字才可傳承。這和惠洪在爲文字禪辯護時,借用儒家"雖無老成人,尚有典型"來强調語言文字在師資傳承之際的必要性,其出發點是一樣的。與義堂同時的大本良中(1325—1368)也發表過類似言論:"至道無言也。然不假乎言,則莫克顯其道。故善言言者,能言無言以啓迪群迷,俾達於道,斯宗工提唱之所以興也。"②認爲文章撰述的興盛,在宗教立場上也有存在的必要性。

此外,義堂還從"文章一小技"的反面申説了文與道相生相依的關係:

> "一文一藝,空中小蚋",此梁亡名子之言也;"文章一小技,於道未爲尊",此唐杜甫子之言也。如二子言則文章與乎道遠者,明矣。而《雜華經》則説:"菩薩能於離文字法中,出生文字。"又説:"雖隨世俗演説文字,而恒不壞離文字法。"子劉子則説:"心精微,發而爲文。"如此二説者,道固不外乎文字矣。③

借用《雜華經》之説,認爲禪道不外乎文字,所以可以隨世俗演説文字,也可以參學文字,只要"不壞離文字法",即不拘泥於語言文字本身,就可以超越語言文字,圓融會通,借言體玄。義堂此處强調的"不離文字,不即文字",正是對禪僧應當如何運用文字的原則

---

① 不聞契聞《雨華岩還鄉省師頌序》,《關東諸老遺稿》,收入《五山文學新集別卷》下册,東京大學出版社,1981年,第103頁。
② 大本良中《東陵和尚語録序》,《關東諸老遺稿》,第89頁。
③ 義堂周信《文仲説》,《空華集》卷十七,第1803頁。

性總結。此後，五山禪林世俗文學體裁的創作風氣愈演愈烈，且選擇的撰作典範也不再局限於叢林之中，即與這種思想密切相關。

　　綜上所述，雖然初期有不少禪師從宗教立場出發，發表了排斥文字的言論，但從其實際情況來看，整個禪林盛行究心外典、熱衷學問的文字禪風氣。有關文字禪理論的內容，即文字禪的合理性、必要性、語言文字運用必須遵循的原則、語言文字運用的評判標準①，在上引日本諸位禪僧的敘述中都已包涵，他們卷帙浩繁的著述也證明了這一點。

第二節　五山禪林後期的文字
禪思想與創作風氣轉折

　　惠洪使用"文字禪"的概念時，明顯地分爲廣義與狹義兩種情況，狹義指禪僧的詩歌創作。五山禪僧借用此概念，其内涵在五山文學發展的前後兩期之間也有著明顯的區別。前期如上文所論，基本上取其廣義，包涵了宋代論述文字與禪道關係的基本內容。而隨著禪林著述與文學創作風氣的隆盛，"文字禪"幾乎固定地用以指代禪僧的詩文創作（主要是詩歌），甚至代指詩僧，與此相應的現象是禪僧討論文字與禪道的關係時，也幾乎專門集中於詩禪關係，因此"詩禪一味""參詩如參禪"等來自宋代詩話中的話語流行一時，這體現日本文字禪思想的進一步發展與變異。

---

①參見陳自力《釋惠洪研究》，第 157—169 頁。

一、從偈到詩：五山禪僧對偈頌與詩歌的區分趨勢

通過觀察，五山禪林文字禪思想所指内涵的變異，是與其著述實際情況互爲表裏的，伴隨著鎌倉末到南北朝時期禪僧別集中"從偈到詩"的現象而發生，故在論述五山禪林文字禪思想的這一嬗變之前，我先考察了五山禪僧在此時期内針對詩歌、偈頌兩種體裁的相關論述。

五山文學前後兩期"由偈到詩"的發展趨勢基本上可以義堂周信去世的 1388 年作爲分界點，主要表現在下面兩個方面①：

（一）從分類別集的編目情況來看，前期別集中韻文以偈頌爲主，而後期以詩歌爲主②。以《五山文學全集》與《五山文學新集》所收別集中韻文編目情況爲樣本，前期鏡堂覺圓、天岸慧廣、古劍妙快、龍泉令淬、乾峰士曇、無象靜照、秋澗道泉的別集中均只列有偈

---

① 關於五山文學的分期，日本學者有多種看法，如上村觀光、山岸德平均分爲兩期，安良岡康作、芳賀幸四郎、俞慰慈分之爲三期，蔭木英雄分爲四期，北村澤吉則分之爲七期，每一期的起訖時間也略有差異。我認爲，若以五山文學的發展過程爲著眼點，則分三期最爲合理，但與以往學界三分法差異明顯的是，本書將前期與中期的分界點下移至義堂周信去世（1388）。義堂作爲"五山文學雙璧"之一，其文學成就確實已能充分代表隆盛期所達到的高度，但他詩文集中所體現出的文學觀念、其學術特質與著述特點，均與前期學問僧更爲相近，這一點將會體現在後文的多處具體論述中，也是本章將義堂去世作爲五山文學前期結束點的理由。從此時至應仁之亂爆發（1467），爲五山文學中期；應仁之亂以後直至室町幕府滅亡（1588），則爲後期。不過本章考察五山禪林文字禪思想的發展實際，中期以後禪僧關於文字禪思想的論述並没有顯著變化，因此行文中，僅僅以義堂去世時間爲界，分前後兩期論述。

② 五山禪僧的別集編目，多以文體分類。整個五山時期近四百年，宗門文類如法語、疏榜，以及屬於散文的如序跋、記、論等，在編類時，前後期的分類並無變化，只是呈現出文學性、世俗性文體的所佔比例增長的趨勢。但在韻文分類方面，則比較顯著地分爲偈頌爲主和詩歌爲主的兩個階段。

頌類,而後期如惟肖得嚴、希世靈彦、東沼周曤、彦龍周興、南江宗沅、萬里集九、江西龍派、心田清播、鱸雪鷹灞集中却皆只列詩類。編目的分類雖然并不一定嚴格按照實際的創作情況,但在一定程度上反映了當時關於偈頌和詩歌的分類觀念。例如前期天岸慧廣別集偈頌類中收録有不少以詠懷、題跋爲内容的純詩,但從別集的分類編目來看,當時禪林皆將其視之爲偈頌。又如雪村友梅《寶覺真空禪師録》乾、坤兩册,收入頌偈兩卷,乾卷頌偈一卷,以題材爲序,計有道號、頌古、節辰、聖賢圖畫、朝廷相府、送寄賀謝和哀歡、遊覽作用、境致、器材、珍果生植、氣形十二類,其中除道號、頌古外,其他諸種在後期禪僧的別集中皆被歸類爲詩歌;坤册偈頌一卷則按詩體分五言八句、七言八句、長篇等,這顯然是詩歌的分類方法,但編目者標爲偈頌,後期別集中也不會出現這種情況。此外,還有一個比較典型的現象是,在前期歸入偈頌類的屬於禪宗寫作傳統的組詩,如《瀟湘八景》《山中十題》等,後期禪林幾乎都歸入詩類。這些現象可以説明,前期以偈頌來統括禪僧韻文創作的宗教文體觀念,而後期則從這一觀念中解放,這就是五山禪林"從偈到詩"的創作觀念轉變過程。

同樣富有對比意義的,還有前後期五山禪林流行的詩軸、頌軸的比例。前期禪僧別集序跋、題跋類中所收多爲頌軸的序和題跋,前期禪僧如友山士偲、秋澗道泉、乾峰士曇、東陵永璵等均有大量創作;而後期別集中多爲詩軸的序與題跋,如仲芳圓伊所作。這一趨勢也與別集編目的變化趨勢相呼應。這種分類與編目的變化,都充分反映了禪僧詩偈觀念的變化,詩歌的地位越來越受到重視。

(二)從流行的選集來看,前期有許多編選宋元諸師偈頌的選集流行,如大陸傳入的有松坡宗憩所編《江湖風月集》、編撰者不詳的《菩薩蠻》等①,日本有義堂周信先後編選宋元兩代禪僧偈頌爲

①《江湖集》和《菩薩蠻》流行前期禪林的盛況,在清拙正澄《跋江湖集》《跋菩薩蠻》,竺僊梵僊《跋古德偈頌集》(即《菩薩蠻》)等題跋中皆有記載。

《貞和分類古今尊宿偈頌集》和《貞和類聚祖苑聯芳》。而後期流行的多爲詩歌選集，單日僧編選的就有江西龍派《新選分類集諸家詩選》、慕哲龍攀《續新編分類諸家詩集》、天隱龍澤《錦繡段》、《續錦繡段》，另外橫川景三編選五山禪僧詩一百首爲《百人一首》、文擧契選《花上集》、以心崇傳編選《翰林五鳳集》等。另外如講解杜甫、蘇軾、黃庭堅等人詩歌的大量抄物也在後期產生，可見此時學詩風氣之濃盛。

　　玉村竹二將五山文學歸納爲宋朝系學問僧、元朝系偈頌僧和明朝系詩文僧交替隆盛的過程[1]，以他的結論觀照鐮倉末至南北朝時期發生的風氣轉變，可以將此時禪林文學迅速詩化、世俗化的過程，歸結爲受明朝盛行臨濟宗大慧派的貴族主義禪風影響，其證據就是以明朝系代表詩僧絕海中津爲中心的建仁寺友社在禪林文壇中的勢力迅速擴大。從外部刺激來說，這也許是不刊之論。不過若觀察五山文學內部發展的實際情況，則可以發現這種詩化傾向早已存在於前期禪僧的創作之中。

　　以玉村氏視爲深受元朝金剛幢下偈頌寫作風氣影響的中巖圓月、義堂周信爲例。他們的別集中都沒有題爲偈頌的類目，相反，主要是以體裁相從的詩歌。另外，值得注意的還有，義堂周信《空華集》卷十一至十四爲序跋類，包括贈序、詩軸序、頌軸序、字序 132 篇，卷十五爲題跋，包括圖畫、詩集、詩軸、贊頌集、贊頌軸題跋 61 篇，此類作品總計 193 篇中，爲詩軸所作的有 103 篇，而爲頌軸所作的僅 36 篇，可見同時期內禪林詩軸製作的盛行。如上文所論，雖然前期不少禪僧別集中不列詩類，將純詩歸類爲偈頌，體現出前期以宗教立場爲主的文體分類觀念。但隨著禪林文學的演進，集中注重將詩歌與偈頌進行分別，從而兩類並列的現象越來越普遍。

────────────

[1] 玉村竹二《五山文学——大陸の文化紹介者として五山禅僧の活動》，至文堂，1985 年，第 60—93 頁。

與此同時,討論偈頌與詩歌區別的論述也大量見於爲詩軸、頌軸所作的序跋作品中。如談論偈頌的内容與性質:

　　　　夫偈頌之作,盛於叢林久矣……或採佛祖行迹,或取禪家器具,或以節序風物、草木花果之類爲題,各述四句偈,寄意於斯道者也。①

　　　　夫禪門所傳偈頌,雖體同於詩,厥旨非詩也。不達格外之學,莫以名句而擬議矣。②

偈頌與詩歌最重要的區別是偈頌以詩的外殼承載禪的義理。但是,隨著文字禪風氣的興盛,許多禪僧同時也是詩僧,可從宗教立場看,詩與禪本來就存在著矛盾。元朝此時流行的偈頌寫作風氣,與其説影響五山禪林風氣,形成了一批元朝系的偈頌僧,倒不如説刺激了禪僧對詩、偈進行區分,提醒他們努力爲寫詩的風氣辯護。中巖圓月《藤陰瑣細集》中記載有人問:"詩即尋常風雅文人所作,但如禪林偈頌者,其體如何?"中巖這樣回答:

　　　　汝不見乎,《傳燈》所載七佛二十八祖傳法有偈,言辭淳厚。與夫咸淳、景定諸師所作細巧華麗者,相去何啻天淵之遠而已耶? 元朝有長老義空遠者,住東林,高潔而好古,大禪師也,甚病今代流俗阿師稱禪者操以奇芬異葩之語爲偈頌,抵足污壞吾宗,直説單傳之道,繇是不分,採摭佛祖偈頌專爲淳素渾厚者,作一大册,題名《獅子筋》。禪居老師甚喜之,携來日本,不知今此書秘在何處? 不見行於世,爲可惜也。蓋吾鄉禪和子不好古,故唾而棄之也。③

────────────

① 鐵庵道生《雜題頌軸序》,《鈍鐵集》,收入《五山文學全集》第 1 册,第 381—382 頁。
② 乾峰士曇《題江湖集》,《乾峰和尚語録》,收入《五山文學新集別卷》上册,東京大學出版社,1977 年,第 415—416 頁。
③ 中巖圓月《東海一漚集》,第 484 頁。

這段言論對南宋末禪林風氣的批評和對偈頌的提倡,幾乎全部祖
述元朝古林派禪僧的言辭,體現了元朝禪風在日本的接受與反響。
不過,基於禪林創作的實際情況,更多的詩、偈論述,其實著眼在如
何彌合二者的區別,使創作詩歌具有合理性。如同樣是中巖圓月
所作《頌軸序》:

> 吾佛氏至有學,有祇夜伽陀之部,以頌偈歌唄讚詠爲法喜
> 禪悦之樂,猶如儒者風雅廣載之作也。彼周詩楚騷選體之後,
> 聲律之學盛於唐,而四句八句、五言七言之格,嚴不可越,故曰
> 律詩也。吾家亦然。以其七佛二十八祖傳法之偈,視今之所
> 作偈頌者,大段不同矣,蓋以拘乎聲律爾,況復和韻之作,最不
> 古也。彼詩家者古云:"和者特以酬答而已,晚唐以降,間有押
> 韻者,然不多見也,至於炎宋,蘇黃二公稍見於集中多矣。然
> 蘇之天資縱逸,加之博覽强記,故不見有艱澀之態,惟黃氏謹
> 愿,而所用之事,皆有所由來,傍搜冥馳,而稱江西宗派之祖。
> 從此以來,押韻亦責有所據,頗失於牽强也。吾佛門者,素無
> 文字,所作亦與時偕俯仰,今所謂頌偈,與古作者不同,亦宜
> 也……諸公佳作,不喪古意,然其語用聲律之格,美善盡矣。①

這一段言論,對比詩歌與偈頌各自的起源與發展,承認偈頌從初期
爲"法喜禪悦之樂",而如今同於詩歌,"拘於聲律","況復和韻之
作",確實"不古"。但中巖圓月認爲"吾佛門者,素無文字,所作亦
與時偕俯仰,今所謂頌偈,與古作者不同,亦宜也"。既然偈頌從西
竺到東土的發展過程也是隨其時地而變化,那么以詩爲偈亦無不
可,並且進一步讚美這種披著詩歌外形的偈頌"不喪古意,然其語
用聲律之格,美善盡矣"。以詩化的偈頌爲盡善盡美之作。

　　如果説偈頌隨時俯仰的歷程,是詩化偈頌合理存在的内在原

① 中巖圓月《頌軸序》,收入《關東諸老集》,第96頁。

因,那麼詩歌也能表達禪理,則直接模糊了詩、偈之間的區別,在
《藤陰瑣細集》中,中巖圓月又舉了蘇黃詩爲例,闡述他的看法:

> 東坡《題楊次公蕙》詩云:"蕙本蘭之族,依然臭味同。曾
> 爲水仙佩,相識楚辭中。幻色雖非實,真香亦竟空。云何起微
> 馥,鼻觀已先通。"今時禪和子,以頌詩爲分別。以細巧婀柔者
> 謂之爲詩,以粗強直條之語名之爲頌,且用佛祖語言乃爲頌。
> 如蘇黃二公詩,爲頌耶,亦爲詩也。幻色非實,鼻觀先通,固似
> 偈也,黃亦有諸。山谷詩云:"海上有人逐臭,天生鼻孔司南。
> 但印香嚴本寂,不必叢林遍參。"……此等語,載於禪林所行
> 《江湖集》、《菩薩蠻》集中,誰云非頌邪?[①]

批判當時禪林僅以語言風格的區別強分詩、偈,而認爲即使是世俗
體式的詩歌,只要它表達了宗門之旨,則既是詩,也是偈。中巖圓
月模糊詩、偈界限的言論,在這個時代並不是個例,走得最遠的莫
過於夢巖祖應(? —1374)。他數次以"性情"來討論詩、偈,以爲表
達"性情之本"是兩者的本質所在,説:"夫竺之偈也,震之詩也,吾
邦之和歌也,其來尚矣。惟人之生而靜者關係其土地風氣之殊,而
方言相異,然其寓性情之理則一也。"[②]在《重刊北磵詩集後》中他
又説:

> 詩也者,人之情性也。因感觸而生……向所謂情性之本,
> 發爲玄言奇唱,蓋詩律特其寓耳,卿睦庵曰"詩而非詩",乃此
> 也。然悠悠後學不本宗猷,肆筆而成,全無羞愧……其末流甚
> 者,聞云"秋雲秋水共依依",則曰"此詩也";聞云"倒騎佛殿上
> 天台",則曰"此頌也"。欲不笑而得乎? 夫内無所得,語言惟
> 貴,則雖咸池三百首,金薤千萬篇,竟何補於吾道之萬一耶。

---

① 中巖圓月《藤陰瑣細集》,《東海一漚集》,第 484 頁。
② 夢巖祖應《送通知侍者歸鄉詩軸序》,《旱霖集》,收入《五山文學全集》第 1
　 册,第 831—832 頁。

> 北磵老子從涵養醞藉之中，獲超然自得之妙，離文字之縛，脱
> 筆墨之畛畦。文章鉅公與交，則寂寥乎短章，舂容乎大篇，謂
> 之詩也亦得；衲子與酬唱，則痛快過乎棒喝之用事，謂之頌也
> 亦得。與夫休、己、島、可之徒，雕肝鏤腎，抽黄對白，以詩著名
> 者，不亦邈乎？繇此云之，謂舍吾佛祖之道，而到詩之妙處，則
> 吾不信焉。①

這段話與中巖圓月一樣，批判叢林以用語的區別强分詩、偈。但以
上引中巖論述的例證來説，其論證並不具有充足的説服力：首先，
蘇、黄的詩中恰好都使用佛語；其次，蘇、黄二詩皆表達了佛理。以
其例證而言，則中巖尚未突破需要“表達佛理的詩歌”方爲偈頌的
這一傳統認知。但夢巖則不同，他以是否表達情性之本，作爲偈頌
與詩歌皆具有的根本特徵，可謂成功地溝通了詩、偈（甚至和歌），
他以禪僧北磵居簡世俗化的詩也能視爲偈頌爲論據，比用士人所
作具有宗教意味的詩來論證顯然更有説服力。既然只要表達情性
至理詩、偈就無差別，那麼，即使禪僧所作的不是“偈頌”，而是詩
歌，又有何不可呢：

> 夫天理不可掩者乃是人情之所不已也，而今爲文爲情爲
> 孝皆似焉者也。就其似焉者而求其真者，則其迷不遠而復。
> 然則文也，情也，孝也，寧非所以復之之具乎？由此而觀，則僧
> 而詩，詩以贈僧，雖非古人之意，亦是古人之意也。②

可以説，夢巖的理論即“詩偈一味”。有意思的是，夢巖祖應的別
集，恰好也不列偈頌類，而是細分諸詩詩體的。在前期禪僧中，他
所作雖不算很多，然其題材不爲宗門所束縛，表達之自由，頗爲可
觀。由此可見，在所謂明朝系詩文僧主宰禪林詩壇之前，日本禪林

①《跋重刊北磵詩集後》，《旱霖集》，第 836—838 頁。其中部分文字據《北磵詩
　集》影印本改正。
②《送通知侍者歸鄉詩序》，《旱霖集》，第 831—832 頁。

內部便已經過了關於禪僧寫作詩歌的合理性討論。故而到岐陽方
秀時，他就可以直截地表述爲："一旦必當有自證自肯處，到這裏，
做詩也好，做頌也好，做文章也好。"①

二、詩禪一味：文字禪思想的變異

　　關於詩、偈的討論進一步解除了五山禪僧作詩撰文的枷鎖，詩
文幾乎成爲禪僧生存的必備技能，故而以講論詩文、唱和聯句爲中
心的友社大盛，禪僧雅集，時常是論詩而非論道，各種禪林日記以
及別集中大量記錄詩會、回憶詩會、花下論詩、秋夜論詩之作，就是
最直接的證明。在這種背景下，禪僧也以詩人自命，以振奮詩風爲
己任，以不能詩爲恥辱，惟肖得嚴道：

　　　　以彼方觀之，詩者士大夫之業也，姬且（"且"當爲"旦"之
　　　　誤）、吉甫所製，見於《詩》；列國會盟，賦以示情，亦載於《傳》。
　　　　臻於後代，以全集行者，不可得而縷舉焉。吾禪家者徒，直趨
　　　　性源，文字章句之學，若將浼焉，況從事一吟一詠之際乎。然
　　　　唐宋以來，能者間出，以彼較此，九牛一毛而已。本朝和歌之
　　　　道，盛行於世，士大夫賦詩者，幾乎絕矣。獨吾徒研辭造句，唯
　　　　以爲務，世亦以詩學專門命焉。風俗異習如斯……詩實吾徒
　　　　末事也。然禪誦有暇，陶冶性情，排遣塵習，或似可尚已。比
　　　　年此風陵夷，以攻文辭爲忌。窺其外，不謬不立文字之號；察
　　　　其內，華衣玉饌，游譚無根耳，何其不韻之甚！然則巨川之作
　　　　也，非唯有補於世教，亦足以警吾徒不韻之弊。非絕代傑特之
　　　　才，孰能預於茲耶。乃率社中諸兄弟，各述和一章，編以答焉。
　　　　予茲登耳順，頭毛白者居三之二，百念灰冷，杜門待盡，斯編之

---

① 岐陽方秀《送南窗藏主還鄉》，《不二遺稿》卷上，收入《五山文學全集》第 3
　 册，第 2898 頁。

成,不能無感觸,便叙其末以記歲月云。①

本文值得注意者有以下兩點:首先,點明日本中世漢詩創作主體之轉移,乃由貴族士人轉而爲僧侶之事,"世亦以專門命焉",不無自豪之感。這一點在衆多的和漢聯句場合可以得到證明,貴族士人於漢學漸漸落後,故詩會聯句多不能爲漢詩,而作和歌;僧侶則成爲作詩專門家,因此經常形成獨特的和歌與漢詩相唱和的聯句詩會。其二,此文雖站在僧侶立場,承認文辭爲末事,但他批判不學之風,肯定學詩有助於禪,這是典型的文字禪思想的表述,其批判僧侶佯秉"不立文字"之旨,實則是游手好閑、不學無術、游譚無根,祖述的正是惠洪批判叢林"無事禪"的思路。正因如此,文中以山名時熙作爲武士大名而能詩,警示禪僧之"不韻",自己也"不能無感慨"。基於作詩專門家的意識,禪僧對作詩格外熱衷,拼命切磋琢磨詩藝,其能者則頗爲自信,如仲芳圓伊認爲:

> 譚者曰:"詩之所作者,不亦難矣哉。該淹今昔,融液物象,而十科、四則、三造、六關、十三格、廿四品,能正厥聲律也,能盡厥調度也,然後始可得言詩已矣。"吁,隘矣斯論。夫詩猶吾宗具摩醯眼,此眼既正,則一視而萬境歸元,一舉而群迷蕩迹。所謂性情之發,不約而自然正焉。科品云乎哉,聲度云乎哉,然則能禪者而可以能詩矣。②

仲方反駁詩話中討論作詩之難的觀點,認爲作詩猶如參禪,只要一旦擁有正法眼,悟得第一義,就會自然流出。按照文中的表述,"參禪"既是作詩的喻體,又是作好詩的前提,其關鍵就在於開悟與否。

---

① 惟肖得巖《元日立春唱和詩序》,《東海瓊華集》卷三,第 798—799 頁。
② 仲芳圓伊《寄得中座元詩序》,《懶室漫稿》卷五,收入《五山文學全集》第 3 册,第 2510 頁。

這是後期"參詩如參禪""詩禪一味"觀念的較早表述之一^①。

將作詩與參禪作比,成立的基礎是兩者之間的對等性和相似性,這種性質促成了宋代詩話非常流行的"以禪喻詩"論詩模式,如范溫的《潛溪詩眼》,葉夢得以"雲門三句"論杜詩,更不必説嚴羽《滄浪詩話》自陳"以禪喻詩",這主要是詩人借用禪宗術語與觀念進行自身理論建設和指導詩歌實踐的表現,但參禪和作詩作爲喻依和喻體並不互相交涉。

反之,從宋代禪宗一側來看,少見反其道而行之的"以詩喻禪"的論禪方式,而流行的是"以詩參禪"的現象,燈録、語録中記載祖師上堂常舉詩句爲話頭,如臨濟宗五祖法演與圓悟克勤通過艷詩悟道的機緣。這種"以詩參禪",都只是將詩句作爲"敲門瓦子",並不承認詩歌本身具有禪意,直到惠洪文字禪理論認爲"閲讀詩文有益於智識,遊戲筆硯無損於參禪"^②,將"登高臨遠,時時爲未忘情之語"^③的詩歌也名之爲"文字禪",詩歌作爲禪僧遊戲筆墨的文字,才有其"道之標幟"的意義。

由於《詩人玉屑》等詩話在五山禪林的廣泛流行,禪僧受到"以禪喻詩"模式的影響,經常沿襲宋人的説法,如以雲門三句論杜甫,以曹洞禪風論陳師道,用洞、濟之别來區分大曆以下詩和盛唐之詩:

> 詩者非吾宗所業也,雖然,古人曰:"參詩如參禪。"詩也,

---

① 前期友山士偲(1301—1370)也曾認爲詩與禪乃至三教本質上是一致的,他説:"夫詩之道也,以修一心爲體,以述六藝爲用。所謂'曰思無邪'者,蓋指一心之體也;'移風易俗'者,登六藝之用也。以要言之,三教談説,不過體與用耳。然則作詩製文,於道有何害耶?"(《跋知侍者送行詩軸》,《友山録》卷二,收入《五山文學新集》第二卷,第92頁),芳賀幸四郎以之爲禪林"詩禪一味"説的濫觴,雖然有一定道理,但友山此説,在前期爲個别現象,同時他的言論也不獨指詩、禪而言,而是產生於當時禪林推崇契嵩、流行三教合一説的背景之下。
② 參見前揭周裕鍇《惠洪文字禪的理論與實踐及其對後世的影響》。
③ 惠洪《題言上人所蓄詩》,《石門文字禪校注》卷二十六,第3955頁。

禪也，到其悟入則非言語所及也，吾門者宿不外之。覺範、參
寥、珍藏叟至天隱諸老，或編某集，或注其詩，豈謂吾宗無詩
乎？……則詩之外無禪，禪之外無詩，於是始知少陵之詩，有
雲門三句，后山之詩，有洞家玄妙也。[1]

　　古曰："參詩如參禪。"然則詩也禪也一律乎。以盛唐之詩
譬之濟下之禪，以大曆之詩擬之洞上之宗，寔有以也。從師不
參，則日日雖吟百千篇，不可知句中眼也。拈南豐嗣香者陳無
已也，傳劍南詩燈者陸渭南也，於世的的相承底可見，詩豈可
不參乎？……今叢社參禪參詩者闃而無聞。參詩者益少，或
雖有之，不能以俗爲雅，不能以陳爲新，不馳奇則必騁異，吟之
則如刺人喉，風韻何有哉！[2]

以上兩段文字皆承襲宋人陳説，不過也不無值得注意之處，如後文
痛心叢林參詩風氣不盛，而前文甚至説"詩之外無禪"，都不僅僅是
繼承原語境中"以禪喻詩"的詩禪比喻關係，而是將寫詩作爲禪僧
所應孜孜不倦追求的本業了。在宋人語境中平行的詩和禪在此處
却有了交點，暗示著詩歌本身就是禪意的體現。故而在這種風氣
下聲稱文章爲末事、不立文字者，則難免被指責爲膚廓不學之徒：
"指摘瑕疵於其間者，強致詖辭曰：'比興者之於道，小伎耳，頗亦不
利直指宗也。'烏虖，學識膚末之徒，無乃知□乎？凡吾輩之假辭於
毫楮，寓懷於風騷，同是禪悦之遊戲□然始不二其道也。矧後進耘
素業之暇，捨是無可爲焉。"[3]哪怕還有念及宗門立場，説一句"文章
末事"的，也不過是虛晃一槍而已：

---

①天隱龍澤《錦繡段後序》，《天隱和尚文集》，收入《五山文學新集》第五卷，東
　京大學出版社，1971年，第988頁。
②天隱龍澤《跋龍溪侍者詩後》，《天隱龍澤作品拾遺》，收入《五山文學新集》第
　五卷，第1221頁。
③《雪詩軸》，收入《五山文學新集》第三卷，東京大學出版社，1969年，第667頁。

　　歐陽氏曰韓文公"以詩爲文章末事"，由是言之，文章已一小技，詩又於此尚爲末，何況於道乎？然則詩實吾徒不可不學者乎。故以清凉覺範爲詩僧，有識所恨也。但近古高僧，皆有詩集，後生相承而學之耳。業已學之，不可不精，不精而能工者，未之見也……萬年橫川藏主，一日出示詩稿……因論之曰："昔時洛社全盛，人物如林，爲詩祖師者唱於上，而爲詩弟子者和於下，然得詩法而成一家者，不過兩三人，乃翁羪源師其一也。往事僂指，殆乎七十年矣。今日何日哉，耳冷不聞此舉，世無先輩可以爲標準者，子續誰家詩燈？入誰家詩派而能到此耶？蓋乃翁禪道，子已傳之於不傳，則在詩之家法，亦然乎？且論詩論禪，豈有二哉。至於參句參意，惟一也。若不捨文章末事，而得吾道本色，則可謂大全焉。[1]

瑞溪周鳳此序雖然承認文章爲末事，但其實際目的却是強調學詩的重要性。近古高僧皆有詩集，是學詩的依據之一，根本的原因則是"詩禪無二"，參句參意皆能達道。而追憶往昔詩社之盛，痛惜現今叢林詩風之不振，與上引惟肖得巖痛斥禪僧游談無根、使得禪僧"專門"之學失墜，何其一致！此時，"不捨文章，得吾道"，才是禪林理想的狀態。所以，在大量陳陳相因的"參詩如參禪"的話頭以外，更值得注意的是"禪即是詩"的言論：

　　四海而今仰一翁，道聲應與馬師同。秋軒玩月對諸子，禪在終宵詩話中。[2]

　　禪與詩文一樣同，紫陽今不可無翁。當軒坐斷雄峰上，四

①瑞溪周鳳《小補集序》，見橫川景三《小補集》卷首，收入《五山文學新集》第一卷，東京大學出版社，1967年，第3頁。
②瑞溪周鳳《次韻歡喜江西和尚中秋看月見示二首》（其一），《卧雲稿》，收入《五山文學新集》第五卷，第546頁。

海空來雙眼中。①

　　浦口吹春浪抹青，旅房鷄旦祝堯冀。忽磨蘇味試分直，詩
是吾家《般若經》。②

禪意在終宵的相與論詩之中，詩是禪僧的《般若經》，其著眼點早已
不是宋人平行相喻的詩禪關係，而顯示了五山詩僧"詩即是禪"的
認識。基於這種認識，萬里集九說："詩熟則文必熟，文熟則禪必
熟。"③蘭坡景茝說："杜陵詩似《維摩經》，能傳正法。"④回顧仲芳圓
伊最初所言"能禪者能詩"，詩與禪之間充分與必要的邏輯關係竟
然完全對調了。同時，"文字禪"也成爲禪僧詩歌甚至詩僧的專指：

　　離詩無禪可參，離禪無詩可參。中古以來，五岳專唱文字
禪，故詩道亦如歸叢社矣。⑤

　　主賓分位蔭凉話，文字說禪甘露詩。⑥

　　默雲翁，天下文字禪也。以翁論之，無文、藏叟，其墻短
矣；參寥、覺範，其器小矣。嬉笑文章，怒罵文章，造次文章，顛
沛文章。⑦

以心崇傳序中以文字禪專指詩，乃用其狹義，且可見禪林以詩爲禪

---

① 桂庵玄樹《汝南翁席上用同字和者十章》(其一)，《島隱集》卷上，收入塙保己
　 一等編《續群書類從》第 12 輯下册，續群書類從完成會，1924 年，第 655 頁。
② 萬里集九《正月一日試分直》，《梅花無盡藏》，收入《五山文學新集》第六卷，
　 東京大學出版社，1972 年，第 756 頁。
③《答仲華丈六篇詩序》，《梅花無盡藏》，第 915 頁。
④《洛英首座住丹州長安山門》，《蘭坡景茝作品拾遺》，收入《五山文學新集》第
　 五卷，第 478 頁。
⑤ 以心崇傳《翰林五鳳集序》，收入《大日本佛教全書》第 144 册，第 1 頁。
⑥ 横川景三《次韻益之見寄文叔詩》，《小補東遊集》，收入《五山文學新集》第一
　 卷，第 82 頁。
⑦ 祖溪德濬《與仙英手簡》，《水拙手簡》，收入《續群書類從》第 13 輯下册，第
　 1062 頁。

的盛況。橫川景三詩將惠洪詩作爲文字禪典範、祖溪德濬徑直稱天隱龍澤爲"天下文字禪"皆是因其爲詩僧的緣故，當然，對於這種風氣，也並非完全没有反對之聲：

> 夫詩也，少陵之精微，老坡之痛快，餘無可學者，況本朝諸老乎？ 文也者，得筆於退之，得意於子厚也，宋元以後，不足把玩，秦漢以前，可以取則矣。然詩而雖壓杜蘇，文而雖折韓柳，只一詩僧耳，一文章僧耳。參寥乎？ 覺範乎？ 祖宗門下之罪人耳。向上一著，行住坐臥，歷歷可驗。學者到此得些子力，則詩也、文也，不學而傳矣。蓋道雖多歧，只在方寸；方寸不明而至道者，未之有也。[①]

不過，彦龍周興上述言論僅此一見，而他自己也以能詩著稱於禪林，故上文也不過是像虎關師錬説靈源惟清那樣，"蓋有所激耳"，從中倒可窺見後期以詩爲禪風氣的盛行。順便提及，"詩禪一味"的文字禪觀念不但在五山漢文學中極爲流行，引導著禪僧從參禪悟道走向作詩論文，在和文學中亦不乏呼應與回響，乃至出現類似於"歌禪一味"的表述。禪僧瑞溪周鳳在其日記中提及："因名和歌爲無盡經。"[②]此外，室町時代歌論《さざめごと》中亦言："和歌は本朝の陀羅尼なり。"（和歌乃本朝之陀羅尼）[③]藤原惺窩也有以定家和爲家之和歌集爲《涅槃經》之説[④]，均體現了文字禪觀念對和文學的滲透。

---

①彦龍周興《呈桃源書》，《半陶文集》卷三，第 1151 頁。

②瑞溪周鳳撰，惟高妙安拔尤《臥雲日件録拔尤》，文安四年五月十八日條，岩波書店，1961 年，第 15 頁。

③心敬僧都《さざめごと》〔室町時代連歌論書，兩卷，寬正四年（1463）成書，爲記述連歌歷史、作者、作法之問答體著作〕，載於《日本古典文學大系》，岩波書店，1968 年，第 66 册，第 183 頁。

④藤原惺窩《書正徹老人親筆倭歌後》："昔有以周詩爲吾家《般若經》者，徹亦以兩卿之集爲《涅槃經》者也。"

第三節　惠洪的典範意義與五山禪僧的著述

　　五山禪僧的身份，既有天然的宗教立場，同時又承擔著文化傳承的使命，因此他們對典範的選擇，也是雙向度的。在文學創作立場中，隨著詩歌古文等文體創作風氣的隆盛，五山禪僧在士大夫文學傳統中選擇了其共同的典範，這是本書論述的重點。而在宗教立場上，五山禪僧也有追慕的對象。縱覽日本中世禪林，被津津樂道的大陸禪僧皆是著述宏富的學問僧或詩文僧，如宗密、契嵩、惠洪、參寥、居簡等，其中最被推崇，先後成爲五山禪僧普遍景仰和學習的典範的，則是契嵩和惠洪[1]。不過，從五山文學發展的總體情況來看，五山禪僧對二人的推崇，實質頗有區別。簡言之，契嵩的影響主要在前期，禪僧主要推崇其思想與行道方面的成就；而惠洪則貫穿於整個五山文學全過程，在中後期尤其明顯。當五山禪僧從事撰述與創作活動，惠洪作爲文字禪的典範，其著述、言論、詩文，皆爲日僧所稱道、模仿。五山禪林宗門典範從契嵩轉移到惠洪，其中關節，顯示了五山禪林撰述與創作風氣的轉移。

一、從契嵩到惠洪：五山禪林宗門典範的轉移

　　岐陽方秀有一段話最能體現五山禪林對契嵩和惠洪的推崇：

　　　　其古之士，以才器之宏，故優入諸聖賢之域；以文章之美，故能垂乎後世之法……有甚者焉，肩拍猛陵把筠溪，妄自尊

---

[1] 此點張伯偉在《廓門貫徹〈注石門文字禪〉謏論》中曾予揭示，收入《作爲方法的漢文化圈》，中華書局，2012年，第251—293頁。

大，僭評漫論，以爲宋季諸師，猶有蔬笋之氣，元朝諸師，乃有
臺閣之體。是皆論辭語相似而已。吁，不自計也哉。殊不知
猛陵大羹玄酒也，非褻味之可齒；筠溪太山北斗也，非培塿之
可比。而宋元諸師，則所謂傑然者也，豈可易置喙於其間哉。①

認爲契嵩（猛陵）和惠洪兼具才器之宏與文章之美，是垂法後世的
聖賢一流。不過，細究五山禪僧對契嵩與惠洪的評價，則可以發現
他們的典範形象頗有不同。

前期禪林對契嵩的關注，主要著眼於其"儒釋一致論"與《輔教
編》，體現了禪宗傳入之初，禪僧整頓新文化、建立自己思想體系的
努力和追求，關於此課題學者已有研究②，故此不擬細論，僅舉數例
以驗證契嵩在五山前期的影響。

首先，虎關師鍊、中巖圓月等前期對五山文學影響深遠的禪
僧，撰述皆有模擬契嵩的痕迹，虎關師鍊的《通衡》，中巖圓月的《中
正子》縱論儒釋，體例、內容、思想都對契嵩有所借鑒。

其次，前期五山禪僧特別推崇契嵩以著述力振禪宗、獲得士大
夫社會尊重的努力，這體現了禪宗傳入之初，禪僧希望振興宗門的
願望，故他們時時以契嵩"輔教"自勉：

力任萬鈞輔大教，非韓排歐忤嚴威。《尊僧篇》裏論僧寶，
《定祖圖》中張祖機。③
文章輔教如潛子，道契君王同器之。④
《輔教篇》存人已遠，誰使雄辯挫邪鋒。⑤

①岐陽方秀《寄山陽芝岩上人詩叙》，《不二遺稿》，第 2889 頁。
②關於禪林"儒釋一致論"，參見芳賀幸四郎《中世禅林の学問および文学に関
する研究》第五章《三教一致論の展開》，第 221—244 頁。
③天岸慧廣《拜明教祖師塔》，《東歸集》，收入《五山文學全集》第 1 冊，第 2 頁。
④一峰通玄《奉悼龍翔笑隱和尚三首》（其二），《一峰知藏海滴集》，收入《五山
文學新集》第五卷，第 684 頁。
⑤心華元棣《自警次韻》，《心華詩稿》，收入《五山文學新集別卷》下冊，第 485 頁。

　　潛子有才能輔教，歐陽何意輒爭光。

　　《輔教編》成回佛日，《正宗論》出振禪風。①

　　韓歐不奈此郎何，輔教文章凛未磨。曾向釋天麾佛日，手中一管筆如戈。②

從上引詩句可以看出，五山禪僧最爲傾心的是契嵩以其宏富的著述闡述禪宗思想體系，從而振起宗綱、獲得官方社會認可的成就。至於契嵩在文學方面的成就，整個五山時期皆不甚爲人所注意，只有中巖圓月在《藤陰瑣細集》中極力推崇，以爲不下惠洪、參寥，但並沒有得到其他禪僧的贊成與回應③。

　　比起契嵩，惠洪對五山禪林的影響，從時間上來説更爲長久，從範圍上來説更爲深廣，尤其值得指出的是，惠洪對五山禪僧的示範意義，更多地體現在撰述理念與具體實踐中。五山禪林從理論上掙脱禪宗“不立文字”的桎梏，形成自己的文字禪思想，其許多論點實際上源於惠洪，已如上節所論。而作爲文字禪思想的實踐成果，五山禪僧著述宏富，尤其自中期以後，逐漸地呈現出僧人借鑒士大夫撰述傳統而交融儒釋的趨勢，充分顯示了五山禪僧在真正的創作實踐中對惠洪的自覺取則與追摹。下文將分成學問與文學兩方面分別簡略概述五山禪僧對惠洪的推崇與效仿。

---

①以上兩條分別見義堂周信《次石室韻奉寄放牛和尚》《送小師梵嵩侍者歸里兼簡龍門太清》，《空華集》，第1513、1587頁。

②惟忠通恕《明教》，《繫驢橛》，收入《五山文學新集別卷》下册，第617頁。

③中巖圓月兩次論及契嵩詩，皆極口讚歎，以爲僧詩之高者：“明教《寄月禪師詩》云……其句法皆古遠而清秀，讀者可以一洗胸中塵埃也。”“唐僧能詩者多，而以貫休、齊己尤爲稱之，則固是也。宋以參寥、覺範爲稱。以予論之，鐔津詩，豈可在其下耶？但不多爾。若以不多故病之，則柳子厚當病焉。”（《東海一漚集》，第457頁）

二、宗門之遷、固:學問僧惠洪的典範意義

　　惠洪作爲學問僧,其著述包括經論疏注、僧史僧傳、禪林筆記、
語録偈頌、禪林綱要,其中最被五山禪僧所注意的是他在修撰僧史
方面取得的成就。惠洪的僧史修撰,既包括體例完整的《禪林僧寶
傳》,也包括禪林筆記《林間録》,兩者都是由他創體之作。《禪林僧
寶傳》和《林間録》在五山前期即已傳入日本,受到禪僧們的青睞,
誦讀、講論者不乏其人,在義堂周信、瑞溪周鳳等禪僧日記中時常
可見相關的講義、讀書活動,如《空華日工集》應安六年十二月一日
條、永和元年七月七日條,《卧雲日件拔尤》文安三年十月二十一日
條記載講論《林間録》;《卧雲日件拔尤》文安五年十一月二日條記
載大岳周崇在鹿苑院講《禪林僧寶傳》。二者之中,《禪林僧寶傳》
尤其被視爲修撰僧史的典範,產生了重要影響。

　　《禪林僧寶傳》是第一部專門的禪僧史傳。惠洪有明確的僧史
觀,對僧史撰述的目的與功用、體例與語言都有自己的看法,而《禪
林僧寶傳》就是系統實踐其僧史觀的作品,故在體例和史材的處理
上都有創新,頗爲後世禪林史家所法[1]。首先,惠洪根據其“多識前
言往行”的目的修撰僧史,故《僧寶傳》爲禪師作傳“載其語言”,“兼
記其行事”,言事並重,有别於之前燈録體禪史只記機緣語句。同
時,在記傳主行事之時,特别注重“悟法之由”與“臨終之異”,以便
參學者從前賢的言談舉止中窺見古人妙處,故而被譽爲“事簡而
完”。其次,惠洪“依仿史傳,立以贊詞”。開僧史僧傳作贊之先例,
且其贊詞散文與詩偈相結合,頗具文學色彩。《僧寶傳》開創的全
新的僧傳範式,在後世禪林繼承效仿者不乏其人,故惠洪也被稱爲

---

[1]關於惠洪的史學觀念和《禪林僧寶傳》的撰寫體例,前引陳自力《釋惠洪研
　究》及李熙《僧史與聖傳──〈禪林僧寶傳〉的歷史書寫》(中國社會科學出版
　社,2014 年)中皆有專門研究,本書據其研究成果綜合概述。

“宗門之遷、固”。

五山禪僧對惠洪撰史的成就普遍認同,首先表現在他們往往將惠洪與“僧史”等同,如義堂周信“寂音不作舟峰逝,僧史今誰作斷弦”[1],天隱龍澤:“僧史文章無寂音,宗風落寞奈何禁。”[2]感歎無人繼承惠洪的修史事業;月舟壽桂:“若編僧史擬詩史,覺範參寥爲一人”[3],將參寥詩僧的形象與惠洪修史的功績對舉;天隱龍澤:“僧史文章潘江寬,天下再出英物範。”[4]稱道《禪林僧寶傳》文采粲然。至於用惠洪編史來比附、恭維禪僧就更常見了,僅以蘭坡景茝集中的入寺疏爲例:

> 筠溪是宗門固、遷,獨成斯文機軸。
> 明白之編僧史,輔教猶存。
> 寂音才似機杼師,矧著禪林僧傳。[5]

筠溪、明白、寂音,皆是禪林對惠洪的別稱,由此可見惠洪《禪林僧寶傳》在五山禪林受到的高度評價。

《禪林僧寶傳》在五山時期已刊刻,五山版至今存世,另還有岐陽方秀所作《僧寶傳不二抄》。其僧史觀和僧傳體式,對五山時期的僧史編撰意識和體例都有較大的影響,爲禪僧們所推崇取法,下文以之與虎關師鍊所編日本首部僧史《元亨釋書》簡略的對比説明。

惠洪作爲禪僧,爲宗門撰史的意識就對虎關有所影響。據記

①義堂周信《送歡書記歸京》,《空華集》卷七,第 1539 頁。
②天隱龍澤《戊寅冬節之後一夕,岷驅烏有初雪之作,余乃剔燈呵毫,卒改數字示之,且書一章,以次韻云》,《默雲稿》,收入《五山文學新集》第五卷,第 1108 頁。
③月舟壽桂《卒次惠阜作成老人櫻花韻》,《幻雲詩稿》卷二,收入《續群書類從》文筆部第 13 輯上册,第 193 頁。
④天隱龍澤《又次寄松社翁之句》,《默雲稿》,第 1216 頁。
⑤以上三例分別見蘭坡景茝《抱節住南禪江湖》《正宗住建仁江湖》《玉莊住南禪江湖》,《雪樵獨唱集》,收入《五山文學新集》第五卷,第 153、194、195 頁。

載，虎關受一山一寧啓發，決心爲日僧修史。但他與明極楚俊的書簡這樣説：

> 吾梁、唐、宋三傳，不爲全史焉，故黄太史病諸，洪覺範又往往譏贊寧之失。予之有事於編修，所以深欽大怕者也。①

從中可見曾受惠洪史論的啓發，對其僧史觀念也有認同，正因如此，虎關才潛心鑽研史傳體例，其《通衡》第四篇多論撰史的體例、語言等，對大陸之史傳與僧史皆有深入的研究，所論除涉及大陸僧史以外，對《尚書》《春秋》《史記》《漢書》《晉書》以下外典史書也都有獨特的看法，形成了自己的史觀。這種在方法上廣泛取則、溝通內外的做法，不無惠洪撰史的影響，也正因如此，《元亨釋書》才能和《僧寶傳》一樣，成爲創體之作。

　　從整體結構上來説，《元亨釋書》與《禪林僧寶傳》並不完全相類，這是由於《僧寶傳》只爲禪僧立傳，而虎關決心修編日本首部僧史，傳主是日僧全體，故他在傳記部分先仿《高僧傳》設十科，區別不同宗派，而每科類以時代先後爲次。但是虎關在具體傳記體例上至少有兩點受惠洪之影響，即上文所言由惠洪開創的“言事並重”和“立以贊詞”的立傳方法。以《净禪篇》的禪僧傳爲例，虎關並沒有像燈録一樣只記載禪師的機緣語句，而是重視禪師的行道經歷。而其贊詞更是學習了《僧寶傳》靈活的處理方式，表現在語言上是散文與駢句相間，隨其事之多寡而定其言之長短；在體制上則與《僧寶傳》一樣，既有單贊，也有合贊，合贊多因傳主在舉止和思想上有共同之點，例如大休正念、西澗子曇、一山一寧就三人合贊，因爲“三者宋地之彦而此方之英，又吾道之所因也”②。正因虎關在日本僧史方面的首創之功，他圓寂不久後，後光嚴院就下敕《元亨

---

①《與明極》，《濟北集》，第 211—212 頁。
②虎關師鍊《一山一寧傳》，《元亨釋書》卷八，收入《大日本佛教全書》第 101
　册，第 100 頁。

釋書》入藏,禪林衆僧各有賀偈,製成偈頌軸《獅子絃》,以推崇其編修僧史的成就:

> 釋書三十卷,簡而足,繁而整,明行解、感應之分科,而無阿私偏僻之謬誤。噫,痹同傳而載之者,耀於盛名於百千年下,惟善慈根力之所致也。大哉雄辯也!能論司馬、歐陽之國史,而議潛子、覺范之篇書,將獨步翰墨場中而點胸賢聖叢裏者也。①

在賀偈中,他往往也被稱爲"宗門之遷、固",可見五山禪僧對其師法惠洪有準確的認識:

> 釋書撰在元亨年,皆謂僧中有史遷。大藏新添三十卷,動宸非是小因緣。(中山法穎)
>
> 三朝僧史舊威光,何似釋書文藻昌。非啻聖君寵收藏,寂音山谷可稱揚。(大嶽妙積)
>
> 日域合生太史才,吾皇敕製釋書來。充佗遷、固手中筆,列祖眼睛橫點開。(南海聖珠)②

虎關《元亨釋書》對此後禪林修撰僧史頗有影響,在他之後有定山祖禪《續釋書》、絃外智逢《元亨釋書便蒙》,皆以之爲日本禪林僧史撰述之典範,可見其影響,同時也不能不説是惠洪僧史撰述流衍於日域的成果。

三、規模東坡,借潤山谷:詩文僧惠洪的典範意義

作爲詩文僧,惠洪有詩文集《石門文字禪》三十卷,收録了其一生的詩文詞作品,是其從事文學創作,"以臨高眺遠不忘情之語爲

---

① 《獅子絃》,收入《五山文學新集別卷》上册,第995頁。
② 見《獅子絃》,第992—993頁。

文字禪”的集中代表,内容的豐富性和包容性在整個宋僧中鮮有其
匹;除此以外,他還留下了《冷齋夜話》《天厨禁臠》兩種詩學著作,
反映了他的文學創作理念與審美趣味。這些著作皆在五山時期傳
入日本,成爲五山禪僧從事文學創作與批評的典範①。下文分别論
述兩者的影響。

　　首先,從惠洪從事文學創作的整體面目而言,他雖爲出家忘情
之禪僧而喜結交士大夫,關注世事,好論古今是非成敗,屢受政治
牽連,同時博覽群書,推崇以蘇軾、黄庭堅爲代表的元祐文學傳統,
因此,其《石門文字禪》毫無一般詩僧清瘦寒儉的“蔬笋氣”,内容豐
富,題材廣泛,體裁多樣,風格豪健。僅從詩歌題裁來看,惠洪詩包
括詠史、詠物、紀行、紀事、登覽、雅集、贈别、節序、讀書、題畫、論
詩、談禪、説理、述懷等。並且,惠洪詩歌從内容來看有三點值得注
意:一是創作了大量交游雅集的酬應類作品,詩歌顯示出强烈的交
際性特點;二是有大量談文論藝、評詩品畫的作品,顯示出濃厚的
書卷氣與人文底蘊;三是尤擅長書寫方外與世俗的日常生活,日常
瑣細在他的筆下實現了詩意與禪意的升華。這三方面的特點,脱
略山林蔬笋之氣,具有士大夫面目,可以説與此前詩僧擅長苦吟、
詩歌内容不出山林的傳統大異其趣,而與典型的元祐詩歌具有一
致性,無怪乎前人評惠洪詩,直言其“頗似文章巨公所作,殊不類衲
子”②。這正是惠洪文學上“規模東坡,借潤山谷”③的成果。對比整
個五山禪林文學,可以説五山禪僧創作的整體面貌亦呈現出相似
的特點,詩歌題材内容的博大豐富、明顯的交際性特點與濃厚的人
文氣息,對雅集、文藝、書齋生活與日常的熱衷,這些内容都將在本

_____
①《冷齋夜話》《天厨禁臠》皆有五山版流傳,參見張伯偉《稀見本宋人詩話四
　　種·前言》,張伯偉編校《稀見本宋人詩話四種》,江蘇古籍出版社,2002年,
　　第1—12頁。
②許顗《彦周詩話》,何文焕輯《歷代詩話》,中華書局,2004年,第382頁。
③語出祖琇《僧寶正續傳》卷二《明白洪禪師傳》,《石門文字禪校注》,第4568頁。

書主體章節中詳細論述。五山禪林文學的這種整體風格，甚至於他們對蘇軾、黄庭堅以及元祐文學的高度推崇，從根本上來説正是以他們崇仰的前輩惠洪爲榜樣的。

就具體的詩歌創作而言，惠洪不少詩作因爲兼富禪理、詩情、畫意，成爲中日禪林詩、畫、禪結合創作傳統的典範。如周裕鍇論證，中日禪林規模宏大的“瀟湘八景”詩畫創作傳統，其詩歌的向度就以惠洪爲典範[①]。實際上，不僅僅五山禪林的“瀟湘八景”詩創作是接受惠洪典範影響的結果，在此基礎上，還産生了一系列的“八景”“十境”組詩，五山禪僧也將其源頭追溯到惠洪。與此類似的尚有《四暢圖》的創作傳統：

> 李成德爲《四暢圖》，垂鬚佛嘗賦之……夫垂鬚佛也，山林而名重朝廷，於書無所不讀，於文無所不能，而尤工於詩，以故趙宋一時文人，翰墨之妙，拳拳服膺。吁，必有大過人者乎。不然，四暢之圖，千載而下，而豈有續之乎哉？玉府續翠禪伯者，詩尊宿也，今計其魁傑之作，不見垂鬚佛也。[②]

四暢描寫理髮、搔背、刺嚏、明耳四事，禪宗詩偈傳統中頗喜以此種日用小事爲題，藴含精微的禪理，傳統的《日用十事》與此處惠洪題《四暢圖》的絶句皆是如此，如《搔背》寫“癢處搔不及，賴有童子手。精微不可傳，齬齒一轉首”[③]，就以搔癢的微妙感受來喻指開悟。材料中垂鬚佛即指惠洪，從東沼周曮的跋語中，可見其以惠洪爲《四暢圖詩》之典範，而對江西龍派不祖述惠洪，略有微詞。其次，在詩歌創作上，惠洪作詩提倡“妙觀逸想”，以智慧之心對世界作神秘、

---

①周裕鍇《典範與傳統：惠洪與中日禪林的“瀟湘八景”書寫》，《四川大學學報》2014 年第 1 期。

②東沼周曮《江西和尚賦四暢圖後跋》，《流水集》，收入《五山文學新集》第三卷，第 485 頁。

③惠洪《李成德畫理髮搔背刺嚏明耳爲四暢圖、乞詩作此四首》（其二），《石門文字禪校注》卷十四，第 2213 頁。

直覺、超越常規的觀照和變化無礙的審美構思①,其詩歌在比喻、擬人的修辭方式上頗有創獲,惠洪比喻中這種巧妙的構思常爲日僧所注意和學習。又如惠洪詩中喜用"春"意象,常以之喻人的精神氣度、畫筆之妙、禪意的境界和詩文之筆力②,就爲日僧所學習和仿效。如以"回春"比喻詩人筆力之工,乃惠洪首創,並屢用之,而義堂周信就曾借用:"胸含古井千年冷,筆挽陽春一夜回。"③以春陽化生萬物之和融比喻得道圓滿的禪境,東陵永璵借用之比喻夢窗疏石之道"如春行大地"④。

　　另外,五山文學中除了作詩傳統外,也盛行諸體文章的創作。宋元禪林各體文章以惠洪爲典範者,周裕鍇曾論述至少有三種,即疏文、題跋與字序⑤。這一論述,移之於五山禪林亦同樣成立。就《五山文學全集》和《五山文學新集》來看,詩歌以外,禪僧的諸體文章創作,最爲大宗者正是疏文、詩畫軸題跋題序與字序,五山禪僧創作這三類文體蔚然成風。而在這三種文體中,疏文尤爲五山禪僧所重視,其在五山文學中的地位可與詩歌並列。五山禪林的各體應用疏文,從體裁上來説具有宋代新體四六文的特點,應用於宗門各種禮儀場合,其中最爲重要者是禪僧入寺疏文。每當禪僧在住寺之際,禪林諸方皆作入寺疏以賀之。五山流行的這種四六疏文,是頗以惠洪爲典範的。僅以虎關師鍊所編《禪儀外文集》爲例,總計選入寺疏49篇,惠洪一人占10篇,與物初大觀並爲入選最多

---

① 關於惠洪"妙觀逸想",參見李貴《試論北宋詩僧惠洪妙觀逸想的詩歌藝術》,《四川大學學報》1999年增刊。
② 惠洪詩禪中的"春"意象,台灣學者蕭麗華有專文論述,載氏著《"文字禪"詩學的發展軌迹》,新文豐出版公司,2012年,第231—258頁。
③ 義堂周信《和答大照三首》(其一),《空華集》卷七,第1545頁。
④ 東陵永璵《夢窗國師語録序》,《璵東陵日本録》,收入《五山文學新集別卷》下冊,第82頁。
⑤ 周裕鍇《石門文字禪校注前言》,《石門文字禪校注》,第8—9頁。

的禪僧。並且,占他個人入寺疏總數的百分之七十①,已可見其疏文對五山禪僧的影響。

　　惠洪《石門文字禪》在五山禪林的影響是從整體直至細節的,因此,被北村澤吉認爲學詩於惠洪的義堂周信②,在日記中這樣評價《石門文字禪》:"《石門》波瀾廣大,教海汪洋矣。"③另外,《石門文字禪》惟一注本的作者是江户時代禪僧廓門,這也是日本禪林推崇惠洪詩歌之證據。

　　《冷齋夜話》在五山禪林的影響,可以通過下面的例子來驗證。《冷齋夜話》卷二"韓歐范蘇嗜詩"條論蘇軾和黄庭堅詩,曰蘇軾"友愛子由,而味著清境",舉蘇詩中"風雨對床"的意象爲例;曰黄庭堅"寄傲山林,而意趣不忘江湖",舉黄詩中諸多的"白鷗"意象爲例④。五山禪僧在塑造蘇軾和黄庭堅的典範形象時,以上兩個意象是使用得最爲頻繁的,且對其内涵都有所延伸和發明。雖然以蘇、黄在五山禪林的風行程度,禪僧不可能要間接通過惠洪認識蘇、黄,但僅就這兩個關鍵意象的發現來説,惠洪應當起到了首先標舉的作用。另外該書卷六"東坡稱道潛之詩"條,舉東坡稱道道潛的兩則名句"風蒲獵獵弄輕柔,欲立蜻蜓不自由。五月臨平山下道,藕花無數滿汀洲"與"禪心已作沾泥絮,不逐春風上下狂"⑤。在五山文學中,幾乎有關於道潛的所有文字,如道潛畫像贊、論道潛詩的絶句,皆脱胎於道潛此二詩,尤其是五山禪林還大規模流行《藕花汀洲圖》《風蒲蜻蜓圖》和以此二句爲句題詩的絶句,簡直俯拾皆是,不勝枚舉,從中可以窺見五山禪僧對道潛的認識和受容,其中介應當是東坡的標舉和惠洪《冷齋夜話》的記載。

---

①虎關師鍊《禪儀外文集》,駒澤大學電子貴重書庫藏室町末期寫本。
②北村澤吉著《五山文學史稿》,富山房,1942年,第376頁。
③《空華日用工夫略集》,第58頁。
④《冷齋夜話》卷二,《稀見本宋人詩話四種》,第21頁。
⑤《冷齋夜話》卷六,《稀見本宋人詩話四種》,第59頁。

　　總之,惠洪在五山文學中產生了廣泛的影響,作爲文字禪的典
範,成爲禪僧們景慕的對象。在命名立字之時,五山禪僧常通過取
名取字於惠洪,表達景仰之情,其別集許多字説皆是明證,兹舉彦
龍周興集中兩例:

　　　　覺範,十四登童科,十九得度試經,九流百家,過目成誦,
　　遂得自在三昧於文關西。呻吟謦咳,皆作文章;喜笑怒罵,靡
　　非佛事。規模東坡,借潤山谷,秕糠九僧三十二釋者,筠溪詩
　　也。甄拔八十一人,修史於僧寶,則比以司馬遷、班固;品藻三
　　百餘事,著録於林間,則譬諸樂廣、潘安仁者,筠溪文也。印開
　　濟下三要,排辨洞上五位,論末後句,呵張相公之悟處;指三種
　　失,斥古塔主之説法者,筠溪禪也。昔人稱天下英物、聖宋異
　　人者,㥒不誣矣。少年所矜式不亦大哉!……公他時異日,試
　　經得度,心空及第,其文章也,其道德也,學而到不可學,則必
　　有得焉。名已爲今筠溪行,若不愧古覺範,則向之慕盧行者、
　　慕陳蒲鞋、慕曾郎、齋公者,風是在下矣。(《景筠字説》)

　　　　以文字禪發揮吾宗者比比在焉……關西一傳,得筠溪覺
　　範。範於文也,攢花簇錦,戞玉鏗金,驅遷、固於筆,折蘇、黄於
　　面前,故無盡張公,指以爲天下英物,不亦美而榮乎?方今叢
　　社凋零,贗緇成林,學不古,道不古。公當此時,範其名,英其
　　號,睎驥者驥之乘也,其志可見矣。(《文英字説》)①

從上文可見,惠洪以其禪、詩、文完美的結合,最終成爲五山禪僧最
爲推崇的禪林典範。
　　綜上所述,通過對五山時期文字禪思想的整理,可以發現日本
禪林關於禪道與文字關係的表述,在前期受容中國禪林相關理論
的基礎上,逐漸地發生了變異,這既是他們對宋代詩話中"以禪喻

────────────

① 兩文載彦龍周興《半陶稿》,收入《五山文學新集》第四卷,第1067、1076頁。

詩"的詩論的吸收與利用的結果，也是禪宗傳入日本後發生在地變異的表現。相比於大陸禪林對惠洪評價的頗多爭議，在五山時期，惠洪一直受到日僧的極力推崇，這一典範選擇與五山禪林的文字禪思想、撰述風氣是互爲表裏的。隨著五山禪林文字禪思想的發展，禪林文學才逐漸地、更多地展現出世俗文學而非宗教文學的面貌，最終禪僧們才會以士大夫詩人作爲他們詩歌創作追摹的最高典範。

上編　典範的形塑

第一章　日本五山禪林詩畫
世界中的東坡形象

　　蘇軾生前即享盛譽，其聲名流播日域，離去世亦不遠。由現存文獻可知，最晚在平安後期，蘇軾已爲日本人所知[①]。鎌倉時期，東坡首先因其與禪宗的密切關係、詩歌的禪學元素受到禪宗僧人的極力推崇，逐漸成爲日僧最推崇的文化偶像，受到了最高稱揚，正宗龍統《東坡先生畫像贊》中言：

　　　　寂音尊者贊東坡先生，有曰："要當以日月爲字，而天爲碑可乎。"由宋以還，名士賢大夫，皆雖盡口而稱，未敢有其言之妙及於此。吁！尊者獨表而出之，偉哉！予竊謂先生乃天地日月之間氣，奚翅孕眉山草木之秀也乎？先生之聲名，蓋四海者，天也；先生之文章，貫千古者，日月也。其聲名也，傳之於遐方殊域，而敬羨焉。[②]

引用惠洪贊頌東坡之語，將其比作天地日月。室町後期，五山禪僧

[①] 現存日本文獻中關於蘇軾最早的記載，出現在平安時代末期藤原賴長《台記》摘抄本《宇槐記抄》中，仁平元年（1151）九月二十四日條記載前一年（1150）宋商劉文冲將《東坡先生指掌圖》等二帖贈予藤原。所記書籍雖屬假託，但東坡之名已爲日人所知，却是事實，此時距蘇軾去世恰半個世紀。參見早川光三郎《蘇東坡と国文學》，《斯文》第 10 號，1954 年 7 月。

[②] 正宗龍統《東坡先生畫像贊》，《禿尾長柄帚》，收入《五山文學新集》第四卷，第 15—16 頁。

甚至組織東坡祭,在東坡生辰之日、東坡抄物講畢之日舉行,萬里集九《梅花無盡藏》中可以看到相關的祭文、祭詩數篇,可見蘇軾所受到的推崇。正宗龍統在另一篇像贊中,總結了日本五山禪林對蘇軾的欽慕:

> 既蛻世至於今,閱年殆乎四百,是非判然,天下皈正,慕者倍蓰其存之日,及此扶桑萬里之外,靡然思其人。思其人而不已,講其書,講其書而不已,肖其像以傳,寔天定勝人者。不知自今之後,與孔孟俱行於世,復可累幾百年,是孰使其然哉。①

將東坡與孔孟並列,敘述了五山禪林讀其書、肖其像的盛況,大體勾勒出了東坡及其詩文在五山禪林傳播的軌跡。關於蘇軾被在日本中世禪林的接受情況,前賢從作品傳播、抄物撰作等不同角度作過不少研究,不過,既往的研究主要以文獻史料爲中心,透過五山禪僧留下的文學文本、圖像材料,挖掘蘇軾詩文在日域的接受與闡釋的特點,則尚未受到充分關注與討論。其實,五山禪僧們在讀坡、講坡之餘,又從蘇軾的經歷、作品中汲取素材與靈感,攫取故實、情境與物象,創作了一系列的涉蘇圖繪、題畫詩與讀坡詩。這些繪畫與詩歌展示了五山禪僧對蘇軾其人及其作品的理解、闡釋與再創造,爲我們研究蘇軾在五山禪林的傳播與受容提供了新的材料與視角。其中,五山禪僧詩文集中所留下的數量眾多的涉蘇畫題與題畫詩,在畫題選取、畫面呈現與畫意闡釋方面,都體現出某些與中國宋以後的涉蘇繪畫相異的旨趣,是一個值得挖掘的話題。因此,本章擬以五山禪林的涉蘇畫題與題畫詩爲中心,考查五山禪僧如何通過詩畫藝術形塑其心中的典範,探討禪僧們對蘇軾其人其文的獨特解讀與創造性闡釋,比如禪僧們如何圖繪東坡?將之置於何種背景之下?其中的視覺元素與故實出自何處?蘊含

---

① 正宗龍統《禿尾長柄帚》,第 108—109 頁。

何種意趣？這些問題都反映了圖繪者對東坡形象的想象與重塑，本章希望圍繞這些問題展現蘇軾在五山禪林接受的一個側面，並以此認識五山禪林接受宋詩影響的某些著眼之處。

第一節　畫圖今日尚驚群：
五山禪林的涉蘇畫題與題畫詩

　　作爲極具人格魅力的藝術全才，早在蘇軾生前，就已有不少畫家摹寫其像。而在其身後近千年間，東坡也始終是畫家最愛圖繪的古代文人之一。在崇仰東坡的五山禪林亦同樣如此。根據救仁鄉秀明《日本における蘇軾像（二）──中世における画題展開》的考察，五山禪林流行過的東坡圖繪，超過三十種①。那麼，蘇軾在五山禪林的圖畫中究竟表現爲怎樣的形象呢？下文主要圍繞相關圖錄與從五山禪僧別集中所搜集的材料展開論述②。

────────

① *Museum*（東京国立博物館研究誌）第 545 號，1996 年 12 月。救仁鄉秀明在此文中列舉了五山禪僧詩文中曾題詠過的東坡圖繪 34 種，並一一考證了其出處。本章對五山禪林流行的東坡圖繪之論述，出自筆者對《五山文學全集》《五山文學新集》《翰林五鳳集》《山林風月集》以及《續群書類從》文筆部第 12 輯、第 13 輯所收入的五山禪僧別集中相關文本的搜集與整理，同時，也參考了救仁鄉秀明此文。但筆者所考證的東坡圖繪的數量、種類及其在禪林創作的源流皆與氏著有出入，此外，筆者本章不單列舉考證五山禪林東坡圖繪的流傳情況，同時亦將之一一與中國宋元以來的東坡圖像進行對照，以此揭示兩者之間的差異。

② 關於日本流傳的東坡圖繪的研究，除上注提及的救仁鄉秀明一文外，此外尚有救仁鄉秀明《日本における蘇軾像──東京国立博物館保管の模本を中心とする資料紹介》〔*Museum*（東京国立博物館研究誌）第 494 號，1992 年 5 月〕就東京博物館所藏東坡圖像展開。另外，由於東坡笠屐圖歷來頗受關注，所以關於五山禪林的東坡笠屐圖研究相對豐富，如日本學者朝倉尚《贊蘇軾笠屐像作品について》（《岡山大学教養部紀要》第 12 輯，（轉下頁注）

1. 東坡畫像

東坡畫像應當屬於比較正式的人物肖像畫。這類圖繪在蘇軾生前即已產生,根據蘇軾詩文,如秀才何充、妙善和尚、李德柔、程懷立、李公麟等都爲其繪製過畫像,此外,在其生前或身後,曾經留下他足迹的密州、徐州、黃州、杭州等地,百姓拜謁其像的記載也多見於典籍中。同樣,隨著蘇軾影響及於日域,東坡畫像自然也隨之流傳,因此這種人物肖像畫也是五山禪林東坡圖繪的大宗。曾題寫相關圖繪的禪僧,有惟肖得巖、江西龍派、瑞巖龍惺、瑞溪周鳳、橫川景三、希世靈彥、萬里集九、天章澄彧、彥龍周興、策彥周良、東沼周曮、正宗龍統等,留下了衆多的詩作。這種肖像畫,也主要沿襲宋元時期東坡像的圖式,圖中的東坡多著其標誌性的高筒窄簷"子瞻帽",著野服,按藤杖,神情温粹,風骨凛然。天章澄彧《坡仙贊》對此類畫像曾有比較細緻的描繪:"白髮紅頰,帽甚高著,三韓布袍而按籐杖,年六十許,如世所畫像也。""眉山間氣長帽翁……風骨巉岩中温粹,帝奇其才盛玉堂。"①

2. 東坡遊三游洞圖

遊三游洞出自蘇軾早年經歷。嘉祐四年(1059),蘇洵攜蘇軾、蘇轍兄弟出峽,同遊宜昌古迹三游洞,洞因白居易、白行簡兄弟與元稹曾偕遊而得名,蘇氏父子集中皆有遊覽之作留存。五山禪僧

(接上頁注)1976 年 3 月),就日本五山禪林流行的東坡笠屐圖展開了論述;此後韓國學者朴載碩《宋元時期的蘇軾野服形象》(收入石守謙、廖肇亨主編《東亞文化意象之形塑——第十一至十八世紀間中日韓三地的藝文互動》,臺北允晨文化公司,2011 年,第 461—505 頁),也分析比較了《東坡笠屐圖》在宋元時期和日本室町時期的接受、傳播情況;台灣學者朱秋而則在前人研究的基礎上,總結了五山禪林東坡圖畫的八種主題(參朱秋而《日本五山禪僧詩中的東坡形象——以煎茶、風水洞、海棠等爲中心》,收入石守謙、廖肇亨主編《東亞文化意象之形塑》,第 331—364 頁)。
① 天章澄彧《棲碧摘稿》,收入《五山文學新集別卷》第二卷,第 448 頁。

將此經歷圖爲圖繪,是五山禪林將三蘇父子同繪的圖畫之一種。瑞溪周鳳有《東坡遊三游洞圖》詩:"峽邊小洞滯蘇仙,後有子由前老泉。"①則畫面內容當表現三人同遊之情景。

3. 二蘇對床聽雨圖

蘇軾與蘇轍兄弟情篤,二人有"夜雨對床"之約。其中以《辛丑十一月十九日,既與子由別於鄭州西門之外,馬上賦詩一篇以寄之》最早,作於嘉祐六年(1061)赴鳳翔任在鄭州西門與蘇轍相別時,詩中言:"寒燈相對記疇昔,夜雨何時聽蕭瑟。君知此意不可忘,慎勿苦愛高官職。"②此後如《初秋寄子由》《東府雨中別子由》等詩屢屢及之,宋人已經關注到此,如《王直方詩話》、惠洪《冷齋夜話》均有"夜雨對床"的條目。"夜雨對床"意象,自蘇軾拈出之後,給予後代詩人深遠的影響,屢見於詩文中,成爲表現兄弟或朋友親愛的一個典範意象③。不過,中國宋元時期似乎未見有專門爲蘇氏兄弟圖繪夜雨對床圖像,就目前所見材料來看,這一主題的圖繪至清代方有創作,如《中國古代書畫目錄》著錄有清康熙四十年(1701)禹之鼎所繪《對床風雨圖》,又如查慎行有《題劉若千前輩夜雨對床圖小照》詩,曰:"平生怕讀潁濱詩,中有傷心幾行淚。關中二劉今二蘇,才名宦迹兩不孤。有生聚散誰免得,看取《對床聽雨圖》。長公秀骨仙之臞,次公白皙豐而腴。題詩尚爾感顱領,令我展卷增嗟吁。"④詠劉若千《對床聽雨圖》,圖中所寫或爲蘇氏兄弟對

---

① 瑞溪周鳳《臥雲稿》,第 375 頁。

② 張志烈、馬德富、周裕鍇主編《蘇軾全集校注》,河北人民出版社,2010 年,第 181 頁。

③ 關於蘇氏兄弟詩中"夜雨對床"意象的研究,可以參看加納留美子《夜雨對床——蘇氏兄弟所期望的理想將來》(《新國學》第 9 輯)、鄭若萍《二蘇唱和寄懷詩中"夜雨對床"意象的內涵》(《華中師範大學研究生學報》2013 年第 4 期)。

④ 查慎行撰,范道濟校點《敬業堂詩集》卷三十六,中華書局,2017 年,第 1100 頁。

床聽雨的形象;此外又如清末鄧顯鶤、鄧顯鶴兄弟相約銘志的《雪堂聽雨圖》,此圖取蘇詩"慎勿苦愛高官職"之意,寄託兄弟二人的對床聽雨之約,一時如何紹基、李星沅、彭洋中等皆爲之題詠①。在五山禪林,禪僧們亦對於蘇氏兄弟的"夜雨對床"之約深感興趣,除經常在詩文中使用這一意象,似乎比中國更早將之寫爲圖像,題畫詩的作者有月舟壽桂、雪嶺永瑾等,這一畫題在禪林友社詩會場合使用的情景,雪嶺永瑾有所記載,後文將予以分析。

4.東坡吉祥寺看花圖

此圖取材於熙寧五年(1072)三月蘇軾於杭州吉祥寺觀牡丹一事,與此相關詩文作品有《牡丹記叙》《吉祥寺賞牡丹》《吉祥寺僧求閣名》。其中《吉祥寺賞牡丹》詩:"人老簪花不自羞,花應羞上老人頭。醉歸扶路人應笑,十里珠簾半上鉤。"②明末清初有取材於此詩的詩意畫,據黄鉞《于湖竹枝詞七十四首》其十四自注:"蕭尺木畫《太平四十景》,取東坡《吉祥寺看花》詩意圖之,蓋牽合耳。"③則蕭雲叢(1596—1673)有取材於此詩的詩意畫。但五山禪林更早即有這一題材的圖繪流傳,瑞溪周鳳(1392—1473)有《東坡吉祥寺看花圖》詩:"蜀客寓餘杭,洛花開吉祥。相逢兩英物,何恨在他鄉。"④

5.試院煎茶圖

熙寧五年(1072),蘇軾在杭州通判任上,監試科場。監試期間,有《試院煎茶詩催試官考校戲作》:"蟹眼已過魚眼生,颼颼欲作松風鳴。蒙茸出磨細珠落,眩轉遶甌飛雪輕。銀瓶瀉湯誇第二,未識古人煎水意。君不見昔時李生好客手自煎,貴從活火發新泉。

---

① 連國義《二蘇"對床夜雨"考述》一文中,論及清代的《風雨對床圖》圖式與主題,收入《第十屆宋代文學國際研討會論文集》,第76—80頁。
② 《蘇軾全集校注》卷七,第655頁。
③ 黄鉞撰,陳育德、鳳文學校點《壹齋集》,黄山書社,1999年,第120頁。
④ 瑞溪周鳳《東坡吉祥寺看花圖》,此詩選入《翰林五鳳集》卷五,第149頁。

又不見今時潞公煎茶學西蜀，定州花瓷琢紅玉。我今貧病常苦飢，分無玉盌捧蛾眉。且學公家作茗飲，塼爐石銚行相隨。不用撐腸拄腹文字五千卷，但願一甌常及睡足日高時。"①此詩是蘇軾詠煎茶的名作，對煎茶諸事有細膩生動的描繪，宋人頗爲關注。同時，煎茶作爲一樁深具人文趣味的文人雅事，也屬於畫家們樂於表現的畫題，因此，東坡煎茶成爲後人東坡圖繪的題材之一。不過，宋以後的煎茶圖，並未必以東坡煎茶爲主，陸羽、盧仝也是非常受關注的對象，要之，中國繪畫傳統中的煎茶圖，其重點乃在"煎茶"，而非東坡。而五山禪林流行有數種以東坡煎茶爲題材的圖繪，除試院煎茶以外，汲江煎茶也同樣形成了圖繪。同時，《讀東坡試院煎茶詩》亦間有作者。所涉的禪僧主要有江西龍派、瑞岩龍惺、彥龍周興、春澤永恩。

6. 中秋觀潮圖/望海樓觀潮圖

中秋觀潮圖亦出自蘇軾在杭州時的詩文，集中所作相關詩歌有熙寧五年（1072）的《望海樓晚景五絶》《催試官考較戲作》《八月十七日，復登望海樓，自和前篇，是日榜出，余與試官兩人復留五首》，以及熙寧六年（1073）的《八月十五日看潮五絶》。這些詩歌集中描繪了杭州中秋前後的海潮勝景，壯闊的景象天然具備入畫的潛質。因此，相關圖繪在五山禪林相當流行。據畫題來看，有《蘇公中秋觀潮圖》，據題畫詩可知表現的是月夜潮湧的景象；也有題爲《東坡望海樓觀潮圖》《東坡錢塘觀潮圖》《八月十八日觀潮圖》，表現的是"銀山湧出浪花中""胥潮捲雪越山巔""萬人江上弄潮游"的壯觀畫面，可見畫面並非一種。現存有題畫詩的作者計有邵庵全雍、景徐周麟、琴叔景趣、三益永因、月舟壽桂。這些題畫詩除描繪畫面的壯觀之外，還多以熙寧年間新黨執政、蘇軾不獲重用的遭

遇爲著眼點，如"忠直不拯天下溺，監州却屈濟川材"①"熙寧權相無全策，壯觀歸吾長喟翁"②。

7. 東坡祥符寺觀燈圖

祥符寺觀燈圖取材於蘇軾詩《祥符寺九曲觀燈》《上元過祥符僧可久房，蕭然無燈火》，此二詩作於熙寧六年（1073）上元節，前者描述在大中祥符寺觀燈之場面，後者則記述觀燈後過詩人方外之友可久禪房一事。以筆者所見之資料，此詩在中國似少被注意，亦未曾入畫。但是五山禪僧則對此頗多關注，不但有相關畫題，還有不少《讀東坡祥符寺觀燈詩》之讀詩詩流傳。相關作者有瑞岩龍惺、瑞溪周鳳、雪嶺永瑾、三益永因、春澤永恩等。值得注意的是，雖然蘇軾《祥符寺九曲觀燈》一詩以"紗籠擎燭逢門入，銀葉燒香見客邀。金鼎轉丹光吐夜，寶珠穿蟻鬧連朝。波翻焰裏元相激，魚舞湯中不畏焦"③六句極力摹寫了寺院上元觀燈的盛況，根據禪僧們的題詩，五山禪林的相關圖繪之注意點却並不在此，圖畫著力表現的乃是蘇軾流落外郡、獨往觀燈的落寞，以及他與禪寺、禪僧的因緣，所謂"寂寞觀燈古梵宮"④。

8. 風水洞圖/岩花繫馬圖/李節推風水洞圖（下圖爲傳狩野正信筆《東坡風水洞詩意圖》，月舟壽桂題詩圖片取自《國華》第 290 號）

熙寧六年（1073）正月二十七日，蘇軾任杭州通判，循行富陽、新城途中，與李佖遊風水洞，作詩題壁，又有詩作《往富陽新城，李節推先行三日，留風水洞見待》《風水洞二首和李節推》，以及詞作

---

① 邵庵全雍《蘇公中秋觀潮圖》，《邵庵老人詩》，收入《五山文學新集》第三卷，第 581 頁。
② 琴叔景趣《望海樓觀潮圖》，《松蔭吟稿》，收入《續群書類從》文筆部第 13 輯上冊，第 557 頁。
③ 《祥符寺九曲觀燈》，《蘇軾全集校注》，第 842 頁。
④ 三益永因《東坡祥符寺觀燈圖》，《三益稿》，收入《續群書類從》文筆部第 13 輯上冊，第 486 頁。

《臨江仙·風水洞作》。這些詩作表現風水洞一帶早春幽美的景致及與李佖同遊之樂，天然具有入畫的潛質，尤其如"溪橋曉溜浮梅萼，知君繫馬岩花落"一句，描寫詩人在山行途中，見溪橋、山泉、落花，而想象朋友在上游繫馬相候的情景，既有生動明媚的畫面感，又富於畫面之外的想象空間與意趣，顯然是"截句入畫"的絶佳題材。然而，這首詩似乎並未爲宋元以來從東坡詩文中截取題材的畫家們所注意，因此在中國傳統繪畫中，尚未見有以此詩爲題的相關畫作。但是，在五山禪林，以蘇、李同遊風水洞爲主題的畫作却十分流行，創作了許多相關的圖畫、扇面。就以題畫詩而言，月溪中珊、心田清播、東沼周曤、瑞岩龍惺、横川景三、蘭坡景茝、天隱龍澤、月舟壽桂、常庵龍崇、驢雪鷹灞、春澤永恩、熙春龍喜、仁如集堯、策彦周良等禪僧皆有題詠之作。

9. 東坡詠龍興牡丹圖

龍興寺看牡丹出自東坡熙寧八年（1075）在密州龍興寺賞牡丹的經歷，集中有《惜花》詩，詩後自注記此次經歷曰："錢塘吉祥寺花爲第一。壬子清明，賞會最盛，金盤彩籃以獻於座者，五十三人。夜歸沙河塘上，觀者如山，爾後無復繼也。今年，諸家園圃花亦極盛，而龍興僧房一叢尤奇。但衰病牢落，自無以發興耳。昨日雨雹，知此花之存者有幾，可爲太息也。"詩前半部分回憶熙寧五年（1072）在杭州吉祥寺觀牡丹之盛，後半部分即詠觀龍興牡丹，可知事在熙寧八年（1075），詩曰："城西古寺没蒿萊，有僧閉門手自栽，千枝萬葉巧剪裁。就中一叢何所似，馬瑙盤盛金縷杯。而我食菜方清齋,對花不飲花應猜。"①蘭坡景茞有此圖題畫詩。

10. 東坡賞/愛芍藥圖

　　《東坡愛芍藥圖》爲救仁鄉秀明調查日本流傳的東坡像時發現的一種畫題,現存有傳爲狩野真笑筆、宗恕贊的《東坡愛芍藥圖扇面》,救仁鄉秀明推測這當是室町時代即已成立的畫題②。據筆者考查,這一判斷是成立的,實際上,五山禪僧也留存有相關題畫詩,五山禪林漢詩選本《翰林五鳳集》卷十四目録有《東坡賞芍藥圖》詩題,然詩在集中已不存;景徐周麟有《便面》詩:"芍藥七千朵,文章二百年。人今坡幾世,寺亦宋南禪。"③雖未明確言及畫題,然據題詩即可知所題扇面畫内容爲東坡賞芍藥。蓋此圖出自蘇軾熙寧九年(1076)在密州於南禪、資福二寺以芍藥供佛事,東坡有《玉盤盂二首》詠之,詩序曰:"東武舊俗,每歲四月,大會於南禪、資福兩寺,以芍藥供佛,而今歲最盛。凡七千餘朵,皆重跗累萼,繁麗豐碩。中有白花,正圓如覆盂。其下十餘葉稍大,承之如盤,姿格絶異,獨出於七千朵之上。云得之于城北蘇氏園中,周宰相莒公之別業也。而其名甚俚,乃爲易之。"④上引景徐周麟題扇詩,以及現存狩野真笑扇面上宗恕題詩:"争看南禪紅藥間,一枝白者衆芳魁。蘇仙唤作玉盤後,花與奇才驚世來。"⑤用語和立意同出蘇軾詩序,可知此圖在五山禪林即已流傳。

11. 東坡赤壁圖

　　元豐三年(1080),蘇軾因烏臺詩案被貶黄州,在居黄期間,數次與友人泛舟於黄州城西赤鼻磯,留下了《赤壁賦》《後赤壁賦》與

①《蘇軾全集校注》,第 1259 頁。
②前揭救仁鄉秀明《日本における蘇軾像(二)——中世における画題展開》。
③景徐周麟《翰林葫蘆集》,收入《五山文學全集》第四卷,第 302 頁。
④《蘇軾全集校注》,第 1382 頁。
⑤狩野真笑此圖收入《國華》第 845 號,題詩亦據《國華》録入。

(傳)狩野真笑筆《東坡愛芍藥圖》(圖片取自《國華》第 845 號)

《念奴嬌·赤壁懷古》二賦一詞三篇膾炙人口的千古名作,而"東坡赤
壁"亦因此成爲經久不衰的繪畫題材,激發了一代又一代畫家的創作
熱情,在宋元以後圖寫東坡的圖繪作品中,"赤壁圖"有著悠久而豐
富的創作傳統,也頗受研究者們關注①。這一題材在五山禪林也受
到了禪僧們的高度關注,夢巖祖應、惟肖得巖、一桂老人、天隱龍澤、
希世靈彥、蘭坡景茞、常庵龍崇、春澤永恩等皆有相關題畫詩傳世。

————————

① 與東坡赤壁圖有關的研究,可參考譚怡令《"江流有聲,斷岸千尺"——赤壁
書畫特展選介》,《故宫文物月刊》1984 年第 21 期;板倉聖哲撰,張毅譯《宋代
繪畫和工藝作品中的赤壁圖》,《上海文博論叢》2006 年第 3 期;賴毓芝《文人
與赤壁——從赤壁賦到赤壁圖像》,收入《捲起千堆雪——赤壁文物大展》,
台北故宫博物院出版社,2009 年,第 244—259 頁;衣若芬《戰火與清遊——
赤壁圖題詠論析》,收入衣若芬《遊目騁懷——文學與美術的互文性再生》,
里仁書局,2011 年,第 199—253 頁;李軍《視覺的詩篇——傳喬仲常〈後赤壁
圖〉與詩畫關係新議》,《藝術史研究》第 15 輯,中山大學出版社,2013 年,第
281—320 頁;郁文韜《〈赤壁圖〉經典圖式的形成與衰落》,中央美術學院
2014 年碩士學位論文;張鳴《文學與圖像:北宋喬仲常〈後赤壁賦圖〉對蘇軾
原作意蘊的視覺詮釋》,《國學學刊》2017 年第 4 期;陳琳琳《論蘇軾赤壁文學
的視覺轉換與圖像闡釋——以單景〈赤壁圖〉爲中心》,《南京藝術學院學報》
2020 年第 3 期。

日根對山筆《赤壁舟遊圖屏風》(圖片取自《國華》第 929 號)

彭城百川筆《前後赤壁圖屏風》(圖片出自《國華》第 808 號)

12.東坡愛(詠)海棠圖

蘇軾詠海棠的名作,有《寓居定惠院之東,雜花滿山,有海棠一株,土人不知貴也》,此詩作於貶謫黃州時,視海棠爲知己;又有《詠海棠》七絶曰:"只恐夜深花睡去,故燒高燭照紅妝。"[①]愛花之情溢於言表。此外,還有《記遊定惠院》一文,亦記述與僧參寥等人同遊定惠院賞海棠事,且言"每歲盛開,必携客置酒,已五醉其下矣"[②],可見其與海棠因緣之深。這些詩文中所描摹出的海棠花雍容清淑的姿態、秉燭賞花的情趣,亦被通過畫作傳釋蘇詩者所注意。就中國而言,便有截取《詠海棠》三、四句爲題的詩意畫名作,馬麟《秉燭夜遊圖》,不過,此圖只是蘇詩的"截句入畫",作爲院畫畫家,馬麟改易了詩境與觀花的人物,從嚴格意義上來説,並不屬於東坡主題圖繪了[③]。五山禪林中以東坡的海棠因緣爲題材的繪畫,多題爲《東坡愛海棠圖》或《東坡詠海棠圖》,題畫詩的作者有惟肖得巖、江西龍派、瑞岩龍惺、希世靈彦、琴叔景趣、策彦周良、蘭坡景茝、春澤永恩等。就題畫詩的內容來看,五山禪林的東坡海棠圖繪,也主要是截取"故燒高燭照紅妝"一句入畫,但與南宋以來院畫改易詩境與觀花人物、僅僅使用蘇詩作爲視覺典故不同,五山禪林取材於東坡海棠詩的圖繪,仍以表現蘇軾與海棠之關係爲核心,禪僧們在題詠圖繪時,普遍喜用杜甫不詠海棠事來點出蘇軾對"海棠"之發現,如瑞岩龍惺:"白髮黃州蘇謫仙,海棠樹下寫新篇。似消杜老無詩恨,花笑夜深銀燭前。"[④]也總是將黃州的燒燭看花與蘇軾日後值翰林院賜金蓮燭聯繫起來,如希世靈彦:"銀燭高燒照海棠,天涯堪賞

---

① 《海棠》,《蘇軾全集校注》,第 2503 頁。
② 蘇軾《記遊定惠院》,《蘇軾全集校注》,第 8074 頁。
③ 關於馬麟《秉燭夜遊圖》的畫意及其與蘇詩的關係,可參高居翰《詩之旅:中國與日本的詩意繪畫》中關於南宋詩意畫的論述,生活・讀書・新知三聯書店,2012 年,第 22 頁。
④ 瑞岩龍惺《東坡愛海棠圖》,收入《翰林五鳳集》卷八,第 202 頁。

蜀風光。他年豈識別花去,夜賜金蓮歸玉堂。"①

13. 雪堂圖

雪堂圖取材於元豐五年(1082)蘇軾在黃州貶所,親耕東坡荒地、並作雪堂以居之的經歷。相關的詩文作品有《雪堂記》《東坡八首并叙》。關於雪堂東坡圖繪的記載,宋代已有,但揣摩文意,這裏的東坡像應是一種懸挂於雪堂的東坡肖像畫。五山禪林留存有題爲《雪堂圖》或《東坡雪堂圖》的題畫詩四首,作者爲西胤俊承、三益永因、琴叔景趣。雖然没有相關畫作留存,但是從題畫詩意揣摩,五山禪林流行的相關圖畫,乃是以東坡的雪堂生活爲背景的詩意畫,通過題詩,可知圖畫刻畫了歷經風霜而兩鬢凋殘的東坡形象。禪僧們均同情東坡謫居黃州的遭遇,在立意方面,或想象東坡在雪堂初成的風雪之夜,懷念起與子由的風雨對床之約,如三益永因"平生慣聽對床雨,今夜疎疎耳不酸"②;或慶幸東坡在黃州得故舊相助,如琴叔景趣"玉堂爭似雪堂好,故舊情深馬正卿"③;或暢想異日元祐的恩榮將此時的羈愁消融如雪,如三益永因"羈愁他日解如雪,仁政回春元祐初"④;或以謫居黃州、興建雪堂的詩意經歷爲東坡之恩遇,而出之以曠達的態度,如西胤俊承"謫官猶喜霑恩渥,放卧雪堂詩思濃"⑤。總之,在以黃州雪堂爲背景的題畫詩中,五山禪僧對東坡這一經歷的傳釋是多角度的,與其他同樣取材於黃州時期的圖繪相比,這一系列題畫詩並不單一地將蘇軾置於熙寧黨爭的背景下來觀察。

---

① 希世靈彦《東坡愛海棠圖》,《村庵稿》,收入《五山文學新集》第二卷,第 307 頁。
② 三益永因《坡仙雪堂圖》,《三益稿》,第 496 頁。
③ 琴叔景趣《題東坡雪堂圖》,《松蔭吟稿》,收入《續群書類從》第 13 輯上,第 560 頁。
④ 三益永因《坡仙雪堂圖》,《三益稿》,第 496 頁。
⑤ 西胤俊承《雪堂圖》,《真愚稿》,收入《五山文學全集》第 3 册,第 2707 頁。

14.東坡廬山觀瀑圖

元豐七年(1084)，蘇軾離開黃州，赴筠州會蘇轍途中，初入廬山，觀廬山瀑布，作有《世傳徐凝瀑布詩云："一條介破青山色"，至爲塵陋，又僞作樂天詩稱美此句，有賽不得之語。樂天雖涉淺易，然豈至是哉。乃戲作一絕》。瀑布爲廬山勝景，在東坡之前早已聞名天下。觀瀑也是中國山水繪畫中常見的題材，多表現高士目接山水、神遊太玄的意趣。但是，專門表現東坡廬山觀瀑的圖繪，則似乎未見流傳。而五山禪林流行有關於廬山瀑布的圖繪，或純爲山水景物，或有人物而題爲《東坡廬山觀瀑圖》，若有兩人則爲《兩謫仙廬山觀瀑圖》，蓋因李白有詠廬山瀑布的名作《望廬山瀑布》，五山禪林也流傳著大量《李白觀瀑圖》[①]。在五山禪林的觀瀑圖創作傳統中，相關題畫詩多聯繫二人，如橫川景三、春澤永恩等禪僧的作品。或許因爲廬山觀瀑本來就具有超然世外的意趣，再加上"兩謫仙"之聯繫，東坡觀瀑系列題畫詩，對蘇軾的形塑都著重刻畫其超脫塵世的"坡仙"一面。

15.東坡遊真如圖

游真如寺事在元豐七年(1084)，蘇軾離黃州，赴筠州與蘇轍相會，未至而先作《次韻子瞻特來高安相別先寄遲、适、遠》，先寄蘇轍三子蘇遲、蘇适、蘇遠；抵達筠州後，端午節與蘇轍三子游真如寺，有詩《端午遊真如，遲、适、遠從，子由在酒局》。五山禪僧普遍對此詩感興趣，除《東坡遊真如圖》外，亦有題爲《讀東坡端午遊真如詩》的若干讀詩詩流傳。相關作者有東沼周曤、橫川景三、雪嶺永瑾，這些詩歌都著眼於蘇氏兄弟分別七個端午而重逢，家人團聚遊覽的經歷，想必這也是圖畫著意表現的中心。

---

①關於五山禪林的觀瀑圖，參考田中一松《得嚴贊李白觀瀑圖について——室町時代の觀瀑圖系譜》，載《國華》第786號。

16. 東坡次丹陽迎佛印元圖

　　此圖是表現蘇軾與禪僧佛印了元之交遊的作品。蘇軾與禪僧之交遊，是宋元禪林與五山禪林皆尤其關注的内容。其與佛印了元之因緣，始自元豐三年(1080)初到黄州時，此後時有書簡往還，蘇軾離黄時，佛印了元曾約同遊廬山。二人之間交往，最爲有名的是“東坡解帶”的逸話。據《五燈會元》卷十六《雲居了元禪師》記載：“師一日與學徒入室次，適東坡居士到面前。師曰：‘此間無坐榻，居士來此作甚麼？’士曰：‘暫借佛印四大爲坐榻。’師曰：‘山僧有一問，居士若道得，即請坐；道不得，即輸腰下玉帶子。’士欣然曰：‘便請。’師曰：‘居士適來道，暫借山僧四大爲坐榻。祇如山僧四大本空，五陰非有，居士向甚麼處坐？’士不能答，遂留玉帶。師却贈以雲山衲衣。”①東坡集中記述二人交遊的詩作也有《以玉帶施元長老，元以衲裙相報，次韻二首》，解帶逸話即在此基礎上敷衍而來。五山禪林的《東坡次丹陽迎佛印元圖》取材於東坡與佛印的交往，流傳有萬里集九之題畫詩，詩曰：“未侍玉堂衣自簑，七生慣蹈逆流波。釣頭謾以文章餌，釣得金山老杜多。”②

17. 東坡訪半山圖

　　蘇軾和王安石同爲北宋的文化巨人，二人由於新舊黨争而形成頗爲微妙關係。東坡訪王安石事，在元豐七年(1084)蘇軾離開黄州、量移汝州的途中，關於二人此次會面，宋人筆記如《邵氏聞見録》《後山談叢》《默記》《侯鯖録》《却掃編》等等，均記載了不少逸事，這些事迹亦爲五山禪僧關注。五山禪僧有大量詩歌題詠二人關係與新舊黨争，這些詩歌基本均站在舊黨立場，表達對新黨和王安石的不滿。不過，東坡訪王安石的圖繪，則主要矚目於二人摒棄政見分歧、劇談詩書的風度，正如心田清播題畫詩《東坡訪半山圖》：“白首黄州謫墜官，

①普濟著，蘇淵雷點校《五燈會元》，中華書局，1984年，第1026頁。
②萬里集九《東坡次丹陽迎佛印圖》，《梅花無盡藏》，第843頁。

鍾山枉路問平安。一言若及青苗法,俗了霜筠雪竹寒。"①完全不涉及黨争立場,而主要著眼於二人傾心相交的超脱風度。

18. 東坡玉堂種/栽花圖

《玉堂栽花圖》出於元祐二年(1087)之經歷,此時蘇軾爲翰林學士,曾有書帖於王詵處乞花栽玉堂,曰:"花栽,乞兩荼蘼、兩林檎、兩杏,仍乞令栽花人來,種之玉堂前後,亦異時一段嘉事也。"②考功郎周正孺有詩詠此事,蘇軾又作《玉堂栽花,周正孺有詩,次韻》一詩:"故山桃李半荒榛,粗報君恩便乞身。竹簟暑風招我老,玉堂花蕊爲誰春。纖纖翠蔓詩催發,皎皎霜葩髮鬥新。只有《來禽青李帖》,他年留與學書人。"③要之,玉堂栽花是蘇軾元祐年間入直翰林時與友人們通過書帖、詩歌、花卉的酬贈往還而留下的一椿風雅故事,頗能代表元祐時期東坡的生活狀態。五山禪僧取材於這一經歷,將之寫爲圖繪,景徐周麟、琴叔景趣皆有題畫詩,這些作品大多著眼於蘇軾元祐年間"賢佐"的身份和身處玉堂的榮耀。

19. 東坡邇英閣講論語圖/邇英賜茗圖

《邇英閣講論語圖》,出元祐二年(1087)蘇軾所作《九月十五日,邇英講〈論語〉,終篇,賜執政講讀史官燕於東宫,又遣中使就賜御書詩各一首,臣軾得〈紫薇花絶句〉,其詞云……異日各以表謝,又進詩一篇,臣軾詩云》④,此事《續資治通鑑長編》也有記載:"《續通鑑長編》:元祐二年九月甲子,賜宰臣執政經筵官宴於東宫,上親書唐人詩分賜之,以講《論語》終篇故也。乙丑,吕公著以下,謝賜宴及御書。"⑤可知,蘇軾諸人爲哲宗侍講《論語》終篇之後,哲宗循

---

①心田清播《春耕集》,收入《五山文學新集別卷》上册,第911頁。

②蘇軾《與王晉卿一首》,《蘇軾全集校注》,第8555頁。

③《蘇軾全集校注》,第3071頁。

④《蘇軾全集校注》,第3210頁。

⑤李燾撰《續資治通鑑長編》卷四百五,中華書局,2004年,第9861頁。

例賜宴,又親書唐人詩賞賜。五山禪僧對蘇軾受到皇帝恩遇的這
類經歷非常關注,《邇英閣講論語圖》在五山禪林頗爲流行,月舟壽
桂、常庵龍崇、熙春龍喜均有題畫詩傳世。此外,同樣取材於東坡
邇英閣侍講經歷的圖繪尚有題爲《子瞻邇英賜茗圖》者,景徐周麟
有題畫詩作:"隻日輪官至玉堂,講筵賜茗是頭綱。吾慚半部未終
卷,時習齋西又夕陽。"①

20. 蘇內翰賜金蓮燭圖

金蓮燭事,出王鞏《隨手雜錄》:"子瞻爲學士。一日鎖院,召至
內東門小殿。時子瞻半酣,命以新水漱口解酒。已而入對,授以除
目……已而賜坐喫茶,曰:'內翰! 內翰! 直須盡心事官家,以報先
帝知遇。'子瞻拜而出,撤金蓮燭送歸院。子瞻親語余知此。"②王鞏
記載了元祐三年(1088)蘇軾爲翰林學士時,某次當值,鎖院後被召
入對草制,由太皇太后高氏轉述神宗對其的知遇之恩,並撤金蓮燭
送之歸院。《宋史・蘇軾傳》以及《續資治通鑒長編》皆采入了此
事。賜御前金蓮炬送歸院,乃詞臣殊榮,也符合士大夫君臣知遇的
期待,因此,這一故事在明代曾成爲畫題,現存尚有張路《蘇軾回翰
林院圖》(藏美國伯克利大學博物館)。而在五山禪林,這一畫題亦
極受禪僧關注,天隱龍澤、雪嶺永瑾、三益永因、景徐周麟、春澤永
恩皆有相關題畫詩傳世。

《蘇軾回翰林院圖》〔(明)張路,伯克利大學博物館藏〕

---

①景徐周麟《翰林葫蘆集》,第 267 頁。
②王鞏撰,戴建國、陳雷整理《隨手雜錄》,收入《全宋筆記》第二編第 6 册,大象
　出版社,2006 年,第 110 頁。

21. 東坡上元侍宴圖/東坡侍宴端門圖/傳柑圖

　　五山禪林中流行一種《東坡上元侍宴圖》，又稱《東坡侍宴端門圖》《傳柑圖》，此圖取材於蘇軾元祐年間上元侍宴的經歷。宋代的上元節，據《夢粱録》記載："正月十五，汴京大内前縛山棚，對宣德樓，悉以彩結，山沓上皆畫群仙故事，左右以五色彩結文殊、普賢，跨獅子白象。用轆轤絞水上燈棚，高處放下，如瀑布。又縛成雙龍，中置燈燭萬盞，望之，蜿蜒似飛走之狀。上御宣德樓觀燈，令百姓同樂。"①皇帝與近臣至宣德門觀燈，以示與民同樂，同時，群臣"侍飲樓上，則貴戚争以黄柑遺近臣，謂之傳柑，聽携以歸，蓋故事也"②，這是宋代的傳統，對於士人來説，也是榮通顯達的象徵。東坡集中記述此經歷的作品有元祐四年（1089）《次韻王晉卿上元侍宴端門》、元祐八年（1093）《上元侍飲樓上三首呈同列》《戲答王都尉傳柑》，蘇轍、黄庭堅、秦觀、錢勰等人也有唱和之作。矚目於蘇軾的這一經歷，並形之於圖畫，中國宋元以來尚未得見。但是，五山禪林對蘇軾的這段經歷非常關注，不但截取這一題材繪製圖畫，還有不少的《讀東坡上元侍飲詩》流傳，並且在上元時節創作的其他詩文作品或上堂法語之中，也用之爲故事，對此津津樂道。禪僧專門題詠東坡上元侍宴的有月溪中珊、心田清播、瑞溪周鳳、東沼周曤、蘭坡景莇、萬里集九、九鼎竺重、玄圃靈三、惟杏永哲、有節、清叔、英甫永雄、三章、古澗慈稽、梅印、梅心、集雲、剛外長柔等。根據留下來的題畫詩，大體可知這一類圖繪表現的是"華燈影裏宴端門"③的情景。

---

① 吴自牧撰《夢粱録》卷一，收入《全宋筆記》，大象出版社，2019 年，第 210 頁。
② 蘇軾《上元侍飲樓上三首呈同列》，《蘇軾全集校注》，第 4161 頁。
③ 九鼎竺重《東坡上元侍宴圖》，此詩選入《翰林五鳳集》卷一，第 91 頁。

22.東坡雪中會聚星堂圖

　　歐陽修守潁州時，曾會客於聚星堂詠雪。此後，元祐六年（1091），蘇軾出守潁州，亦沿此故事與客會飲作雪詩。蘇詩《聚星堂雪》序曰：“元祐六年十一月一日，禱雨張龍公，得小雪，與客會飲聚星堂。忽憶歐陽文忠公作守時，雪中約客賦詩，禁體物語，於艱難中特出奇麗。爾來四十餘年，莫有繼者。僕以老門生繼公後，雖不足追配先生，而賓客之美，殆不減當時，公之二子，又適在郡，故輒舉前令，各賦一篇。”①此後，聚星堂詠雪之會成爲北宋最著名的詩會之一。在詩會雅集流行的五山禪林，更視之爲詩會的典範，五山禪僧屢屢在詩文中詠及。圖繪亦取材於蘇軾的聚星堂詠雪之會，題畫詩作者有西胤俊承，詩曰：“先晏堂開小雪中，霜眉老守酒腸雄。誰能白戰鬭詩力，四十年前一醉翁。”②從題詩可知畫面描繪的是約客賦詩、酒酣詩成的雅集場面。

23.東坡泛潁圖

　　蘇軾《泛潁》詩作於元祐六年（1091）初任潁州太守時，與陳師道、趙德麟、歐陽棐等同泛潁水，同題共賦。因爲蘇詩中有“畫船俯明鏡，笑問汝爲誰。忽然生鱗甲，亂我鬚與眉。散爲百東坡，頃刻復在茲。此豈水薄相，與我相娛嬉。聲色與臭味，顛倒眩小兒。等是兒戲物，水中少磷緇。趙、陳兩歐陽，同參天人師。觀妙各有得，共賦泛潁詩”等句③，頗具禪理，而爲五山禪僧特別偏愛，經常用以爲故事，並將之圖爲畫題，流傳有題畫詩的禪僧有謙巖原冲、惟肖得岩、江西龍派、月舟壽桂等，這也是五山禪林獨有之東坡圖繪。

①《蘇軾全集校注》，第 3807 頁。
②西胤俊承《真愚稿》，第 2720 頁。
③《蘇軾全集校注》，第 3745 頁。

24.元祐雅集圖(上圖爲杏所筆《西園雅集圖》局部,圖片取自《國華》第 487 號)

《元祐雅集圖》,即《西園雅集圖》,是以表現元祐文人雅集趣味爲題材的圖繪作品,在中國最早有據傳爲米芾所作的《西園雅集圖記》,記述李公麟所繪製的圖畫之畫面內容。此圖表現元祐文人雅集於王詵宅邸之風流韻事,是宋元以來人物畫極爲常見的題材,歷代皆有作者①。此圖傳入五山禪林後,在日本也頗爲流行,目前所見的題畫詩有南江宗沅《李龍眠元祐雅集圖》,到江戶時代則有不少《西園雅集圖》的作品留存至今,是日本南畫系統頗爲熱衷表現的畫題。

25.東坡月下理髮圖

此圖取材於蘇軾紹聖二年(1095)被貶惠州時所作《六月十二日,酒醒步月,理髮而寢》一詩:"羽蟲見月爭翻翻,我亦散髮虛明軒。千梳冷快肌骨醒,風露氣入霜蓬根。起舞三人漫相屬,停杯一問終無言。曲肱薤簟有佳處,夢覺瓊樓空斷魂。"②五山禪林相關題畫詩有景徐周麟之作:"白髮千梳足散憂,涼天何夕即中秋。傍人

---

①關於《西園雅集圖》畫面構想的漸次成型,可參衣若芬《一樁歷史公案——"西園雅集"》,載衣若芬《赤壁之遊與西園雅集——蘇軾研究論集》,線裝書局,2001 年。

②《蘇軾全集校注》,第 4593 頁。

笑道再儋禿，月下一枚光剃頭。"①似乎畫面表現的是東坡月下散髮的情景。

26. 東坡白鶴峰遷居圖

此圖取材於蘇軾在惠州營造白鶴峰居所的經歷。紹聖元年（1094），蘇軾貶居惠州，此後二年間，時而寄居合江樓，時而遷嘉祐寺，極不安定。紹聖三年（1096），終於得歸善縣後古白鶴觀地數畝經營之，遷居於此，相關詩作有《和陶移居一首并引》《遷居并引》。五山禪林流傳有以此爲題材的圖繪，琴叔景趣有題畫詩兩首，皆感歎蘇軾紹聖年間命運的巨變，所謂："板扉夜靜峰頭月，換得玉堂雲霧窗。"②

27. 東坡乾浴圖

乾浴出自蘇詩《次韻子由罷浴》："理髮千梳淨，風晞勝湯沐。閉息萬竅通，霧散名乾浴。"③五山禪林有《東坡乾浴圖》，題畫詩作者有橫川景三，雪嶺永瑾，橫川景三詩曰："乾浴猶勝休沐賜，床頭晞髮誦楞嚴。"④是表現蘇軾這一日常生活畫面的圖像，與上文《東坡月下理髮圖》類似。國內是否有乾浴圖流傳，尚未得知。然而，類似的表現東坡日常生活情景的圖像，則有傳爲元趙孟頫臨李公麟《東坡三像》，明代李味華記載這一系列圖像爲："一，旦起理髮。女奴握櫛在後，公昂首直眥，手漉澡豆。一，午窗坐睡。公坐胡床，閉目袖手，氣息深深，想見華胥至樂也。一，夜臥濯足。公倚胡床，秉燭矯首觀書，女奴就盆水翦爪，情態俱絕。"⑤雖然取材於不同的

---

①《翰林葫蘆集》，第 243 頁。

②琴叔景趣《東坡白鶴峰遷居圖》，此詩選入《翰林五鳳集》卷六十一，第 1178 頁。

③《蘇軾全集校注》，第 4959 頁。

④橫川景三《東坡乾浴圖》，《小補集》，收入《五山文學新集》第一卷，第 10 頁。

⑤李日華撰，屠友祥校注《味水軒日記》卷一，上海遠東出版社，1998 年，第 58—59 頁。

詩文,但是圖繪内容却比較相似,五山禪林所流傳的《東坡乾浴圖》
受此影響,或未可知。

28.東坡汲江煎茶圖

汲江煎茶圖取材於東坡元符三年(1100)流貶儋州時的作品
《汲江煎茶》:"活水還須活火烹,自臨釣石取深清。大瓢貯月歸春
甕,小杓分江入夜瓶。茶雨已翻煎處脚,松風忽作瀉時聲。枯腸未
易禁三椀,坐聽荒城長短更。"①相關的題畫詩有琴叔景趣、梅屋宗
香、常庵龍崇之作品,琴叔景趣《坡仙汲江煎茶圖》曰:"高唱臨磯傴
汲腰,茶聲響月夜蕭條。邇英講舌有餘渴,傾倒江湖入一瓢。"②梅
屋宗香詩亦曰:"釣灘深處月淙淙,豈比玉堂雲霧窗。添得夜餅春
甕水,詩腸更激楚三江。"③可見此圖表現的是蘇軾月夜臨江汲水煎
茶的畫面。

29.東坡負瓢圖

東坡負瓢事出自趙德麟《侯鯖録》卷七:"東坡老人在昌化,嘗
負大瓢行歌於田間,有老婦年七十,謂坡云:'内翰昔日富貴,一場
春夢。'坡然之,里人呼此媪爲'春夢婆'。"④此事在宋元頗流行,南
宋姜特立有《東坡》詩曰:"文章聲價有東坡,歲晚親逢春夢婆。一
聞千悟無餘事,背負大瓢還唱歌。惜哉龍眠不好事,不爲寫作東坡
海外郊行圖。"⑤歎息未有畫家取此事入畫以圖寫東坡形象,但五山
禪林流傳此畫,月舟壽桂題畫詩自注記載:"《藏叟摘藁》有詩。"⑥則
南宋詩僧藏叟善珍時已有此圖,可見《東坡負瓢圖》是從宋元傳入
日本的一種東坡畫題。

①《汲江煎茶》,《蘇軾全集校注》,第 5116 頁。
②《松蔭吟稿》,第 585 頁。
③《梅屋和尚文集》,收入《續群書類從》文筆部第 13 輯下册,第 741 頁。
④趙令時撰,孔凡禮校點《侯鯖録》卷七,中華書局,2002 年,第 183 頁。
⑤姜特立撰,錢之江整理《姜特立集》卷十六,浙江古籍出版社,2016 年,第 212 頁。
⑥月舟壽桂《幻雲詩稿》,第 226 頁。

30. 東坡笠屐圖

《東坡笠屐圖》之本事最早出於周紫芝詩,詩題中曰:"東坡老人居儋耳,嘗獨遊城北,過溪觀閔客草舍,偶得一蒻笠戴歸,婦女小兒皆笑,邑犬皆吠,吠所怪也。"詩中又言:"持節休誇海上蘇,前身便是牧羊奴。應嫌朱紱當年夢,故作黄冠一笑娱。遺迹與公歸物外,清風爲我襲庭隅。憑誰唤起王摩詰,畫作東坡戴笠圖。"此後費衮《梁溪漫志》、張端義《貴耳集》亦記載了相似的故事。由於這一故事充分體現了蘇軾身處逆境而樂觀曠達的精神面貌、隨遇而安的生活態度,自南宋起就成爲蘇軾圖繪中最爲重要的一種題材。在五山禪林中亦不例外,筆者從五山禪僧别集中搜集的有關東坡笠屐圖的題畫詩近四十首,曾題寫此圖的詩僧有西胤俊承、翱之惠鳳、鄂隱惠奯、月溪中珊、江西龍派、心田清播、南江宗沅、正宗龍統、東沼周曮、希世靈彦、横川景三、景徐周麟、彦龍周興、萬里集九、雪嶺永瑾、策彦周良、春澤永恩。此外,上文提及的題爲"東坡像"的肖像畫以及取材於其他詩文的東坡圖繪,畫中的東坡形象,也有大量採用笠屐圖的圖式,根據禪僧們的題詩即可知。

31. 東坡戴笠騎驢圖

騎驢是詩人的身份標識,尤其是命運蹇澀的詩人的身份標識,五山禪林流傳著諸多中國詩人騎驢圖,最爲典型的莫過於杜甫、孟浩然。東坡詩中描寫自己騎驢並不多見,最爲膾炙人口者莫過於《和子由澠池懷舊》尾聯:"往日崎嶇還記否,路長人困蹇驢嘶。"自注曰:"往歲,馬死於二陵,騎驢至澠池。"[①]此外,東坡離開黄州貶所赴筠州與蘇轍相見之時,轍有詩言:"老兄騎驢日百里,據鞍作詩如翻水。"[②]不過,東坡描寫此次行程,却説是:"我時移守古河東,酒肉

①《蘇軾全集校注》,第186頁。

②蘇轍《次韻子瞻特來高安相别,先寄遲、适、遠,却寄邁、迨、過、遁》,《欒城集》卷十三,第245頁。

淋漓渾舍喜。而今憔悴一羸馬，逆旅擔夫相汝爾。"①可見蘇轍筆下的東坡騎驢作詩形象也只是意象化的虛擬而已。不過，這並不妨礙五山禪僧想象東坡的騎驢形象。正宗龍統有題爲《東坡戴笠騎驢圖》長篇題畫詩，萬里集九也有題《東坡畫像》的詩："南遷千萬里，頭上戴東坡。驢瘦尾成鼠，是非春雨多。"②從詩後兩句來看，亦是東坡騎驢的畫面。日本現存也有若干室町末期至江户時期的東坡騎驢圖，在這些圖繪中，蘇軾大多爲戴笠騎驢形象，可以推知正宗龍統所題圖繪應當也是同一種。不過，正宗龍統題詩主要是批判東坡騎驢形象之不合理，後文將重點分析此詩，此處從略。

（圖片説明：荔閱筆《東坡騎驢圖》，圖片取自《國華》第 696 號，圖中東坡爲戴笠騎驢的形象）

　　以上總計列舉了 31 種流行於五山禪林的東坡圖繪，除東坡肖像外，大體按照圖繪故事來源的時代排列，可以看到五山禪僧對蘇軾整個人生經歷皆深感興趣，對其生平細節與詩文極其嫻熟，故圖繪之取材貫穿蘇軾一生，這些圖繪在東坡一生中之分布如下：

　　熙寧以前，有遊三游洞與夜

①蘇軾《將至筠，先寄遲、适、遠三猶子》，《蘇軾全集校注》，第 2552 頁。
②萬里集九《梅花無盡藏》，第 899 頁。

雨對床兩種；

　　熙寧年間出任杭州通判直至烏臺詩案發生前，總計有吉祥寺看花、試院煎茶、觀潮、祥符寺觀燈、風水洞、龍興詠牡丹、愛芍藥七種；

　　元豐年間因烏臺詩案被貶黃州直至元祐之前，總計有赤壁、詠海棠、雪堂、廬山觀瀑、遊真如、迎佛印七種；

　　元祐年間的總計有玉堂栽花、邇英講論語、賜金蓮燭、上元侍宴、雪中會聚星堂、泛潁、元祐雅集七種；

　　紹聖年間被貶嶺南以後，總計有月下理髮、白鶴峰遷居、乾浴、汲江煎茶、負瓢、笠屐、戴笠騎驢七種。

　　可見，若從五山禪僧對蘇軾的視覺闡釋這一角度來考察，蘇軾通判杭州、被貶黃州、元祐入朝與謫居嶺南這四個階段，五山禪僧格外留意，若將這些圖繪的取材來源及其流行程度與宋元以來中國流行的東坡圖繪加以對照，尤其顯示出五山禪林在蘇軾接受方面的特點。

　　宋元以來，中國流行的東坡圖繪中，肖像畫、赤壁圖、笠屐圖、西園雅集圖出現得較早，且始終在後世的東坡圖繪中佔據最為重要的位置。五山禪僧文集中，題詠東坡肖像畫、笠屐圖、赤壁圖的作品亦為大宗，可見這三種圖繪的流行，顯然受到宋元以後中國的影響。不過，若是通觀 31 種東坡圖繪的故事來源，並且將相關題畫詩視為與畫面之視覺表達互文的圖繪元素，考慮題畫詩內容對畫面意蘊的闡釋與限制的話，五山禪林的東坡圖繪，實際上與中國有著諸多不同之處，以下先綜述其大概，後文將擇其要者仔細論述。

　　首先，就畫題的取材而言，重點關注的文本與故實或許有所重合，但是中日兩國在具體偏好的畫題方面，旨趣大異。以元祐階段為例，中國繪畫史在元祐階段擇取東坡相關故事寫為圖繪時，西園雅集是最為重要、最為流行的圖繪題材，除西園雅集外，畫家們普遍感興趣的是玩硯、博古、品古等内容，這些題材以表現東坡博學多才、品味高雅的文人趣味爲主，實際上反映了後世文人通過圖繪對東坡形象進行的視覺闡釋以及自我人格的投射。但是五山禪林則不然，禪僧對東坡元祐時期故事的興趣，主要集中在他受到統治者恩遇與榮寵的經歷方面，可以説他們幾乎挖掘了所有能展示東坡作爲詞臣的榮寵經歷的典型故事，將之形於圖畫，這是很耐人尋味的。

　　其次，即使是某些看似相近的關注點，其實質亦可能大異其趣。在中國的東坡圖繪中，除上舉題材外，題扇、詠梅、謀酒、聽雨、承天寺夜遊、煎茶、種茶、飲茶等圖繪也比較常見。這些圖繪之意趣，其實大體同於品古類的東坡圖繪，主要寄託的是文人詩意化的生活趣味。五山禪僧也對東坡各個時期的煎茶、栽花（詠花）特別注意，諸如試院煎茶、玉堂栽花、吉祥寺看花、詠海棠、愛芍藥、龍興詠牡丹、廬山觀瀑、遊真如等皆一一入畫，這些畫題的選擇，確實也有注重其詩意内涵的一面，但是仔細考索相關畫作的創作原因以及題畫詩的内容的話，會發現它們的創作動機、圖畫對東坡形象的重塑、對東坡相關詩文的闡釋與中國上舉類似畫作是完全不同的。如以煎茶系列圖繪爲例，中國的東坡煎茶圖，主要還是關注煎茶這一具有文人雅趣的詩意生活畫面，以此塑造東坡形象，所以，杭州時期的試院煎茶、儋州時期的汲江煎茶，似乎並没有需要特別區分的必要，重點表現煎茶便足矣。但是五山禪林的東坡煎茶圖，則不但明確標識試院煎茶與汲江煎茶，並且在詩中主要關注的是這一故事發生時的東坡命運經歷，從而可以判斷，雖然是類似的圖繪，實際上在中日兩國創作者和觀賞者的想象中，呈現的是不同面貌的東坡。

　　再次，五山禪僧還關注到若干完全不爲中國繪畫史所注意的東坡故事，將之付諸圖繪。這其中最典型的莫過於對於風水洞詩的“發掘”和個性闡釋，使風水洞圖成爲五山禪林除東坡像與笠屐圖外最爲流行的東坡圖繪。此外，泛潁、祥符寺觀燈、丹陽迎佛印等畫題，亦皆有其特殊的創作背景。

總之，中日東坡圖繪的這些差異，都提醒我們在五山禪林中，作爲典範的蘇軾，顯然呈現出與中國不同的面貌與內涵。

<h2 style="text-align:center">第二節　玉堂瓊海的燈與茶：
五山東坡圖繪中的視覺元素及其內涵</h2>

回首波瀾起伏的一生，蘇軾在《自題金山畫像》中道："問汝平生功業，黃州惠州儋州。"以曠達的態度，將處於低谷的黃州、惠州、儋州時期視爲人生最重要的經歷。縱觀五山禪林以東坡爲題材的詩畫作品及其內容，最值得注意的現象，是禪僧對東坡人生途中尤其是政治命運中的榮辱浮沉的格外關心，蠻村和玉堂、玉堂與雪堂、玉堂與赤壁之類的對照比比皆是，榮寵與失意並置，可以説是五山禪林認識和形塑東坡最基本的視角。形成這樣的書寫模式，當然首先源於蘇軾詩文自我書寫時呈現出的"一簑煙雨任平生"的人格形象，也受到宋元以來中國士人東坡題詠的深刻影響，但是，五山禪林運用這種模式幾成格套，題詠與東坡相關的故事，幾乎總是以窮通的視角加以審視，則是非常獨特的。

在這樣的眼光下，我們發現，五山禪僧在圖繪、題詠東坡時，尤其喜歡挖掘能够集中反映蘇軾一生浮沉、天然地帶有對比意味的題材，從而使得五山禪林的東坡圖繪呈現出解讀蘇軾詩文的一些獨特視角，這其中最典型的莫過於對蘇軾上元系列詩歌和試院煎茶、邇英賜茗、汲江煎茶的經歷的關心。下文即以這兩個系列的詩歌爲例，來看五山禪僧如何讅取這些作品進行圖繪的創作與闡釋，從而傳釋他們想象中的東坡形象。

一、東坡的上元燈火：五山禪林的東坡上元圖

　　縱覽五山禪僧的文集，會發現上元節是一個與蘇軾緊緊聯繫在一起的節日。在上元上堂法語以及元夕題詠中，常用東坡上元事爲典。以《翰林五鳳集》卷一所選的五山禪僧上元詩爲例，如雪嶺永瑾《上元》："笙歌聲誦上元天，萬朵燈火交影鮮。野僧不預端門宴，唯有春月當金蓮。"用東坡元祐年間上元侍宴端門事；江心《元宵，得鷗一字，三首》其二："老坡頃刻在茲不，節際元宵感再遊。可久無燈房寂寂，閑僧某似一閑鷗。"用東坡杭州上元祥符寺訪可久僧房事；閨門《元宵》："春在禁城歌吹中，萬枝燈火映花紅。白頭獨坐易多感，風慢伊蝛儋禿翁。"[1]用東坡儋州上元獨坐事。可以說五山禪僧在上元書寫中化用蘇軾詩文與故事，俯拾皆是。可見，在五山文學世界中，上元與東坡形成了固定的聯想關係。

　　宋代的上元節，據《夢梁録》記載："正月十五，汴京大内前縛山棚，對宣德樓，悉以彩結，山沓上皆畫群仙故事，左右以五色彩結文殊、普賢，跨獅子白象。用轆轤絞水上燈棚，高處放下，如瀑布。又縛成雙龍，中置燈燭萬盞，望之，蜿蜒似飛走之狀。上御宣德樓觀燈，令百姓同樂。"[2]皇帝與近臣至宣德門觀燈，以示與民同樂，同時，群臣"侍飲樓上，則貴戚争以黄柑遺近臣，謂之傳柑，聽携以歸，蓋故事也"[3]，這是宋代的傳統，對於士人來説，也是榮通顯達的象征。

　　蘇軾集中上元詩，前後共有《祥符寺九曲觀燈》、《上元過祥符僧可久房，蕭然無燈火》（杭州，熙寧六年）、《次韻劉景文路分上元》（杭州，元祐六年）、《上元侍飲樓上三首呈同列》、《戲答王都尉傳柑》（汴京，元祐八年）、《上元夜》（惠州，紹聖二年）、《上元夜過赴儋

----

①以上三詩見《翰林五鳳集》卷一，第 91—92 頁。

②《夢梁録》卷一，前引《全宋筆記》版，第 210 頁。

③蘇軾《上元侍飲樓上三首呈同列》（其三），《蘇軾全集校注》，第 4161 頁。

守召，獨坐有感》（儋耳，元符元年）、《追和戊寅歲上元》（儋耳，元符三年）、《四十年前元夕，與故人夜遊，得此句》，總計十一題十四首。將這些上元詩並舉觀之，可以發現，它們在一起剛好展示了東坡生命歷程中最爲重要的幾次轉折：外放杭州、入值翰苑、南遷惠州、再貶儋耳，具有節點意義。尤其入值翰苑，得參機要，象徵著士人獲得最理想的政治地位；遠謫海隅，則無疑是仕途與人生的低谷。而上元節恰好能標識這種榮寵和失意，端門的繁華歡宴與瓊海的雲房獨坐，兩相對照，令人倍增感慨。上元節的這種象徵意義，亦爲蘇軾所自覺，當他南遷惠州，靜夜細思往事，他感歎這個節日的特殊性：

> 前年侍玉輦，端門萬枝燈。璧月挂罘罳，珠星綴觚棱。去年中山府，老病亦宵興。牙旗穿夜市，鐵馬響春冰。今年江海上，雲房寄山僧。亦復舉膏火，松間見層層。散策桄榔林，林疏月鬖鬖。使君置酒罷，簫鼓轉松陵。狂生來索酒，一舉輒數升。浩歌出門去，我亦歸蓍騰。①

紹聖二年（1095）正月十五，蘇軾南貶惠州的第一個上元，惠守詹範置酒觀燈，勾起了他關於上元的記憶。他想到前年的上元（元祐八年，1093），正月十四日，聖駕按例登宣德門，召群臣觀燈，他也預宴。君王與群臣樓上觀燈，於宋王朝而言有與民同樂的盛世象徵意義；同時，與北宋前期的釣魚賞花宴類似，得端門侍宴，是宋王朝禮遇文臣的表示，也是士人極高的榮寵。當時他與同僚唱和，作有《上元侍飲樓上三首呈同列》，此詩錢勰、蘇轍、秦觀皆有和章存留，不外乎稱頌國家昇平、禮待侍臣，表達得預盛會的自豪與喜悦。蘇軾也想到去年上元（紹聖元年，1094），他在定州，帥定武軍，雖没有端門侍宴之榮，却與友朋一道，有牙旗穿市、鐵騎踏兵之樂。而自紹聖元年（1094）閏四月以來，接連遭貶，一路南遷，漂泊至惠州，

---

① 蘇軾《上元夜》，《蘇軾全集校注》，第 4492—4493 頁。

寄居僧房。此詩最後，東坡以狂生索酒、浩歌出門的豪邁振起全篇，力挽前面三年對比、處境愈下所帶來的淒凉情感，從而在積極的情緒中結束了全詩，正如紀昀所言，前面的對比"兩兩相形，不著一語，寄慨自深"，結尾則是"委順之意，見於言外"①。此後，蘇軾再謫儋耳，處境更爲惡劣，他對上元的書寫似乎也更加自覺。在儋耳的三年間，蘇軾留下了兩首上元詩，一篇《書上元夜遊》，即每年都有關於上元的記載。這個節日仿佛在不斷提醒他回憶往事。元符元年（1098）上元其子赴儋守之召，他獨自過節，作詩道：

> 使君置酒莫相違，守舍何妨獨掩扉。静看月窗盤蜥蜴，卧聞風幔落伊威。燈花結盡吾猶夢，香篆消時汝欲歸。搔首凄凉十年事，傳柑歸遺滿朝衣。②

儋州的上元節，掩門獨坐，只有蜥蜴、伊威、月色與殘燈相伴，這令他不免想起了京城傳柑宴的情景，回首遭遇，倍感凄凉。元符三年（1100），他有意追和上詩，在此詩中，往事依舊是書寫的中心，頸聯"一龕京口嗟春夢，萬炬錢塘憶夜歸"，想起了京口放船的快意、錢塘上元夜萬炬燈火的輝煌，尾聯"合浦賣珠無復有，當年笑我泣牛衣"，更"悼懷同安君"③，回憶起了亡妻，往事恍然如一場春夢。此外，除上元詩，東坡在密州期間所作的《蝶戀花·密州上元》一詞，也有喚起記憶的特寫，該詞上下兩闋分別以："燈火錢塘三五夜"和"寂寞山城人老也"開頭，將杭州上元寶馬香車的風情與密州火冷燈稀的落寞並列，同樣無限感慨④。東坡屢屢在詩詞中回憶錢塘燈火，也可見杭州上元夜與友朋同遊縱情的記憶，和端門侍宴的榮寵一樣，是其生命中關於上元的珍貴經歷。

---

① 蘇軾《上元夜》，《蘇軾全集校注》，第 4495—4496 頁。
② 《上元夜過赴儋守召，獨坐有感》，《蘇軾全集校注》，第 4957 頁。
③ 《追和戊寅歲上元》，《蘇軾全集校注》，第 5059 頁。
④ 鄒同慶、王宗堂校注《蘇軾詞編年校注》，中華書局，2007 年，第 140 頁。

綜上所述，蘇軾一系列上元詩實際上濃縮了他波瀾起伏的一生，而嶺南時期三首上元詩中的回顧性的書寫，則集中地確認了上元節在其人生歷程中的標誌性意義。上元夜的端門之榮與遭遇政治貶謫之辱，是許多宋人仕途沉浮普遍有的經歷，而順運隨化、寵辱不驚是宋人普遍追求的理想人生態度，因此，在詩中以上元爲節點，回顧人生、抒發感慨的詩歌，也並非個例。宋人對東坡上元詩曾有所注意，《清波雜志》曰：

> 東坡上元詩："前年侍玉輦……我亦歸蓬瀛。"王初寮履道《象州上元詩》："二年白玉堂，揮翰供帖子。風生起草臺，墨照澄心紙。三年文昌省，拜賜近天咫。紅蕖盼御盤，金幡裊宫蕊。晚爲日南客，環堵隱烏几。朝來聞擊鼓，土牛出城市。幽懷不自聞，欲逐春事起。安得五畝園，種蔬引江水。"二篇之詩，先後而作，何語意切類如此？[1]

注意到除蘇軾惠州上元詩外，幾乎同時而作的王履道《象州上元詩》，也以昔日的玉堂草詔之榮與貶謫南荒的蕭條對比，最後以種蔬灌園表達委順之意作結，與東坡詩意同出一轍。但是，周輝也無法確認，二詩之間是否存在著互相影響。不過，細讀王詩則會發現，雖然《象州上元詩》也以昔日之榮與今日之窮對照，但是對昔日的記憶實際上並不是集中在上元節，而只是泛泛而言，因此，與東坡詩還是有很大差別的。實際上，同時代除王履道此詩外，蘇軾門下張耒一生亦作有許多上元詩。謫居齊安時，上元有"去年襄城古驛亭，野縣風埃尋古寺"，"齊安江上漁樵市，誰料今年身到此"[2]，倒

---

① 周輝撰，劉永翔校注《清波雜志校注》卷六，中華書局，1997 年，第 243—244 頁。
② 張耒《壬午正月望夜，赴臨汝，宿襄城古驛，縣有古寺，家人輩夜往焚香。襄城古邑也，可以眺二室，地爽塏，退之所謂"潁水嵩山豁眼明"者。癸未元夕，謫居齊安，携家遊定惠妙圓，承天下大雲東禪，蓋出雨夜有感示秬秸》，張耒撰，李逸安等點校《張耒集》卷十六，中華書局，1990 年，第 267 頁。

略同蘇軾惠州上元所記之例。而更值得一提的是好學蘇軾的李綱。李綱留存有三首對比書寫模式的上元詩中，《上元夜二首》其一：

> 去年玉輦侍端門，燈滿鰲山訝曉暾。寂寞沙陽山水裏，也將膏火照黄昏。[1]

將昔日上元侍宴端門與今夕沙陽寂寞對照，已同於蘇軾。尤其是其《上元舟中有感》一詩，亦爲五言古詩：

> 前年扈清蹕，玉輦臨端門。鰲山彩構聳，露臺歌吹喧。去年謫沙陽，旅泊亦遊觀。士女隘衢巷，燈火滿溪山。今年過江南，艤舟烟水灣。風高不可進，極目雲濤翻。蜜炬照獨酌，紅爐凌夜寒。感事心欲折，强歌聲無歡。坐看江邊月，飛上青雲端。清光不改舊，對我還團欒。[2]

此詩與蘇軾惠州上元詩如出一轍，前年、去年、今年層層對比，以上元三種截然不同的境遇領起對人生起伏的書寫，的確可以確認爲模仿蘇軾惠州上元詩的作品。而且，到了南宋，失意的士大夫們對於上元節的記憶，不止指向昔日端門侍宴觀燈的個人榮寵，同時還寄寓著故都繁華如夢的家國感慨，就如同李綱"當年玉輦侍端門，豈意風塵四海奔"[3]一樣，使得這種今昔之感更加强烈了。不過，縱觀宋代上元詩，東坡上元詩的這種喚起記憶的對比書寫模式，雖然常爲後人所借鑒，但僅限於藝術構思上的摹擬學習而已，宋人並不以上元爲審視蘇軾生命經歷的一條線索，而對此投注特別的目光，因此，在宋人詩中，並不能建立起上元與東坡的特殊聯繫。

---

[1] 李綱《上元夜二首》，《梁溪集》卷七，《景印文淵閣四庫全書》，第 1125 册，第 555 頁。

[2] 李綱《上元舟中有感》，《梁溪集》卷十四，第 622 頁。

[3] 李綱《上元日同王豐甫葉夢授會飲》，《梁溪集》卷二十八，第 753 頁。

　　如本節開頭所言，反而是在上元節俗意義並不鮮明的日本[1]，五山禪僧在閱讀東坡詩時，敏感地捕捉到了其上元詩中豐富的信息，以此爲中心，展開了對東坡命運的論述，創作了一系列的東坡上元圖以及讀東坡上元詩後發表感懷的詩作，以此傳釋他們所理解的東坡形象，表達了他們對人生榮辱升沉的思考。五山禪僧對蘇軾上元詩的關注，主要集中在三個時期，其一即杭州祥符寺的兩首，其二是端門侍宴的相關詩作，其三則是貶居嶺南以後的上元詩，也即上文梳理時所述的，東坡生命歷程中三種重要的上元體驗。五山禪僧以東坡上元的命運爲關注點的詩畫題目，有：

　　1. 祥符寺九曲觀燈圖；

　　2. 上元侍宴圖/端門侍宴圖/傳柑圖；

　　3. 讀戊寅歲上元獨坐詩。

　　總計有詩 29 首。在這些詩中，東坡命運的榮辱浮沉，始終是禪僧們關注的中心，他們總是以窮通的視點審視相關畫面中的蘇軾，重新闡釋詩人的原作，即使這並不一定符合原作的語境。例如在杭州祥符寺觀燈的東坡，留下了《祥符寺九曲觀燈》《上元過祥符僧可久房，蕭然無燈火》二首。前詩：

　　　　紗籠擎燭逢門入，銀葉燒香見客邀。金鼎轉丹光吐夜，寶珠穿蟻鬧連朝。波翻焰裏元相激，魚舞湯中不畏焦。明日酒醒空想像，清吟半逐夢魂銷。[2]

竭盡筆墨摹寫祥符上元燈會之輝煌奇麗；後詩：

　　　　門前歌舞鬥分朋，一室清風冷欲冰。不把琉璃閒照佛，始

---

[1] 上元節俗雖然傳入日本，但在日本並未產生太大影響，更未成爲固定的節日，詳參劉曉峰《中日踏歌考——兼論古代正月十五的節俗及其對日本的影響》，收入氏著《東亞的時間——歲時文化的比較研究》，中華書局，2007 年。
[2]《蘇軾全集校注》，第 842 頁。

知無盡本無燈。①

則記述上元夜訪可久僧房,清靜超脱的情味。這兩首詩皆無一字
寫到自身處境的寂寞失意,况且蘇軾熙寧年間外放杭州時,在政治
上儘管並不通達,也確實對朝廷實施的新法頗有意見,但其遭遇也
絕不能稱之爲失意潦倒,生活上是比較愜意的。但是,五山禪僧將
蘇軾放在其經歷的整個上元體系中來反顧杭州時期的上元詩,就
不免對這組詩歌進行有意的“誤讀”,他們在以祥符寺上元爲典故,
圖繪、題詠東坡時,總是通過預想他日的寵遇,來刻畫他此時流落
州郡、未獲重用的形象:

　　　　痛飲狂歌元不能,餘杭古寺獨觀燈。今宵天上傳柑宴,誰
信先生閑似僧。②
　　　　去汴來杭鬢已星,飄零焦思在熙寧。玉堂未拜金蓮賜,九
曲燈花十月螢。③
　　　　坡老南仙久在杭,觀燈幾度問禪房。玉堂異日金蓮賜,换
盡祥符今夜光。④

瑞溪周鳳與雪嶺永瑾皆就東坡在外郡獨自觀燈、未獲重用而發表
感想,詩歌在描寫圖繪中的東坡時,前者强調其不能痛飲狂歌,只
好獨往古寺觀燈以排遣閒愁;後者强調其鬢髮已斑,飄零在外。兩
詩刻畫的是憔悴寂寥的東坡形象,顯然與東坡倅杭時的實際形象
是不符的,尤其瑞溪周鳳以此夜東坡之“閑”聯想到京城傳柑的熱
鬧,隱隱有爲之不平之意。而三益永因之詩,則由今日上元的冷
清,聯繫到來日賜金蓮燭的榮耀。

━━━━━━━━━

①《蘇軾全集校注》,第 844 頁。
②瑞溪周鳳《東坡祥符寺觀燈圖》,《卧雲稿》,第 512 頁。
③雪嶺永瑾《讀東坡祥符寺觀燈詩》,《梅溪集》,收入《續群書類從》文筆部第 13
　輯下,第 676 頁。
④三益永因《東坡祥符寺觀燈圖》,《三益稿》,第 487 頁。

　　其他圍繞元祐年間端門侍宴和嶺南上元系列作品而產生的圖
繪、題詠東坡的作品,也同杭州祥符寺觀燈系列一樣,習慣以政治
上的窮通對照來刻畫東坡的形象,這正是基於五山禪僧始終將蘇
軾的上元作品作爲一個整體的系列來加以理解,因此,若將五山禪
林中三組東坡上元題材的作品放在一起,它們便會互相勾連,形成
一個完整的叙事:

　　　　　餘杭流落大蘇公,寂寞觀燈古梵宫。窮達有時元祐日,端
　　　門喜色萬枝紅。①

　　　　　翰苑鶴天遭遇恩,華燈影裏宴端門。女中堯舜登仙後,隔
　　　海黎家作上元。②

　　　　　刺史燒燈已夜遊,小坡赴約老坡留。紅雲夢破玉皇宴,一
　　　坐儋州鬢似秋。③

　　　　　取笑海南春夢婆,端門榮遇十年過。可憐黎舍上元夜,獨
　　　剪寒燈待小坡。④

第一首詠《東坡祥符寺觀燈圖》,三益永因想象中的東坡是流落杭
州的寂寥形象,但是"窮達有時",異日端門扈從觀燈的榮耀,必定
能洗却此時的寥落;第二首詠《東坡上元侍宴圖》,則從端門華燈,
感歎此後寄身海外的淒凉;第三、四首爲讀東坡戊寅歲儋州上元詩
的讀後感,東坡貶謫嶺南的孤寂被置於往日如春夢般的繁華榮遇
之中,從而倍增感慨。經過這樣的勾連書寫,上元在蘇軾政治遭際
與命運起伏中的象徵意義就凸顯出來了,祥符觀燈的上元、端門侍
宴的上元、嶺南獨坐的上元,成爲了東坡生命歷程中的經典時刻,

①雪嶺永瑾《蘇内翰賜金蓮燭圖》,《梅溪集》,第666—667頁。
②九鼎竺重《東坡上元侍宴圖》,此詩選入《翰林五鳳集》卷一,第91頁。
③横川景三《讀東坡上元也獨坐有感詩》,《小補東遊後集》,收入《五山文學新
　集》第一卷,第94—95頁。
④天隱龍澤《讀東坡戊寅歲上元詩》,《默雲稿》,第1105頁。

而在不同情境下的上元燈火,也成爲了圖寫東坡的頗具象徵意味的標誌性物象。如祥符寺的上元燈火,蘇軾往觀時分明説是:"金鼎轉丹光吐夜,寶珠穿蟻鬧連朝。"在海南回憶起來也説:"萬炬錢塘憶夜歸。"極其光華璀璨,但五山禪僧在形容時却説他錢塘觀燈是孤獨失意的,形容此夜燈火是:"玉堂未拜金蓮賜,九曲燈花十月螢。"因爲他政治上的失意,仿佛燦爛的九曲燈火也同深秋螢火般黯淡無光,只有未來端門侍宴的燈火,才堪稱"喜色萬枝紅"。同樣,在東坡嶺南上元圖繪中,那邀約蘇過的"儋守之燈"與東坡凄然獨對、結盡燈花的"寒燈",也通過禪僧們的題詠被凸顯出來,呼應著主人公此刻的境遇。

值得説明的是,賜金蓮燭作爲東坡獲得重用與榮寵的象徵,實際上並不發生在上元節,但大概因爲"金蓮燭"與燈之間存在著聯想的可能,在五山禪僧筆下,常常被混淆在上元的序列中,作爲嶺南上元節失意憔悴的東坡的反面,所以,在前引三益永因的詩中,會以異日的金蓮燭之賜,作爲祥符寺寂寞觀燈的補償,所謂"玉堂異日金蓮賜,換盡祥符今夜光"。雪嶺永瑾《蘇内翰賜金蓮圖》:"宣仁寵軾賜金蓮,除此奇才誰執權。豈料南荒上元夜,恩光消盡散青烟。"[1]也是顯著的例子。所以,五山禪僧在上元詩裏,也常常用金蓮燭指代元宵燈火,如雪嶺永瑾"笙歌聲誦上元天,萬朵燈火交影鮮。野僧不預端門宴,唯有春月當金蓮"[2],形容自己元夕的清冷,以月爲燭,即用金蓮指代端門的萬炬燈火;閏門"滿城歌吹湧如泉,此夕端門開御筵。只爲君恩多雨露,梅花燈冷亦金蓮"[3],也是如此。

———————————

[1]雪嶺永瑾《梅溪集》,第666—667頁。
[2]雪嶺永瑾《上元》,《梅溪集》,第650頁。
[3]閏門《燈夕》,此詩選入《翰林五鳳集》卷一,第91頁。

二、東坡與茶：五山禪林的東坡茶事圖

　　和上元圖繪相似，因蘇軾多個生命階段出現的同一物象，而將相關詩文、故事勾連，取材爲圖繪作品的，還有五山禪林的東坡煎茶圖系列。五山禪林取材於東坡茶事因緣的圖繪，有《東坡試院煎茶圖》《子瞻遍英賜茗圖》以及《坡仙汲江煎茶圖》三種，皆有題畫詩存世。

　　隨著詩歌書寫對日常生活的關注，詠茶及詠煮茶諸事在北宋已成爲詩歌一種常見的題材，茶事在這些詩歌中完成了其詩意升華，成爲一種文人雅趣的象徵，具有豐富的文化內蘊。蘇軾創作的不少詠茶詩是這一詩歌發展過程中的典範作品，作於熙寧六年杭州監試期間的《試院煎茶詩催試官考校戲作》與作於儋耳的《汲江煎茶》更是其中的名篇。前詩：

　　　　蟹眼已過魚眼生，颼颼欲作松風鳴。蒙茸出磨細珠落，眩轉遶甌飛雪輕。銀瓶瀉湯誇第二，未識古人煎水意。君不見昔時李生好客手自煎，貴從活火發新泉。又不見今時潞公煎茶學西蜀，定州花瓷琢紅玉。我今貧病常苦飢，分無玉盌捧蛾眉。且學公家作茗飲，磚爐石銚行相隨。不用撐腸拄腹文字五千卷，但願一甌常及睡足日高時。①

此詩從煮水的火候、碾茶點茶的畫面寫起，細膩生動地呈現了煎茶的全過程，亦飽含了作者本人煎茶品茶的個體體驗。而其結尾，則往往被認爲頗有用心，翁方綱云："是時甫用王安石議，改取士之法，罷詩賦、帖經、墨義，專以策，限定千言。故先生呈諸試官詩云：'聊欲廢書眠，秋濤春午枕。'正與此篇末句意同。'未識古人煎水

———————
①《蘇軾全集校注》，第 735 頁。

意,且學公家作茗飲',亦皆此意。"①認爲結尾部分含蓄地表達了對新法的異見。其《汲江煎茶》詩:

> 活水還須活火烹,自臨釣石取深清。大瓢貯月歸春甕,小杓分江入夜瓶。茶雨已翻煎處脚,松風忽作瀉時聲。枯腸未易禁三椀,坐聽荒城長短更。②

描寫在海南的一個夜晚,自己汲水煎茶之事,其中間二聯設想新奇,描寫細膩。蘇軾這兩首煎茶詩,後人認爲"(《試院煎茶》)獨寫煎茶妙處,於集中諸詠茶詩別出一奇。語不必深而精彩自露,此與《汲江》一篇,在古近體中,各推絕唱"③。從文學的角度來説,在宋元以後是相當爲人注意且影響頗大的。不過,若從圖繪的角度來看,宋元以來,茶事主題的圖繪雖然發達而種類豐富,但取材於蘇軾煎茶的圖繪作品並不多,也不算相關圖繪中的主流,表現文人茶事的圖繪,主要集中在盧仝與陸羽④。從目前的文獻看,明代開始出現蘇軾煎茶主題的圖繪,李東陽有《東坡煎茶圖》一詩,次杭州試院煎茶詩韻,其詩云:

> 君不見玉川兩腋清風生,又不見黃家竹几車聲鳴。東坡別有煎茶法,一勺解使千金輕。江南雷鳴二月二,已識山人采芳意。東京貢院試一煎,汴中那有中泠泉。翰林老仙出西蜀,醉掃蠻箋寫珠玉。詩成吻渴腸亦飢,長鬚拂紙揚修眉。知公

---

①《蘇軾全集校注》,第 737 頁。
②《蘇軾全集校注》,第 5116 頁。
③《蘇詩選評箋釋》卷一,轉引自《蘇軾全集校注》,第 737 頁。
④繆元朗《中國古代茶畫分類研讀》一文中將古代茶畫按畫面内容分類,雖然在雅集文會類的茶畫中提及的《西園雅集圖》與蘇軾有關,但此圖顯然不是本節所論的以表現茶事爲中心的圖繪(《文史知識》2019 年第 5 期、第 6 期)。此外,張瑩《宋代茶事繪畫及其文化内涵探析》一文中雖然提及作爲文化名人的蘇軾對於茶畫興盛的影響,但是這種影響主要在觀念方面,而非茶畫的取材方面(河南大學 2012 年碩士論文)。

此興不獨樂，蘇門六子長相隨。請看畫裏題詩手，猶似當爐運筆時。①

此圖不傳，若單據題詩後六句來看，儘管詩次試院煎茶詩之韻，但畫面表現的並非東坡試院煎茶的場景，李東陽形容圖中的東坡正醉掃蠻箋揮筆題詩，而蘇門文人皆隨其旁，因此這應當是一種類似與《文會圖》《西園雅集圖》的以茶事爲媒介的文人雅集圖繪，重點表現的是東坡作爲元祐文壇領袖的風采。除此以外，中國少見有以東坡茶事爲主題的圖繪記載了。

日本五山禪林的圖繪世界獨立地表現出對東坡上述二詩的濃厚興趣，且在此以外，還流傳有題爲《子瞻邇英賜茗圖》的題畫詩，也是從茶的角度著眼的。我認爲，正如上文所述，這與五山禪僧習慣於以窮通的視角審視東坡的境遇遭際，從而對其作品與故事別具一種認識與闡釋的角度，密切相關。因此，他們不但拈出了上元這個對於東坡頗具節點意義的節日，因著上元的關係將"燈燭"視爲東坡人生中頗具象徵性的標誌物象；也發現了茶這個與"燈燭"具有類似象徵性的物象，從而將相關的作品和經歷勾連起來，將之作爲圖寫東坡形象的另一種視覺意象。故而在三種五山禪林的東坡茶事圖繪與詩歌中，也呈現出與上元圖繪相似的視角與構思：

試院秋風雙鬢花，九州四海破生涯。江梅佳實調羹手，一鼎松聲閑煮茶。②

持節錢塘考試新，寒爐煎雪鬢如銀。他年侍講邇英閣，敕賜頭綱八餅春。③

隻日輪官至玉堂，講筵賜茗是頭綱。吾慚半部未終卷，時

---

①李東陽撰，周寅賓編《李東陽集　詩後稿》卷三，嶽麓書社，2008 年，第 832—833 頁。

②彥龍周興《東坡試院煎茶》，《半陶文集》，第 1011 頁。

③瑞岩龍惺《東坡試院煎茶圖》，此詩選入《翰林五鳳集》卷六十，第 1181 頁。

習齋西又夕陽。①

　　　高唱臨磯偃汲腰，茶聲響月夜蕭條。邇英講舌有餘渴，傾
倒江湖入一瓢。②

　　　萬死投荒蘇玉堂，風爐煎茶鬢如霜。此中記否邇英閣，曾
賜龍團第一綱。③

第一、二兩首都取材於試院煎茶，此詩的結尾部分雖被認爲對新法
含有微意，但正如前文所言，倅杭時期的蘇軾既不憔悴，也不算特
別失意，但彥龍周興與瑞巖龍惺之詩却不約而同地將蘇軾此時的
面貌形容得蒼老憔悴，將之形容爲"調羹手"的閑置，同時瑞巖龍惺
將試院煎茶與來日元祐入朝後的邇英賜茗聯繫起來，顯然是因爲
茶而產生的聯想；同樣產生這種聯想的還有琴叔景趣與常庵龍崇
的第四首與第五首，這兩首皆是題取材於《汲江煎茶》的圖繪的作
品，在東坡海南月夜煎茶的場景裹，他們不約而同地引入了昔日邇
英賜茗的記憶，其間因緣不也是因茶生發的嗎？實際上，根據現有
資料，沒有發現蘇軾侍講邇英閣期間有皇帝或者太皇太后賜茗的
記載，蘇軾邇英侍講《論語》在元祐二年（1087），而據蘇轍《亡兄子
瞻端明墓志銘》記載，元祐四年（1089），蘇軾以龍圖閣學士出知杭
州，"公出郊未發，遣內侍賜龍茶、銀合，用前執政恩例，所以慰勞甚
厚"④。故救仁鄉秀明認爲因爲講筵與賜茗並非同時，故五山禪林
流行的《東坡講筵賜茗圖》出典不明⑤。當然也存在著蘇軾侍講期
間賜茗的相關資料在流傳中佚失這種情況，但顯然更大的可能性

①景徐周麟《子瞻邇英賜茗圖》，《翰林葫蘆集》，第 267 頁。

②琴叔景趣《坡仙汲江煎茶圖》，《松蔭吟稿》，第 585 頁。

③常庵龍崇《東坡海南煎茶圖》，《冷泉集》，收入《續群書類從》文筆部第 13 輯
　上册，第 604 頁。

④蘇轍《蘇轍集》卷二十二，第 1122 頁。

⑤見前揭救仁鄉秀明《日本における蘇軾像（二）——中世における画題展
　開》。

是，因爲"茶"的聯想，五山禪僧們自然而然地將侍講與賜茗兩種士人的榮遇牽合在一起，從而形成了邇英賜茗這樣的東坡畫題，因爲這一茶事經歷，在他們的心目中，與試院煎茶、海南煎茶恰好形成了通達與失意的强烈對照，就如同上元觀燈系列中的那些時刻一樣，邇英賜茗也凝定爲東坡生命中的經典一刻。如果結合上引蘇轍文中提到的，蘇軾出知州郡而被賜茗，是用"前執政恩例"，也就不難理解五山禪僧何以對倅杭時期的蘇軾在政治上的遭遇如此耿耿，在試院煎茶圖的系列題詩中，視之爲"江梅佳實調羹手，一鼎松聲閑煮茶"，這正是因爲異日破例賜茗的榮遇，早已被五山禪僧視爲統治者確認蘇軾具有宰執之才的暗示，有了這樣的預設，他們在打量試院煎茶的蘇軾時，才會感覺其間落差如此巨大。

三、"坡老"形象的畫面呈現、内涵及其典範意義

如上所述，五山禪僧習慣於以窮通的視角來觀察蘇軾的處境，對五山禪林的東坡受容最顯著的影響就是改變了他們對倅杭時期的蘇軾的觀感，普遍將這一時期的蘇軾形象描繪得憔悴蒼老而落寞，朱秋而在討論五山禪林的《東坡試院煎茶圖》時，發現在這種圖像中，禪僧將"晚年流放海外後的東坡形象提前移植到試院煎茶詩中"[①]，其實不但試院煎茶圖如此，幾乎取材於倅杭時期的其他圖像皆如此——風水洞圖例外，因爲這一主題寫爲圖繪的創作動因比較特殊——從而使得在五山禪林詩畫世界中，"坡老"成爲蘇軾的一種經典形象，普遍存在於五山禪林的大部分東坡圖繪中，這個形象基於禪僧對蘇軾整個生命歷程沉浮榮辱的把握，最終定格在嶺南時期。在塑造蘇軾具體的視覺形象時，圍繞著細節性的畫面元

---

① 前揭朱秋而《五山禪僧詩中的東坡形象》，收入《東亞文化意象之形塑》，第338頁。

素，如圖繪中東坡的衣冠、行具等，五山禪僧也曾展開討論與闡釋，集中梳理這些材料，能夠更清晰地展現在五山禪林的詩畫世界中，"坡老"形象的畫面呈現、內涵及其典範意義。

宋元以後的東坡圖像，就人物具體形貌、衣冠的視覺呈現而言，有多種圖式，其中最爲流行的，顯然是笠屐圖與以窄簷高筒帽爲標誌的東坡像，中國如此，日本五山禪林亦如此。在五山禪林，窄簷高筒的"子瞻樣帽"與笠屐可以説是塑造東坡形象的關鍵元素，禪僧們在題畫詩中圍繞二者的內涵展開了頻繁的討論。

窄簷高筒的"子瞻樣帽"，又稱"東坡帽"，是東坡自己設計的一種烏紗材質的冠帽。李廌《師友談記》有"東坡帽"記載：

> 東坡先生近令門人輩作《人不易物賦》，或戲作一聯曰："伏其几而襲其裳，豈爲孔子；學其書而戴其帽，未是蘇公。"（自注：士大夫近年傚東坡桶高簷短，名帽曰子瞻樣。）廌因言之。公笑曰：近屬從燕醴泉觀，優人以相與自夸文章爲戲者。一優丁仙現曰："吾之文章，汝輩不可及也。"衆優曰："何也？"曰："汝不見吾頭上子瞻乎？"上爲解顏，顧公久之。[1]

《王直方詩話》中亦有類似的記錄曰："元祐之初，士大夫效東坡頂短簷高桶帽，謂之'子瞻樣'。"[2]可見這是蘇軾在元祐之前就爲自己設計的一種頗具個性色彩的冠帽，蘇軾對自己這一異於流俗的設計也頗爲滿意，針對當時效仿他的士人，發出了"學其書而戴其帽，未是蘇公"的諷刺。因此，高筒窄簷的"子瞻樣帽"，原本就隱約地彰顯著蘇軾獨立不遷的人格魅力，誠如他晚年在嶺南《椰子冠》一詩中所言的"更著短簷高屋帽，東坡何事不違時"[3]那樣，象徵著他"一肚皮不合時宜"的面貌。因此，"子瞻樣帽"很自然地成爲後人

---

① 李廌撰，孔凡禮校點《師友談記》，中華書局，2002 年，第 11 頁。
② 郭紹虞《宋詩話輯佚》卷上，中華書局，1980 年，第 93 頁。
③《次韻子由三首　椰子冠》，《蘇軾全集校注》，第 4905 頁。

以圖繪呈現東坡形象時最爲重要的視覺元素,在現存的東坡肖像畫中,這種"子瞻樣帽"東坡像是最常見的圖式。五山禪林的"坡老"圖繪中,頭戴"子瞻樣帽"的圖式,也極爲流行。天章澄彧曾描寫自己夢中見到蘇軾:

> 歲己亥夏五廿一,宵寐中有以告者曰:"東坡居士,館於寺之北院,人争快睹矣。"予狼忙造焉。居士方坐一榻,白髮紅頰,帽甚高著,三韓布袍而按籐杖,年六十許,如世所畫像也。①

夢中的蘇軾頭戴東坡帽,如"世所畫像",可見東坡帽是五山禪林圖寫蘇軾非常重要的視覺元素,在東坡肖像畫中如此,在許多詩意畫、故實畫中也如此,蘭坡景茝爲人題《東坡赤壁圖》,小序中説:

> 惟材,惠日之佳士也。寄扇求挂片詞,披覽之,老翁在舟,與二童並坐。余輒知孤山處士,然以無梅,熟視其人,上有子瞻,子瞻之爲子瞻也,於是可知焉。昔元豐之初,其法日新,善類不和,士之有補於朝,皆出居野,蘇亦其一。而與客遊赤壁之下,作賦二篇。前遊乃有客吹洞簫者,後遊乃有孤鶴橫江東來,其翅如車輪,此圖是也。且如山高月小,水落石出,其語自然而精於體物,今繪事之不及此,則《離騷》之梅也,惟材豈不恨之乎?②

蘭坡景茝對眼前老翁童子舟遊、孤鶴橫空的畫面,無從判斷其主人公的身份,但是"子瞻樣帽"揭示了謎底。這則材料也揭示,由於詩意圖受囿於繪畫史圖式傳統,畫面風景對詩意的呈現可能大同小異,但是一些重要的視覺元素却象征著不同的文化内涵,能够標識與區分人物,"子瞻樣帽"就是這樣一個具有强烈象征性的圖畫視覺意象,烙刻著蘇軾的精神内藴。那麽,五山禪僧如何闡釋"子瞻

①天章澄彧《坡仙贊》,《樓碧摘稿》,第448頁。
②蘭坡景茝《雪樵獨唱集》,第72—73頁。

樣帽”的象征意義與其呈現的東坡形象呢？在五山禪林，“子瞻樣帽”曾成爲固定的詩題，常被形諸吟詠：

> 頭上子瞻優亦賢，當時神廟一歡然。不梟二虜非遺憾，棄擲奇才十九年。[1]
>
> 孰爲楚相孰爲優，頭上子瞻如此不？熙豐十八年天下，檐短屋高雙鬢秋。[2]
>
> 七世文章百世詩，帽簷影短破生涯。熙豐新法秋風急，赤壁鬢寒吹落時。[3]

在以上三首詩歌中，五山禪僧都著眼於蘇軾優異的才能與他熙豐年間被棄置不用的失意遭遇，三詩皆用到前引李廌《師友談記》中所記的優人在宮宴場合仿東坡“子瞻樣帽”以娛君之事，但值得注意的是，李廌與王直方記此事皆發生在元祐年間，今《蘇軾年譜》亦繫在元祐二年（1087）[4]，那麼逸事中的“上”則無疑是哲宗。但五山禪僧在題詠時，均紛紛將此事提前到神宗熙豐年間，以此“子瞻樣帽”的“不合時宜”簷短屋高的“違時”來想象東坡在熙豐新政中的不合時宜，從而被棄置不用的遭遇，想象在“子瞻樣帽”之下的東坡兩鬢蕭索的面貌。那麼，在禪僧的書寫中，“子瞻樣帽”這一視覺意象，就傳遞了這樣的精神内涵：它標誌著優異的才能、不隨時俯仰的耿介人格以及蕭索失意的政治遭遇。在畫面中，它往往與“騎驢”“按杖”搭配，以萬里集九所題兩種東坡像爲例：

---

[1] 惟肖得岩《東坡先生畫像》，收入《翰林五鳳集》卷六十，第1177頁。按：此詩《翰林五鳳集》題爲《東坡先生畫像》，《蕉窗夜話》題爲《贊東坡》，而《蔭凉軒日録》則稱其爲“雙桂翁題子瞻帽”，題目雖有異，但從詩歌來看，“子瞻樣帽”顯然是詩歌表現的中心，且此詩因爲收入五山禪林各種詩歌選本，始終作爲詠“子瞻樣帽”的典範而被模擬。

[2] 橫川景三《子瞻樣帽》，《補庵京華前集》，收入《五山文學新集》第一卷，第249頁。

[3] 月舟壽桂《子瞻樣帽》，《幻雲詩稿》第三，第239頁。

[4] 孔凡禮撰《蘇軾年譜》卷二十六，中華書局，1998年，第775頁。

　　南遷千萬里，頭上戴東坡。驢瘦鼠成尾，是非春雨多。

　　真大丈夫號人中龍，崢嶸可仰；彼四學士出日下鶴，蹁躚
互酬。烏紗帽岸短簷高屋，青竹杖撐南島小洲。有字并吞，草
木枯而山岳裂；文章活動，波瀾湧而星斗浮。[①]

前圖爲頭戴"子瞻樣帽"的東坡騎驢圖，故題詩主要著眼其南遷的
塞澀；後圖爲戴帽持筇的東坡形象，筇竹杖在宋人的詩歌書寫中，
亦象徵著勁節耿介，故圖像題跋也重點表現東坡"崢嶸可仰"的一
面。"子瞻樣帽"意象化之後，禪僧不僅以之圖寫贊美東坡形象，也
常常在詩文中以此自我書寫或酬贈，如蘭坡景茞在南禪寺入院上
堂之際，如此自叙：

　　獨學不成，一寒如此。肩聳山字，深擁南嶽之大布繒；鬢
生霜痕，斜著東坡之短簷帽。豈免衆哂，各垂鴻慈。[②]

自叙多以謙語出之，故這裏字面主要取"子瞻樣帽"所象徵的寒塞
之態，但言下又何嘗不是以東坡的耿介與多才暗自標榜呢？而在
琴叔景趣下詩中，頭戴"子瞻樣帽"則是對友人的贊美：

　　相逢是處結眉毛，氣味何殊蘇與陶。看這風流老和尚，朗
吟對菊帽簷高。[③]

在此詩中，琴叔景趣用蘇軾"子瞻樣帽"與陶淵明詠菊來比況朋友
的"風流"，這種"風流"，就是如同蘇、陶一般的文采風流和與世相
違的獨立不遷吧。

　　除了"子瞻樣帽"外，戴笠著屐是東坡在圖繪中更爲常見的一
種形象，如前文所述，東坡戴笠著屐的逸聞發生在被貶海南時，從
南宋開始有東坡笠屐圖的創作。受到宋元影響，日本繪畫史上也

---

①萬里集九《東坡畫像》《東坡先生畫像》，《梅花無盡藏》，第 899 頁。
②蘭坡景茞《南禪寺語録》，《雪樵獨唱集》卷二，第 91 頁。
③琴叔景趣《奉和相國堂頭和尚重陽韻》，《松蔭吟稿》，第 578 頁。

流行過圖式不一的東坡笠屐圖[①]，並且，在日本其他蘇軾題材圖繪中，東坡也常常以戴笠著屐的面貌出現，例如前文曾提及的《風水洞圖》，該圖取材於倅杭時期的詩歌，蘇軾尚未南遷，但現存傳爲狩野正信筆的《風水洞詩意圖》中，東坡也是戴笠著屐；此外，五山禪林流行的東坡騎驢圖中，東坡也多戴笠。可見，在日本五山禪林，戴笠著屐，不僅僅限於笠屐圖，而是圖繪形塑東坡普遍使用的視覺意象[②]。關於笠、屐兩個視覺意象在圖繪中的象征意義與相關圖繪傳遞的精神內涵，前賢有過比較仔細的梳理和闡述，作爲野服形象構成要素的"斗笠"乃是"時運不濟仍保持著高潔志向的文士及神人的帽子"，而"木屐"則是"道釋散聖仙人的裝束"[③]。因此，在東亞漢文化圈內，以"笠屐"形塑的東坡，集中呈現了蘇軾生命經歷中時運不濟接連遭貶的境遇，和他泰然處變、用詼諧幽默的態度輕鬆化解人生磨難的巨大精神力量，以及他那嬉笑怒罵皆成文章、超然於物外而又直將笑語接兒童的謫仙氣質。那麼，當五山禪僧面對圖繪中戴笠著屐的東坡形象時，他們的觀感如何呢？

　　首先，在面對歷經風雨的笠屐形象時，五山禪僧往往會將之與其身處玉堂的形象並置，表達對東坡不因榮辱而易其節的堅韌人格的崇仰，贊美東坡的文章、功業。如彥龍周興一則題扇面東坡像的畫贊，題下注明畫面爲竹林中的笠屐東坡，他題道：

[①] 救仁鄉秀明認爲日本的笠屐圖是少數真正受到宋元影響的蘇軾圖像，參考前揭救仁鄉秀明之文。

[②] 朴載碩在討論五山禪林的蘇軾野服形象時，也提及室町時代的藝術家比中國更早利用佚聞中的場景增添圖繪的敘事性，他們偏好給蘇軾野服形象增添背景，加強畫作的敘事性，或者傳達畫作贊助者對蘇軾海南軼聞的看法。從而使得在日本，野服形象更早地化爲一種圖象語言，擴大了意涵，被應用到描繪其他與蘇軾有關的作品中（前揭朴載碩《宋元時期的蘇軾野服形象》，《東亞文化意象之形塑》，第 502 頁）。

[③] 前揭朴載碩《宋元時期的蘇軾野服形象》。

公嘗畫竹，得文湖州之印矣。千載之後，爲人所圖，亦與此君俱焉。黎洞風雨，玉堂雲霧，不二其心，心之虛也。賜金蓮炬於御簾前，借青箬笠於民村裏，維榮維辱，而一其節，節之堅也。[1]

圖畫用背景的竹和笠屐來塑造蘇軾的形象，而彥龍周興通過文字傳釋了這些畫面元素的寓意，通過描寫他身處廟堂之高與寄身江海之遠的始終如一，表達了對蘇軾志節堅勁的贊歎。在並置叙事中表彰蘇軾，在五山禪林的東坡圖繪題詠中非常常見，如：

畫圖今日尚驚群，赤壁玉堂如片雲。海内先生廣長舌，揮毫四萬八千文。[2]

瓊海玉堂過即同，天將笠屐戲吾公。爛腸五斗髮千丈，犬吠蠻村烟雨中。[3]

戴笠褰裳禿髮雙，夢中不覺落蠻邦。牛欄西畔溟濛雨，醉眼玉堂雲霧窗。[4]

白首累臣忠義心，一身笠屐草泥深。蠻村也自玉堂上，四海蒼生傅說霖。[5]

在以上四詩的書寫中，蘇軾面對玉堂、赤壁、瓊海的不同處境，始終秉持著如一的節操，雖因歷經磨難而憔悴蒼老，却文采驚世，令蒼生感懷。五山禪僧東坡題詠的這種書寫模式，受到宋元同類作品

---

①彥龍周興《便面（自注：竹林中，笠屐東坡）》，《半陶文集》，第 1115 頁。

②一休宗純《東坡像》，《山林風月集》卷中，收入《大日本佛教全書》，第 146 册，第 27 頁。

③横川景三《東坡笠屐圖》，《補庵京華別集》，收入《五山文學新集》第一卷，第574 頁。

④江西龍派《東坡戴笠圖》，《續翠詩稿》，收入《五山文學新集別卷》上册，第304 頁。

⑤心田清播《東坡笠屐圖》，《聽雨外集》，收入《五山文學新集別卷》上册，第689 頁。

的影響，是毋庸置疑的。將赤壁—玉堂—瓊海並置，而傳釋蘇軾的
精神內涵，最典範的樣本就是黃庭堅《東坡先生真贊》三首其一：

> 子瞻堂堂，出於峨眉，司馬班揚。金馬石渠，閱士如墻。
> 上前論事，釋之馮唐。言語以爲階，而投諸雲夢之黃。東坡之
> 酒，赤壁之簫，嬉笑怒罵，皆成文章。解韉而歸，紫微玉堂。子
> 瞻之德未變於初爾，而名之曰元祐之黨，放之珠厓儋耳。方其
> 金馬石渠，不自知其東坡赤壁也。及其東坡赤壁，不自意其紫
> 微玉堂也。及其紫微玉堂，不自知其珠厓儋耳也。九州四海，
> 知有東坡。東坡歸矣，民笑且歌。一日不朝，其間容戈。至其
> 一丘一壑，則無如此道人何。[1]

除此之外，黃庭堅曾在詩中稱賞東坡曰："赤壁風月笛，玉堂雲霧
窗。"[2]也對舉玉堂與赤壁兩種不同處境，上引諸詩，實際上就主要
化用黃庭堅這兩篇作品。

其二，在面對笠屐形象的蘇軾時，五山禪僧特別贊賞他無論窮
通皆安之若素，以窮爲通、以江海勝玉堂的曠達態度，欣賞他在逆
境之下呈現出的自由無礙的精神境界：

> 洗盡玉堂雲霧腥，蠻村獨借雨聲聽。隨身笠一履纏兩，細
> 嚼檳榔風味馨。[3]

> 白頭久厭侍金鑾，一臥炎荒夢自安。借笠農家禦風雨，也
> 勝趨走著朝冠。[4]

---

①黃庭堅《東坡先生真贊三首》（其一），黃庭堅撰，劉琳等點校《黃庭堅全集》，
　中華書局，2021年，第504頁。
②黃庭堅《子瞻詩句妙一世乃云效庭堅體蓋退之戲效孟郊樊宗師之比以文滑
　稽耳恐後生不解故次韻道之》，黃庭堅撰，劉尚榮校點《黃庭堅詩集注》，中華
　書局，2003年，第191頁。
③萬里集九《謹題東坡先生畫像》，《梅花無盡藏》，收入《五山文學新集》第六
　卷，第785頁。
④西胤俊承《東坡笠屐圖》，《真愚稿》，第2715頁。

前詩爲萬里集九所作,在他看來,被貶海南的蘇軾,反因蠻鄉的風雨洗刷了朝堂權勢的腥膻與負累,草笠芒鞋而無所挂礙,使他得以從容輕鬆地品味海南風物的美好。西胤俊承的後詩中,東坡厭倦朝堂,反在炎荒之地得以安枕。在兩首詩中,玉堂之"腥"與海南檳榔之"馨"、農家笠子和朝冠形成了有趣的對照,而五山禪僧咸以後者爲勝,以此表達他們對蘇軾謫居適意的處窮態度推崇。值得注意的是,這兩首題詩準確地把握住了蘇軾嶺南時所作詩歌中表現的生活趣味與精神狀態,前者注目於蘇軾對嶺南食物風味之美的挖掘,後者著眼於蘇軾安臥炎荒所顯示的精神力量,南食與晝寢,這恰是蘇軾詩歌中在言志與審美方面頗具開創性與典範意義的兩個意象,五山禪僧敏感地捕捉住了它們,可謂出自對蘇軾與蘇詩的深刻理解①。表達與上述二詩類似主旨的題詠在禪僧別集中非常常見,如:

> 昨夢南遷鬢侶絲,煎茶試院夜眠遲。何如懶臥黃崗日,春鳥聲中一啜宜。②

> 門外青袍舉子忙,棘圍煎茗澆枯腸。何如南北湖邊寺,瓦椀尋僧風味長。③

> 子瞻在宋令狐唐,共賜金蓮歸玉堂。爭似春遊秉銀燭,海棠花下照紅粧。④

> 四海東坡百卅名,黃岡謫寓亦恩榮。玉堂爭似雪堂好,故舊情深馬正卿。⑤

以上四詩題詠杭州試院煎茶、賜燭歸翰林院以及謫居雪堂等不同

---

①有關蘇軾詩歌在晝寢與南食書寫上的開拓性與典範意義,筆者曾有討論,見《午枕的倫理:晝寢詩文化內涵的唐宋轉型》,《文學遺產》2014 年第 6 期;《中唐至宋代詩歌中的南食書寫與士人心態》,《文學遺產》2016 年第 6 期。
②江西龍派《東坡試院煎茶圖》,《續翠詩集》,第 175 頁。
③瑞岩龍惺《東坡試院煎茶圖》,《翰林五鳳集》卷六十一,第 1181 頁。
④天隱龍澤《東坡賜金蓮燭歸翰林院圖》,《翰林五鳳集》卷六十一,第 1177 頁。
⑤琴叔景趣《題東坡雪堂圖》,《松蔭吟稿》,第 560 頁。

時期的蘇軾圖繪，但表達了同樣的主題，那就是以仕宦爲束縛，嚮往閒居適意的自由生活，在禪僧們的書寫中，相較於玉堂與監試的勞悴，謫臥黃岡在春鳥嘲哳之中啜飲新茗、在夜深人靜時秉燭看花，外放杭州時瓦椀尋僧共飲，均要更加愜意自在，令人嚮往。

　　其三，面對東坡笠屐形象，聯繫蘇軾一生在政治漩渦中的浮沉榮辱，五山禪僧往往聯想到蘇軾海南春夢婆故事，由此而生出是非榮辱如夢、萬事皆空的超越之感：

> 論杅權臣投赤壁，才蒙聖眷直鑾坡。誰知天上名歸處，一是一非春夢婆。①
>
> 笠破履穿頭已翁，真非真是百無功。翰林風月蠻村雨，都在一場春夢中。②
>
> 瓊海玉堂春夢痕，孰榮孰辱不堪論。簾前夜賜金蓮燭，借笠黎家暮雨村。③

"春夢婆"事出《侯鯖録》卷七："東坡老人在昌化，嘗負大瓢行歌於田間。有老婦年七十，謂坡云：'内翰昔日富貴，一場春夢。'坡然之。"④在這則逸事中，富貴如春夢般短暫無痕的哲理經由田婦口中説出，而東坡欣然接受。其實，在蘇軾詩文中，從早年的"人生到處知何似，應似飛鴻踏雪泥"，經歷烏臺詩案後的"世事一場大夢，人生幾度秋凉"，到晚年謫居嶺南的"人間何者非夢幻，萬里南來真良圖"，可以説這一來自禪宗般若空觀的佛禪主題，始終貫穿⑤。笠屐形象傳達的這種內涵爲五山禪僧所重視，不僅由於其來源於佛禪思想，也因爲五山禪僧並非真正的出世之人，他們與幕府、公家及

---

①瑞岩龍惺《東坡先生畫像》，《翰林五鳳集》卷六十一，第 1176 頁。

②策彦周良《東坡》，《策彦和尚詩集》，第 833 頁。

③希世靈彦《東坡戴笠圖》，《村庵稿》，第 310 頁。

④《侯鯖録》卷七，第 183 頁。

⑤關於蘇軾詩歌中的人生如夢的主題及其禪宗思想來源，可參考周裕鍇《夢幻與真如——蘇、黃的禪悦傾向與其詩歌意象之關係》，《文學遺產》2001 年第 3 期。

世俗政治之間保持著密切關係,儼然如披著袈裟之士,因此也不免經歷窮通沉浮,遭遇如同蘇軾般波瀾起伏的命運。如九淵龍琛曾以澗底老梅喻江西龍派,並在詩后的小注中記述"江西甚忤權相,進退不穩,説口鑠金,蓋亦嫉才妒賢,古今一轍"[1],頗爲之感慨。由此可見,在榮通視角中闡釋東坡形象,以此獲得其超越的人格力量,也是五山禪僧的現實需求。

四、餘論:對騎驢圖的反思與理想的"坡仙"

在五山禪林中,還有一類東坡騎驢圖,通過騎驢這一視覺元素,來圖寫東坡形象。

騎驢是詩人的身份標識,尤其是命運蹇澀的詩人的身份標識,在整個東亞地區流傳著諸多中國詩人騎驢圖,最爲典型的莫過於杜甫、孟浩然,五山禪林亦不例外。蘇軾多次在詩中描寫過杜甫、孟浩然等詩人的騎驢形象,例如"又不見雪中騎驢孟浩然,皺眉吟詩肩聳山""又不是襄陽孟浩然,長安道上騎驢吟雪詩""杜陵飢客眼長寒,蹇驢破帽隨金鞍"[2],在他筆下,孟浩然和杜甫蹇澀途窮的詩人形象呼之欲出。不過,蘇軾詩中描寫自己騎驢則並不多見,最爲膾炙人口者莫過於《和子由澠池懷舊》尾聯:"往日崎嶇還記否,路長人困蹇驢嘶。"自注曰:"往歲,馬死於二陵,騎驢至澠池。"[3]除此以外,蘇軾離開黃州貶所赴筠州與蘇轍相見之時,轍有詩言:"老兄騎驢日百里,據鞍作詩如翻水。"[4]而東坡描寫此次行程,却説是:

<hr>

①九淵龍琛《澗底老梅》,《九淵遺稿》,收入《五山文學新集別卷》下册,第 406 頁。
②三詩分別爲《寫真贈何充秀才》《大雪,青州道上,有懷東武園亭,寄交代孔周翰》《續麗人行》,《蘇軾全集校注》,第 1180、1449、1680 頁。
③《蘇軾全集校注》,第 186 頁。
④蘇轍《次韻子瞻特來高安相別,先寄遲、适、遠,却寄邁、迨、過、遁》,《欒城集》卷十三,第 245 頁。

"我時移守古河東,酒肉淋漓渾舍喜。而今憔悴一羸馬,逆旅擔夫相汝爾。"①與羸馬擔夫爲伍,艱難跋涉,蘇軾之詩當是實寫。而蘇轍易馬爲驢,主要是爲了突出兄長仕途蹇澀而才思敏捷的詩人形象,可見這一東坡騎驢作詩形象也只是出於他意象化的虛擬而已。

　　大概是出於對蘇軾仕途蹇澀與詩人身份的想象,五山禪林中也流行用"騎驢"這一視覺意象來塑造東坡形象的東坡騎驢圖,這是非常常見的一類東坡圖繪,直至今日,尚存有不少室町末期至江户時期的東坡騎驢圖,圖中東坡大多爲戴笠騎驢形象②。五山禪僧別集中的題畫材料則有正宗龍統《東坡騎驢戴笠圖》,以及萬里集九題《東坡畫像》詩:"南遷千萬里,頭上戴東坡。驢瘦尾成鼠,是非春雨多。"③

《東坡潘閬騎驢圖屏風》上幅(圖片取自《國華》第820號。圖中東坡亦戴笠)

　　不過,在諸多東坡騎驢資料中,正宗龍統的《東坡戴笠騎驢圖》

①蘇軾《將至筠,先寄遲、适、遠三猶子》,《蘇軾全集校注》,第2552頁。
②日本的東坡騎驢圖,可參考張伯偉《東亞文學與繪畫中的騎驢與騎牛意象》,收入《東亞文化意象之形塑》,第271—330頁;中村溪男《新出雪村筆二人物画の画様——『福禄壽図』『東坡騎驢図』》,《古美術》第91號。
③萬里集九《梅花無盡藏》,第899頁。

是非常值得注意的一個文本,這是一篇雜言長詩,在詩中正宗龍統表達了自己對圖繪中當選擇哪些畫面元素來塑造東坡形象這一問題的看法:

> 跨驢窮措大誰歟?人道坡仙戴笠圖。圖者多笠屐,奚不著屐乎。傳聞海雨借笠黎民廬。借笠宜借屐,借屐今則無。寒鄉實無屐,豈有驢可需。假令有驢在,何況屐相於。況公乘不一,我爲俱陳諸:憶昔弘農郡,失馬偶馱驢;此年峽中路,逢郭坐籃輿;次第守八州,到處上熊車;或時汗快馬,一抹幾山岨;或時秣倦馬,堤冰步徐徐;或不願騎鶴,揚州腰纏蚨;或不願蹻風,濰州雪垂鬚;或願駕黃鶴,劍外望枌榆;或願踏赤鯶,手持白芙蕖;或夢遊塵表,飛鸞策天吴;或逮上天去,蓬海跨鯨魚。留得子由弟,獨駕老蟾蜍。如何能畫手,畫驢不畫餘。不如高踞大鵬背,三萬里風凌碧虛。

正宗龍統面對的是一幅蘇軾騎驢戴笠圖。圖中的蘇軾帶著笠子,騎著驢子。"戴笠"與"騎驢",在圖繪中都有其固定的文化內涵,但正宗龍統觀畫時,對驢出現在東坡圖像中表示了不滿。詩歌最開始的理由是禪林多流行笠屐圖,何以畫笠不畫屐呢?接下來,他羅列了東坡所有的乘騎經歷,充分論證了"騎驢"與東坡經歷和形象時如何之不相宜。詩中承認蘇軾在澠池曾經騎驢,但正宗龍統稱之爲"失馬偶馱驢",言外之意,騎驢只是偶然的、意外的一次經歷,並非常態。接下來他歷數東坡生命中的騎乘經歷,他曾有籃輿的山野之趣、縱馬的快意、倦馬徐行的閑情①,都絲毫沒有驢的蹇澀之

---

① 蘇軾杭州詩多次描寫籃輿出游的經歷,如"籃輿湖上歸,春風灑面涼"(《湖上夜歸》,第 873 頁)、"籃輿三日山中行,山中信美少曠平"(《宿海會寺》,第 990 頁)、"籃輿西出登山門,嘉與我友尋仙村"(《介亭餞楊傑次公》,第 3571 頁)。"汗快馬"的經歷,對應蘇詩"溪上青山三百叠,快馬輕衫來一抹"(《自興國往筠,宿石田驛南二十五里野人舍》,第 2538 頁)。"倦馬"句出蘇詩"老身倦馬河堤永,踏盡黃榆綠槐影"(《召還至都門先寄子由》,第 4065 頁)。

氣。在詩的末尾,正宗龍統又列舉了蘇軾想象中的四種坐騎,“駕
黃鶴”“踏赤鯉”“飛彎策天吳”“跨鯨魚”,這都是傳説中神仙所乘,
其超然之姿更與蹇驢相差萬里。正宗龍統指出,這些都是蘇軾曾
經歷或希冀的坐騎,如果出現在圖畫中,遠比“騎驢”更爲合情合
理,何以畫家們捨棄不畫呢? 在詩的最後,他提出了自己認爲更爲
符合東坡氣質的視覺元素,不如圖畫蘇軾高踞鵬背、凌風遨遊於碧
空之上來呈現他的“坡仙”面貌。正宗龍統此詩是我們認識五山禪
僧在圖繪中如何處理蘇軾形象的重要材料。一方面,從現存圖繪
和繪畫資料來看,東坡騎驢圖的創作是流行的,“騎驢”作爲一個已
經意象化的視覺符號,因爲能够呈現蘇軾政治上失意與詩人身份
的一面,被用來形塑蘇軾形象,但另一方面,“騎驢”所蘊含的那種
蹇澀、落魄的内涵,那種更指向苦吟推敲式的詩人形象,實際上與
東坡的性格、氣質是不相宜的,因此,當它被用來表現東坡時,受到
了質疑。在五山禪僧的心中,最符合東坡形象的坐騎是摶扶搖直
上的大鵬,這並非正宗龍統一人之見:

　　　玉堂春夢轉頭空,萬里又投黃霧中。帝爲吾公嫌迫隘,天
南駕與大鵬風。[1]
　　　春夢玉堂花昨非,大鵬背上著鞭歸。今朝三拜舉頭看,雲
舞蓬萊及第衣。[2]
　　　聞昔岷峨蘇白蓮,子孫書熟七生仙。端門花繫須臾念,鵬
背春風漸一鞭。[3]

在這些詩歌中,五山禪僧極力塑造了一個和我們前文所討論的“坡
老”形象完全不同的“坡仙”形象。 如果説我們前文討論的兩鬢蕭
蕭、歷盡辛苦而百折不撓的“坡老”形象,來源於五山禪僧對蘇軾現

[1]江西龍派《東坡先生畫像》,《續翠詩集》第 209 頁。
[2]萬里集九《祭東坡先生》,《梅花無盡藏》,第 686 頁。
[3]萬里集九《題蘇東坡陪燕端門詩後》,《梅花無盡藏》,第 772 頁。

實人生與精神世界的深刻體認,那麼,讓蘇軾高據大鵬、御風凌虛,
以"坡仙"的面貌出現,則是五山禪僧所理想的蘇軾形象。

　　細究五山禪僧對理想"坡仙"形象的闡述,包括兩個內涵,一是
"玉堂仙",一是"謫仙"。在五山禪僧題詠東坡圖畫的"蠻村—玉
堂"式的對立敘事中,被置於遠謫蠻荒的"坡老"形象對面的,就是
"玉堂仙":

> 端門賜宴玉堂仙,一朵紅雲擁御筵。[1]
> 吟對飛毬天亦笑,三生不愧玉堂仙。[2]

這種"玉堂仙"的形象,首先著眼於蘇軾的才華和理想政治地位,是
一位既能應對於聖筵的經世治國的奇才,又能與僚友詩酒酬唱、遊
戲筆墨的風雅天才。實際上,五山禪僧對蘇軾始終持有一種認識,
即其才具足以執政,足以致天下太平。因此,他的榮寵和遭貶都顯
得比其他人更有意義。正宗龍統有一篇近七百字的長贊,從各個
方面對蘇軾進行贊頌,其開頭直接以東坡擬天:"公之所以如天者,
挾風霜於忠義,磨百代日月之光,不獨巨宋日月;涌烟霞於文賦,鍾
九州山川之秀,奚唯全蜀山川。"贊文在東坡的文學成就以外,特別
集中地寫了他的政治才能和遭遇,體現了五山禪僧在政治方面對
蘇軾的真實認知:

> 惜哉,熙豐之主,雖老而久莅朝,斥昌言以舍奇才,故欲妄
> 致堯舜爾。韙哉,元祐之主,雖幼而初踐祚,舉夙德以用奇才,
> 故如實逢堯舜然……倘夫倬平生所仕之主,咸如乾道之主,感
> 其忠義不顧身害,愛其文賦冠冕千古,而以太師贈旃,則一日
> 無去朝,論事於上前,豈有憾兩宮遽陷胡塵,朔巡狩於五國城
> 邊乎?[3]

---

[1] 蘭坡景茝《東坡端門賜宴圖》,《雪樵獨唱集》,第 64 頁。
[2] 東沼周曧《讀東坡侍宴端門詩》,《流水集》,第 355 頁。
[3] 正宗龍統《東坡先生畫像贊》,《禿尾長柄帚》,第 108—109 頁。

文中不少看法是宋人的觀點,但正宗龍統熱情洋溢的論述,則屬於他自己,代表了他對蘇軾的崇仰。文中他提及了蘇軾所遇三主,對神宗舍奇才的行爲表示了嚴厲的批評,對元祐年間蘇軾得到重用極表贊嘆,甚至比之於堯舜,甚至以爲蘇軾可以改變二帝北狩、北宋滅亡的悲劇。這種觀點在五山禪林極具代表性,在大量的叙述中,他們都將熙豐視爲典型的亂世,作爲元祐的對立面提出。因此,就如正宗龍統那樣,五山禪僧均認爲蘇軾理論上應當"無一日去朝",輔助宋朝君王,正是基於這種認識,如前文所論,他們會對外放杭州的青壯年時期、在文壇意氣風發的蘇軾,也留下不得意的印象,將此與南謫海南的老翁相提並論。同時,禪僧們受到宋元輿論在黨爭上傾向於舊黨的影響,想象理想的"玉堂仙"形象,使得他們在詩歌中對北宋政局進行是非評價時,對新黨、對王安石總是持貶斥態度:

> 一生身在是非間,惟使文章千古刪。莫憾儋州打衣雨,元豐宰相亦東山。[1]
> 端門賜宴宴筵酣,坡老恩榮世所諳。雪竹應恰半山寺,燈宵不夢見傳柑。[2]
> 讀得新詩憶老坡,燈宵賜宴氣猶和。熙豐殘黨相如渴,元祐侍臣恩露多。[3]
> 文章至軾愛波瀾,賜燭歸時夜色闌。正見女中堯舜世,熙豐群黨野烟寒。[4]
> 花繞玉堂雲亦紅,昨非今是一吟中。半山松竹蕭條日,春屬翰林蘇長公。[5]

---

[1] 翱之惠鳳《戴笠東坡》,《竹居清事》,收入《五山文學全集》第3冊,第2805頁。
[2] 玄圃《讀東坡上元侍飲詩》,《翰林五鳳集》卷一,第91頁。
[3] 梅印《讀東坡上元侍飲詩》,《翰林五鳳集》卷一,第92頁。
[4] 雪嶺永瑾《蘇內翰賜金蓮圖》,《梅溪集》,第667頁。
[5] 琴叔景趣《東坡玉堂種花圖》,《松蔭吟稿》,第572頁。

望海樓前潮蹴空，銀山湧出浪花中。熙寧權相無全策，壯觀歸吾長嘯翁。①

“謫仙”則是五山禪僧對“坡仙”的另一種想象。五山禪林流行兩謫仙圖，或兩翁看瀑布圖，皆是圖繪李白與蘇軾，前者來源於黃庭堅在詩中將蘇軾和李白同稱爲“謫仙人”，後者則來源於李白、蘇軾皆有遊玩廬山的經歷與詠廬山瀑布詩。但真正將兩人聯繫起來，更在於他們令人驚歎的才華與風采，尤其對蘇軾來説，更在於他風塵外物、窮達如一的精神氣質，即正宗龍統所謂：“付窮通於天賦，忘得失於天全。在翰林以筆墨遊戲，亦謫仙人，不忘游赤壁夢境；在朱崖與漁樵狎談，亦王者道，不異坐遊英講筵。”②

以上對五山禪林東坡圖繪中的部分特殊視覺元素及其內涵闡釋稍作整理，通過觀察我們發現五山禪僧形塑東坡時總是傾向於用窮通的視角加以審視，由此而發現了蘇詩中許多具有對比性意味的作品群，從中提煉出可能爲中國蘇軾圖繪所忽視的某些視覺元素與圖繪主題；在同樣的視角下，五山禪僧也對整個東亞地區皆頗爲流行的“子瞻樣帽”與笠屐等視覺元素的象征意義作出了豐富的闡釋，對流行的騎驢圖式與東坡形象的契合度進行了反思。

第三節　變異的典範：五山禪林東坡詩意圖的特殊關注點

爲了表白對蘇軾的熱愛和追隨，東亞漢文化圈內追摹蘇軾畫像，描繪其行蹤，將其故實與詩意敷衍成繪。但正如前文所論，五

---

① 琴叔景趣《望海樓觀潮圖》，《松蔭吟稿》，第 557 頁。
② 前引正宗龍統《東坡先生畫像贊》。

山禪林的蘇軾題材圖繪與中國宋元以後所流行者，旨趣並不相同，這尤其體現在對東坡詩意的擇選與闡釋方面。本節將圍繞五山禪林數種有異於中國的蘇軾詩意圖展開論述，以窺探作爲文士典範的蘇軾，在五山禪僧圖繪與文學書寫中變異的一面。

一、友情與文字盟：風水洞題詠與五山禪林的風水洞圖繪

在五山禪林流傳的衆多東坡圖繪中，取材於蘇軾熙寧六年(1073)所作的風水洞系列作品的遊風水洞圖繪是非常特殊的一種。熙寧六年二月二十七日，蘇軾循行富陽、新城途中，與李佖遊風水洞，李佖提前三日至此等候，蘇軾因此作《往富陽新城，李節推先行三日，留風水洞見待》，此後又作《風水洞二首和李節推》，以及詞作《臨江仙·風水洞作》。《往富陽新城，李節推先行三日，留風水洞見待》一詩曰：

> 春山磔磔鳴春禽，此間不可無我吟。路長漫漫傍江浦，此間不可無君語。金鯽池邊不見君，追君直過定山村。路人皆言君未遠，騎馬少年清且婉。風巖水穴舊聞名，只隔山溪夜不行。溪橋曉溜浮梅萼，知君繫馬巖花落。出城三日尚逶遲，妻孥怪馬歸何時。世上小兒誇疾走，如君相待今安有。[1]

詩的開頭描寫風水洞一帶早春幽美的景致及與李佖同遊之樂，天然具有入畫的潛質，尤其是"溪橋曉溜浮梅萼，知君繫馬巖花落"一句，描寫詩人在山行途中，見溪橋、山泉、落花，想象朋友在上游繫馬相候的情景，色彩明麗，層次錯落有致，有著生動明媚的畫面感，對於朋友繫馬相待場景的懸想又富於畫面之外的想象空間與意

---

[1]《蘇軾全集校注》，第 851 頁。

趣,顯然是"截句入畫"的絕佳題材。然而,雖然講究"詩畫一律"的蘇詩歷來爲後代詩意畫作者提供了無數的靈感,在中國却似乎未見將此詩入畫的嘗試。後人對東坡風水洞詩的興趣,主要集中在詩的結尾"世上小兒誇疾走,如君相待今安有"一句,蓋《烏臺詩案》記東坡之自供云:"節推李佖知軾到來,先行三日,留彼見待。某到彼,於壁上留題詩,末句云:'世上小兒誇疾走,如君相待今安有?'意以譏諷世之小人多,務急進也。"①

　　但是,五山禪僧却對蘇詩的風水洞之行表現出極大的興趣,從室町時期開始,不斷將此故事圖爲畫軸、扇面等圖繪作品流傳,禪僧留存的相關題畫詩之多,僅次於東坡肖像畫與笠屐圖,共計 20首。此外,目前留存的相關圖繪有傳爲狩野正信所作的《東坡風水洞詩意圖》②,畫面中的東坡著屐戴笠,雙手提起袍襟,剛從一片巨大的岩石後轉出,踏上溪橋,他的身後跟著兩名隨行的小童,橋下溪水潺湲,點點梅萼漂浮而下,東坡頭微低側,注目於溪面,畫面三人皆神情愉悦。可見,此圖在"截句入畫"時,選取的確實是"溪橋曉溜浮梅萼"一瞬的情景。通過五山禪僧留下的豐富的題畫詩,也可以充分認識到此點:

　　　　①《李節推行風水洞待東坡》:李公三日先坡翁,繫馬岩花風水中。春半如秋待君意,溪橋梅萼御溝紅。③

　　　　②《風水洞圖》:路隔溪山略彴斜,坡仙求句岸烏紗。梅邊知繫故人馬,曉溜浮來點點花。④

　　　　③《扇面》(風水洞):李君三日待,蘇老一宵情。梅是相思

①《蘇軾全集校注》,第 851 頁。
②福岡孝悌舊藏,見救仁鄉秀明《日本における蘇軾像——東京国立博物館保管の模本を中心とする資料紹介》〔Museum(東京国立博物館研究誌)第 494號,1992 年 5 月〕。
③月溪中珊,此詩收入《翰林五鳳集》卷六十一,第 1179 頁。
④心田清播《聽雨外集》,第 693 頁。

樹，馬驚花亦驚。[①]

④《東坡遊風水洞扇畫》：蘇公聞昔守杭時，獨愛新城李節推。水洞駐驂三日待，曉流梅萼報人知。[②]

⑤《扇面》：梅如紅葉傍流波，上有少年騎馬過。一兩點花春有恨，溪橋晚溜百東坡。[③]

⑥《扇面》二首：風水洞前山鳥幽，少年繫馬此遲留。東坡來暮溪橋曉，驚落梅花付碧流。

⑦百尺溪橋曉溜清，老坡遠逐少年行。斷腸繫馬梅花樹，問著春風香暗横。[④]

⑧《題岩花繫馬圖寄伊陽故人》：風水洞西天下奇，浮梅曉溜去何之。喜君繫馬此花落，流過溪橋君可知。[⑤]

⑨《題蘇李遊風水洞扇畫，寄玉宵侍者以述别後之情云》：暫别無期光景遷，心如李氏待蘇仙。梅開梅落五橋水，三月猶遲況兩年。[⑥]

⑩《東坡遊風水洞圖》：年少能詩李節推，風岩水穴有佳期。梅邊繫馬散紅雪，似恨蘇仙三日遲。[⑦]

⑪《李節推繫馬岩花圖》：三日遲留有意哉，洞門繫馬一枝梅。臨流却愛岩花落，坡老隔溪知我來。[⑧]

⑫《李節推風水洞圖》：追君待我轉相多，認得岩花汴水波。交義秖今無李泌，平生四海幾東坡。[⑨]

---

①東沼周曮《流水集》，收入《五山文學新集》第三卷，第 401 頁。
②瑞巖龍惺，此詩收入《翰林五鳳集》卷六十一，第 1179 頁。
③横川景三《補庵京華續集》，第 455 頁。
④横川景三《補庵京華外集》，第 777 頁。
⑤蘭坡景茝《雪樵獨唱集》，第 68 頁。
⑥天隱龍澤，此詩收入《翰林五鳳集》卷六十一，第 1179 頁。
⑦天隱龍澤，此詩收入《翰林五鳳集》卷六十一，第 1179 頁。
⑧月舟壽桂《幻雲詩稿》，第 240 頁。
⑨常庵龍崇《冷泉集》，第 601 頁。

⑬《又屏風面贊八首其六》：欲作風岩水穴遊，少年騎馬過橋頭。無情梅蕚逐流急，人爲坡翁三日留。①

⑭《李節推留風水洞圖》：坡老山行吟曳筇，溪橋曉溜水溶溶。梅花亦似桃花漲，波底游魚恐化龍。②

⑮《扇面風水洞爲叢景畝題在南禪》：蘇仙三日至尤遲，著祖生鞭李節推。溪溜浮梅君不遠，岩花繫馬有妍姿。③

⑯《題風水洞圖》：溪橋繫馬待多時，咫尺此宵天一涯。曉溜去成流恨水，除岩花外不曾知。④

⑰《便面》：梅蕚隨人似惱人，岩花知作馬蹄塵。此遊若比坡翁約，吟到洞門三日春。⑤

⑱《李節推待東坡圖》：風水洞邊溪彴橫，蘇公遠逐李公行。東君有意浮梅蕚，先使人知勞待情。⑥

⑲《東坡追李節推圖》：蘇氏過追李氏行，至今圖上得佳名。岩花香與春禽語，怨入東風畫不成。⑦

⑳《東坡追李節推圖》：李家年少最多情，偶結蘇公文字盟。吟（缺）梅花相待久，春風三日十三生。⑧

從以上題詩的內容可以看到，曉溜、溪橋、梅蕚的細節，風岩水穴的背景畫面，是五山禪林風水洞圖的共同圖式，畫中的東坡，從衣冠形象來說，是著幅巾、按杖行吟的詩人野服形象。更值得指出的是，這些圖畫皆以李必繫馬相待、蘇軾逐李而行作爲表現中心，

①驢雪鷹灞《驢雪稿》，收入《五山文學新集別卷》下冊，第 232 頁。
②春澤永恩《枯木稿》，收入《續群書類從》文筆部第 13 輯下冊，第 767 頁。
③仁如集堯，此詩收入《翰林五鳳集》卷六十一，第 1179—1180 頁。
④熙春龍喜，此詩收入《翰林五鳳集》卷六十一，第 1179 頁。
⑤熙春龍喜，此詩收入《翰林五鳳集》。
⑥策彥周良《策彥和尚詩集》，收入《續群書類從》文筆部第 13 輯下，第 815 頁。
⑦策彥周良《策彥和尚詩集》，第 832 頁。
⑧策彥周良《策彥和尚詩集》，第 879 頁。

東坡原詩中的"梅萼"成爲畫面中最重要的細節，寄託著李傃相待之情，以一種含蓄優美的姿態暗示著兩人之間親愛的情誼。這一層詩意，在東坡原詩中雖有表達，但大概由於《烏臺詩案》對末二句的微言大義之引申，在宋以後此詩的闡釋中，對諷刺意味的把握掩蓋了"清且婉"的騎馬少年和曳杖行吟的風雅詩人間的相待之情。但五山禪僧對這一故事的圖繪與題詠則絲毫不受《烏臺詩案》的影響，他們的關注點始終集中於詩歌中委婉含蓄地表達出的親愛之情，並以此情誼爲核心，完成了他們對東坡此詩的再創作。事實上，五山禪僧的風水洞系列圖繪與題畫詩，非常典型地體現了五山禪林在受容、闡釋作爲典範的蘇軾時的某些特徵。

　　細讀以上 20 首與風水洞圖相關的題畫詩，不難發現，這些詩歌有不少並非簡單的題畫之作，其中如第八首、第九首、第十五首作品，在詩題中都標明了乃寄人之作，詩意也明確顯示，東坡同李傃同遊風水洞的故事以及通過這一故事表現的親愛之情，不僅僅是五山禪僧對東坡風水洞詩的一種解讀與視覺闡釋，同時，也是他們寄懷言情的媒介，實際上，除了以上三詩明確陳述了寄人懷人的主題外，以風水洞爲題材的圖繪大多爲扇面畫，也顯示了其借畫寄情的消息。因此，在畫面與詩中出現的東坡和清且婉的少年李傃，其實是禪僧與其親愛的友人的投影。作爲方外出家的僧人，在五山禪林的人際關係中，由師承、同門、同學、同志而結成的師友關係尤爲重要，因此，五山禪林友社興盛，友情書寫也成爲禪林詩歌中最爲重要的情感書寫主題。這一背景，不但使得酬應類的詩歌——如雅集、招寄、餞送、懷人——大爲興盛，而且也令五山禪僧對典範詩人筆下表現友情的作品投注特別的關心，將之圖寫成繪，從而成爲他們形塑典範的一個重要方向。就蘇軾而言，除風水洞主題的圖繪與詩歌外，對床聽雨圖的流行也是同樣的原因。

　　前文已經提到，"對床夜雨"經過蘇軾兄弟多次書寫，在中國詩歌中早已凝定爲表現兄弟或朋友親愛之情的典範詩境，但似乎遲

120　　　　　　　　　　　　　　　　　　　　　宋詩典範與日本五山漢詩

至清代才形諸圖繪。而在五山禪林詩歌中則可以看到，這一經典詩境流行在五山禪僧相互酬唱表達友情的詩歌中，並已被取爲畫題，應用在友社場合。雪嶺永瑾存此題畫詩二首，其長題交代：

> □正□亥季之春廿又六日，東江雅伯訪予夜話，風雨忽作，因集二三輩，題二蘇對床聽雨圖。刻燭賦詩，刻未半，詩已成矣。雖子建七步，蔑以加焉。蓋以此詩爲宜當，則二蘇千歲之魂可不招乎哉？嗚呼，蘇子不可見，得聽夜雨可也。①

這段記載還原了五山禪僧由夜雨觸發而聯想到蘇軾兄弟的對床聽雨之約，進而組織詩會、題寫詩畫軸、致敬典範的現場。月舟壽桂也是參與此次小規模夜會的禪僧之一，同樣的場景在他的同題作品小注中亦可得印證②。值得注意的是，在中國詩畫表達中，"對床聽雨"之境，雖然也有用於朋友之間，但主要還是用於兄弟友於之情。而五山禪僧在襲用這一經典詩境時，則主要用在禪林友社的朋輩之間，上述題詠詩畫軸的詩會場合固然如此，在招寄類詩歌中，"對床夜雨"也常作爲他們懷念同道知己的由頭或理想。如天隱龍澤《寄惟川兼招勗天》"待看軾轍趨京日，夜雨對床連璧姿"，以蘇軾、蘇轍兄弟連璧而來、夜雨對床的情景，喻指自己招請的兩位友人；絶海中津有《竹館對雨得詩寄連城老人道疇昔之佳會》，蘭坡景茝《寄東湖春侍者》"憶昨論詩吟對床"，皆以回憶昔日對床夜雨的詩會表達對友人的懷念之情；琴叔景趣"再邊喜得俱無恙，舊事細論秋雨床"，西胤承俊《寄野雲老人客居》"早晚重相遇，連床俱眼青"，皆寄望與友人在來日夜雨對床③。也正因如此，五山禪僧以"對床夜雨"來想象、形塑東坡形象時，有時也並不固定施之于軾、轍兄弟之間，比如五山禪林中比較流行的詩題《文與可雨竹》，希世

---

① 雪嶺永瑾《梅溪集》，第 649 頁。
② 月舟壽桂《二蘇對床聽雨圖》，《幻雲詩稿》卷二，第 187 頁。
③ 以上五詩並見《翰林五鳳集》第 432、433、463、463、470 頁。

靈彥題詠曰:"湖州寫出竹婆娑,獨許知音有老坡。欲寄彭城數竿雨,對床舊約夜如何。"①由雨竹而聯想到蘇軾、文與可之間的知音之情(雖然二人也是從表兄弟,但詩歌明言知音,並不著眼於其兄弟關係),想象他們同樣有著對床舊約,這當然也是五山禪僧在自己的現實世界中特別關注這種知己友情的投射。

此外,擴而言之,五山禪僧對其他的典範詩人的關心也顯示出同樣的傾向。如杜甫在《春日憶李白》詩中的"渭北春天樹,江東日暮雲"②,在五山禪林就不但凝定爲"江雲渭樹"的固定意象,也被取爲畫題,用於與風水洞圖一樣的贈友懷人場合,以"樹色蒼蒼雲漠漠"的畫面,來寄託"乍見新圖多所思"的思念之情③,如惟肖得巖有《題春樹圖寄越故人》、惟忠通恕有《題春樹暮雲圖寄日峰朝首座》、希世靈彥有《賦渭樹江雲寄江東故人》、在庵普在弟子有《賦春樹寄北越故人》等,皆是此類。

當然,風水洞、風雨對床、江雲渭樹之類表現友情主題的詩歌意境被截取入畫,除了優美明麗適宜入畫的取景、含蓄親愛的朋友情誼之外,原詩主人公之間,因爲愛好風雅而結成的相知相惜的"文字盟",也即建立在相同情趣之上的知己之情,是五山禪僧偏愛這一題材的又一重要原因。

二、宗教場合與詩會風雅:五山禪林的東坡寺院詩題圖繪系列

除了風水洞圖的流行引人矚目外,五山禪僧熱衷於用圖畫來

---

①希世靈彥《村庵稿》,收入《五山文學新集》第二卷,第 300 頁。
②杜甫《春日憶李白》,蕭滌非主編《杜甫全集校注》,人民文學出版社,2014 年,第 107 頁。
③惟忠通恕《賦春樹暮雲圖寄日峰朝首座》,《雲壑猿吟》,收入《五山文學全集》第 3 册,第 2430 頁。

表現蘇軾在寺院的風雅生活，也是頗值得注意的現象。通過第一節對五山禪林蘇軾題材圖繪的梳理可以發現，在 31 種圖繪中，取材於蘇軾與寺院相關的詩作的有六種：

1. 吉祥寺看花圖（熙寧五年，杭州吉祥寺）
2. 祥符寺觀燈圖（熙寧六年，杭州祥符寺）
3. 東坡龍興詠牡丹圖（熙寧八年，密州龍興寺）
4. 東坡愛芍藥圖（熙寧九年，密州南禪寺）
5. 東坡愛海棠圖（元豐年間，黃州定惠院）
6. 東坡遊真如圖（元豐七年，筠州真如寺）

這六種圖繪，有四種未曾在中國蘇軾題材圖繪中出現過，分別爲祥符寺觀燈、龍興詠牡丹、愛芍藥圖、遊真如圖，此外兩種，吉祥寺看花圖與東坡愛海棠圖，雖然中國亦有取材於同一詩文的詩意圖流傳，但中日兩國同題圖繪表現的重心也旨趣大異，前文已有論述，此不贅論。在六種畫題中，《東坡愛芍藥圖》尚存畫作與題畫詩，《龍興詠牡丹圖》留存的文字資料相對豐富，可以供我們了解這一類圖繪與題畫詩的產生情況與蘇軾在這類詩畫題材中的意義。

有關龍興牡丹的詩畫題資料如下：

> 大慈、鶚、允皆有答書，因知：十一日，於承天之招慶軒，江湖諸老宿兄弟有雅會，題者《龍興寺賞牡丹》，坡詩十四有此詩。①

> 公昔南遊四百州，彼方花似此方不？天無雨雹午風軟，東武龍興輸一籌。（橫川景三《龍興賞牡丹》，題下自注：三月十一日，會龍興軒，五山諸老會合，主人伯始春藏主，曾從玉英入唐）②

> 寺是龍興地洛涯，始知姚魏在君家。一叢纖作千堆錦，除

---

① 季弘大叔《蔗軒日録》，文明十八年三月十二日條，岩波書店，1978 年，第 151 頁。
② 橫川景三《補庵京華新集》，收入《五山文學新集》第一卷，第 656 頁。

却此花花不花。(蘭坡景茞《龍興賞牡丹》)

龍興寺裏錦千堆,一笑相逢共舉杯。自是主人今伯始,秋風更約菊花開。

半日陪君僧院中,看花一笑倚東風。龍興路自城西過,未必野桃尋小紅。(景徐周麟《龍興賞牡丹》)

姚紅魏紫亂於霞,至處龍興人自佳。風雨十年移入洛,城西古寺一叢花。(彦龍周興《龍興賞牡丹》,自注:天龍伯始首座寮)①

牡丹開遍滿沙河,看玉龍興春不多。縱墜熙寧是非海,有花須作百東坡。(蘭坡景茞《東坡詠龍興牡丹圖》)②

從季弘大叔日記與橫川景三小注可知,"龍興賞牡丹"乃是五山禪林的一次詩會題,文明十八年(1486)三月十一日,五山諸僧會於相國寺招慶軒(也稱龍興軒)賞牡丹,於是當座取題,以蘇軾《惜花》詩"龍興賞牡丹"爲典,繪畫題詩。從橫川景三、景徐周麟、彦龍周興等禪僧題詩來看,詩歌内容主要圍繞著此時此刻的賞花活動展開,東坡密州龍興寺賞牡丹的經歷與作品,則作爲這次詩會的背景與副文本隱藏在題詩之中,爲詩會和詩畫軸提供更爲豐富的意義空間。例如橫川景三之詩,從招慶軒座主伯始慶春曾入明或能親見中土牡丹這一點出發,勾連此刻牡丹之會與蘇軾龍興賞牡丹兩事,以此時此地"天無雨雹午風軟"的融和春光對照蘇軾原詩中記述的"昨日雨雹,知此花之存者有幾"的惜花心情,發出"東武龍興輸一籌"的贊歎。又如其他諸僧詩中"千堆錦"的襲用套語,對"城西古寺"地理位置的反復强調,實際上都是刻意暗合蘇軾原詩的途徑。通過這種比附,他們賦予了日常集會更爲文雅也更爲深刻的内涵,並且也暗將自身托附爲如同蘇軾般的文人士大夫,從中找到身份

---

①以上三詩同見於《翰林五鳳集》卷八,第196頁。
②《翰林五鳳集》卷四十一,第849頁。

的認同感。如前文曾徵引的取材於東坡密州南禪寺賞芍藥經歷的一首題扇詩"芍藥七千朵，文章二百年。人今坡幾世，寺亦宋南禪"，就明確將此時此景此人視爲蘇軾南禪寺賞牡丹在異域後世的重演，可見在這一類題材的詩畫中，蘇軾形象實際上是禪僧自我文士形象的投射。

　　由於具有切時切景的當座性特點的詩歌集會在五山禪林頗爲常見，寺院又是禪僧生活和活動的主要空間，典範詩人的寺院活動經歷引起五山禪僧的格外注意、成爲被頻繁取材的題材就不難理解了，而蘇軾無疑是其中最被關注的一位。不過，值得指出的是，這一類蘇軾題材圖繪的流行，雖然是因爲其發生在宗教場合而受到特別關注，但是五山禪僧取中的却是它所表現詩會雅集、呈現其文士風雅的象徵意義。

　　本章探討了五山禪林圖畫和相關題詠中的東坡形象。通過對各種題材的東坡圖繪和詩歌進行梳理與文本細讀，可以發現，就畫題的取材而言，中日兩國東坡圖繪重點關注的文本與故實或許有所重合，但在具體偏好的畫題以及對同類畫題的具體闡釋方面，五山禪林呈現出有別中國的旨趣。其中最值得注意的現象，是禪僧對東坡人生途中尤其是政治命運中的榮辱浮沉的格外關心，榮寵與失意並置的對照模式，成爲五山禪林認識和形塑東坡最基本的視角，從而使得五山禪僧從蘇軾詩中挖掘出如元夕燈、煎茶等有別於中國的視覺元素，創造了一批中國未曾出現或並不流行的東坡圖繪。除此以外，五山禪僧特殊的人際關係網絡與宗教身份，以及友社興盛、雅集頻頻的文化氛圍，使得友情書寫也成爲禪林詩歌中最爲重要的情感書寫主題、寺院雅集故事成爲他們最爲關注的話題。這樣的背景令五山禪僧對典範詩人筆下表現友情與寺院風雅的作品投注特別的關心，對風雨對床故實的取材，對風水洞一詩的發現，對東坡寺院遊覽相關詩歌的興趣，成爲他們形塑典範、致敬典範的又一個特殊的方向。最後，五山禪林運用對照視角幾成格套，題詠與東坡相關圖繪具有明顯的趨同性，實際上受到五山禪林友社興盛、以詩畫軸爲載體的詩會頻繁的影響，詩會酬唱同化並强化了五山禪林中東坡題詠的對立模式，也會引導詩會的題材選擇，最終必然影響到典範形象，東坡形象在五山禪林中愈趨固定就是最好的例證。

第二章　叢林韻人，佛法宰相：
黃庭堅的典範形象

　　"東坡山谷，味噌醬油"，是流行於五山禪林的一句俗語，將蘇軾和黃庭堅比作日常生活中不可或缺的味噌和醬油，可見他們在當時受歡迎的程度。黃庭堅與禪宗有著深厚的因緣，是體現宋代詩禪交融文化的典型代表。他受到五山禪僧熱烈的追逐與尊崇，其詩文、書法在中世日本社會廣爲流傳，因此，山谷與蘇軾一樣，是由五山禪僧選擇的、對日本漢文學產生深遠影響的文學典範。

　　芳賀幸四郎推斷黃詩流行日本叢林的時間，認爲黃詩在五山禪林的傳播肇端於室町中期，流行於應仁之亂前後[1]。從目前所見資料來看，這一結論顯得稍微保守。雖然沒有目錄顯示黃庭堅詩文集何時傳入日本，但萬里集九《帳中香》引用山谷舊鈔時，數次提到"鐮倉抄"[2]，則至少可以肯定，鐮倉末期黃詩已開始傳播。到南北朝時期，已有兩種黃庭堅詩集的五山刻本，可見此時黃詩已十分流行了。另外，前期禪僧詩文中也留下了黃庭堅受容的痕跡。虎關師鍊曾在《通衡》中比較過山谷語錄序跋與柳宗元碑文，認爲山

<hr>

[1]芳賀幸四郎《中世禪林の学問および文学に関する研究》，第288頁。
[2]如《帳中香》卷六上："舊鈔云呼兒烹鼎，鐮倉抄太半如是，近代諸老不取此説也。"關於《帳中香》中提及鐮倉抄的現象，張淘也曾予揭示，參《萬里集九〈帳中香〉引書之文獻價值》，載《域外漢籍研究集刊》第7輯，中華書局，2011年，第150頁。

谷更勝一籌；他還留下了兩篇題跋，盛贊山谷書法外，認爲書法只是黃庭堅成就之末者，"其末猶如此，其本可測"①。夢巖祖應是前期學習黃詩的禪僧之一，他的詩歌中留下了明顯的模擬黃詩的痕迹，可見在五山前期黃詩已經成爲五山禪僧追摹的漢詩樣本。

五山禪僧選擇黃庭堅爲典範，不僅因爲他是宋代最具代表性的詩人，還與他在宗教、藝術乃至人生追求方面也在完美地契合禪僧們的理想有關。室町時期，惟忠通恕、惟肖得巖、江西龍派等極富盛名的文學僧大力標舉黃庭堅，目前所見的成書於後期的山谷抄物，無一例外引用過惟肖、江西舊抄。在他們的推崇下，黃庭堅在宗教、文學、藝術方面的成就被發掘出來，山谷被塑造成"叢林韻人"的形象。此外，黃詩中常出現的江湖理想表述，因爲契合中世禪林的隱遁風潮，使得黃庭堅同時成爲五山禪僧心中具有隱逸人格的典範。

第一節　黃庭堅的典範形象
與五山禪僧的理想身份

在五山禪僧所追慕、學習的典範中，如果要說有哪些典範最切合他們的心目中對自我形象的認同，那無疑是惠洪和黃庭堅。對惠洪文字禪思想的接受爲五山禪林大興文字提供了合理性，而惠洪作爲傑出的詩文僧、學問僧，也符合日僧集宗教與文化使命於一身的復合身份，惠洪成爲五山禪僧選擇之典範，當然有其必然性。在這一點上，黃庭堅與惠洪很相似，五山禪僧選擇黃庭堅爲典範，不僅因爲他是宋代最具代表性的詩人，還與他在宗教、藝術乃至人

① 虎關師鍊《跋山谷真迹》，《濟北集》卷八，第191頁。

生追求方面也完美地契合禪僧理想有關。本節圍繞五山禪僧筆下的黄庭堅形象展開,討論五山文學中禪僧們對自我身份與理想的書寫。

　　相比於蘇軾,五山禪僧對黄庭堅的認同,有很大一部分因素是源於他與禪宗間的密切關係。在以東坡爲典範的過程中,禪僧們雖然也表現出對宗門相關內容的格外關注,如前一章所提及的寺院相關題材圖繪的流行,又如《泛潁》《題西林壁》等深具禪理的詩文以及東坡與佛印了元等禪師交往的逸事,但總體來説這種傾向並不明顯,而且五山禪林對東坡形象的想象始終圍繞著"坡老"這一現實形象與"坡仙"這一理想形象而生發,這一點我們在前章也已有論述。然而對於黄庭堅之關注,則經常與禪宗纏繞在一起,如萬里集九所作像贊:

　　　　豫章先生本傳略云"宋興以來,一人而已",公哉斯論矣。韓青所編《春渚紀聞》舉先生之前身,昔爲誦《法花》之女子也。《西清詩話》云:"《豫章集》,一似參曹洞下禪,墮在玄妙窟裏。"劉後村云:"豫章蒐獵奇書作爲古律,自成一家,雖隻字片句不輕出,爲本朝詩家之宗祖,在禪學中此得爲達磨也。"劉舉山云:"豫章之詩如優曇鉢花,時一現耳。"吁,諸評已如是之也矣。謫居黔南凡四霜,量移戎州,寓無等院,搆槁木寮、死灰庵而安筆硯,後遂赴宜州,(無)毫髮芥其胸。故先生作自贊云:"似僧有髮,似俗無塵。"[1]

在萬里集九這篇贊序中,羅列了宋人關於黄庭堅本身及其作品之禪宗因緣的論述,其中包括山谷本人的自贊。雖然除了《春渚紀聞》關於山谷前身的逸聞和山谷自贊以外,萬里集九所引其他三則詩話都只是使用禪宗術語對黄詩進行評價,屬於"以禪喻詩"的範

---

[1] 萬里集九《黄先生畫像贊并叙》,《梅花無盡藏》,第 759 頁。

疇，並不直接指涉山谷的禪法修養與因緣，但這些故實與術語爲許多禪僧所重視，反映五山禪僧對山谷及其作品基於宗教立場的關心。山谷與禪宗間的因緣關係，誠如材料中所徵引的，他本人既有"自供狀"[①]，與其同時的僧俗也都有所論述，其中總結得最全面、標舉最力的則莫過於惠洪的若干悼詩、贊頌以及題跋，惠洪的這些作品，對五山禪僧關於黃庭堅形象之想象、文學成就與禪學修養之認識產生了深刻的影響。

　　惠洪景仰蘇、黃，詩文、筆記、詩話中時見標舉。關於黃庭堅文學成就與其禪宗修養之關係，在他的《悼山谷五首》《山谷老人贊》《跋東坡、山谷帖二首》《跋山谷雲峰悦老語録序》《跋山谷帖》《跋山谷字》等詩文題跋中都特別予以拈出。以《悼山谷五首》爲例，第二首之"獨入無聲三昧，同聞阿字法門"，前句指的是山谷在繪畫方面的成就，後一句則指出他在禪法上面的徹悟；第三首之"和得靈源雅曲，繡襦更縞流蘇"，前句提及山谷與靈源惟清禪師的交往唱和經歷。當然，更明確全面地總結黃庭堅的禪法因緣的，是其《山谷老人贊》：

　　　　蓋九州以醉眼，而其氣如神；藻萬物以妙語，而應手生春。排黃龍之三關，則凡聖之情不敢呵止；竪寶覺之一拳，則背觸之意不立鮮陳。世波雖怒，而難移砥柱之操；詩名雖富，而不救卓錐之貧。情如維摩詰，而欠散花之天女；心如赤頭璨，而著折角之幅巾。豈平章佛法之宰相，乃檀越叢林之韻人

---

① 萬里所引山谷自贊，見《苕溪漁隱叢話》後集卷三十二引《復齋漫録》云："豫章嘗自贊其真云：'似僧有髮，似俗無塵。作夢中夢，見身外身。'蓋亦取詩僧淡白寫真詩耳。淡白云：'已覺夢中夢，還同身外身。堪歎余兼爾，俱爲未了人。'"（胡仔撰《苕溪漁隱叢話》，人民文學出版社，1962年，第246頁）實際上，黃庭堅詩文中常見類似"自白"，如他愛將自己比作維摩詰居士，也顯示了他與禪宗的密切關係。

也耶。①

這則贊語大量使用禪宗典故來對山谷進行評價,尤其是最後兩句總結,立足於山谷士人的身份,評價他對於禪法與叢林的貢獻:所謂"平章佛法之宰相",是針對黃庭堅對禪宗勝義的領悟與發明而言,所謂"檀越叢林之韻人",則從其文學藝術成就對禪林文化的啓示影響而言。惠洪的贊語反映了宋代禪僧如何從宗教與文化立場評價山谷對禪林的影響,基本上包括了黃庭堅與禪宗關係的全部内容:與禪林的密切關係,深厚的禪學修養,文藝創作反映了許多禪宗内容與觀念,並反過來對禪林文學、藝術、文化產生過深遠影響。由於這一評價普遍爲宋人尤其是禪僧接受,惠洪贊語影響頗廣,以至於五山禪林在塑造山谷的典範形象、從其深廣的文藝世界汲取能量時,也首先立足於山谷的"宗教身份"對其進行評價:

> 宋紹興中,有江西宗派圖,而行於世,以山谷爲第一祖,師之所命,睎驥於谷歟。然而彼則釋焉,此則儒焉,豈有説乎?予曰:"子未搊其流,未究其源也……黃龍祖折其一枝,山谷聞其餘香,儒狀元乎?禪狀元乎?……《詩林》曰:'山谷詩家宗祖,在禪學中,比得達磨。'是詩家一概之論,止於言詩耳。處於利衰毀譽之中,則八風吹而不動;出於忍默平直之外,則四印刓而不予。曰儒曰釋曰道,會之一致;曰詩曰禪曰文,得之三熟。垂鬚佛曰:'佛法之宰相,叢林之韻人。'寔識山谷者歟。"②

横川景三站在宗教立場追述了黃庭堅與禪宗的因緣,認爲《詩林廣記》中以山谷爲詩家之達磨,僅僅是以禪喻詩地指出了黃庭堅在詩文方面的貢獻,失於偏頗。而他從山谷聞桂悟道的因緣、身處利衰

---

①惠洪《山谷老人贊》,《石門文字禪校注》卷十九,第 3115 頁。
②横川景三《希谷字説》,《補庵京華續集》,第 486—487 頁。

毀譽而不動的堅忍人格出發，認爲黃庭堅對禪法的領悟也達到了
很高的境界，最後說只有惠洪"佛法宰相，叢林韻人"的評價，才算
是真正認識到山谷值得希效的典範價值。這段評價體現了五山禪
林將黃庭堅奉爲典範是從宗教與文學兩個方面著眼的，尤其有意
思的是，對比惠洪贊詞原文，橫川去掉了"平章"與"檀越"這兩個重
要的動詞，於是，惠洪贊詞中山谷的士人身份變得模糊了①，"佛法
宰相，叢林韻人"的判語，儼然將山谷身份推向叢林──其中透露
了五山禪僧站在自己的身份立場上，來認識、學習黃庭堅的意識：
他們希望成爲像黃庭堅那樣徹悟禪法的叢林韻人。那麼，五山禪
僧究竟如何描寫他們心中的黃庭堅形象？山谷作爲"叢林韻人"，
值得效仿與重視的成就有哪些呢？

　　在五山禪僧筆下，黃庭堅形象總是與他的禪宗因緣密不可分，
山谷與當時禪林之關係、參禪悟道的因緣，是日僧塑造山谷形象的
一個最重要内容。黃庭堅出生在禪宗氛圍十分濃厚的洪州分寧，
在其人生早期便已接觸禪理，耳濡目染。他平生所交往的禪師，據
各種僧史燈錄以及《林間錄》《羅湖野錄》等禪林筆記記載，包括黃
龍祖心、黃龍悟新、靈源惟清、雲居了元、法雲法秀、五祖法演、清涼
惠洪等十數人。黃庭堅所有的佛法因緣中，五山禪僧最爲注意的
是他在元祐年間從黃龍祖心聞桂悟道的經歷，在幾乎所有的山谷
畫贊中，這則見錄於《羅湖野錄》的公案②作爲一個標誌性事件被不

---

① 按，惠洪原文，"維摩詰""赤頭璨"都只是取以比喻山谷禪法修養之高，他明
　確指出山谷"著折角之幅巾"的士人身份，而"平章"與"檀越"兩個動詞，强調
　了黃庭堅對禪林的意義。

② 曉瑩《羅湖野錄》卷一記黃庭堅悟道因緣："太史黃公魯直，元祐間丁家艱，館
　黃龍山，從晦堂和尚游……晦堂因語次，舉孔子謂弟子：'以我爲隱乎？吾無
　隱乎爾。無行而不與二三子者，是丘也。'於是請公詮釋，而至於再。晦堂不
　然其説，公怒形於色，沉默久之。時當暑退凉生，秋香滿院，晦堂乃曰：'聞木
　犀香乎？'公曰：'聞。'晦堂曰：'吾無隱乎爾。'公欣然領解。"（《卍續藏經》本，
　新文豐出版公司，1976 年，第 142 册）

斷提及：

> 臘梅春色入詩篇，桂子天香了祖禪。可惜賢才常被忌，涪江禿鬢雪蕭然。[①]

> 江西詩祖鬢如霜，謫在黔南天一方。可怪晦堂清話後，愛梅僧愛桂花香。[②]

> 鍛鍊功夫參晦堂，晦堂一句不曾藏。比來天地風流士，昔日木犀今日香。[③]

> 夢中作夢老生涯，身是落南黔更宜。岩桂吹香秋欲晚，誰舟榕下亦多時。[④]

同時，黃詩如曹洞禪、烏鉢花等宋人的評價，也常常出現在五山禪僧的山谷像贊之中。此外，由於山谷自誓戒酒食菜的經歷，在五山禪林常被稱爲"菜肚老人""黃菜肚"，如"菜肚老人人姓黃，結庵巖下占風光。參禪恐可被春笑，不見桃花聞桂香"[⑤]，稱山谷爲"菜肚老人"，首見於惠洪《冷齋夜話》"采石渡鬼"條[⑥]，在惠洪後宋人用此語代指黃庭堅的情況雖也偶有見之，但並不多，而且此語常被借用來泛稱或自稱。五山文學中"菜肚"則特指黃庭堅，這也顯示了五山禪僧對黃庭堅形象蘊含的與禪宗有關因素更爲注意。正因黃庭堅"禪緣"深厚，五山叢林中不乏直接視其爲僧者，如"三昧詩僧留鬢鬚"[⑦]、"作者宋唯獨，詩開烏鉢花。吟殘纔有髮，槁木院僧耶？"[⑧]

---

① 惟忠通恕《贊山谷先生》，《雲壑猿吟》，第 2457 頁。
② 天隱龍澤《題山谷畫像》，《默雲稿》，第 1139 頁。
③ 一休宗純《山谷像》，《續狂雲詩集》，收入《續群書類從》文筆部第 12 輯下册，第 594 頁。
④ 希世靈彥《山谷畫像》，《村庵稿》，第 322 頁。
⑤ 景徐周麟《魯直桃花庵》，《翰林葫蘆集》卷三，第 146 頁。
⑥ 《冷齋夜話》卷一，第 19 頁。
⑦ 惟肖得巖《贊山谷像》，《東海瓊華集》，第 893 頁。
⑧ 萬里集九《山谷畫像》，《梅花無盡藏》，第 899 頁。

槁木庵、死灰寮是黄庭堅寓居戎州無等院時構建，在寺院築庵室，且取名"槁木""死灰"，這當然也更拉近了黄庭堅與禪林的距離，爲其留髮僧的形象提供了依據，令五山禪僧覺得"莫此親切"。

在確立了黄庭堅與禪宗密切關係的基礎上，實際上對五山禪僧來説，黄庭堅的典範性主要表現在其"叢林韻人"的身份，即他在文學藝術方面的成就與對禪林文化、文學的重要影響。五山禪僧最爲注意的是以下三個方面：

首先，黄庭堅創作了不少與禪宗相關的作品，如語録序跋、偈頌、具有禪理的詩歌，他的這些作品當時評價頗高，在禪林影響頗廣。道融《叢林盛事》評價當時士大夫所作禪宗語録序説："本朝士大夫或當代尊宿撰語録序，語言斬絶者，無出山谷、無爲、無盡三大老。"①列在首位的就是黄庭堅（無爲指楊傑，無盡即張商英）。他所作相關序跋共 8 篇，惠洪曾跋其《雲峰悦老語録序》曰："山谷筆回三峽，不露一言；雲峰舌覆天下，更無剩法。"②用杜甫"詞源倒流三峽水"稱讚黄庭堅筆力雄健，又以"不露一言"暗示其所作深通禪宗"不説破"之宗旨。這些語録序跋，體裁爲四六文，文中使用禪宗特有的語辭、公案以及話頭，不但對宋代禪林的四六文創作具有示範意義，其影響也廣及日本禪林。虎關師鍊注意到山谷的語録序，在其《通衡》中評價道：

　　昔東坡有言，柳子厚曹溪南嶽諸碑，妙絶古今。予又言："黄魯直翠巖、雲居諸語録序，光前絶後。"或曰："二文何難？"曰："碑自有體焉，善文者或可跂矣。語録序不翅文焉，非山谷不易言矣。"③

顯然認爲山谷的語録序不但比柳宗元碑文成就更高，而且也爲後

①道融《叢林盛事》，《卍續藏經》本，新文豐出版公司，第 148 册。
②惠洪《跋山谷雲峰悦老語録序》，《石門文字禪校注》卷二十七，第 4043 頁。
③虎關師鍊《通衡》，《濟北集》卷十六，第 304 頁。

來者所無法企及。四六文與詩歌並駕齊驅，是五山禪僧最重視的文體之一，黃庭堅這些語録序對於禪僧四六寫作的典範意義，是顯而易見的。

其次，黃庭堅燒香偈的創體之功、聞香詩的開創性及其對香禪文化、鼻觀觀念的重要影響，無論是在宋代士人與禪林間，還是在日本禪林，均具有典範意義，因此，"香癖翁"是山谷"叢林韻人"形象的重要内涵。

作爲宋代接受《楞嚴經》"六根互用"觀念并將之滲入到日常的文學藝術創作與審美中的代表，黃庭堅是首位溝通聞香與參禪關係、創作"燒香偈子"與大量聞香詩的宋人①。由於山谷有"香癖"，他對通過"鼻觀"體驗香味、從中體悟禪道境界非常有經驗，現存黃詩中，因熏香而作者，有《有惠江南帳中香者戲答六言二首》《子瞻繼和復答二首》《有聞帳中香以爲熬蝎者戲用前韻二首》《賈天錫惠寶薰，乞詩，予以"兵衛森畫戟，燕寢凝清香"十字作詩報之》等一系列詩歌，在這些詩中，山谷先後以"一穟黃雲繞几，深禪想對同參""一炷烟中得意""但印香嚴本寂，不必叢林同參"②"隱几香一炷，靈臺湛空明"③等深通禪境的詩句，表現了淨室焚香、以鼻觀參禪悟道的美好體驗。黃詩的香禪體驗，當時就引起了蘇軾等人的共鳴，蘇軾次其《帳中香》之韻，稱之爲"四句燒香偈子"④，從此，宋人的鼻根只要與外界的香塵接觸，便産生參禪悟道之聯想，"聞香如參禪"的

————————

① 關於"六根互用"的佛禪觀照方式對宋代文人生活與文藝創作的影響，可參考周裕鍇《"六根互用"與宋代文人的生活、審美及文學表現——兼論其對"通感"的影響》，《中國社會科學》2011 年第 6 期。

② 分別見黃庭堅《有惠江南帳中香者戲答六言二首》（其一）、《子瞻繼和復答二首》（其一）、《有聞帳中香以爲熬蝎者戲用前韻二首》（其一），《黃庭堅詩集注》，第 120—123 頁。

③《賈天錫惠寶薰，乞詩，予以"兵衛森畫戟，燕寢凝清香"十字作詩報之》，《黃庭堅詩集注》，第 204 頁。

④ 蘇軾《和黃魯直燒香二首》（其一），《蘇軾全集校注》，第 3076 頁。

鼻觀觀念與"燒香偈子"創作的流行，使得香禪同時具有宗教與文學的雙重意義①。宋代的香禪文化對日本禪林產生了深遠影響，五山禪僧在日常焚香聞香之時，一般都會將這種活動與黃庭堅的詩歌聯繫起來，他們通過《讀山谷帳中香》追述黃詩之典範意義②，"香癖翁"是山谷在五山叢林常見的另一個雅號，黃庭堅甚至蘇軾相關詩歌可視爲偈頌的觀點在五山前期便已存在：

> 如蘇黃二公詩，爲頌耶，亦爲詩也。幻色非識，鼻觀先通，固似偈也，黃亦有諸。山谷詩云："海上有人逐臭，天生鼻孔司南。但印香嚴本寂，不必叢林遍參。"……此等語，載於禪林所行《江湖集》《菩薩蠻集》中，誰云非頌邪？③

這正是日本禪林視他的熏香詩爲"燒香偈子"的表述。五山禪僧別集中，現存有不少闡發香禪、鼻觀觀念的詩歌，例如《帳中香》《鷓鴣斑》《辟寒香》《蓬萊香》《石鼎香》《雨中炷香》《雨中焚香》《避邪香》《燒香靜坐》等描寫香事的詩歌。這些詩歌大多使用黃詩的語彙語典，沿襲黃詩的意境，如描寫香烟裊裊之貌則多用"一穟黃雲"（"一

---

① 這裏需要指出的是，山谷"燒香偈子"，其實並不僅僅包括周裕鍇先生所提及的以"鼻觀""香禪"爲中心的描寫聞香與禪悟的詩歌，惠洪還指出山谷對另一種"燒香偈子"的創體。其《跋東坡、山谷帖二首》其二："前代尊宿火浴，無燒香偈子。山谷獨能偈之，初見羅漢南公化，作偈，其略曰：'黑蟻旋磨千里錯，巴蛇吞象三年覺。'天下衲子，聽瑩十年。"（《石門文字禪校注》卷二十七，第 4023 頁）所指偈頌是黃庭堅《羅漢南公升堂頌》，即在禪僧入寂後燒香之時所作的偈頌，按惠洪的說法，這種偈頌創作傳統也源自黃庭堅。筆者檢視宋僧詩文集，發現事實確實如此，且此種偈頌創作傳統也爲五山禪林所繼承。不過這種"燒香偈子"與宋代及五山禪林聞香參禪的鼻觀觀念渺然無涉，且無論宋人還是日僧皆不視黃庭堅這首偈頌寫作爲典範，故僅於此指出，文中並不論述。
② 例如雪嶺永瑾《讀山谷帳中香》："李主帳中螺甲烟，涪翁吟取有新篇。寶薰自入先生集，一穟黃雲五百年。"（《梅溪集》，第 662 頁）
③ 中巖圓月《文明軒雅談》，《東海一漚集》，第 484 頁。

毯黃雲繞几"），描寫香材則"銀葉濃煎屑鸊鶘材"（"香材屑鸊鶘斑"），
描寫環境則"小雨下帷春晝""小雨班班點滴頻""偷閑不覺午陰轉"
（"欲雨鳴鳩日永，下帷睡鴨春閑""潤花小雨班班"），可以清晰地看
到黃庭堅的影響。

　　除了熏香詩外，黃庭堅對傳統的描寫花卉的詩歌，也頗有從鼻
觀角度審美的開創之功。根據筆者研究，黃庭堅詩歌對花卉的書
寫，至少有以下兩方面值得注意：第一，統計集中所詠花卉，能發現
山谷對香氣出眾的花草格外關注，酴醾、蠟梅、水仙、山礬，是四種
因香氣卓著而被黃庭堅反復題詠、並因此被宋人廣泛關注、書寫的
花卉。在他影響下，宋人對瑞香、薝蔔、木樨、素馨等香花也興趣大
增，宋代詩詞文中大量出現這些前代甚少題詠的花卉，文學中的花
卉題材極大拓展。在這一點上，宋代可謂爲文學表現中花卉審美
從物色轉向兼重氣味的重要階段，而黃庭堅詩歌對花卉氣味和嗅
覺的關注，正是此過程中關鍵性的一環。第二，比起題材範圍的開
拓，山谷題詠花卉更突出的特點是在詩歌中頻繁地通過鼻端來審
美，比前人用更多篇幅來描摹嗅覺感受，使得抽象的嗅覺具象化，
從而開拓和深化了氣味在表現詩人心靈、情緒與精神方面的意
義[1]。而五山禪僧對於黃庭堅在花香描寫方面的這種開創之功是
深有體會的，在他們稱黃庭堅爲"香癖翁"時，實際上不但包涵著對
他熏香詩典範意義和"因香悟禪"的因緣的認識，也包含了對他這
方面貢獻的體認。例如，上引的山谷像贊中，惟忠通恕稱他"蠟梅
春色入詩篇"，天隱龍澤稱他"愛梅僧愛桂花香"，都不僅包涵了山
谷聞桂悟道的公案，也指向山谷元祐年間對蠟梅的"發現"，元祐年
間，山谷在京城作有《戲詠蠟梅二首》《蠟梅》《從張仲謀乞蠟梅》《短
韻奉乞蠟梅》，因其影響，《王直方詩話》記載："蠟梅，山谷初見之，

---

[1]具體可參筆者《聞香：黃庭堅詩歌的鼻觀世界》一文，《文藝研究》2020 年第
　　8 期。

作二絶……緣此蠟梅盛於京師。"①由於山谷詩歌對蠟梅鼻觀審美
價值的發掘，使得這種花卉進入文學書寫的視野，故而五山禪僧稱
他爲"愛梅僧"，當然這只是山谷花香書寫開拓性爲五山禪僧注意
的一例而已。當禪僧詠及蠟梅、梅花、桂花、荷花、水仙、酴醿等花
卉香草時，山谷的相關詩歌、相關故事就會成爲他們詩歌書寫的中
心，禪僧的詠花詩，不乏以鼻觀之、從中體味禪悟之境的書寫模式，
也可以看到黃庭堅影響的痕迹。

　　當然，更值得注意的是，無論是熏香詩還是花香詩，他們總是
祖述黃詩中溝通香、禪的構思、設喻——以香氣爲抵抗俗氛之衛
兵、熏習知見慧根之夥伴，如"同參夜雨靜中聞，更炷清香消俗氛"
"輕烟冉冉一爐薰，襲帳凝衣無俗氛"，顯然用黃詩"俗氛無因來，烟
霏作興衛"之意；"五兵萬仞意爲帥，一炷香烟來解圍"，則與黃詩
"險心游萬仞，躁欲生五兵。隱几一炷香，靈臺湛空明"同義②。殊
有意味的是，萬里集九爲其注釋講義的黃詩抄物命名爲《帳中香》，
在卷末萬里集九所作黃庭堅祭文後，有春溪宗熙（號鐵船）的小
注道：

　　　　梅花無盡藏萬里老人講蘇、黄兩家之詩集，於棘隱軒而作
　　鈔久矣，號曰《天下白》，曰《帳中香》。其鈔之至精也，能决人
　　之狐疑，矧爲世之龜鏡，蓋取雪堂之雪、香嚴之香乎。老人丁
　　山谷先生遠祭之辰，作祭文而命般若鐵船野翁讀之，次有小語
　　云："香爲江西詩祖焚，黃龍涎亦起清芬。筆功德處耳功德，沙
　　麓暮鍾誰不聞。"③

---

①王直方《王直方詩話》，收入郭紹虞輯《宋詩話輯佚》，中華書局，1980年，第
　94頁。
②本段所引五山禪僧香禪詩，均見《翰林五鳳集》卷四十，第834—836頁；所引
　黃詩皆出前文已列之詩，不另出注。
③《帳中香》卷二十，慶長元和年間刻本。

充分顯示了五山禪僧對黄庭堅"香禪""鼻觀"的深刻體認①。

最後,五山禪僧普遍注意到黄庭堅的書法成就,在這方面也對山谷多有稱道,尤其是黄庭堅"凡書要拙多於巧"的書法審美,深得禪僧之心,禪林學黄書、題詠黄字者比比皆是。如虎關師鍊兩跋山谷帖,於山谷書法極力表彰,提及自己學黄書的經歷:"予少年學黄書,中歲思其廢晷而釋焉,而心未竭也。"②其他如龍泉令淬、岐陽方秀、南江宗沅、鄂隱慧奯、九鼎竺重、東沼周曮、瑞溪周鳳、琴叔景趣等均有題詠山谷書帖之詩歌流傳。實際上,日本禪林受到宋元文化之影響,不但表現在詩文而已,水墨畫與書法藝術風行五山之間,也深受宋元人之沾溉,許多禪僧至今尚有不少墨迹流傳③。例如鄂隱惠奯是影響非常大的書法家,其字稱"鄂隱樣",他就十分欣賞黄庭堅草書,題山谷草書帖:"涪翁墨妙絶癲狂,莫比换鵝兼换

---

①關於山谷聞香相關作品的研究,前人亦有所探討,如美國 *Stuart Sargent*《*HUANG T'ING-CHIEN'S "INCENSE OF AWARENESS": POEMS OF EXCHANGE, POEMS OF ENLIGHTENMENT*》(《黄庭堅的贈香詩:交流之詩,啓迪之詩》,*Journal of the American Oriental Society*, Vol. 121, No. 1 (Jan.-Mar., 2001), pp. 60—71)較早對山谷最重要的兩組贈香詩進行細讀,並對宋代香作爲物的交流現象進行了探討;商海鋒《"香、禪、詩"的初會:從北宋黄庭堅到日本室町時代的〈山谷抄〉》(《漢學研究》第36卷第4期)對黄庭堅香詩、"香禪"思想及其相關觀念在東亞的影響均有較深入的討論;早川太基《詩人の嗅覺——黄庭堅における「香」の表現》(《中國文學報》第87册,第22—45頁),初步關注到了黄庭堅的花香詩以及嗅覺角度,這些研究都對本書的研究頗有啓發。此外如周裕鍇《"六根互用"與宋代文人的生活、審美及文學表現》(《中國社會科學》2011年第6期)中"鼻觀圓通:聞香如參禪"一節專門討論黄庭堅聞香詩、聞香癖中的文學表現與鼻觀禪的佛學來源;李小榮、李葦航《佛教"鼻觀"與兩宋以來的詠物詩詞》(《東南學術》2017年第3期)討論佛教鼻觀之説對宋代詠物詩的影響,也有詠花詩的内容;揚之水的研究則主要從名物的角度還原文學描寫的唐宋時期熏香的日常場景,這些研究主要著眼在整個宋代士大夫,都值得關注。

②虎關師鍊《跋山谷真迹》,《濟北集》卷八,第193頁。

③可參西尾賢隆《中世禅僧の墨迹と日中交流》,吉川弘文館,2011年。

羊。真迹多遭神物奪，流傳東海一毫芒。"①後兩句暗用惠洪《冷齋
夜話》卷首"江神嗜黃魯直書"的軼聞，對日本所見黃書不多表示遺
憾，以此贊嘆黃庭堅的書法造詣。黃庭堅書法在五山叢林受到歡
迎，成爲禪僧人人贊嘆的典範，實際上還與禪僧們認爲他的書法暗
通禪理有關，岐陽方秀在題詩中明確提及此點："不追醉素壓顛張，
草聖無人侶豫章。曾自從師聞吾道，墨痕薰得木犀香。"②仿佛因爲
山谷曾從師悟道，其墨痕蜿蜒的姿態也暗通禪境，因此草書成就超
越懷素、張旭。虎關師錬也説自己喜好黃書，並非僅僅因其翰墨：

> 豫章晚年菜蔬，此發願文是其證也。若夫聞桂之事，又豈
> 願文之匹乎？然則予之所以愛豫章者，不翅翰墨也。③

正因爲如此，山谷書法被認爲"胸中八法壓東坡"④，成爲五山禪僧
的書學典範。

　　從上文論述可以發現，五山禪林關注黃庭堅，確實始終立足於
他與禪宗之因緣。黃庭堅實際成爲禪僧的理想，他因深厚的禪學
修養容易被目爲叢林中人，而他在詩文、偈頌、香禪、書法方面造詣
高超且通達禪理的境界，尤爲禪僧所艷羨，正是他們所追逐的目標。

第二節　涪江雅態猶鷗鳥：山谷白鷗意象的 典範影響與禪僧的江湖理想

　　詩人在創作過程中選擇的意象，往往寄託著作者的情志。反

①鄂隱惠奯《魯直草書》，《南遊稿》，收入《五山文學全集》，第 3 册，第 2663 頁。
②岐陽方秀《題山谷墨迹》，《不二遺稿》，第 2933 頁。
③虎關師錬《跋山谷真迹》，《濟北集》，第 193 頁。
④東沼周曠《讀魯直帖》，《流水集》，第 304 頁。

之,某個特定意象如果經常出現在某位詩人的創作中,也極容易染上其個性色彩,成爲其形象的象徵,杜甫筆下的馬和鷹、李白詩中的大鵬,莫不如此。若要從黃庭堅詩中找一個與其理想最相契合的意象,那無疑是白鷗,北宋詩僧惠洪已注意及此:

> 山谷寄傲士林,而意趣不忘江湖,其作詩曰:"九陌黃塵烏帽底,五湖春水白鷗前。"又曰:"九衢塵土烏靴底,想見滄州白鳥雙。"又曰:"夢作白鷗去,江湖水貼天。"又作《演雅》詩曰:"江南野水碧於天,中有白鷗閒似我。"

鷗鳥有著潔白的羽衣、輕盈的姿態,翩翩飛舞於江海之上,自從《列子》寓言之後,一直是詩文中較常見的意象,歷代文人從不同角度賦予其詩意,總的來說,表達江湖之志是其最重要的文化內涵之一。惠洪拈出四句黃詩,認爲反映了山谷不忘江湖的意趣,就是因爲其中蹁躚逍遙的白鷗意象,是詩人性好自由的心靈之外化。然而,山谷詩歌的自我表達與白鷗意象之間密切互動的關係雖早經惠洪揭示,此後在中國却極少爲人注意,反而在異域之日本,曾激起五山詩僧對白鷗的極大熱心,他們普遍將白鷗視爲黃庭堅形象的象徵,詠鷗、畫鷗、以鷗名軒室,風行數百年,甚至蔓延至假名文學領域,影響和歌創作。黃詩中的白鷗意象何以能"遠渡"東瀛,其詩歌對白鷗的書寫較前人有哪些值得注意的地方?傳播至異域時又經歷了怎樣被詮釋、接受與形塑的過程?本節嘗試以白鷗意象的書寫爲視角,觀察五山詩僧想象中的黃庭堅形象和他們接受黃詩的情況,呈現黃庭堅對五山禪僧的典範意義①。

---

① 黃庭堅詩中的白鷗意象,前賢曾有注意者,如伍曉蔓《江西宗派研究》提及:"在仕宦與貶謫的生涯中,在萬丈紅塵的空間,始終有一種境界成爲山谷的嚮往,在他的詩歌中,就幻化爲萬頃碧波中自在的白鷗。當這種意象出現,將現實生活的煩惱掃空,隨白鷗的翱翔,他似乎進入一個更廣闊、更清涼、更浩森的天地"(巴蜀書社,2005年,第64頁)。此外,有關東亞漢(轉下頁注)

一、滄州之趣與漂泊之狀：山谷以前的白鷗意象

鷗作爲一種有意味的禽鳥形象，首見於《列子》中一則寓言：

> 海上之人有好鷗鳥者，每旦之海上，從鷗鳥游，鷗鳥之至者百住而不止。其父曰："吾聞鷗鳥皆從汝游，汝取來，吾玩之。"明日之海上，鷗鳥舞而不下也。①

在寓言中，海鷗既有與人相親的友善淳厚之意、飛舞盤旋的悠然自得之態，又有能知紛競之識，加上與白沙雲天滄海相伴，無怪後人用爲息滅機心、不慮世事、淡泊隱逸的典故。自詩中開始出現鷗鳥，其意象内涵一直較爲穩定。詩人多即景抒情，詩中鷗鳥既寫實，又兼用《列子》典故，如：

> 浦樹遥如待，江鷗近若迎。津途別有趣，況乃濯吾纓。②
> 船上齊橈樂，湖心泛月歸。白鷗閒不去，爭拂酒筵飛。③

前詩寫溪行所見，浦樹如待，江鷗若迎，皆因作者無趨競之心，而有幽獨之情、濯纓滄浪之願；後詩描寫夜泛洞庭的樂趣，白鷗飛舞不去，暗寓主客皆淡泊淳厚之士、有賓主相得之意。在黄庭堅以前的詩歌中，這類即景抒情極爲常見，皆實用典故原本就有的"忘機"

（接上頁注）詩中的白鷗意象，日本學者中川德之助有長文《「白鷗」考》，提出"觀念形象體"的概念，從忘機、信、潔、閒、隱五個角度分析了白鷗意象的内涵，收入氏著《日本中世禪林文學論攷》(清文堂，1999年，第 28—130 頁)。但是，這些研究未能注意到黄詩白鷗意象的創新之處及其對日本五山禪林的典範影響，因此本書著重從這一角度出發進行闡述。

① 楊伯峻《列子集釋》，中華書局，1979 年，第 70—71 頁。

② 張九齡《自豫章南還江上作》，張九齡撰，熊飛校注《張九齡集校注》卷三，中華書局，2008 年，第 215 頁。

③ 李白《陪侍郎叔游洞庭醉後三首》(其二)，李白撰，瞿蜕園、朱金城校注《李白集校注》卷二十，上海古籍出版社，1980 年，第 3 册，第 1192 頁。

"閒"之意，鷗鳥作爲江湖場景的點綴存在於文學書寫中。當然，也
時有純爲用典言志之作：

> 搖裔雙白鷗，鳴飛滄江流。宜與海人狎，豈伊雲鶴儔。寄
> 形宿沙月，沿芳戲春洲。吾亦洗心者，忘機從爾遊。

蕭士贇釋曰："雲中之鶴……以喻在位之人也，海上之鷗……以喻
閒散之人也。太白少有放逸之志，此詩豈供奉翰林之時忽動江海
之興而作乎？"①此詩中的白鷗，鳴飛滄江上，寄身沙洲間，與海翁舟
子相狎，洗心絕慮，是李白寄情江海的象徵。總之，在杜甫以前，鷗
意象雖然常見於詩人筆端，但在意象内涵、意境營造兩個方面，皆
未出《列子》牢籠。

　　杜甫是第一個對白鷗予以特別關注、並對鷗意象内涵有所發
展的詩人，對此前人已有注意。據筆者統計，杜詩中使用鷗鳥意象
共 42 處（包括詠物詩《鷗》以及 4 處"白鳥"），這些詩歌大多作於成
都及其以後時期，這當然與其臨水居住的客觀生活環境有一定聯
繫，但杜甫筆下的鷗意象並不只是對現實鷗鳥的簡單描摹，而已成
爲一個有著豐富内涵的文化意象。縱觀其寫鷗，有以下兩個值得
注意之處：

　　首先，杜甫安居時期描寫鷗鳥，經常與"輕燕""風蝶""黃鳥"等
優美、輕盈、明麗的意象一起出現，如"囀枝黃鳥近，泛渚白鷗輕"
"浮蟻仍臘味，鷗泛已春聲""燕外晴絲卷，鷗邊水葉開""細動迎風
燕，輕搖逐浪鷗""遠鷗浮水近，輕燕受風斜""風蝶動依槳，春鷗懶
避船"等，這些詩句是工筆細描的真實的生活風景，與前人詩中略
顯單調抽象的江間鷗鳥相比，更加明媚鮮活，鷗鳥與詩人的關係不
是刻板的或"迎"或"避"，而情態百出：或隨微波泛游，或翻飛浪間，
或輕巧地追逐著船槳，輕鷗、飛燕、風蝶、水葉、柳絲，自然界的這些

---

① 《古風》其四十二，《李白集校注》卷二，第 166 頁。

生物均是環境的主角，而非點綴，貫穿了詩人輕快適意的情緒。雖然同樣書寫與世無求、物我忘機，但因爲在杜詩中有著"釀黍移橙""畫紙敲針"的具體情境，也就突破了《列子》塑造的江海狎鷗的單一意境。

其次，杜詩寫鷗常常與詩人命運、意志緊密聯繫，他能捕捉到鷗鳥的不同情態，在鷗的悠閒自得之外，又曾一一描寫出沙鷗漂泊無依的蕭瑟、海鷗無可馴服的桀驁、浦鷗累於口食的拘束，這些均是他不同時期生命形態的象徵，帶有鮮明的人格色彩，如"白鷗沒浩蕩，萬里誰能馴"，表達不願爲功名榮利所束縛，其中的白鷗，"縱身雲表，有海闊天空之致"，是詩人自我意志的外化。又如"飄飄何所似，天地一沙鷗"，借茫茫天地間孤獨飄飛的鷗鳥，描寫自己漂泊無依的暮年形象，意象內涵的重點是蕭索與漂泊，類似於飛蓬。至於其《鷗》以浦鷗與海鷗對比，描寫浦鷗"不免口腹之累，故閒戲未足""爲謀食之計，雖風雪凌厲，有所不暇顧""以興士當高舉遠引，歸潔其身如海鷗，不當逐逐於聲利之場，以自取賤辱若浦鷗"，所寓深刻，區分浦鷗與海鷗，使鷗鳥的內涵更加豐富。此外，如"昔如水上鷗，今如置中兔"，悲鄭虔而兼自嘆，懷念從前自由的生活，鷗鳥即爲昔日之我。這些鷗鳥意象，與詩人的自我形象緊密結合在一起，在詩中所傳達的內涵，也超越了《列子》寓言的內涵。

雖然杜詩對鷗意象的文化內涵進行了多方面開拓，但杜甫之後，詩中的鷗鳥意象並沒有沿著其豐富的面向繼續演進，僅偶有詩人沿襲杜詩中對鷗鳥漂泊之狀的描寫，如牟融"弟兄聚散雲邊雁，蹤迹浮沈水上鷗""迹比風前葉，身如水上鷗"。自中唐直至北宋，鷗鳥仍主要作爲一個符號化的意象，以沿用《列子》典故爲主，不過白鷗在詩人筆下出現得更加頻繁而已。其中值得注意的，是白鷗和另一個出世意象"漁父"形象的結合，使得詩中"江湖""滄洲"的圖景更加具體完整。白鷗和漁父意象並置詩中，在中唐以前詩中偶有出現，但並不普遍，如李白"漾楫怕鷗驚，垂竿待魚食"，李嘉佑

"心閒鷗鳥時相近,事簡魚竿私自親",詩人咸以漁父自喻,與鷗鳥和諧共處於江湖圖景中,到了劉長卿筆下,"鷗鳥—漁父—滄洲"的場景大量出現:

> 漁翁來夢里,沙鷗飛眼前。(《夜宴洛陽程九主簿宅送楊三山人往天台尋智者禪師隱居》)
>
> 白鷗漁父徒相待,未掃欃槍懶息機。(《登松江驛樓北望故園》)
>
> 漁竿吾道在,鷗鳥世情賒……玄髮他鄉換,滄洲此路賖。(《送從兄昱罷官後之淮西》)
>
> 捨筏追開士,回舟狎釣翁。平生江海意,惟共白鷗同。(《禪智寺上方懷演和尚寺即和尚所創》)
>
> 漁父自夷猶,白鷗不羈束。既憐滄浪水,復愛滄浪曲。(《江中晚釣寄荆南一二相識》)[1]

"自《莊》《騷》以來,歸隱山水、忘却塵勞的漁父,一直是中國文學的經典造像"[2],漁父是士人超然物外的典型意象,而中唐以來以劉長卿為代表的詩人,將白鷗、漁父均嵌入理想的滄洲圖景中,以漁父為自我形象塑造,以鷗鳥為相與往還之友,無疑進一步強化了鷗鳥意象與隱逸文學的聯繫。

二、夢想與白鷗:山谷詩歌對鷗意象的 發展及其言志表達

　　通過前文梳理可知,唐代鷗意象的文化內涵已漸趨穩定。進

---

[1] 儲仲君箋注《劉長卿詩編年箋注》,中華書局,1996 年,第 20、102、119、123、180、388 頁。
[2] 伍曉蔓《漁父夢——中國漁父文學傳統》,收入伍曉蔓、周裕鍇《唱道與樂情——宋代禪宗漁父詞研究》,中國社會科學出版社,2014 年,第 141 頁。

入北宋，一方面，不少詩人承襲傳統，詠鷗言志，典型的如範仲淹《馴鷗詠》、梅堯臣《諭鷗》、王安石《和惠思波上鷗》《白鷗》，以及宋祁、歐陽修、梅堯臣、劉敞、韓琦等人的先後唱和之作《狎鷗亭》，這些詩歌叙事抒情多數仍未能逸出《列子》範疇；另一方面，隨著杜詩受到推崇，杜集中"白鷗没浩蕩，萬里誰能馴"一聯，由於"没"字異文引起廣泛討論，此聯中鷗鳥滅没滄波間的形象也不斷被襲用，成爲杜詩鷗鳥意象影響較大的一例①。但總的説來，黄庭堅以前，宋人對鷗鳥意象没有更多創造性的發揮。

黄庭堅詩歌出現鷗鳥意象極多，共達 63 例，分布於人生各個時期，同時，其鷗意象内涵十分穩定，都是詩人抒情言志時有意選擇的結果，超越了前人偶爾用典或即景抒情，突出地成爲其理想的象徵、靈魂的外化。黄詩對鷗意象文化内涵的發展，主要表現在五個方面。

首先，在繼承傳統的基礎上，山谷學習杜甫，通過白鷗與相關意象的組合，將理想中的江湖圖景描摹得更純粹、自然、優美。最典型的一例是"春水白鷗"，通過滄蕩明鮮的春水與上下翔舞的白鷗的無痕融合，構成絶塵去俗、澄澈明潔的化境，這既是想象中自由的空間，也喻指心靈達到的清涼無礙的境界，這一詩境的塑造充分體現了他精於以意煉象的特點。如"相伴蝶穿花徑，獨飛鷗舞溪光"②、"行李淮山三四驛，風波春水一雙鷗"③，都是"春水白鷗"詩境的具體呈現，其中以惠洪詩話提及的《呈外舅孫莘老》最爲人稱道：

> 九陌黄塵烏帽底，五湖春水白鷗前。扁舟不爲鱸魚去，收

---

① 有關杜詩此句"没"字異文的討論，詳見蘇軾《書諸集改字》，《蘇軾全集校注》，第 7517 頁；吴曾《能改齋漫録》，上海古籍出版社，1979 年，第 277 頁；王楙《野客叢書》，上海古籍出版社，1991 年，第 426 頁。

② 《畫堂春》，馬興榮、祝振玉校注《山谷詞校注》，上海古籍出版社，2011 年，第 171 頁。

③ 《送陳氏女弟至石塘河》，《黄庭堅詩集注》，第 1661 頁。

取聲名四十年。^①

此詩作於元祐三年（1088），其岳父孫覺自御史中丞任上以疾請外，提舉舒州靈仙觀，黃庭堅呈此詩。此詩"五湖春水白鷗前"一句有二解，五山詩僧萬里集九《帳中香》釋前二句曰："此篇二解，其一繫山谷，其一繫孫莘老。取《年譜》之義則以繫莘老爲優也。莘老於京師九陌黃塵烏帽之底，不忘故國五湖春水白鷗之前。今以得歸爲上策，山谷有相羨之意也。"^②不過，無論原詩本意到底是贊美孫覺不慕榮利、抽身遠引之高潔，還是山谷自述其當前處境與理想追求，這一句無疑是本詩的核心所在，詩歌通過在九陌黃塵之烏帽、五湖春水之白鷗這兩個對比鮮明的場景中毫不猶豫作出選擇，以厭棄宦游京師的勞瘁、嚮往歸隱江湖的自由爲人生取向，體現了惠洪稱道山谷時所謂的"寄傲士林，而意趣不忘江湖"的高潔品格——而"春水白鷗"兩個意象，一澄澈融和，一潔白自由，組合成了純粹明潔的境界，不僅成爲理想的棲居之境，也成爲士人高潔人品的最好隱喻。黃庭堅用白鷗描摹的這一人生與人格的雙重理想境界，被惠洪深刻理解，他曾用此形容南遷時的山谷："春湖白鷗未入手，衣冠林中作蟬蛻。"^③認爲黃庭堅的人生追求是悠游於春湖白鷗之間，而此時未得實現，故曰"未入手"；然其人品之高，則已達此澄澈之境，雖處於士林官場，仍能如蟬蛻殼，潔身高蹈，不同流合污，故有下句。正因"春水白鷗"傳遞出層次豐富的意蘊，惠洪本人也屢屢借用來贊譽他人的人品："忽驚華氣傾坐客，但覺人品春湖前""先生人品高，白鷗春水前""何以比人品，白鷗春水前"^④。甚至

①《黃庭堅詩歌集注》，第 365—366 頁。
②萬里集九《帳中香》卷十一，日本國立國會圖書館藏慶長元和年間刊本。
③惠洪《黃魯直南遷艤舟碧湘門外半月未遊湘西作此招之》，周裕鍇校注《石門文字禪校注》卷三，第 2 冊，第 432 頁。
④惠洪《崇因會王敦素》《又得先字》《次韻遊高臺》，《石門文字禪校注》卷三、卷六、卷七，第 534、1041、1160 頁。

進一步引申，用來形容詩歌能臻格高韻秀之境："清詩寄我忽驚矍，秀對白鷗春水前""句好空驚碧雲合，韻高疑在白鷗前"①。除"春水白鷗"以外，黃詩中有白鷗意象出現的其他詩句，也都呈現出澄淨鮮潔的審美趣味。如《演雅》詩結尾之"江南野水碧於天，中有白鷗閒似我"②，水天一碧、波光灩灩的背景下，白鷗自在飛翔，詩語、詩境以及詩人心靈的境界完美渾融在一聯中，也是膾炙人口的一例。

　　黃庭堅不僅提純、升華了鷗鳥構成的詩境，還開創了以鷗鳥描寫夢境而言志的表達方式，如惠洪所引另一名作《六月十七日畫寢》：

　　　　紅塵席帽烏韡里，想見滄洲白鳥雙。馬嚙枯萁誼午枕，夢成風雨浪翻江。③

此詩寫午寢夢中所見，任淵注曰："此詩……言江湖之念深，兼想與因，遂成此夢。"因有滄州之思，才有江湖之夢，經由馬嚙草聲刺激，使午枕成爲"實現"這一夢想的媒介，現實的輾轉辛勞與夢境的悠然形成強烈對比。在山谷的這首詩中，白鷗是其進行言志表達的重要意象，不僅標識著夢想歸依的江湖，還以雙飛的姿態透露出他因早年喪妻而後蟄伏心中的深層慾望④。山谷屢以描寫夢中白鷗的方式言志，如：

　　　　水色烟光上下寒，忘機鷗鳥恣飛還。年來頻作江湖夢，對此身疑在故山。(《題宗室大年畫》其一)
　　　　夜聽枕邊飄屋瓦，夢成江上打船篷。覺來幽鳥語聲樂，疑

①惠洪《次韻曾英發兼簡若虛》《次韻彥周見寄二首》，《石門文字禪校注》卷七、卷十二，第 1131、1974 頁。
②《黃庭堅詩集注》，第 68 頁。
③《黃庭堅詩集注》，第 403 頁。
④有關此詩鷗鳥成雙的深層隱喻，參考了周裕鍇先生的解讀。

　　　在白鷗寒葦中。(《和答郭監簿詠雪》)①

前詩因圖繪中江鷗小景而回憶長久以來的夢境:烟水茫茫,鷗鳥成
群。後一首仍以"寢—聲—夢"爲叙事結構:夜深人靜,聽著雪落屋
瓦的聲響,詩人做起了弄扁舟於江上的美夢,而清晨雪霽時的鳥鳴
聲,則讓處於夢覺之際的他,恍若仍置身寒葦瑟瑟、白鷗蹁躚的江
湖間。有時,黄庭堅甚至將自己與白鷗同化,在夢中,他自由的心
靈直接幻化爲翩翩飛舞的白鷗:"夢作白鷗去,江南水如天""夢作
白鷗去,江湖水黏天"②。以夢中白鷗言志的表達方式,在南宋有不
少回響,如:

　　　　懶不看書似姓邊,夢魂飛繞白鷗前。須知席帽衝塵出,不
　　似篷窗聽雨眠。(范成大《次韻樂先生吳中見寄八首》其四)
　　　　病後天魔不戰降,夢中千頃白鷗江。心空境寂聲塵盡,却
　　愛秋蠅撲紙窗。(范成大《放下庵即事三絶》其二)③
　　　　平生得意白鷗外,歲晚歸心鴻雁俱。蕉葉雨聲喧曉枕,夢
　　成風檣泛江湖。(張栻《夢乘大舸卧泛江湖波濤甚壯醒乃悟其
　　爲雨因成小詩》)④

都從黄詩脱胎而出,承襲其夢中白鷗的言志表達,甚至一并借鑒其
"寢—聲—夢"的叙事結構。

　　再次,黄庭堅通過一系列對立或相關意象的對比與襯托,强化
了鷗鳥意象的象徵意義。這種結構唐人詩中偶有出現,如孟浩然

①《黄庭堅詩集注》,第1463、1721頁。
②二詩分別爲《次韻楊明叔見餉十首》其十、《次韻師厚病間十首》其六,《黄庭
　堅詩歌集注》,第502、850頁。
③富壽蓀標校《范石湖集》,上海古籍出版社,2006年,第117、424頁。
④張栻《南軒集》卷七,《景印文淵閣四庫全書》本,臺灣商務印書館,1986年,第
　1167册,第478頁。

"躍馬非吾事，狎鷗宜我心"①，以躍馬的功業仕途與狎鷗之淡泊避世對照；張祜"江鷗自戲爲蹤迹，野鹿閒驚是性靈"②，江鷗野鹿的自適機敏互相呼應。在黃庭堅筆下，這種對比與襯托變得更加豐富多樣：

> 翰墨場中老伏波，菩提坊里病維摩。近人積水無鷗鷺，時有歸牛浮鼻過。③

根據任淵注，後兩句化自陳詠"隔岸水牛浮鼻渡，傍溪沙鳥點頭行"，《帳中香》釋曰："言老病不耐事，故借居於荆江之積水渡頭，則其意共鷗鳥可樂也。然積水近人境而無鷗鷺，但不關情，牛兄浮鼻，其形觳觫，其聲蒙然，甚無風騷。蓋如天社注則指荆州運判陳擧等也。"④詩人意在超然物外、可相與共樂的鷗鷺，近旁却盡是蠢俗可厭的水牛，經過對比，詩人的高潔、世人的庸俗都躍然紙上。又如"白鷗渺兼葭，霜鶻在指呼"⑤，以霜鶻喻未忘功名的志士，雖爲賢豪而不免被人指呼，而贊美徐仲車的以職棄官如靜退的白鷗，渺然乎兼葭遠水間，無可籠絡，對比鮮明，較之前引孟浩然的"躍馬""狎鷗"意蘊更加豐富。除此以外，他詩中如"江鷗""樊雉"之對照、"鳴鷗""驚鹿""野麋"的互相闡發，均促進了白鷗意象的理趣演進，交織著詩情與哲思，使其形成了多重聯想與隱喻，留下了更深的闡釋空間。

　　第四，黃庭堅還將前人言志時所謂"與鷗有盟"，進一步表達爲與鷗群爲友，相親相近，這種表達泯滅物我差異，使得鷗意象也帶

---

①孟浩然《答秦中苦雨思歸贈袁左丞賀侍郎》，佟培基《孟浩然詩集箋注》，上海古籍出版社，2013年，第134頁。

②張祜《酬答柳宗言秀才見贈》，彭定求等編《全唐詩》，中華書局，1960年，第5831頁。

③《病起荆江亭即事十首》（其一），第515頁。

④《帳中香》卷十五。

⑤《詠史呈徐仲車》，第56頁。

著親切情感,有了人格化特徵,例如:

> 我有江南黃篾舫,與翁長入白鷗群。(《贈趙言》)
>
> 平生濯纓心,鷗鳥共忘年。(《十月十三日泊舟白沙江口》)
>
> 安得歸舟載月明,鸕鷀白鷗爲友生。(《奉送時中攝東曹獄掾》)
>
> 輕鷗白鷺定吾友,翠柏幽篁是可人。(《題宗室大年畫》其一)
>
> 安得酒船二萬斛,棹歌長入白鷗群。(《觀化十五首》其七)[1]

將鷗鳥視爲忘形之友,詩人的自我形象、靈魂均與江湖間的白鷗渾融無間,這與前人將歸隱江湖表述爲"狎鷗""玩鷗""弄鷗",高下立判,確實進入了"超逸絕塵,獨立萬物之表,馭風騎氣,以與造物者游"的境界[2]。

最後,山谷屬意白鷗,還表現在他常以白鷗自述,如"我於人間觸事懶,身世江湖一白鷗""平生荆鷄化黃鵠,今日江鷗作樊雑""渾渾舊水無新意,漫漫黃塵涴白鷗"[3],最爲典型、最富有意味的則莫過於前引《演雅》一詩末尾:

> 江南野水碧於天,中有白鷗閒似我。

此詩前文羅列了 42 種鳥蟲,每一種都從其物性出發進行反諷與批判,借動物隱喻人世百態,但在末尾突然逆輓一筆,將白鷗作爲高潔人格的化身,表達自己的理想追求。正因爲在鋪叙數十種蠢蠢

---

[1]《黃庭堅詩集注》,第 972、1007、1175、1464、1645 頁。
[2] 蘇軾《答黃魯直》,《蘇軾全集校注》,第 5738 頁。
[3]《戲答李子真河上見招來詩頗誇河上風物聊以當嘲云》《和世弼中秋月詠懷》《再和公擇舅氏雜言》,分別見《黃庭堅詩集注》,第 815、1575、1308 頁。

禽蟲之後，黃庭堅從芸芸衆生中選擇了白鷗作爲自己的隱喻，白鷗意象才成爲黃庭堅最具有個人色彩的獨特表達。

　　寄情山水，歸隱江湖，是歷代文人都有的理想，尤其到了宋代後作爲一種人生志趣表達非常普遍。雖然，與杜詩中鷗意象表達的豐富內涵相比，山谷的鷗意象書寫，主要集中於表達江湖之思，但在意境、表達方式、意蘊層次方面他做了更多探索，尤其值得注意的是，他在擇取鷗意象言志與營造意境時，主觀投射更加强烈，價值取向更爲穩定，因此，鷗鳥意象與他的自我形象之間的關係也顯得更加緊密①。不過，雖很早就經惠洪拈出，在創作上也常爲後人借鑒，宋人對山谷與白鷗的聯繫却並不重視②。與宋人相反，當日本五山詩僧受宋代詩壇與禪林風氣的雙重影響，選擇黃庭堅爲典範時，他們接受山谷的一個重點方向，便是其以白鷗意象爲主體的退隱江湖的志向。

三、涪江雅態猶鷗鳥：五山漢詩中的黃庭堅形象

　　黃庭堅與禪宗有著深厚的因緣，是體現宋代詩禪交融文化的典型代表，其作品在中世日本社會廣爲流傳，受到五山詩僧熱烈的追逐與尊崇，他們對山谷聞桂悟道的機緣津津樂道，模仿他的語録

---

① 孫海燕《黃庭堅對傳統詩歌意象的禪意化演進》一文，以黃詩"月""松""竹"意象爲例，指出黃詩擇取意象，有主觀投射過於强烈、價值取向過於固化的缺陷，這或造成多樣性略顯缺失之憾，但筆者認爲，這種特點，倒使得其筆下的鷗意象獲得了飽滿的生意，山谷的人格形象也更得到凸顯。孫文刊《文學遺產》2009 年第 6 期。

② 宋人在詩中以白鷗言志，往往兼有黃庭堅與杜甫的影響，雖然不少詩歌在藝術表達上明顯模仿黃詩，但宋人很少將白鷗意象與山谷等同，也是毋庸置疑的。搜檢《全宋詩》，僅有劉子澄《江陵逢黃虛舟》曰"山谷機忘似白鷗"（《全宋詩》，北京大學出版社，1998 年，第 59 册，第 37045 頁），將山谷比作心無繫縛的白鷗。

序跋、偈頌，追慕他在詩文、偈頌、香禪、書法方面高深造詣且通達
禪理的境界，敬服於他身處利衰毀譽而不動的堅忍人格，常取惠洪
《山谷老人贊》中的評價，稱山谷爲"佛法宰相，叢林韻人"，在禪法
和文藝兩方面都視他爲典範。同時，受惠洪《冷齋夜話》影響，五山
禪僧也注意到了白鷗意象和黄庭堅人格形象之間的關係，黄庭堅
在日本禪林中的典範形象，由於他們的不斷書寫，始終和白鷗聯繫
在一起。

　　在五山禪僧偏愛的鷗意象背後，總浮現出山谷的影子，許多的
詩文都反映出這一點。如天隱龍澤説："凡畫白鷗者，必於野水一
碧、蒹葭渺彌之際獨影泛泛，使見者興'閒似我'之嘆也。"[1]野水一
碧的意境與"閒似我"的感嘆，出自《演雅》結句；蒹葭渺彌之境，則
出自黄詩"白鷗渺兼葭"。可見，在五山禪僧心目中以白鷗構成的
畫境，都是取自山谷所描摹的詩境。同時，五山禪僧普遍認爲白鷗
是黄庭堅人格的象徵，如：

　　　　昔者熙豐之間，黄茆黨起，青苗法新，糜鹽之王事變作雲
　　雨，於是乎士之有志者皆嘆畋焉。豫章曰："驚鹿要須墊草，鳴
　　鷗願本秋江。"又曰："夢作白鷗去，江南水如天。"是皆慕張季
　　鷹之爲海上鷗云爾已矣。（蘭坡景茞《鷗夢齋詩序》）[2]

　　　　大抵欲江湖者言鷗者，欲問無爲也，無事也，非離倫超俗、
　　黜華處實之人不欲焉，宋黄太史《演雅》詩出而賢否焯著矣。
　　（南江宗沅《鷗閒齋記》）[3]

前文將黄庭堅置於熙豐變法的背景下，肯定其在道不可行時使用
鷗鳥意象表達歸隱志趣的做法；後文則以黄庭堅的《演雅》爲以鷗

────────────

[1]天隱龍澤《扇面白鷗贊》，《翠竹真如集》，收入《五山文學新集》第五卷，第872
　頁。
[2]蘭坡景茞《雪樵獨唱集》，第224頁。
[3]南江宗沅《漁庵小稿》，收入《五山文學新集》第六卷，第216頁。

言志的典範，認爲山谷取鷗爲自己的象徵，充分體現了山谷其離倫超俗、黜華處實的高潔人格。

在此基礎上，五山禪僧還特别注意到山谷善於用白鷗描寫物我無别的境界，在他們的筆下，白鷗之於山谷，就如蝴蝶和莊周一樣：

> 昔黄九夢化白鷗，不知白化爲黄邪，黄化爲白邪？及其覺惟黄白一致耳。余耄矣，京塵白髮，鷗不來而入我夢，我不往而與鷗盟，江湖漂渺遠之遠矣。
>
> 若知蝴蝶化莊周，鷗亦爲黄黄亦鷗。①

將山谷的夢化白鷗與莊子《齊物論》中莊生夢蝶聯繫在一起，關注其中展現的物我不分、萬物等齊的圓融境界，這是南宋禪僧對黄庭堅詩歌所作的禪意化解讀，例如宏智正覺在其詩偈、真贊中數十次將這兩種境界並列陳述："蝴蝶夢魂兮春晝飛而齊物，白鷗盟事兮夕陽卧而亡機""齊物飄飄兮流夢似隨蝴蝶去，亡機蕩蕩兮清閒還與白鷗分"②。五山禪僧受到南宋禪林文化的直接影響，也特别注意到山谷夢鷗的禪意闡釋空間，並不奇怪。但相較於宋僧，他們不僅對其中所體現的禪機、禪境感興趣，還同時承襲了山谷原本的志趣表達。如上引前文中雪嶺永瑾睹白鷗畫軸，即想到黄庭堅那與白鷗渾如一體的自由形象，從而感嘆自己年華老邁，猶奔競於京洛風塵之中，辜負盟鷗之願，正體現了黄庭堅此詩對五山詩僧在表達方式與人生志趣兩方面均産生了典範影響。故對於《演雅》末句"江南野水碧於天，中有白鷗閒似我"，萬里集九《帳中香》如此發揮：

> 此聯洗除十九聯之紛争，上句言無得無失、無是無非、湛

① 東沼周曮《鷗夢》，《流水集》，第 350 頁。

②《禪人並化主寫真求贊》其三八六、《萬壽暉長老寫師像求贊》，《全宋詩》，第 31 册，第 19839 頁。

> 然清淨之境界，而水天一碧。下句言安往此境界。谷即鷗，鷗
> 即谷。句云："夢作白鷗去，江南水如天。"鷗者，忘爲鷗之鷗；
> 谷者，吾喪我之我。故雲"聞似我"也。"我"一字非容易，我喪
> 吾，吾喪我，我我，莫爲物我之我也，子細辨之。則此一聯彌有
> 涵味。①

山谷夢鷗，水天一碧，是詩境，也是禪境，所以"彌有涵味"，令人咀
嚼不盡，回味無窮。

　　當然，五山禪僧們並非没有注意到杜甫——他們選擇的另一
漢詩典範——詩中大量使用過鷗鳥意象，橫川景三説："白鷗詩者，
唐宋二少陵言之，盡美矣。"②所謂唐宋二少陵，便指杜甫與黄庭堅。
指出這一點，意味著五山禪僧實際上把握到了在白鷗意象的書寫
譜系中，杜甫與黄庭堅的創造性地位。但即使注意到杜詩中的白
鷗，五山禪僧在使用這個意象時，並不取杜詩，蓋因爲五山詩僧皆
以鷗鳥爲閒適、隱逸生活的象徵，而杜詩"天地一沙鷗"強烈的飄摇
蕭索之感以及杜甫本人之形象咸與此不侔③。這一點，在他們對杜
甫與黄庭堅的比較中，可以得到確認：

> 涪江雅態猶鷗鳥，杜曲風流只蹇驢。④
> 勳業看鏡者，唐少陵乎；夢作白鷗者，宋少陵乎？⑤

白鷗優雅閒適的輕盈姿態更像山谷，而老杜更適合騎著寒酸愁苦
而不乏風流韻致的蹇驢；杜甫更令五山禪僧印象深刻的是其臨鏡

---

① 萬里集九《帳中香》卷一，日本國立國會圖書館藏室町末期抄本。按：此段講
　義《帳中香》刻本缺。
② 橫川景三《扇面（白鷗）》，《補庵京華前集》，第 266 頁。
③ 五山詩歌使用鷗鳥意象與杜甫相關，僅有義堂周信"一夜沙鷗夢，九州胡馬
　塵"一例，《空華集》，第 1894 頁。
④ 在庵普在弟子僧某《次韻病中偶作》，《雲巢集》，第 762 頁。
⑤ 彦龍周興《扇面》，《半陶文集》，第 1133 頁。

自嗟、功業未就的寒儒形象，而山谷則是以詩文、學問、人格"寄傲
士林"的雅士，同時又有著"志趣不忘江湖"的高潔品格——這才是
五山文學中白鷗所代表的品格。其關鍵內涵，不僅僅是"閒"，是隱
退的志趣，還有"雅"，文雅從容的姿態。這實際上與五山禪僧的理
想人格也是一致的。日本中世時期，禪僧以掌握宋元新學、精於漢
學文藝出入幕府，爲幕府武家、公家貴族以及叢林衆僧共同崇仰，
這是他們所得意的"佛法宰相，叢林韻人"（寄傲士林）的身份，然而
隱遁風氣的盛行，禪僧又以獨立於政治之外、隱居於江海之間相
高，以"不忘江湖"爲志趣。正因如此，即使以杜詩"天地一沙鷗"爲
句題的詩歌，五山禪僧對也抛棄了此詩原來的意境，出之以黃詩
意趣：

> 天地一沙鷗，機心萬事休。冷看勞局踏，甘自任沈浮。甚
> 愛五湖景，不承千户侯。陽頹青崦上，光落白蘋洲。①

首聯就寫到沙鷗毫無機心的澄明境界，脱離了杜詩原來的敘事情
境，詩歌的中心變成了"五湖景"和"千户侯"之間的取捨表達，值得
注意的是第二聯，"冷眼看局踏"，令人聯想起山谷《演雅》中一衆蠢
蠢禽蟲，"甘自任沈浮"的鷗鳥則是那野水碧天間自由愜意的存在。
總之，雖然句題取自杜詩，却顯然地承續了黃詩的語境。可見，五
山禪僧心中的理想鷗鳥意象，只可能投射黃庭堅的人格形象。

四、圖繪、緣語、齋室：五山禪僧白鷗
書寫的豐富表現與象徵意義

受黃庭堅影響，鷗鳥成爲五山文學中最流行的自然意象之一，
承續了黃庭堅的言志表達，延續了山谷詩中鷗鳥意象的内涵特質，

---

① 惟忠通恕《天地一沙鷗》，《雲壑猿吟》，第 2437 頁。

成爲日本中世文學中非常值得注意的一個現象，展示了黃詩影響異域的完整過程。

　　從五山文學前期開始，禪僧詩中便頻繁地出現鷗意象，五山禪僧通過白鷗意象寄寓自己的理想，同時也湧現了大量以鷗鳥爲題材的圖繪與題畫詩，如白鷗扇面與畫軸、鷗鷺圖軸、松鷗圖、三鷗圖之類，以及以出現鷗意象的詩句爲題的句題詩。其中最爲典型的是取自黃詩詩境"春水白鷗"，成爲圖繪、詩題，乃至固定的句題，三百餘年在叢林間流行不衰，以下略舉數例，以見其大概：

　　　　春江無可檝，欲渡奈情何。世外網絡少，人間機事多。只看飛白鳥，相逐戲蒼波。我本盟如此，離群歲月過。①

　　　　菰蒲春淺未抽芽，鷗鳥雙雙戲水涯。待我江湖歸去日，閒眠分得舊時沙。②

　　　　春鷗白於雪，清影映江空。漫點諸蒲雨，低飛汀樹風。世人憐彩翮，爾輩謝雕籠。幾度懷君意，長嗟向畫中。

　　　　雪盡江初漲，輕鷗日日來。春心元自懶，水宿不相猜。岸坼汀洲出，烟消島嶼開。孤帆雲際小，應有故人回。③

　　　　沙長蘆短日遲遲，春暖水南天一涯。更有白鷗相映處，紅鸞棲老碧梧枝。④

　　　　春暖江南蘆荻洲，一蓑吾欲借孤舟。風塵不到烟波上，萬事忘機雙白鷗。⑤

　　　　紫詔求財漁客稀，棄如泥土綠蓑衣。雙雙可怪春江雨，漏網沙鷗傍釣磯。⑥

_____

①惟忠通恕《題春江白鳥圖寄江左友人》，《雲壑猿吟》，第 2435 頁。
②惟忠通恕《春江白鳥圖》，《雲壑猿吟》，第 2497 頁。
③西胤俊承《賦春江白鷗圖寄江左故人》，《真愚稿》，第 2746 頁。
④橫川景三《春江白鷗》，《補庵京華後集》，第 316 頁。
⑤希世靈彦《春江白鷗圖》，《村庵稿》，第 290 頁。
⑥天隱龍澤《春江白鷗》，《默雲稿》，第 1161 頁。

　　從上面所列舉的詩歌，可以看到從較早期的詩僧惟忠通恕、西胤俊承所處的應永年間開始，以"春水白鷗"意境爲題材的繪畫、詩歌便流行起來了，直到後期詩僧橫川景三、希世靈彥筆下，仍長盛不衰。這些詩歌都無一例外地以描摹明鮮清淨的意境、表達江湖賦歸之志趣爲主旨，清晰地顯示出黃詩在意境營造方面的典範影響。

　　其次，五山禪僧在鷗意象的書寫中，不時地直接化用黃詩的相關詩句，借鑒其表達方式，其中最爲典型的是"夢鷗"的言志表達，如：

　　　　紅塵紫陌午酣間，一夢分明往拜顔。莫道中無鷗似我，江南野水碧於山。[①]
　　　　炎宵萬苦又千辛，神遊偶得雪精神。却疑夢作白鷗去，不受人間紅暑塵。[②]
　　　　千古功名誤一生，忽聞鄉信客心驚。白鷗入夢紅塵底，風送江聲雜市聲。[③]

三詩均化用黃詩"九陌黃塵烏帽底，五湖春水白鷗前""紅塵席帽烏韡里，想見滄洲白鳥雙"兩詩的語辭和結構，以現實的紛擾喧囂與理想中的清閒自在對比。同時，第一首末句還化用了《演雅》的結句，而以雙重否定的語氣出之。第二首則化用黃詩中屢屢出現的

①彦龍周興《再寄墨齋詩》，《半陶文集》，第 1005 頁。
②策彦周良《暑夜夢雪》，《策彦和尚詩集》未見，見《翰林五鳳集》卷十二，第 254 頁。
③月舟壽桂《克寧知藏乃江東之産也，與余有葭莩之好，寔非一日雅也。干戈一起，東西星散，余遂歸鄉入洛，十餘載於兹，以故鄉友存亡不能詳焉，頗爲恨矣。癸巳之春，知藏亦一錫遊洛，惠然訪余，相迎而笑，笑而相禮。其山其水，歷歷在眉睫之間，慰客懷者，不爲不鮮，於是袖一小詩曰："此樂居卑作也，歸舟無物賜和詩，珠玉非寶也。"余曰："吁！身經機巧，心醉功名，只恐鷗朋鷺侶，擯吾舊社也。倘投一詩，鷗鷺謂何？"懇請不止，漫次其韻》，見《翰林五鳳集》卷三十，第 598 頁。

"夢作白鷗去"。第三首末句同樣化用自黄詩"市聲鏖午枕，常以此心觀"，"市聲"借指世故紛擾，"江聲雜市聲"的體驗、"寢—聲—夢"的構思，又頗與黄詩"馬嘶枯其誼午枕，夢成風雨浪翻江"同一機杼。由於"夢鷗"這一言志方式的典範影響，"鷗"與"夢"甚至結成了日本假名文學中具有穩固聯想關係的"緣語"[1]，被同時用以指導和歌和漢詩創作，凡言夢者必用白鷗故事。如童蒙創作教材的漢詩選《中華若木詩抄》中選謙岩原衝、太白真玄以下三詩：

> 相思枕倦夜如年，半記半忘終未圓。江上春風吹不去，依然只在白鷗前。（謙岩原冲《殘夢》）
>
> 春水才高數尺强，烟波渺渺接天光。落花漲盡江南雨，一夜閒鷗夢也香。（太白真玄《春漲》）
>
> 鳥唤花驚只麼眠，懶於春者老枯禪。東風載我晴窗夢，吹落江湖白鳥前。（太白真玄《春睡》）[2]

三首詩都寫退隱江湖的夢想，在前兩首中，如月壽印强調"夢卜白鷗卜ガ緣語也"（夢與鷗爲緣語），並在第一首後引用了黄詩"夢作白鷗去，江南水如天"來揭示這一緣語的由來；第三首則引用黄詩"五湖春水白鷗前"和"江南野水碧於天"兩聯，闡釋後兩句的意境，認爲其很好地借鑒了黄詩的隱逸志趣。由此可見，"鷗"與"夢"作爲緣語、"鷗夢"作爲一種志趣表現方式，均是受到黄庭堅的影響。不僅如此，五山禪僧還創作了數量可觀的以《鷗夢》爲題的詩歌，進一步强化了這一典範性。

除此外，五山禪僧還經常以鷗命名軒室樓閣，或以之爲自己的

---

① 緣語（えんご），和文學修辭法之一，指在和歌或散文等作品中，使用某一與中心詞在意義上有關聯的詞以從表達上表現出情趣。例如《古今和歌集》中"櫻花綻開，撚線千百柳絲青，春意紛紛"一歌，"撚""紛紛""綻開"都成爲"線"的緣語，以其有聯想之情趣。

② 如月壽印抄，大塚光信、尾崎雄二郎、朝倉尚校注《中華若木詩抄》，岩波書店，1995 年，第 11、20、228 頁。

雅號別稱，如鷗臥亭、懶鷗齋、玩鷗亭、隨鷗庵、鷗夢齋、鷗閒齋、狎鷗檻、松鷗亭，並且留下了大量的序跋、字説創作，這些創作内容都圍繞著鷗鳥意象的文化内涵展開。在這種習慣的背後，顯然有著通過將鷗鳥鑲嵌在齋室、雅號中的行爲，將自己的棲居之地變爲鷗鳥悠游之境的意味，而其流行則表明，白鷗所呈現的江湖意趣，不僅僅是某一人的理想表達，而是整個五山禪林普遍追求的理想境界。

　　在東亞漢文化圈，以中國的經典作品和詩人爲典範、强調典範學習的觀念一直存在，中國、日本、朝鮮、越南的漢詩創作亦以不斷取法某些典範詩人實現新變。黃庭堅被認爲是在日本五山禪林接受度最廣、影響最大的典範之一，不但體現在其作品和相關圖繪在日本五山禪林的流傳、刊刻、闡釋情況等宏觀層面，也體現在具體詩歌文本和若干典型文化意象接受等微觀層面。本書從白鷗意象出發，梳理了中國詩歌中白鷗意象的書寫傳統，通過對黃庭堅和日本五山詩歌中的白鷗意象進行分析，發現黃詩中的白鷗意象，在意境營造、文化内涵、抒情言志方式等方面皆較傳統有所發展，同時，經由宋元禪林和五山禪林之間建立起的宗教橋梁，黃詩對白鷗的多層次書寫被五山禪僧所模仿，白鷗在五山禪林文學甚至和文學中得到豐富的表現，從而成爲日本中世文學中最重要的文化意象。

第三章　意象與圖繪:五山禪僧
　　　筆下的杜甫形象

　　自中唐至北宋,杜甫的文學成就和品德操守,經歷了陸續被彰
顯的過程,在慶曆年間杜詩終於確立了其經典地位。長期以來,關
於宋代杜甫典範化過程中的諸多現象,如關於宋代的杜詩評價、杜
集之刊刻、閱讀與闡釋,皆得到了十分充分的研究,人們因此得以
確認杜甫典範化過程中的諸多具體細節①。不過若將視野擴大爲
整個東亞漢文化圈,則會發現尚有一個在杜甫典範化過程中起到
關鍵作用的因素較少受到關注,那就是杜甫圖繪的創作與流傳。
視覺圖像是"伴隨著正統歷史文獻而平行延伸的檔案系統,使我們
得以一窺整體心態史與生活史的旁枝細節"②。尤其宋代以來的中
國繪畫,通常呈現出詩畫合一的形態,通過題畫詩、畫贊、題跋等文
字,對畫面塑造的内容進行進一步發揮與闡釋,因此繪畫與文學之
間,更有一種互相發明的關係。在杜甫經典地位確立之際,繪畫方
面便也相應地出現了杜甫主題圖畫之流行,如果説宋元人主要是

①有關此方面的研究十分豐富,以下略舉數例,如裴斐《唐宋杜學四大觀點評
　述》,《杜甫研究學刊》1990年第4期;馬東瑤《論北宋慶曆詩人對杜詩的發現
　與繼承》,《杜甫研究學刊》2001年第1期;蔡振念《杜詩唐宋接受史》,五南圖
　書出版股份有限公司,2002年。
②劉紀蕙《文化研究的視覺系統》,《中外文學》第30卷第12期,2005年,第
　12—23頁。

以圖像將成爲典範的杜甫具象化，那麼，在杜甫的典範性向域外漢文化圈延伸的過程中，圖像的作用更不容小覷，就如張伯偉先生所言："杜詩經典形成後，在其傳播過程中，書籍和圖像堪稱其旅行的雙翼。"[①]以五山文學來説，一方面，宋元人之杜甫圖繪的傳入，與書籍一起參與了五山禪僧認識杜甫、接受杜詩的過程；另一方面，在塑造適合其文學需要的杜甫典範形象時，五山禪僧也極其頻繁地使用圖繪與題畫詩作爲闡釋的手段，五山時期留下的大量杜甫圖繪與相關題畫詩便是直接證據。考察宋元以來杜甫形象在漢文化圈的傳統繪畫中如何被表現，應當是一個饒有興味的角度，所以本章將主要圍繞宋元和五山時期的杜甫圖繪以及題畫文學，對五山時期杜甫典範形象包括哪些内涵進行考察。

第一節　宋元圖繪中的杜甫形象

　　杜甫在宋代士人心中的形象，可以從史傳、筆記與文學批評文獻兩個角度進行觀照。宋祁主持修纂的《新唐書》綜合中唐至宋代諸多記録，將杜甫形象歸納爲：性褊躁傲誕，曠放不自檢；傷時撓弱，情不忘君，人憐其忠；詩歌渾涵汪茫、千匯萬狀，古今第一，善陳史事，律切精深，世號詩史，光照萬代[②]，從性格、德行、文章三方面描繪了杜甫形象的多樣性。而隨著杜甫作爲詩人典範的地位得以確立，在詩文中宋人一般從文學與道德兩個層面對杜甫進行評價：盛稱其詩歌"集大成"，堪稱"詩史"，許其爲"詩聖"，皆包括了這兩

---

① 參張伯偉《東亞漢文學研究的方法與實踐》第五章《典範的形成與變異——東亞漢文學史上的杜詩》，中華書局，2017年，第124—170頁。
② 歐陽修、宋祁《新唐書》卷二百一《杜甫傳》，中華書局，1975年，第5735頁。

種意涵①。那麼，繪畫中的杜甫形象如何？由於圖像資料保存受到客觀條件的諸多限制，現存傳世的宋元杜甫圖像十分稀少，但題畫詩文及畫錄等文獻資料則往往可以跨越時空流轉，供人們窺視圖面的形象。故筆者主要以《全宋詩》《全宋詞》中所收錄的題畫詩詞與宋元畫譜畫論文獻中所收錄的相關資料爲基礎，將所得杜甫圖像資料分類羅列如下（未另外加注者均出《全宋詩》《全宋詞》）：

1. 杜甫像：

歐陽修《堂中畫像探題得杜子美》

王安石《杜甫畫像》

楊蟠《觀子美畫像》

朱翌《杜子美畫像贊》

王十朋《登詩史堂觀少陵畫像》

陸游《草堂拜少陵遺像》

陸游《題少陵畫像》

洪咨夔《題李杜蘇黄畫像·少陵》

王洋《寶覺師畫少陵像用筆甚簡，伯氏稱賞之，因戲爲長言寫之》

釋居簡《少陵畫像》

趙蕃《題劉正之少陵像二首》

陳邕《二月晦游東屯拜少陵像》

2. 杜甫騎驢醉酒圖：

梅堯臣《觀邵不疑學士所藏名書古畫》

黄庭堅《杜子美浣花醉歸圖》

董逌《杜子美騎驢圖》

晁說之《三川言十數年前嘗有一短褐騎驢之士……有收

————————

①前揭張伯偉《典範之形成：東亞文學中的杜詩》。

杜老醉遊圖者……作詩二首》

林敏功《書吳熙老醉杜甫像》

喻良能《次韻楊廷秀浣花圖歌》

藏叟《杜甫騎驢像》

無文《浣花醉歸圖》

林正夫《江神子·括山谷題杜子美浣花醉歸圖》

葉茵《少陵騎蹇驢圖》

鄭思肖《杜子美騎驢圖》

張炎《南鄉子·杜陵醉歸手卷》

3.少陵遊春圖：

《趙千里著色杜拾遺遊春圖》：真迹，右圖劉松年同作，趙圖精，劉圖古，前元題詠極多，今在項氏。

紹曇《杜甫騎驢遊春圖》

周密《清平樂·杜陵春遊圖》

4.杜少陵草堂圖：

鄒登龍《題杜少陵草堂圖》

5.羌村圖：

釋居簡《趙紫芝得羌村圖拉余與趙山中同賦》

釋居簡《羌村圖》

6.巡簷索笑圖：

陳傑《題老杜巡簷索笑圖》

7.茅屋爲秋風所破圖：

劉辰翁《秋風圖序》

鄭思肖《杜子美茅屋爲秋風所破歌圖》

8.李杜畫像：陳棣《題李杜畫像》

通過檢視最終發現以杜甫爲題材之繪畫共八種三十五題，而其中杜甫畫像與杜甫騎驢醉酒圖①各十二題，占所有圖像的三分之二強，可知宋代杜甫圖繪以其人像畫與騎驢醉歸圖最爲流行，那麼通過這兩種圖像，我們大致可以發現宋人如何通過繪畫來塑造杜甫的典範形象。

　　圖繪前賢以表達紀念、思慕或尊崇之情，是人像畫最基本的功能，這種畫像最初或張貼於廳堂之上，或懸挂於祠堂等紀念性場所，成爲瞻仰的對象。杜甫之人像畫自然也不例外，通過宋人題詠文字，可發現除成都、東屯草堂、夔州詩史堂等杜甫遺迹懸挂有杜甫像外，另外士人也收藏、張懸及觀摩子美畫像，如歐陽修有《堂中畫像探題得杜子美》即是一例。人像圖從畫面來説，一般比較簡單，著重傳達人物的精神氣質，與此相應，其題詠文字也多著眼於發掘人物的精神面貌，建立其崇高感，對於畫面的直接描寫常常被忽略。題杜甫人像畫，宋人普遍認爲以王安石最能傳老杜之神，《苕溪漁隱叢話》説：“李杜畫像，古今詩人題詠多矣，若杜子美，其詩高妙固不待言，要當知其平生用心處，則半山老人之詩得之矣。”②其詩言：

　　　　吾觀少陵詩，爲與元氣侔。力能排天斡九地，壯顏毅色不可求。浩蕩八極中，生物豈不稠。醜妍巨細千萬殊，竟莫見以何雕鎪。惜哉命之窮，顛倒不見收。青衫老更斥，餓走半九州。瘦妻僵前子仆後，攘攘盜賊森戈矛。吟哦當此時，不廢朝廷憂。常願天子聖，大臣各伊周。寧令吾廬獨破受凍死，不忍四海寒颼颼。傷屯悼屈止一身，嗟時之人死所羞。所以見公

---

① 將醉杜甫圖、浣花醉歸圖、杜甫騎驢圖歸納爲騎驢醉歸圖，是因爲這三種圖像在描畫杜甫形象時所取材的詩歌基本一致，且均以“醉酒”和“騎驢”作爲搆設圖畫的基本意象。
② 胡仔撰，廖德明校點《苕溪漁隱叢話》前集卷十一，人民文學出版社，1962年，第72頁。

畫，再拜涕泗流。惟公之心古亦少，願起公死從之游。①

王安石推尊杜甫，故他眼中所見的杜甫畫像，"壯顏毅色"，面貌凜然，雖然命途蹇澀，却仍見其憂國忠君之心、艱難不易之志，剛毅之氣躍然紙上。宋人對此詩"吾觀少陵詩，爲與元氣侔"最爲推重，正是因爲既張顯了杜詩排天斡地、千狀萬匯的藝術技巧，也涵蓋了杜甫包納萬有、沉重深廣的精神世界，十分精確地表達了慶曆前後杜甫典範化過程中宋代士人對於杜詩的認識。那麼，人像畫中杜甫具體的面貌究竟如何呢？朱翌《杜子美畫像贊》言："凌萬乘以峥嶸之氣，貯千古以磊落之胸。筆下有神，洗宇宙而一空者，大哉詩人之宗乎。束帶峨冠，凜然似謁肅宗而論房琯；神閒意定，超然若溯瞿唐而上，泛沅湘而東也。"②畫像中的杜甫是束帶峨冠、神閒意定、直言敢諫、精氣凜凜的儒家士大夫形象。通過宋人題畫詩，還可以進一步確定這類杜甫人像畫的衣冠等外形特點。如陸游描寫杜甫"朱綬意蕭散"③，戴復古《杜甫祠》詩中寫到"麒麟守高閣，貂蟬入畫像"④，"朱綬""貂蟬"皆是士人官宦之飾物，"意蕭散"也與史傳中"性褊躁傲誕，曠放不自檢"的杜甫性格特點存在一定差距，但這都顯然更符合宋人心目中杜甫的理想面貌與詩聖形象。宋代杜甫人像圖中及其題詠中杜甫形象崇高化的特點十分普遍，這與杜詩經典化的過程是同步的，表現了對作爲典範的杜甫的尊崇。

　　相比人像畫，宋代更具特色的是以騎驢醉酒圖爲代表的一系列取材於杜詩的杜甫詩意圖繪。與單純的人像圖相比，這類詩意畫往往鋪設畫面背景，利用若干意象烘托，以其更完整地塑造人物

①李壁著，高克勤點校《王荊文公詩箋注》，上海古籍出版社，2010年，第315頁。

②《隱居通議》卷十七，《景印文淵閣四庫全書》，第866册，第152頁。

③陸游《草堂拜少陵遺像》，錢仲聯校注《劍南詩稿校注》卷九，上海古籍出版社，2005年，第2册，第723頁。

④戴復古《杜甫祠》，《石屏詩集》卷一，《景印文淵閣四庫全書》，第1165册，第559頁。

形象、傳人物之神。一般來説,這種人物畫對典範人物形象的塑造皆是截取其平生最有代表性的片段,提煉最能體現其風貌的視覺意象,最後描繪成形。譬如宋代李白圖常取李白的傳奇逸事爲背景,出之以"卧披錦袍""脱靴捧硯""騎鯨""捉月"等意象,表現他藐視權貴、浪蕩不拘的性格與風塵外物的謫仙氣質①。而在上文所列舉的八類杜甫圖繪中,我們可以發現,與李白圖繪主要以傳奇逸事爲構圖藍本不同,杜甫圖繪主要取材於杜詩,而參與其形象搆設的最重要的兩個意象是騎驢與醉酒。騎驢是東亞漢文化圈中一個意韻豐富的文化意象,"驢是詩人特有的坐騎","騎驢是詩人清高心志的象徵",因此,騎驢不但是一種身份標誌,也是一種文化和政治選擇②。中國的騎驢詩人,雖不以杜甫最爲典型,宋代繪畫藝術中對杜甫形象的想象與塑造,却常常與騎驢意象聯繫在一起。杜詩中寫到自己以驢爲坐騎,共有三處:"騎驢三十載,旅食京華春""平明跨驢出,未知適誰門。權門多噂沓,且復尋諸孫""東家蹇驢許借我,泥滑不敢騎朝天"③,皆描寫客居長安時期的仕途偃蹇、生活困頓之狀,這是後世將杜甫形象與騎驢意象聯繫起來的直接依據。至於醉酒,雖然在後人心目中唐代詩人以李白與飲酒關係最爲密切,時人亦以酒仙許之。但杜詩寫自己飲酒與醉態也不少,且較李白又另是一種情懷。僅以其《醉時歌》爲例,一篇之中,既有"得錢

①衣若芬《宋代題畫詩詞中的李白形象》,收《藝林探微:繪畫·古物·文學》,華東師範大學出版社,2012年,第173—190頁。
②關於東亞漢文化圈中"騎驢"意象的形成與流變過程及文化內涵,張伯偉先生有過詳細的論述,參見《騎驢與騎牛——中韓詩人比較一例》《再論騎驢與騎牛——漢文化圈中文人觀念比較一例》(《域外漢籍研究論集》,北京大學出版社,2011年,第22—62頁);更爲完整的論述見《東亞文化意象的形成與變遷——以文學與繪畫中的騎驢與騎牛爲例》(收入《作爲方法的漢文化圈》,中華書局,2011年,第11—92頁)。
③以上杜詩分別出自《奉贈韋左丞丈二十二韻》《示從孫濟》《偪側行》,《杜甫全集校注》,第277、502、1096頁。

即相覓,酤酒不復疑。忘形到爾汝,痛飲真吾師"之曠放,又兼有
"燈前細雨簷花落,春夜沉沉動春酌"之閒雅,最後則皆盡變爲"不
須聞此意慘愴,生前相遇且銜杯"之沉痛①。總的來説,醉酒之於杜
甫,不似李白那樣爲其飄逸出塵之仙氣的表征,却顯然與他"傲誕、
曠放"的性格特征、沉鬱憂愁的情緒聯繫在一起。宋人最先在題畫
詩中詠及杜甫騎驢醉酒形象的是梅堯臣,其詩云:"首觀阮與杜,驢
上瞑目醉。"自注:"阮籍、杜甫。"②可見此前已有騎驢醉酒的杜甫圖
流傳。騎驢、醉酒成爲圖畫塑造杜甫形象的經典意象,大約在北宋
中期,通過題畫詩和其他相關資料我們可以一睹這些圖畫的面貌。
首先,影響最爲廣泛的是黄庭堅《杜子美浣花醉歸圖引》:

　　　拾遺流落錦官城,故人作尹眼爲青。碧鷄坊西結茅屋,百
　　花潭水濯冠纓。故衣未補新衣綻,空蟠胸中書萬卷。探道欲
　　度羲皇前,論詩未覺國風遠。干戈峥嶸暗宇縣,杜陵韋曲無鷄
　　犬。老妻稚子且眼前,弟妹漂零不相見。此公樂易真可人,園
　　翁溪友肯卜鄰。鄰家有酒邀皆去,得意魚鳥來相親。浣花酒
　　船散車騎,野墻無主看桃李。宗文守家宗武扶,落日寒驢馱醉
　　起。願聞解兵脱兜鍪,老儒不用千户侯。中原未得平安報,醉
　　裏眉攢萬國愁。生綃鋪墙粉墨落,平生忠義今寂寞。兒呼不
　　蘇驢失脚,猶恐醒來有新作。常使詩人拜畫圖,煎膠續絃千
　　古無。③

該圖和題畫詩摹寫杜甫形象,將之置於流落成都、卜居草堂的背景
下,成都卜居是杜甫漂泊的一生中較爲難得的安定時期,雖不免
"故人供禄米"的清貧,然幽居江村也不乏詩趣,觀其此期詩歌便可

_____

① 杜甫《醉時歌》,《杜甫全集校注》卷二,第 410 頁。
② 梅堯臣《觀邵不疑學士所藏名書古畫》,朱東潤編年校注《梅堯臣集編年校
　　注》,上海古籍出版社,2006 年,下册,第 848 頁。
③ 黄庭堅《老杜浣花溪圖引》,《黄庭堅詩集注》,第 1341—1343 頁。

知。與宋人題杜甫像主要傾向於評價杜甫詩歌道德方面的成就、感歎其一生的遭際與忠義不同,浣花醉歸圖與黄庭堅題詩均細緻地描繪了宋人想象中杜甫的日常形象。圖中的杜甫短衣襤褸,醉態愁眉,騎著寒驢,一旁宗武相隨扶持。雖然題畫詩中也有"眉攢萬國愁""平生忠義"這樣的詞彙,但全詩從内容上來説,主要圍繞成都生活之"樂易"展開,大量化用杜甫草堂時期描寫日常生活的詩句,如家庭生活有"老妻畫紙爲棋局,稚子敲針作釣鉤"的温馨場面,鄰里關係則有"田父要皆去,鄰家問不違""溪友得錢留白魚"的脉脉温情①,草堂環境則有野桃美竹、魚鳥親人的和諧,老杜置身此中,寒酸却不乏風致,這是一個醉態可掬、樂易可人的詩人形象。詩歌四句一轉韻,節奏自然流轉,更加强了圖畫的這種氛圍。黄庭堅所題詠的這一浣花醉歸圖,是宋代最常見的杜甫圖繪之一,而黄詩對於畫面所作的闡釋,也爲以後圖繪與題畫詩刻畫杜甫形象所繼承,如南宋詩僧無文道璨題《浣花醉歸圖》:"酩酊歸來卧寒驢,小兒捉轡大兒扶。日斜花落春泥滑,豈料人間畫作圖。"

　　北宋流行的另一種類似的圖繪題爲《杜子美騎驢圖》,其畫面與黄庭堅所題詠的《浣花醉歸圖》大同小異,董逌在《廣川畫跋》中説:

　　　　其乘驢歷市,望旗亭,逐麴車,餔糟飲醨,欹傾頓委,其子捉轡持之,吾意其當在長安而旅食時也。不然,蹲踏權門,無所傾倒,將尋諸孫而食乎?或者借乎東家,方自力而朝天邪?至若掉轡放策,踢蹬解鞿,宜乎偃蹇。撲覆青脊,目視矒瞳,口劫呿吟,垂涎下液,痠澌凜栗,猶且想於跨銀鞍而傍險,將以託死生於空闊哉。②

<hr>

①所引三詩分别爲《江村》《寒食》《解悶十二首》(其一),《杜甫全集校注》,第1965、2215、4941頁。
②董逌《廣川畫跋》,《景印文淵閣四庫全書》本,第813册,第474—475頁。

這則題跋對畫面的描寫極爲詳細，我們據此可知圖中的杜甫騎驢
委蹙、匍匐於驢背，目光迷離，口中喃喃作語，而垂涎下液，醉態已
十分，由其子捉韁扶持而行。董逌認爲圖繪取材杜甫對騎驢奔走
的長安生活細節的描寫，表現的是旅食長安時期偃蹇困頓的形象。
此圖中寒嗇潦倒的杜甫形象在《苕溪漁隱叢話》中也有所記載："世
有碑本子美畫像，上有詩云：'迎旦東風騎蹇驢，旋呵凍手暖髯鬚。
洛陽無限丹青手，還有工夫畫我無？'子美決不肯自作，兼集中亦無
之，必好事者爲之也。"①雖然這種以長安生活爲背景的騎驢圖刻畫
的都是杜甫窮酸寒嗇的形象，不過通過題跋的記載我們可以確認
圖畫表現的杜甫自然有一段傲岸不拘的神態，所以董逌説他潦倒
的醉態裏有"跨銀鞍而傍險""托死生於空闊"的氣質，"睥睨天地
間，盱衡而傲王侯"。

　　除了以上兩種圖繪外，實際上前文中所列舉的杜甫遊春圖，也
與騎驢醉酒圖十分類似，這種圖繪主要以長安時期杜甫若干遊春
詩歌爲圖繪背景，圖中杜甫買醉曲江，借酒澆愁，與曲江的絢爛春
光，尤其是詩人筆下長安權貴們春遊的軒天氣勢構成强烈的藝術
張力。這種杜甫形象，在蘇軾《續麗人行》中就已有描寫："杜陵飢
客眼長寒，蹇驢破帽隨金鞍。"②詩歌充滿揶揄戲謔的味道，但杜甫
蹇驢破帽的飢寒形象與長安麗人的艷冶容光之間形成的强烈對
比，也令人印象深刻。宋代這種杜甫遊春圖，明人張丑《真迹日録》
有著録一幅《趙千里著色杜拾遺遊春圖》，曰："真迹，右圖劉松年同
作，趙圖精，劉圖古，前元題詠極多，今在項氏。"這是一幅文人畫家
同題共作的杜甫圖繪，可見這是當時流行的畫題。畫上題詩雖爲
元人所作，亦能從中窺見宋代繪畫如何想象杜甫之形象，故舉其中
一首：

①《苕溪漁隱叢話》後集卷八，第53頁。
②蘇軾《續麗人行》，《蘇軾全集校注》，第1680頁。

　　君不見洛陽城闕天中起,九衢歌管東風裏。柳滿河橋花
滿蹊,車馬紛紛若流水。是時臣甫年少未解愁,尋芳時造酒家
樓。水邊麗人茫不省,騎驢直過曲江頭。朝吟飲東阡,夕醉宿
南陌。殘杯饜富兒,險語驚狂客。樽空酒盡更典衣,醉中看盡
青山色。明月滿身歸去遲,花落花開春不知。數書累上不見
錄,始恨窮老身流離。宮中況失銜花鹿,咫尺龍蛇起平陸。房
相門下死何辭,嚴武床前生不足。風流事往今幾年,一觀圖畫
一淒然。空餘金薤琳琅屑,可以上繼古詩三百十一篇。①

　　題詩的敘事在時間上是流動的,作者睹圖像而生感慨,描寫了從盛
世到亂離中的杜甫形象,不過,詩中雖有對世亂流離、身老不遇的
慨歎,但鋪敘杜甫春遊之狀,主要的著眼點還是詩人的風流形象,
以及對這種風流不再的感慨。通過圖中其他題詩以及宋元的其他
遊春圖詩,我們可以確認這是杜甫遊春圖中比較普遍的一種抒情
基調。

　　雖然上面所列舉的三種以騎驢、醉酒爲中心意象構設的杜甫
圖繪,在畫面上杜甫形象有種種差別,但相對於與宋人通過詩文、
箋注、詩話所闡釋、建構的杜甫形象,它們有一個共同點,即不但不
令人覺得崇高、嚴肅,反而顯得日常。在宋代杜詩經典化過程中,
對於杜詩,宋人重在闡釋其兼備衆體的文學成就、沉鬱頓挫的藝術
風格以及直陳時事的詩史內容,稱道其集大成,乃至比附《詩經》;
對於杜甫其人,也主要致力於解讀其政治關懷與道德意識,關注他
忠君愛國的思想境界與憂國憂民的人文情懷,直至視之爲聖人。
在這種闡釋視野中,杜甫的形象自然日趨單一與神化。宋人這種
闡釋誠然建立了杜甫作爲詩聖的經典地位,但顯然也抹殺了詩人
形象的多樣性與豐富性。而通過上文所列舉的圖繪及其題畫詩,
則可以發現,圖繪更爲關注杜甫作爲詩人日常化與藝術化的一面,

_____

①《真迹日錄》卷三,《景印文淵閣四庫全書》,第 817 册,第 475 頁。

無論是以成都安定生活爲背景的浣花醉歸圖，還是以長安仕途困頓爲背景的騎驢圖，抑或對比强烈的遊春圖，這些圖畫都注重突出杜甫"傲誕，曠放不自檢"的性格色彩，發掘出了杜甫在崇高化過程中逐漸失去表現機會的疏狂、任真的一面，從而表現了詩人的風流形象，這或許正是畫與詩之間的差別。相關的題畫詩文，雖然有的充實以杜甫憂憤的精神内核，有的感歎其寒蹇的命運，有的藉以抒發異代同悲之感，也或多或少地表達對詩聖的崇仰，但其中也有的不乏揶揄，甚至有輕微的嘲諷，要之，比起主流闡釋中崇高的杜甫形象，圖繪中的杜甫無疑更豐富多變。即使前文論及的表達尊崇之意、注重忠直剛毅之氣的杜甫人像圖，受到這類繪畫影響，在南宋也不免發生一些變化，如陸游《題少陵畫像》中所詠的就有窮愁不遇的杜甫形象[1]，而王洋詩中所記載寶覺禪師畫杜甫像，也是"麻鞋破帽肩傴僂"[2]，而不是"朱綬意蕭散"。以騎驢醉酒圖爲中心的杜甫圖繪，因描寫杜甫形象更具有親切的生活感，内涵更爲豐富多彩，有更多的闡釋空間，十分流行，宋代以後的杜甫圖繪也繼續保持了這種多樣化的傳統。宋元豐富多彩的杜甫圖繪，似乎並未影響除題畫詩以外的其他文字資料對杜甫的評價，但其流衍東渡，對於日本五山文學接受杜詩、塑造杜甫典範形象却產生了極大影響。

第二節　五山時期的杜甫圖繪

　　在五山時期的杜甫受容中，繪畫是一種極其醒目的方式。這不僅指在杜甫成爲五山漢詩的典範過程中，由中國傳入的杜甫圖

---

[1]陸游《題少陵畫像》，《劍南詩稿》卷十六，第 3 册，第 1274 頁。
[2]王洋《寶覺師畫少陵像用筆甚簡，伯氏稱賞之，因戲爲長言寫之》，《東牟集》卷二，《景印文淵閣四庫全書》，第 1132 册，第 323 頁。

繪與杜詩本身、宋人對杜詩的闡釋一起,構成了五山禪僧解讀杜詩、認識杜甫形象的三種途徑,而且,與中國不同的是,五山禪僧大量地通過創作杜甫圖繪來塑造其心中的杜甫形象,通過相關題畫詩闡釋杜詩。以室町後期的禪僧漢詩選集《翰林五鳳集》爲例,其"支那人名部"關於杜甫的部分,題畫詩共有十五題四十首,另外還有五種杜甫圖題畫詩散見於其他各部①;《翰林五鳳集》後附選五山以外禪僧詩歌的《山林風月集》,其"圖畫部"尚有杜甫圖題畫詩三種共六首②,可見當時以杜甫爲題材的圖畫創作之流行。因此,流傳至今的大量杜甫圖繪與禪僧別集中的題畫詩成爲我們了解彼方杜甫典範形象如何形成的一個重要視角。

　　五山時期杜甫圖繪內容十分廣泛,除上文所論及的宋元杜甫圖繪在日本禪林皆有流傳之外,還有大量其他杜甫圖繪。筆者據相關別集、選集中的題畫詩和各種目錄中所見繪畫,統計總共有以下約十八種題材:

　　　　1. 杜甫像

　　　　2. 杜甫飯顆山圖

　　　　3. 杜甫過蘇圖

　　　　4. 杜甫九日正冠圖

　　　　5. 杜甫訪贊公圖

　　　　6. 杜甫游渼陂圖

　　　　7. 少陵遊春圖

　　　　8. 花底退朝圖

　　　　9. 杜甫北征圖

---

① 以心崇傳編《翰林五鳳集》卷六十,第 245—248 頁。按,筆者統計杜甫圖,以圖繪中是否出現杜甫本人形象爲標準,若干以杜詩爲藍本創作的詩意圖,不以圖繪杜甫爲重心,則不列入統計範圍,如《飲中八仙圖》《杜詩白鷺黃鸝圖》等。
② 《山林風月集》卷中,收入《大日本佛教全書》第 146 册,第 362—364 頁。

　　10. 羌村圖（羌村暮岫圖）

　　11. 杜陵入蜀圖

　　12. 杜甫騎驢醉酒圖

　　13. 錦里先生送杜甫圖（錦里迎送圖）

　　14. 杜甫草堂圖（幽居水竹圖、草堂南鄰圖、柴門新月圖）

　　15. 杜陵出蜀圖

　　16. 杜甫拜鵑圖

　　17. 杜甫種萵苣圖

　　18. 李杜一幅圖

　　19. 杜甫過黃四娘家圖

縱覽以上 19 種杜甫圖繪，除去《杜甫飯穎山圖》《李杜一幅圖》以外，其他圖繪與宋人一樣，都是以杜詩爲藍本來描繪杜甫形象的。值得提出的一點是，上面列舉的第一類題爲杜甫像的人像圖，通過對留存的圖繪和相關題畫詩進行考察，可以發現這些人像圖皆是騎驢圖，這反映了宋代杜甫騎驢醉酒圖像的廣泛影響。五山禪僧積極地接受了宋代圖繪中對杜甫形象的多樣化想象，又利用圖繪和題畫詩塑造了他們所追慕的杜甫形象。五山文學中杜甫形象究竟如何？通過細讀以上 19 種杜甫圖繪，我們會發現，五山禪僧筆下所表現的杜甫，既有接受宋元文學影響的一面，也有屬於他們獨特闡釋的内容。下文將這些圖繪分爲兩類，分別叙述。

一、忠義與蹇澀：五山禪僧的杜甫形塑之一

　　通過對五山時期杜甫圖繪與相關題畫詩的考察，可以發現杜甫的篤於君臣之義與憂懷國事是五山禪僧表現的重點。"忠"與"憂"通常是禪僧題詠杜甫圖繪的關鍵詞，與此相應，圖像中刻畫杜甫形貌特點也表現爲愁眉醉態，兩鬢飄蕭。如仲芳圓伊所作杜甫像贊：

平生爛醉浣花村，一飯何曾忘主恩。戍火胡塵憂未已，欲
傾渤海洗乾坤。①

從題詩來看，畫面表現的是杜甫醉臥浣花溪草堂的片段，詩歌以宋
人關於杜甫"一飯不曾忘君"的敍述爲中心，後兩句化用杜詩"安得
覆八溟，爲君洗乾坤""遥拱北辰纏寇盗，欲傾東海洗乾坤"②句意，
寫杜甫對於戰亂時局的憂心，願傾滄海之水以澄清之。一休宗純、
仁如集堯的杜甫像贊亦與此類似：

天寶寒儒三十年，常呼虞舜仰蒼天。浣花溪水吟中淚，白
髮江山夜雨前。③
詩史感時花入吟，腐儒緒業照詞林。可憐亂裏空流落，腸
斷一生忠義心。④

一休所見的杜甫仰呼虞舜、祈望蒼天，仁如所見的杜甫則觀花而感
時，皆是淚滿衣襟、鬢髮愁白、窮酸潦倒的儒者，他們所贊賞的是寫
出"回首叫虞舜，蒼梧雲正愁""因悲中林士，未脱衆魚腹。舉頭向
蒼天，安得騎鴻鵠"與"感時花濺淚，恨别鳥驚心"這樣詩句的杜
甫⑤，著眼的是杜甫悲天憫人、忠君愛民的仁者情懷。在五山時期
的杜甫圖繪中，把杜甫的人格的忠義與情感之憂憤作爲刻畫的重
心，不僅僅是杜甫人像畫及其題畫詩的特點，這種傾向在各類杜甫
圖畫中均得到突出表現。下面將以最典型的杜甫拜鵑圖和最流行
的騎驢醉歸圖爲例進行分析。

---

① 仲芳圓伊《贊杜甫》，見《翰林五鳳集》卷六十，第 1163 頁。
② 兩句分别見《客居》《追酬故高蜀州人日見寄》，《杜甫全集校注》，第 3505、
5942 頁。
③ 一休宗純《杜甫像》，《狂雲集》未見，收入《山林風月集》卷中，第 26 頁。
④ 仁如集堯《贊杜陵》，見《翰林五鳳集》卷六十，第 1164 頁。
⑤ 《同諸公登慈恩寺塔》《三川觀水漲二十韻》《春望》，《杜甫全集校注》，第 296、
726、779 頁。

　　杜甫拜鵑的意象,直接的出處在杜甫雲安所作之《杜鵑》。杜甫先後詠《杜鵑行》與《杜鵑》,主旨一致,皆意在"託物以爲臣節諷也。時蜀亂相仍,如段子璋、徐知道、崔旰之徒,皆不修臣節者,託諷之意,蓋在於此"(浦起龍語)。在其《杜鵑行》中,他曾以"寄巢生子不自啄,群鳥至今與哺鶵。雖同君臣有舊禮,骨肉滿眼身羈孤"①,描寫百鳥對杜鵑的尊敬趨奉來諷刺時人無臣下之義。而《杜鵑》詩中,"我昔游錦城,結廬錦水邊。有竹一頃餘,喬木上參天。杜鵑暮春至,哀哀叫其間。我見常再拜,重是古帝魂。生子百鳥巢,百鳥不敢嗔。仍爲餧其子,禮若奉至尊"②,寫自己往昔見杜鵑而再拜的舉動與如今因身病不能拜而淚如迸泉的情緒,在託物諷時之外,更十分突出地表現了其忠君之義。杜甫的這一忠義形象,在宋代爲蘇軾和黃庭堅首先注意,蘇軾在其《辨杜子美杜鵑詩》中辨析首四句叠言杜鵑並非題下注,而揭發其中隱義③;黃庭堅在其《書摩崖碑後》中以"臣結春陵二三策,臣甫杜鵑再拜詩"④對舉,以刻畫元結與杜甫的忠臣形象,對世人但知賞其"瓊琚詞"不滿。北宋雖然發現了杜甫拜鵑這一具有忠義内涵的意象,不過並不爲詩人和畫家所注意。宋室南渡之後,社會對杜甫典範形象的闡釋,更加强調其忠義的一面,杜甫關於杜鵑的二詩便成爲詩話經常討論的話題,拜鵑也逐漸成爲詩中常見的意象,如王十朋"張后宫中巧弄權,上皇西内老誰憐。杜陵獨念君臣義,長向雲安拜杜鵑""夔子江頭吟處景,杜鵑聲裏拜時身"⑤均是以拜鵑的形象描寫杜甫的忠

---

①杜甫《杜鵑行》,《杜甫全集校注》卷七,第1994頁。

②杜甫《杜鵑》,《杜甫全集校注》卷十二,第3492頁。

③蘇軾《辨杜子美杜鵑詩》,《蘇軾全集校注》,第7521—7522頁。

④黃庭堅《書摩崖碑後》,《黃庭堅詩集注》,第668頁。

⑤以上兩詩分別見王十朋《梅溪先生文集》卷十《詠史詩·肅宗》、《梅溪先生後集》卷十二《登詩史堂觀少陵畫像》,《景印文淵閣四庫全書》,第1151册,第188、432頁。

心。在題詠杜甫圖繪的詩歌中，杜甫拜鵑的形象也時常被拈出，如
鄭思肖《杜子美騎驢圖》："飯顆山前花正妍，飲愁爲醉弄吟顛。突
然騎過草堂去，夢拜杜鵑聲外天。"

五山文學濫觴於南宋赴日之禪僧，因而對李杜蘇黃等典範形
象之想象通常透過南宋人之眼，故聞杜鵑而思杜甫之忠心，成爲一
種普遍趨勢，如：

> 西川有鳥語呼名，終夜蕭蕭吹未晴。應是當時臣甫淚，杜
> 鵑枝上雨三更。①
> 再拜杜鵑臣甫詩，奉君有禮世無知。夏天睡覺窗亭午，閑
> 看葵花向日時。②

前一首因夜雨中聞杜鵑聲而想起杜甫之忠心，進而聯想到連杜鵑
花枝上的雨滴也是杜甫傷時感懷而濺落的淚水。後一首更將杜甫
詩中"拜鵑"與"葵藿傾太陽"兩個經典的忠君意象聯繫起來，寄寓
自己的感慨。不過，據筆者調查，南宋以後在詩中使用杜甫拜鵑意
象者雖比比皆是，但並没有拜鵑圖流傳，而在五山禪林，拜鵑成爲
杜甫圖畫的一類題材，如仲芳圓伊《杜甫拜鵑圖》：

> 拾遺流落浣花溪，望帝春心杜宇啼。白髮孤忠驚再拜，一
> 聲裂竹錦城西。③

從詩中描寫來看，圖繪顯然截取的是杜詩中描寫自己在成都拜鵑
的情節，杜甫滿鬢風霜、神情蕭索立於竹下而拜的情景，如在目前。
從詩中使用的意象、典故到成爲圖繪的主題，可見日僧對杜甫拜鵑
這一形象傳達的内涵的深刻認同。

與中國宋元一樣，五山時期最流行的杜甫圖繪是以騎驢與醉

---

① 春澤永恩《夜雨聽杜鵑》，《翰林五鳳集》卷十四，第 272 頁。
② 希世靈彦《夏日寓興》，《村庵稿》，第 316 頁。
③ 仲芳圓伊《杜甫拜鵑圖》，《翰林五鳳集》卷十四，第 271 頁。

酒爲基本意象搆設的。在中國，"騎驢"這一文化意象形成的過程中，由於杜甫描寫騎驢的詩句，主要集中在"朝扣富兒門，暮隨肥馬塵"的長安時期，散發出"對仕途名望的渴望，以及由此而帶來的干謁權門的庸俗氣"，不免令人有微詞，故杜甫未成爲典型的騎驢詩人之代表①。但在五山文學傳統中，杜甫却是最爲典型的騎驢詩人。那麼五山禪僧如何面對"騎驢"意象與杜甫形象之間的差距呢？筆者通過研究發現，實際上在五山時期的杜甫圖繪中，與"騎驢"通常作爲詩人清高心靈象征的意象不同，"騎驢"作爲杜甫圖畫的重要意象，最偏重取其爲寒酸詩人坐騎這一内涵，它不但是杜甫作爲詩人的標識，更重要的是强調他不遇、蹇澀、漂泊的命運，如下詩慨歎唐玄宗不能重用杜甫，辜負其一片忠心：

> 萬里坤維又夕陽，只應日飲醉千觴。蹇驢馱著此翁去，不置雲臺置草堂。②

描寫杜甫貧寒漂泊的一生，感慨他仕途坎坷的遭遇，圖繪中的蹇驢與杜甫破衣敗履、憂愁買醉的形象相得益彰，而志在雲臺便與他流落草堂的命運形成鮮明對比。同時，禪僧們在題畫之時還加倍地强調杜甫命途蹇澀與其忠義之間的對比，尤其令人玩味。如仲芳圓伊：

> 杜鵑啼斷蜀山深，驢上吟詩思不禁。北闕有君堯舜聖，百花潭水照丹心。③

描寫杜甫騎驢流落蜀地，驢上吟詩不止，其詩篇中盡是杜鵑啼血般的憂愁和"致君堯舜上"的一片丹心。這種對比，在"騎驢"與"醉酒"意象並存的圖繪中，得到了更大程度的强調。五山圖繪與詩歌

---

① 前引張伯偉《再論騎驢與騎牛——漢文化圈中文人觀念比較一例》，第 44 頁。
② 江西龍派《子美浣花醉歸圖》，《續翠詩稿》，第 305 頁。
③ 仲芳圓伊《杜甫騎驢圖》，《翰林五鳳集》卷六十，第 1164 頁。

中的醉杜甫形象，與其他詩人醉酒形象，如陶淵明飲酒的悠然情致、李白痛飲的灑脱與豪情殊爲不同，也與宋人題畫詩中描繪杜甫醉酒主要著眼於其性格的傲誕、曠放有較大距離，禪僧們往往將杜甫之醉詮釋爲借酒消愁、以醉遣憂，如心田清播以下兩首《浣花醉歸圖》：

　　　　浣花花竹水西頭，每日醉歸寬客愁。酒債未隨詩債了，猶
　　留百結拾遺裘。
　　　　江村典却拾遺衣，泥飲日隨田父遊。萬里一身雙鬢白，浣
　　花醉歸暫無愁。①

兩詩皆寫到杜甫終日買醉，皆是爲了“寬客愁”“暫無愁”，則其日常滿腹憂愁便是畫外之意、詩外之音了。前詩寫其酒債未了，猶留著襤褸的拾遺舊衣，隱約可見其匡時救弊之心；後詩與前詩相反，寫典當朝衣，日日泥飲，然而從“雙鬢白”依舊可見詩人心中的杜甫形象。這種以酒遣憂的描寫，在五山時期題杜甫圖繪的詩歌中幾乎是一種套語，如：“詩酒自寬憂未消，風塵滿目鬢飄蕭。”②“驥子扶歸蹈夕陽，痴痴兀兀百相忘。暫時不醉心情惡，蜀雨秋荒小草堂。”③“稷契許身空白頭，清吟爛醉不堪愁。”④都是將醉酒的行爲與其滿腹的憂心聯繫起來。因此，連在以杜甫《飲中八仙歌》爲題材的詩意畫《飲中八仙圖》中，五山禪僧也往往將杜甫與其他八人視爲一體，認爲他們都爲國運蕭條而飲酒消愁，如天隱龍澤：“人聖賢兼酒聖賢，相逢即作飲中仙。憂民憂國無醒日，添得少陵應備員。”⑤后兩句寫杜甫憂國憂民，喝酒度日，八仙圖中應當添加一人；又如希

---

① 以上兩詩分別見《聽雨外集》，第 689、882 頁。
② 瑞溪周鳳《題杜子美像》，《臥雲稿》，第 529 頁。
③ 南江宗沅《醉杜甫像》，《漁庵小稿》，第 142 頁。
④ 希世靈彦《杜甫遊渼陂圖》，《村庵稿》未見，收《翰林五鳳集》卷六十，第 1164 頁。
⑤ 天隱龍澤《飲中八仙圖》，《默雲稿》未見，收《翰林五鳳集》卷六十，第 1163 頁。

世靈彥："知章左相汝陽王，蘇李宗之焦又張。白髮誰憐杜陵老，看他人醉惱詩腸。"①感歎後人不能如杜甫憐惜、理解八人以酒遣懷的痛苦一樣，理解他醉飲度日的煩惱。總之，從圍繞拜鵑、騎驢、醉酒等意象而展開的題詠中，可以清楚地感受到五山禪僧對杜甫忠義精神與蹇澀命運格外傾注感情，除此以外，在上文所列舉的如《杜甫過蘇圖》《花底退朝圖》《種萵苣圖》《羌村圖》甚至《李杜一幅圖》中，這種對於老杜忠義、憂憤、蹇澀形象的刻畫，也是十分普遍的。同時，縱觀整個五山時期，無論是前期義堂周信的"騎驢三十載，旅食京華春。一夜沙鷗夢，九州胡馬塵"②，還是後期月舟壽桂的"一寸丹心雙鬢蓬，交游晚喜與蘇同。昏昏風雨唐天下，不廢雞鳴只二公"③，這種關心與刻畫也是一以貫之的。那麼，五山禪僧何以對這一杜甫形象如此執著呢？

　　從源頭上來說，當然與宋元人塑造的一飯不曾忘君的杜甫形象有著千絲萬縷的聯繫，但是，日本中世的社會政治環境、五山禪僧在其中所處的地位、他們自己的身份意識與實際遭遇，對這一以忠義、偃蹇杜甫形象的形成，也發生了深刻的影響。從禪宗移入日本之始，便主要以謀求公家、武家之外護的方式發展，自從足利義滿制定五山、十刹、諸山的等級制度之後，日本禪林與貴族社會的融合日益明顯。五山禪僧聚集在幕府政權之下，不但因其文學、藝術才華受到推崇，也因爲其外交、政治方面的才能受到重用。他們提倡三教合一，思想上也受到宋代理學比較深刻的影響，對社會現實、政治局面普遍較爲關心，許多禪僧不乏現實理想，在政治舞台上也表現活躍，他們身份意識和人生理想常與中國士大夫階層更爲接近，如中巖圓月再三上書後醍醐天皇與足利義直、上杉憲顯，且撰寫《原民》《原僧》等一系列論政文；瑞溪周鳳長期參與幕府對

————————

①希世靈彥《飲中八仙圖》，《村庵稿》，第245頁。
②義堂周信《杜甫》，《空華集》卷十八，第1849頁。
③月舟壽桂《杜甫雨過蘇端圖》，《幻雲詩稿》卷一，第169頁。

明朝、朝鮮的外交活動,作爲幕府使節在上杉禪秀之亂後出使關東調解,編選外交文書爲《善鄰國寶記》以記載中日朝外交歷史;景徐周麟詩歌中對治世理想的闡述與對現實政治的干預等,皆顯示了對現實社會的關心。然而整個五山時期,公武之間、各武士大名之間爭鬥不止,政治黑暗,禪林世俗化也隨之日益嚴重,對權勢、名利趨奉唯恐不及,日本社會五山官寺的升進也多處於“雖添置十刹,似崇僧室”,而“濫進之徒得意,有道之士退避”的狀態,無才之人憑藉出身以及社會關係在“五山十刹”中佔據要職,高僧大德們被迫隱退。而當時社會動蕩不安,戰亂頻仍,尤其應仁元年(1467)開始長達十餘年的戰亂,京都大半化爲焦土,相國寺等寺院皆被燒毀,大量禪僧皆被迫流離失所,飽受戰亂之苦。在這種社會背景之下,五山禪僧對杜甫詩中致君堯舜的政治理想、憂國憂民的深沉感情、偃蹇坎坷的遭遇、漂泊無依的命運自然便有感同身受的認識,他們將自身的理想與遭遇投射於圖繪中的杜甫,以杜甫自況,也以之自勉。正因如此,杜甫忠義之篤與其所受榮恩之微薄、短暫,是五山禪僧使用畫筆和詩筆描摹其心中的杜甫形象時十分執著地表達的一項内容。不但在最爲流行的騎驢醉酒圖繪中時常使用這種對比的模式,其他許多詩畫作品也均可作如是觀:如《花底退朝圖》取杜甫任左拾遺時所作的《紫宸退朝口號》《宣政殿退朝晚出左掖》《晚出左掖》等若干詩篇的景象爲背景,描繪杜甫受到肅宗恩遇時的形貌,但此題材的題畫詩,往往在形容畫面背景的春色盎然之餘,感歎其“恩命初沾”之“暫時”[1],甚至多與其最終流落入蜀的命運聯繫起來,以感慨其得遇之日淺,偃蹇之時長,江西龍派曾設問:“左掖春薰内蕊鮮,拾遺歸院寫新篇。他年得似此圖否? 江草江花病枕邊。”[2]希世靈彦也説:“掖花催醉柳迷人,喚起拾遺朝紫宸。西蜀他

_____

①希世靈彦《花底退朝圖》,《村庵稿》,第 219 頁。
②江西龍派《花底退朝圖》,《續翠詩稿》,第 206 頁。

年雙鬢雪，海棠雖好似無春。"①又如許多禪僧對杜甫《端午日賜衣》一詩頗感興趣，雖然暫時沒有見到相關圖繪，但有多首《讀杜甫端午賜衣詩》流傳，其主題也皆是對比其忠義與所遇的巨大反差，聊以春澤永恩一首爲例："拾遺老去鬢皤皤，端午賜衣歡醉歌。他日劍南流落地，君恩却薄似輕羅。"②端午日賜下的輕若香雪的羅衣，只徒然令人感慨比羅衣更薄的君恩。另外，在佛法衰微、政局越發不可收拾的五山後期，五山禪僧對禪林及天下衰敗命運那種落葉知秋般的敏感，也從題詠杜甫圖繪的詩中流露出來："盡醉飯時春日殘，江村到處借花看。大唐天下寒驢上，縱倩五丁扶得難。"③"吟得新詩撚髭斷，唐天白日欲西時"④，彥龍周興詩第三句視杜甫命運與大唐天下命運攸關，暗示經歷安史之亂後大唐國運就如寒塞漂泊、終日買醉的詩人一樣不堪扶持，希世靈彥則以"白日欲西"之寒暮景象隱喻天下衰亂的局面，兩人詩雖是詠杜甫，其中却隱藏著他們經歷應仁之亂後，對室町幕府統治趨於奔潰之隱憂與哀歎⑤。由此可見，杜甫忠義與憂憤的形象，在五山禪林得到廣泛認同與書寫，並不僅僅源自宋元文學中的標舉，而與禪僧所處的現實是分不開的，他不僅僅是五山禪僧追慕的對象、學習的典範，也是他們抒發一己塊壘的代言人。

---

① 希世靈彥《扇面（花底退朝圖）》，《村庵稿》，第 186 頁。
② 春澤永恩《讀杜甫端午日賜衣詩》，《翰林五鳳集》卷十五，第 285 頁。
③ 彥龍周興《扇面杜甫》，《半陶文集》，第 1003 頁。
④ 希世靈彥《杜甫畫像》，《村庵稿》，第 323 頁。
⑤ 前揭張伯偉《再論騎驢與騎牛》一文中，已注意到"在五山詩僧的作品中，講到杜甫騎驢，往往會指涉時事"，"在衆多《鄭綮驢雪》詩中也同樣如此"，認爲這是"五山詩僧本人的有感之詞，乃借他人酒杯，澆自身之塊壘"，誠爲灼見。尤其文中所舉《鄭綮驢雪》詩，均表現鄭綮驢背吟詩及對晚唐天下"時勢難將獨立支"的無力與憂憤，其中情緒與此處所引杜甫圖繪是一致的。

二、風流與隱逸：五山禪僧的杜甫形塑之二

　　以宋人闡釋爲基礎，結合所遭遇的現實，五山禪僧通過畫筆與詩歌塑造了現實的杜甫形象：遭逢離亂，身世漂泊，貧困潦倒，忠君憂國。這與中國文學中的杜甫形象或許略有差異，但還是相去不遠。與此相對，五山時期另一類杜甫圖繪，雖仍取材於杜詩，却更多地融入了禪僧們的想象，而將杜甫描繪成一個風流、浪漫、隱逸的詩人。這不但與中國史傳、筆記與文人詩文中的杜甫形象相去較遠，在宋元圖繪中也不多見。在多數情況下，這是五山禪僧將杜詩與中國各類記載中關於杜甫的某一細節放大，通過想象與虛構描繪出來的杜甫形象。這類圖畫主要有《杜陵入蜀圖》《杜陵出蜀圖》《杜甫九月正冠圖》《錦里先生送杜甫圖》《杜甫訪贊公圖》《杜甫草堂圖》《草堂南鄰圖》《杜甫北征圖》《羌村圖》等。下文將通過具體題畫詩的分析，來觀察五山文學中杜甫典範形象的另一面。

　　將杜甫視爲純粹的詩人，禪僧描繪其最基本的外貌特征是"瘦"，行爲特征是"苦吟"。這種印象首先出自於唐人孟棨記載的李白戲杜甫的逸事，其詩曰："飯顆山頭逢杜甫，頭戴笠子日卓午。借問別來太瘦生，總爲從前作詩苦。"[1]這則逸事經過宋人在詩話中不斷引述討論與在詩歌中經常化用，逐漸廣爲流行，以至流衍日本禪林，成爲禪僧對杜甫想象的故事來源[2]。詩中描寫杜甫"爲詩而瘦"的苦吟，本來帶有揶揄嘲諷之意，然而五山禪僧視此爲詩人的基本特征，幾乎無貶義，反而視爲詩思必由之境，將"灞橋驢上之思

---

① 孟棨《本事詩》，中華書局，2014 年，第 104 頁。
② 關於"飯顆山頭"逸事在宋代及日本禪林的流傳、禪僧對此的理解與杜甫形象的關係，可參看朝倉尚《"李白飯顆山頭逢杜甫"逸話攷——禪林における杜甫像寸見》，広島大学教育学部光葉会《国語教育研究》第 26 期上，1980 年 11 月。

而飯顆山頭之瘦"①並用，視爲詩人風流的一種。如希世靈彦言：
"扇上畫李白飯顆山逢杜甫詩圖，二子風流態度，宛然在目，固雖見
畫，而如見詩矣。"②五山禪僧搆設杜甫的詩人形象，有一個關鍵詞
是"風流"，這是一種符合五山禪僧審美的風雅，包括驢背吟詩的風
度、夜半清談的風趣與賞花喝酒的風致。上文曾經討論，五山禪僧
題杜甫騎驢圖，多著眼於他的忠義、憂憤與窮困，但在中國傳統文
化中，騎驢畢竟是詩人的表征，所以也時有禪僧在面對杜甫騎驢圖
時，著意刻畫其作爲詩人的一面。這時畫面中的杜甫，不再以斑白
的鬢髮和滿目的憂愁作爲外貌特征，禪僧們喜歡寫他的瘦，如"巴
草未醫驢子瘦，更添詩瘦最難醫"③——從上文我們知道這正是爲
"作詩苦"——寫他任驢子緩步而行，突出他不著鞭策轡的隨意，以
及側身斜跨、迎著晚霞、細細鍊句的沉迷，好一個風致清標的詩人！
如萬里集九《題杜子美畫像》：

> 集號百憂編幾花，海棠獨被母名遮。春風驢叟雖難進，細
> 爲鍊詩鞭莫加。④

前兩句取杜甫不詠海棠的逸事，后兩句則刻畫畫面上杜甫的形象，
春風拂面，蹇驢步遲，詩人在這散緩中細鍊詩句，從容不迫、心閑意
曠的情緒溢於紙端。希世靈彦題《浣花醉歸圖》，也寫其醉後跨驢
迤邐而行，隨其所至："路熟江邊醉歸夜，蹇驢不策識柴門。"⑤這是
一種純粹屬於詩人的閑雅，杜甫這種形象，雖然可從宋元一系列騎
驢醉歸圖中發現其淵源，但五山禪僧將其描寫得更爲純粹。

---

① 夢巖祖應《送通知侍者歸鄉詩軸序》，《旱霖集》，第 831 頁。按"灞橋驢子之
　思"出自唐騎驢詩人鄭綮逸事，其言"詩思在灞橋風雪中驢子上"，在五山禪
　林亦十分流行。
② 《藤元康扇畫杜甫飯顆山圖詩序》，第 480 頁。
③ 義堂周信《杜甫》，《空華集》卷四，第 1435 頁。
④ 萬里集九《梅花無盡藏》，第 757 頁。
⑤ 希世靈彦《浣花醉歸圖》，《村庵稿》，第 211 頁。

　　除了圖繪杜甫騎驢形象的風流韻致外，五山禪僧還特別留意到杜詩中描寫與禪僧、詩人交往的詩歌，構造夜半清談這樣的情景來描摹杜甫形象，其中最爲典型的就是對杜甫與贊上人交游的一系列詩歌的注意，從而創作了相關題材的繪畫。在這類題畫詩中，往往稱道其清談的風雅。如驢雪鷹灞兩首《杜甫訪贊公圖》：

　　　　久客京華老杜陵，一宵與對贊公燈。詩中宰相清談後，天下難藏白雪僧。

　　　　驢背吟詩一老翁，大雲寺外暮鍾風。拾遺豈擬擯靈運，直似遠公唯贊公。①

杜甫與贊上人深夜清談的圖景，取自杜詩《大雲寺贊公房四首》，其第一、二兩首分別寫徹夜對談與第二日清晨寺院之景。驢雪兩詩均吟詠此事，可見圖繪畫面大概也是刻畫兩人秉燭夜談的情景。驢雪前詩末句用杜詩第二首尾聯"近公如白雪，執熱煩何有？"意謂一對贊公，則心地清涼，煩囂自釋②，極言兩人清談之相契；而後詩則將杜甫與贊上人之間的交往，比作謝靈運與慧遠，是對兩人風度與結爲方外之游的贊許。又如瑞溪周鳳詩：

　　　　大雲寺裏去相看，花影已移燈影殘。他日猶尋今夜約，西枝村畔暮鍾寒。③

前兩句寫杜甫大雲寺訪贊公並作徹夜之談的情景，第二句的"花影"與"燈影"意象均取自杜甫上詩，通過不覺影移燈殘，暗示兩人賓主相得；後兩句則穿越時空，寫乾元二年（759）杜甫在秦州，再訪贊上人，並計劃在西枝村營建土室與其卜鄰而居之事，更見其交情

---

① 驢雪鷹灞《驢雪稿》，第 183 頁。
② 《大雲寺贊公房四首》（其四），《杜甫全集校注》卷三，第 803 頁。按：五山禪僧對這一比喻格外欣賞，不但在題杜甫訪贊公圖時經常使用，還常以"贊公雪"比喻夏日避暑之清涼。
③ 瑞溪周鳳《杜陵訪贊公圖》，第 535 頁。

之篤。五山禪僧對杜甫與僧人結爲方外之游的事迹和夜半清談的情景格外留心，有其自身的原因。五山時期的禪僧，身份雖然是僧人，但作爲當時社會掌握漢文化的知識人，與幕府與公卿來往密切。前文已經論述過，禪僧寺院内部塔頭制度的形成，使得友社大盛，而表現在詩歌寫作中，就是對"詩可以群"的詩歌交際功能的重視和對詩人之間"情"的關心。友社之間舉行詩會，唱酬往來，或禪僧互訪徹夜論詩清談，是日常活動最重要的部分，五山禪僧推崇這種雅集的風流，看重各人在集會中展現出的才華、談吐，將之視爲詩人風度的基本表現。正因爲如此，交游、清談、唱和活動中的杜甫便格外具有典範意義，而贊公由於有著與他們一樣的宗教身份，自然更受關注，截取大雲寺僧房中賁夜清談的側影，寫爲圖繪，當然是表達他們對這種清雅行爲的追慕了。談及此種交游，禪僧們都許之以"風流"的評價，無論贊公還是杜甫，都是風流的一環，以義堂周信二詩爲例：

　　　　贊公不負杜陵知，來往風流第一枝。想見高齋投宿夕，焚香款款話幽期。

　　　　詩中久稔贊公名，想見心清句亦清。來往風流如可忝，草堂花竹一歡情。[1]

在這兩首應酬詩中，義堂都將對方比作贊公，而以杜甫自況，他們之間的款款交情、詩書相酬，皆顯示了其風流。

　　截取杜詩中具有生活情趣的内容，捕捉其中極富詩味的情節，想象杜甫形象，最爲集中的是以杜甫成都時期生活爲藍本的圖繪和詩歌。杜甫寄居成都時期，生活相對安定，創作了不少以日常生活情趣爲題材的詩歌。作爲前賢遺迹，杜甫曾經棲居的幾處舊居宋代以來一直不乏吟詠，尤其是成都與東屯，見於吟詠者猶多，這

———————————

[1] 以上兩詩見《空華集》卷二，《次韻贈益友石四首》（其一）、《和贊上人詩》，第1384、1386頁。

類詩歌主要以緬懷古人、感慨世事爲中心，與一般懷古詩無異。宋
代也可確認有草堂圖流傳，如鄒登龍《題杜少陵草堂圖》："背郭好
林塘，誅茅作草堂，因吟白鴉谷，爲卜碧鷄坊。籠竹和烟淨，江梅帶
雪香。四松經喪亂，閲世幾風霜。"①前三聯皆用杜甫詩中語寫景，
而尾聯用杜甫《四松》詩意，既有杜甫詩中的離亂之痛，同時也表達
了時易世變、物是人非的歷史感，從這個意義上説，此詩雖是題畫，
但與詠古没有區别。而五山時期以草堂生活爲背景的若干圖繪與
題畫詩，所表達的内容則與宋元用草堂詩及草堂圖相差較大。上
文論及在浣花醉歸圖中，五山禪僧主要著力刻畫杜甫寥落窮愁的
形象，但在草堂圖、入蜀圖等圖繪中，杜甫則换了一副面貌，如：

> 驥子能兒不在傍，蜀山日落蹇驢忙。只因杜曲花無賴，萬
> 里橋西營草堂。②

同樣是以杜甫騎著蹇驢、日暮醉行作爲畫面内容，但天隱龍澤想到
的是杜甫"韋曲花無賴，家家惱殺人"那樣春光爛漫的描寫，於是詩
人入蜀並且在浣花溪邊營建草堂竟似乎成了一種主動的詩意的選
擇。當草堂意象進入杜甫圖繪，杜甫瞬間不以寒酸愁苦示人，其詩
人的一面得到更多關注，如天隱龍澤以下兩首題《杜甫草堂圖》：

> 浣花溪上五年留，籠竹橙栽亦易求。莫怪飢寒終不解，開
> 窗西嶺雪千秋。
> 三百篇來詩有神，五年吟破浣花春。老皆窺杜見窗牖，入
> 得此堂凡幾人。③

第一首詩吟詠杜甫五年的浣花溪草堂生活，關注的是杜甫四處尋
覓樹苗、美化草堂環境的這樣充滿詩意的活動，而後兩句則儼然不

---

① 鄒登龍《梅屋吟》，收入《汲古閣景宋鈔南宋群賢小集六十種》，第 28 册。
② 天隱龍澤《杜甫入蜀圖》，《默雲稿》未見，收《翰林五鳳集》卷六十，第 1165 頁。
③ 以上二詩見《翰林五鳳集》卷六十，第 1166 頁。

以飢寒爲意，因爲"窗含西嶺千秋雪"的美景足以讓人有自得之樂；
後一首則熱情地稱頌杜甫詩歌的傑出成就。兩詩皆致力於刻畫一
位趣味高雅的詩人形象。因爲草堂生活的興味益然，杜甫在成都
時期的人際交往也滿含濃濃的情意。以杜甫成都的人際交往爲中
心的圖繪有《錦里先生送杜甫圖》《草堂南鄰圖》，另外在浣花溪圖
中，也偶有描寫杜甫與嚴武關係的題畫詩，它們的共同特點是極寫
草堂環境的清幽與人情的美好。如義堂周信題《草堂南鄰圖》寫其
清幽：

> 老杜南鄰一首詩，圖成小幅看逾奇。白沙翠竹留人處，新
> 月柴門送客時。秋水只今深幾尺，野船依舊不曾移。炎天對
> 此忘三伏，便面清風颯颯吹。①

圖繪以杜甫《南鄰》命意，義堂詩中描寫景色，也化用此詩後四句：
"秋水纔深四五尺，野航恰受兩三人。白沙翠竹江村暮，相送柴門
月色新。"②淺淺溪水，窄窄小艇，白沙翠竹，柴門新月，皆是勻淨清
新的意象，日僧一一攫取入詩入畫，可見其命意的重點是杜甫草堂
生活幽靜的一面。而如下面兩詩則描寫人情之美：

> 笛裏三季人白頭，關山月色亂離秋。江村翠竹南鄰好，有
> 興來尋倦即休。③
> 浣花溪上竹門開，萬里東吳興杳哉。只爲多情嚴大尹，繫
> 籬素榻臥生苔。④

江西龍派前詩寫天下亂離，而草堂獨兼環境與人情之美，可以歸
休。惟肖得巖題畫詩，以虛擬的寫法猜測杜甫居留草堂、遲遲不下

---

① 義堂周信《草堂南鄰圖》，《空華集》卷十，第 1631 頁。
② 《南鄰》，《杜甫全集校注》卷七，第 2017 頁。
③ 江西龍派《題錦里先生迎送圖》，《續翠詩稿》，第 305 頁。
④ 惟肖得巖《浣花溪圖》，《東海璚華集》，第 991 頁。

東吳的原因；只因竹林深處掩映的茅廬，景物清曠，而使東游之興
杳然遠去；更因嚴武的多情，使東游的船楫閑臥竹籬邊，竟生出苔
痕來了。由於五山禪僧將草堂視爲生活悠閑自在的象徵，他們便
不但傾向於將草堂圖中的杜甫視爲詩人，還進一步將其視爲隱者，
將草堂視爲隱逸之所。如：

> 竹裏蕭條居自幽，一溪流水遶門流。若非杜老浣花宅，定
> 是山陰王子猷。

> 高人幽隱地，松樹遶茅廬。宰相山中趣，拾遺溪上居。①

兩詩都將松竹掩映的浣花溪草堂，視爲與王獻之、陶弘景舊居一樣
的隱逸之地，而杜甫自然是以隱者的面貌示人了。目杜甫爲隱者，
並非僅見於與草堂相關的圖繪和詩歌，而是五山禪僧對杜甫形象
的另一種構想，如瑞溪周鳳寫"五馬不如三徑閑，杜陵歸去解衰
顏"②，雖然不是題詠與杜甫相關的圖繪，却仍然視杜甫爲歸去的隱
者，謂其隱居草堂後便解去衰顏。

　　追溯五山禪僧將草堂視爲隱逸之所的緣由，從其遠源來看，杜
甫確曾萌生此意："萬里橋西一草堂，百花潭水即滄浪。"③但老杜一
生，無論窮通皆憂心天下，以積極入世的面貌示人，所以後人也並
不視老杜爲隱者，即如黃庭堅《杜子美浣花醉歸圖引》中寫"碧雞坊
西結茅屋，百花潭水濯冠纓"，也不過化用杜詩之意，並不進一步申
發④。相較而言，五山禪僧將杜甫營建草堂的行爲視爲退隱的象
征，則十分清晰。第二章中筆者已通過對五山文學中"鷗"意象之

---

① 以上兩詩柏巖繼趙《幽居水竹圖》《松隱圖》，《水南詩稿》，第 609、611 頁。
② 瑞溪周鳳《蔣詡三徑圖》，《臥雲稿》，第 511 頁。
③ 《狂夫》，《杜甫全集校注》卷七，第 1955 頁。
④ 除了杜甫和黃庭堅以外，蘇軾曾記載李公麟有《卜居圖》："李公麟《卜居圖》，
定國求余爲寫杜子美寄贊上人詩，且令李伯時圖其事。蓋有歸田意也。"不
過這也僅僅是借杜甫詩意以表達隱退之志，與五山禪僧徑直視杜甫爲隱者
不可同日而語。

内涵的分析，揭示了五山禪林的隱逸文化，五山禪僧對杜甫隱者形象的構想，以及將草堂視爲隱居之所的觀念，無疑也受到這一時期隱遁主義思潮的强烈影響，有著積極入世理想的杜甫，尚且有被目爲隱士的傾向，由此也可看到典範在傳播過程中所發生的變異。

綜上所述，本節通過對宋元及五山時期的杜甫圖繪的觀察，討論了圖繪中杜甫形象表現的豐富性，以及圖繪在杜甫成爲五山文學典範過程中所產生的影響。通過研究可以發現，無論是理想中風流、浪漫的隱者，還是現實中忠義憂憤、偃蹇不遇的詩人，禪僧所刻畫的每一種杜甫面貌，都暗含著他們對現實社會的體認，其中對杜甫忠義精神的叙述以及借此表達對現實社會的思考的一面，尤其值得注意，這體現了五山文學長期以來不被關注的直面現實的因素，促使我們以更全面的眼光觀察五山文學。

下編　五山詩風與詩法

第一章　五山禪僧詩歌創作的整體風格與蘇門唱和的典範影響

　　"頌其詩,讀其書,不知其人可乎?是以論其世也。"①這是孟子的名言,同時也是開展文學批評的原則。進行個案研究時,我們常常希望通過重構或再現研究對象所處的歷史圖景,探討個人經歷與歷史世界對其創作產生的影響。同樣,研究一段詩歌史的真實面貌,也必須盡可能地還原詩歌的"生產現場",關注其背後動態的創作過程,而非僅僅停留於靜止的文本分析。山崎正和在《社交的人》中說:"《萬葉集》中的許多詩歌,人們推斷那些是在宴會上創作的;日本平安時期的短歌、室町時期的連歌以及江戶時代的俳諧,也大都是在文人相聚的集會上歌詠,讓人評論的。"②這段話描寫的是日本和文學的情況,實際上日本漢詩同樣如此。翻開平安時代幾部漢詩總集,其中的詩歌有幾首不是在公宴、雅集場合所賦呢?到了鐮倉、室町時期,雖然創作漢詩主體由貴族變成了禪僧,但從詩歌發生學的角度來看,其間三百多年的詩歌創作仍始終處於酬唱語境下,友社數量之多、詩會之頻繁以及酬唱形式之多樣,更是平安時代所不能相提並論的。五山時期禪僧的所有創作幾乎都產生在交際酬應和詩會唱和兩種形態之下,處於禪僧與禪僧或禪僧

---

① 趙岐注,孫奭疏《孟子注疏・萬章章句下》,阮元校刻《十三經注疏》本,中華書局影印清嘉慶刊本,2009年,第5冊,第5974頁。
② 山崎正和著,周寶雄譯《社交的人》,上海譯文出版社,2008年,第105頁。

與其他階層間的互動交流關係之中，而似乎從來没有過獨吟型的個人性表達①。五山詩歌是一種酬唱型詩歌，了解五山詩歌在創作形態上的這個根本特點，對準確認識其面貌至關重要。而要合理解釋三百多年間五山詩歌從内容到形式發生的一系列演變，把握五山詩歌的整體風格，則考察其間酬唱形態的變化，不能不説是一個有效的視角。

自鎌倉時期起，蘇軾因其與禪宗的密切關係、詩歌的禪學元素受到禪宗僧人的極力推崇，而隨著日本禪林詩風大盛、日益熱衷於宋元繪畫、書法藝術，他便逐漸成爲日僧最推崇的文化偶像。從五山詩歌的酬唱語境出發，可以更清楚地理解蘇門唱和對五山詩歌的示範意義，把握五山詩歌的整體風格。

第一節　應酬到詩會：五山禪林酬唱
形態與詩歌演進過程

整個五山時期的漢詩創作，一般産生於兩種情形下：禪僧之間或與其他階層之間尋求對話、建立互動關係的贈答招寄、呼應對話；詩會雅集場合同題共作、分韻分題等一系列形式的群唱競唱。

---

① 本書從"生産形態"的角度區分和認識詩歌，受到了吕肖奂、張劍《酬唱詩學的三重維度建構》一文的啓發，該文認爲："詩歌生産大體上有兩種狀態，一是單獨性、個人化的文學創作狀態，創作者獨自一人、獨處一室或一地，獨自詠懷，抒寫個人情志或生活狀況，心中没有特定的或具體的傾訴交流對象，這種詩歌生産或創作可以稱之爲孤吟或獨吟；一是互動性、交際性或群體性文學創作狀態，創作者一般處於交往、交游、交流、交際場合，在這些場合中的創作，其創作素材完全要根據場合設定，另外，即使酬唱者是獨自創作，其心中亦有特定的具體的寄贈或受讀對象，這種狀態也可以稱之爲酬唱。"（《北京大學學報》2012 年第 2 期）

這兩種創作形態並不是均勻地存在於整個五山時期,而是前後各有側重,據我的觀察,五山禪僧的詩歌創作,在南北朝末期至應永年間經歷了由交際性的應酬爲主向詩會唱和爲主的轉變①。創作形態的變化,不僅僅體現爲表面的詩歌題材的顯著變化,其影響更加廣泛深刻:從體裁選擇到詩風的嬗變,無不與之密切相關。本節主要以五山禪林酬唱形式的變化爲線索,對五山詩史作一番簡單的梳理。

一、前期的交際應酬與詩歌發展

雖然在五山文學前期,文學的獨立價值並没有得到完全的承認,禪僧闡述自己對於文字的態度,甚至還保留著"道本無言,因言顯道"的宗教立場,但衆所周知,在創作實踐上他們已經走得很遠,前期禪僧的創作,無論從別集的數量還是詩文的質量上來説,都並不遜於此後。而通過觀察此期内收入《五山文學全集》和《五山文學新集》的 28 種禪僧詩文集,以及留存的部分詩頌軸,可以發現交際性應酬是此期詩歌發展最大的動因,禪僧之間來往應酬,次數之多、涉及之廣、互動之頻繁、規模之大,使得應酬詩作幾乎覆蓋了整個前期的詩歌創作。限於篇幅,本書不可能對所有禪僧的應酬創作展開敍述,故就以前期較爲典型的白雲庵詩壇的創作爲中心作一簡述,以見交際性應酬在前期詩歌創作中的重要地位,以及對此期詩風的影響。雖不免挂一漏萬,或得以窺豹一斑。

白雲庵是日本曹洞宗宏智派派祖東明慧日(1272—1340)的退

---

① 根據五山詩歌實際情況,我從創作形態的角度將其分爲兩類:以"應酬"來指稱帶有交際性質的詩歌創作行爲,包括用於往來問訊、招寄送別、賀悼酬謝等往復唱和的一系列詩歌;以"詩會唱和"來指稱禪僧在集會場合的互動性、群體性創作行爲。借用前揭呂肖焕提出的"酬唱詩學"的概念,我將這兩種創作形態統稱爲"酬唱"。

居寮,位於鐮倉五山之一圓覺寺内,東明會下詩文僧輩出,因此這裏以其弟子爲中心,成爲五山禪林最早的友社之一。前期以白雲庵友社爲中心,最爲活躍的詩文僧有別源圓旨、不聞契聞、東白圓曙、中巖圓月、太虚契充、白石契珣、少林如春、古源邵元等①。同時,社内諸僧與當時京都五山他派禪僧也聯繫緊密,與竺僊梵僊、此山妙在、古劍妙快、義堂周信都有密切往來。因此,以白雲庵友社禪僧爲中心,既可見早期禪僧創作實態,也能了解早期友社如何開展詩文酬唱。目前白雲庵詩文僧所見詩文集主要有以下幾種:別源圓旨《東歸集》《南遊集》,中巖圓月《東海一漚集》,以及《關東諸老遺稿》的殘稿。

　　從《關東諸老遺稿》中可以確認交際應酬、人際關係的禮儀來往是五山禪林前期詩、頌創作的主要形態,本集收録序跋共 47 篇,其中産生於酬唱場合的詩軸、頌軸序跋共 46 篇②。而在這些詩頌軸中,用於送行、招請、慶賀、追悼的詩偈序跋佔三分之二以上,突出地反映了應酬在此時禪僧文學創作中所佔的分量。同時,前期禪僧之間的這些應酬詩歌,並非僅僅因爲感情和信息交流的需要,或單純地爲了尋覓知音,更不會是爲了切磋詩歌創作技巧,這種創作更適合被理解爲在宗派形成之初,禪僧們作爲"社會的人",建立

---

①其中中巖圓月與古源邵元後改投他派,但仍與別源、不聞、東白等宏智派僧酬應頻繁,因此仍是白雲庵友社的中心成員。

②《關東諸老遺稿》雖爲殘稿,但目前殘餘部分恰好爲"序"一册,作者包括不聞契聞、大本良中、中巖圓月、實翁聰秀、古源邵元、東陵永璵、義堂周信 7 人,此外還收入中巖圓月詩 4 首,全部爲和答春屋妙葩之作。集内所收詩文主要作於貞治、延文年間,這是五山前期詩文創作的頂點。本集入選作者均與曹洞宗宏智派關係密切,不聞契聞入選達 25 篇,東陵永璵 2 篇;原宏智派弟子中巖圓月文 3 篇,詩 4 篇,古源邵元 1 篇,四人所佔超過四分之三。此外的三人也均與不聞等人交往密切。參考玉村竹二《關東諸老遺稿解題》,玉村竹二解題言詩文 44 篇,與筆者統計稍有出入,見《五山文學新集別卷》下册,第 674—679 頁。

在宗教認同感上的一種功利性需求：詩歌是禪僧們藝術化地處理社會關係的一種方式，突出地反映了他們借創作聯絡同道、以求同聲相應的自覺意識："江湖名勝，和而唱之，集而成軸。""所謂呼應同聲者也。"①這和每當有禪僧新任住持，本寺、本派、五山諸寺、其他各寺的禪僧就會分別作山門疏、法眷疏、諸山疏、江湖疏道賀一樣，有著一點公文的性質。尤其當詩頌被集而成軸，由受贈對象收藏的時候，這種性質更加明顯——詩頌軸是禪僧們置身於同一人際關係網的象徵，對受贈者而言則是一種榮譽的體現②。關於詩頌的創作過程，《關東諸老遺稿》的序跋中有不少詳細描述，在各種應酬場合皆作詩偈，最後製成卷軸，請名僧作序題跋：

> 命安上人登是選，正其宜也……吾友獨芳子，以爲有是師，而得是士，偈以美之，又其宜也。而山中士工於偈者，爭先和之，而擢其秀者編而爲軸，宜之又宜也。愧乎余之匪材，且以其韻險不可押，故莫之能和也。而上人過余曰："子既和之不能，盍爲吾序之。"文又非余之所能，然喜夫香林之於韶石、佛果之於東山，於此舉也，可以纘承其丕業，故畀之序云。③

> 月山和尚……示寂於相之東光，緇素胥告，爲之嗟悼。太虛書記因述三偈投於諸子，以助其哀。諸子號哭，不能自措。旁將當時名流稔道義者凡若干人，同音賡唱，新意奇詞，莫不驚人，與夫長沙、漸源殊途同歸者乎？粲笑堂什軸見示，名以叙文，予於月山神交道契久矣，記斯以見助哀之意，不亦

---

① 中巖圓月《頌軸序》，《關東諸老遺稿》，第 98 頁。
② 五山禪林詩頌軸的流行，首先當然受到了中國南宋詩頌軸製作風氣的影響，例如入宋僧南浦紹明歸日時，虛堂智愚會下禪僧就作送別詩軸《一帆風》，至今存留。但日本禪林製作詩頌軸風氣之盛，遠勝宋元，這一點從別集中大量的此類序跋就可以看出。
③ 大本良中《賀安侍者轉燒香頌軸序》，《關東諸老遺稿》，第 94 頁。

宜乎?①

以上兩條材料分別反映了慶賀與哀悼兩種場合的詩頌酬應情形。前期詩頌軸製作流行,現在還存留有不少實物。如松ケ岡文庫所藏頌軸《獅子絃》,共收入詩偈 55 章,作於延文五年(1360),此年在龍泉令淬的努力下,其師虎關師錬所著僧史著作《元亨釋書》被敕入藏,詩軸中所收就是當時禪林各寺諸僧的賀頌。又如現藏東福寺光明院的《大道一以追悼頌軸》,是在應安三年(1370)二月大道一以示寂後,由定山祖禪首唱的追悼頌軸,收入了包括友山士偲、夢巖祖應、香林識桂、此山妙在等禪僧的偈頌共 66 章。由於交際應酬在宗教生活中的重要性,這樣的詩歌在前期禪僧別集中比比皆是。如別源圓旨《東歸集》中帶有明顯禮儀性的應酬詩有《賀建長書狀侍者》《和竺僊和尚賀淨頭》《折清拙和尚末後句作四偈拜悼不聞和尚韻》《和竺僊和尚重悼禪居老師》《和中巖韻賀不聞轉位後版》《和竺僊和尚賀太虛侍者侍聖僧韻》。此外,尤其需要指出的是,前期應酬詩頌中,有大量的送行詩作,禪僧創作這些詩歌往往也不是出於私交或惜別之情,而更多地出於人情酬應。最常見的情形是同寺修行、挂搭的禪僧因歸鄉省親或游方求道而離寺,而諸僧例行贈別。

　　強調禮儀性應酬在前期詩歌創作中所佔的分量,並不是否認禪僧間以感情認同爲基礎的酬唱創作的存在。實際上,兩者之間很難劃出清晰的界線,同樣受到禪僧們的重視,都是他們社交行爲的文學表現。在中巖圓月筆下,可以看到大量的情感豐富的應酬之作,下舉兩例:

　　　　窗間吐月夜沉沉,壁角光生藤一尋。窮達與時俱有命,行藏於世總無心。夢中誰謂彼非此,覺後方知古不今。自笑未

―――――――――――――

① 不聞契聞《月山悼軸序》,《關東諸老遺稿》,第 101 頁。

能除弊病,逸然乘興發高吟。(《和答別源二首》其二)

　　　蘧廬天地寄浮生,早晚乘雲歸帝城。風起戰塵吹血臭,日因祲氣帶陰傾。斯文自古嘆將衰,吾道何時必正名。幻幻修成心已死,惟君厚荷不忘情。(《和酬東白二首》其二)①

這兩首詩酬答其同門摯友別源圓旨、東白圓曙,其中注入了中巖圓月對自己命運不濟的感傷、對國家戰亂的哀歎,因此更見得他們之間情誼的深厚。中巖圓月集中酬和宏智派不聞契聞、東白圓曙、別源圓旨、白石契珣、太虛契充的詩極多,將這些詩歌放在他改投他派、受到宏智派僧徒迫害的背景下,詩人們之間的友誼更令人感動。

　　五山禪林前期在創作上突出的應酬性,對此期詩歌的影響是多方面的。

　　首先,詩歌題材自不必説。在前期,如果將別集中屬於宗門傳統創作題材的詩偈——如頌古、道號頌、禪門日用、特殊的詠物詩——排除,交往應酬之作幾乎是詩歌創作的唯一題材。並且,在應酬的語境下,對前期禪僧別集中詩文的體裁結構也容易給出合理解釋:正是出於交際需要,最早發達起來的文學樣式除了酬唱詩以外,還有各種詩頌軸序、贈序、字序字説,以及入寺疏。同樣,前期禪僧對文字的態度雖尚保守,詩文創作却極其興盛,其實也與其創作主要出於應酬需要相關吧。

　　其次,應酬交際中的詩歌唱和,勢必喚起禪僧在創作中對詩藝的自覺追求,形成强烈的文學創作衝動和彼此競技的心理,酬唱成爲五山詩歌發展的驅動力,禪僧們逐漸從"爲應酬而作詩"的本色宗師變成了"爲作詩而酬唱"的詩壇老宿,這突出地表現在兩個方面:唱酬不再僅僅圍繞應酬或宗門題材而展開,次韻組詩迅速流行。

----

①《東海一漚集》,第 331、335 頁。

　　一旦擺脱"文字礙道"的束縛開始創作,詩歌寫作必然不可能
僅僅停留在交際應酬的層面,其他題材的詩歌也會隨之被納入酬
唱網絡中,引發唱和的興趣。以別源圓旨而言,其集中與親近的中
巖、不聞、竺僊、東白等禪僧之間,這類往復酬唱就比較多,如《和不
聞足矣軒偶作》《謝不聞和蘭花詩》《和不聞松風》《和竺僊和尚來月
軒》《和中巖懷古詩》,雖是酬唱,同時亦是詠物、寫景、詠懷之作。
在這種情形下,主動加入酬唱、邀請其他禪僧賡和自己的詩作,自
然都是題中應有之義了。

　　早期禪僧之間詩偈往還,受到宋元的直接影響,也自覺追
求次韻相和,在詩偈應酬興盛的過程中,可以看到次韻詩歌漸
次流行。如雪村友梅重九作"陽"字韻詩寄同道,再四往復次
韻,第四次覺得用韻已近勉强的時候,就直説"重九拙作,屢蒙
諸公唱和擊節,而珠玉在旁,覺我形穢矣。兹復不免改聲換調,
以奉謝追琢之勤爾"[1],自己改作"來"字韻和答。既可見宋元應
酬詩歌次韻風氣的影響,也可知此時尚不至於刻意凑韻。再以中
巖圓月與別源圓旨爲例,從他們的來往酬和中,同樣可以看到已
習慣次韻和答但並不刻意反復叠韻追和的情形,寫作組詩時也不
會刻意用同樣的韻脚。中巖圓月就有《和東白韻寄藤刑部》《復和
前韻寄院司二首》《又酬刑部》《依前韻贈東白》《答充太虛四首》,
爲用"頻""沾"兩韻的組詩,共五次次韻作詩十二首,是他集中叠
韻次數最多的一組詩歌。就詩題來看,五題分贈四人,還難以看
出刻意反復次韻的争勝意識,但也已顯示出酬唱正變成强烈的創
作衝動,激勵禪僧研磨創作技巧,注意到詩歌形式層面,促使禪林
詩歌進一步擺脱宗教氣息,向前發展。到南北朝末期,酬唱對詩
歌的驅動效果在義堂周信集中達到了頂點。義堂周信《空華集》
是前期酬唱風氣盛極的典型代表,其《空華集》二十卷,詩佔十卷,

---

①《寶覺真空禪師録》,第 784 頁。

共 1896 首①，其中酬唱之作竟然高達 93％ 以上，尤其是七律和五律五卷，幾乎全部爲次韻和答，並有大量反復次韻、自成系列的酬唱組詩，次韻達十首以上者，七絕有"峰"字韻《次韻答東勝渭太清十章之作》、"端"字韻《走筆和答東山諸友十五首》、五律有"分"字韻《嶽雲泊諸友再依前韻見懷復次韻答之三十二首》、七律有"涯"字韻共四題 12 首、"梅"字韻十五題 24 首、"峰"字韻 27 首、"真"字韻 10 首，最令人咋舌的是其七律"行"字韻詩，與古庭訓、器之方等禪僧往復次韻，達 23 次，共作 25 首；而其七律"蟲"字韻，與春屋妙葩等禪僧往復酬答，次韻達 40 首，並將在此期間所作羈旅、遣興、題詠之類的詩歌也都納入同一韻脚的詩歌創作。酬唱對義堂周信創作詩歌的激勵效果，不言而明。對於酬唱對詩歌的促進作用，當時的禪僧已認識到："而今太虛和尚，偶垂禪餘之興，唱起陽春白雪之曲，於是名公碩德，十有餘員，相因賡載，咸能遨遊險韻之中，豈是聲律之所拘束哉……且喜當今風雅不競之時，更有作者勃然而興。"②

　　同時，由於對次韻的注意和追求，漸漸使得五山詩歌在體裁選擇與題材之間有了一定的相關性。衆所周知，七律是最具次韻潛

---

①義堂周信《空華集》有五山版與元禄九年（1696）版兩種不同的版本，上村觀光對照兩種版本後收入《五山文學全集》（參上村氏《空華集解題》），但玉村竹二曾將《空華集》作爲上村氏版本校勘不完全的典型，對這個整理本提出了異議，指出了其不足之處（詳參《上村觀光居士の五山文學研究史上の地位及びその略歷》，收入《五山文學全集別卷》）；此後朝倉尚通過對《空華集》各版的精細考察，對其中的詩歌數量、部類構成、作品配列進行了基礎研究（參朝倉尚《義堂周信「空華集」の基礎研究——部類構成と作品配列を指標として》，《国文学攷》第 185 號，2005 年 3 月；朝倉尚《義堂周信「空華集」をめぐって——禅林文学研究者の憂鬱》，《日本研究》第 18 號，2005 年 3 月）。由於"全集本"是現今唯一可見的整理本，我在論述過程中仍使用此本，但涉及詩歌數量統計、部類區分之處，則參考玉村氏和朝倉氏的研究成果。

②天境靈致《跋空門氣味集》，《無規矩》，第 177 頁。

力的詩歌體裁,特別受到次韻詩人青睞,蓋因七律體制上長短適中,次韻難度適中——古體或排律次韻難度太大,往往擠掉了反復次韻的空間;絕句篇幅太小,似乎容易失去競技趣味。正因如此,在五山禪林,應酬漸漸成爲七律創作最主要的内容。這點仍以義堂周信最爲典型,其十卷詩歌中,七絶與七律各四卷。七絶數量龐大,是因爲這是禪宗偈頌和宗門題材最常見的詩歌體裁,而其七律數量居然能與七絶並列,則不得不説他詩體上傾向於選擇七律與他詩作以酬唱爲主、對次韻的執著密切相關。應酬之作傾向於選擇七律,這一詩體與題材的相關性在前期隨著酬唱的發展而確定,成爲了五山禪僧律詩題材的一個重要特點,這一點在討論此後的詩歌時將會論及。

最後,需要提出的是,無論是以宏智派爲中心的白雲庵詩壇,還是以義堂周信爲中心的前期相國寺友社,都没有出現真正意義上的"詩會"創作。前期禪僧間只是以交際性的酬唱爲紐帶,形成了松散的詩歌創作團體,即使應酬過程中出現了一些同題唱和的詩歌,但總的來説,酬唱的領域是開放的,許多原唱詩題只是受到偶然的觸發,創作帶有隨意性,這與中期以後固定的詩會友社是完全不一樣的。

除了往來交際應酬的詩歌唱和外,前期並非没有類似詩會性質的唱和,但主要集中在宗門題材的偈頌創作中。通過前期禪僧別集中大量的詩軸、頌軸序跋,可以確定許多詩偈的創作產生於宗門法會、結夏群居、節辰上堂等的情形下,已經開啓了五山叢林"群居相切磋"的詩偈創作傳統。大本良中《派侍者頌軸序》中説:

　　　　歲乙巳夏,福山侍者一溪派公,每會友必與之出題,因作偈而拔其尤者,編諸軸。夏既滿,以其軸似予曰:"吾與同志於九旬之内,遞相策勵、激揚宗乘者,於斯可見也。今欲携歸京城,誘故舊同好。願子序而張之,吾將以爲鄉榮。"①

又雪村友梅《夏日和韻偶作》:

　　　　四海高賓會一堂,尅期取證九旬長。守身各各明規矩,開口人人涉典章。處世同塵知道熟,忘機於事得心涼。參禪幸到胸中穩,不學平公在大陽。②

結夏從四月中旬始,到七月中旬解,禪僧在長達三月的時間内山居修行。上面兩則材料顯示,群體的偈頌創作是禪僧在群居時互相激勵、研磨禪道的一種方式。當然,並不只有結夏期間流行創作偈頌,《關東諸老遺稿》中義堂周信《楞嚴法會序》、不聞契聞《七夕詩軸序》等詩頌軸序顯示各種宗門法會與節辰也是禪僧創作詩偈的集中時期。以雪村友梅爲例,其《寶覺真空禪師録》在編撰時區別偈頌與詩篇,然後再按題材相從。偈頌部分的節辰類中,僅作於結夏期間的就有《結制》《端午》《半夏》《六月望》《六月晦》《解夏》六題共九首,其他的還有百丈忌、佛涅槃、佛誕生、中秋、開爐、冬至、佛成道、臘八、除夜等各類節辰題詩數十首,這還不包括收入"七言八句""五言八句"類下的元旦、新正、燈夕、立春、半夏、立秋、中秋、重九等十數首,以及收入詩篇部分節辰類的數十首。友山士偲集中也有同樣的情形,《友山録》中以臘八、人日、元日、開爐、端午等節辰爲題的詩歌達四十首之多,其中不少注明是唱和之作。如果將別集與清規類著作、禪僧語録相對照,很容易發現各寺院在每月月旦、月半、晦日以及各種節辰均有固定的上堂、小參,不難想象在這種群集場合與在結夏期間一樣,會展開偈頌唱和。如雪村友梅開爐之日作詩,就説:"病值開爐,愧無法供,作偈陳情於江湖諸老之間,倘蒙妙語光飾,兹爲幸爾。"③邀請諸僧加入唱和;又如其臘八日

①大本良中《派侍者頌軸序》,《關東諸老遺稿》,第93頁。
②雪村友梅《寶覺真空禪師録》坤卷,第788頁。
③《寶覺真空禪師録》坤卷,第785頁。

和韻:"點校頻呵凍筆寒,適遭四十一僧瞞。只因雪得瞿曇屈,不道拋磚引玉難。"①顯然有四十一個禪僧參加了這次偈頌唱和。聯繫這種背景,就很容易理解爲什麽節辰類詩偈在前期禪僧別集中數量如此之多,而將群僧唱和的這種偈頌編集成軸也是自然而然的事情,即友山士偲所説:

> 四序循環,兩曜運轉,一日日,一時時,未嘗須臾不宣揚,我浮屠氏無上之道也,而百姓日用不知。萬松政侍者,妙齡志道,因立秋日,賦小律一章,豈非胸中自有清氣者哉。社中諸友、同志追和,希顔之人,亦顔之徒也,終成巨軸。②

同時,在節序、法會等場合的群體唱和中,肯定不只存在以節序、法會主題爲題的詩偈創作,借鑒宋元詩會中分題分韻、同題共作形式進行偈頌創作,也成爲自然而然的選擇。前引《派侍者頌軸序》中提到"每會友必出題",《照侍者頌軸》中説:

> 所以禪悦之暇,同共遊戲於語言三昧,甚爲樂也。一夏所述自贊、端獅子至開金剛經,凡十題四十六頌,言言見諦,句句歸宗,或貽於後之覽者,亦無愧焉。③

提到結夏期間禪僧群唱時具體的偈頌制題,包括自贊、祖師贊頌、開金剛經等常見的偈頌題目。前期禪林在宗門集會場合頻繁的偈頌唱和,提示我們思考前期禪僧別集中偈頌題材顯著的趨同性,以群體創作形態來解釋何以禪僧們在題材選擇上高度重合、別集中組詩形態的偈頌極其流行,或許是一個可行的視角④。

---

①雪村友梅《和韻臘八校正祝兄弟和偈》,《寶覺真空禪師録》乾卷,第 752 頁。
②友山士偲《題立秋詩軸》,《友山録》卷中,第 96 頁。
③不聞契聞《照侍者頌序》,《關東諸老遺稿》第 108 頁。
④當然,禪宗詩偈在題材選擇上本來就有自身的特殊性,有許多固定的、傳統的題目,例如對古德公案、祖師的贊頌,題詠日用諸事、山居或寺院境致,使得五山禪僧創作容易出現雷同的情況,這是不可否認的前提。

二、應永年間的雅集與五山詩風轉變

應永年間(1394—1427)是五山詩歌發生轉折的重要時期。正如序章所論,這一時期,五山禪林完全擺脫了禪宗"不立文字"觀念的束縛,漢詩創作完成了由偈到詩的轉變。同樣,這個時期的詩歌,從內容、體裁到風格也都發生了重要轉變,並決定了此後禪林文學創作的基本面貌,這一切變化從根本上說都源於應永年間友社雅集與文學創作形態的變化。

應永年間詩歌創作所發生的最大的變化是詩會的興起,組織詩會、以雅集形式進行創作成爲主要方式。五山前期,在結夏、法會以外,雖然也有集會形式產生的詩偈創作,但這種創作行爲主要依託於宗教活動,且從《關東諸老遺稿》到《空華集》都顯示,交際性的往返應酬才是前期詩、偈創作最大的動力。這決定了五山前期詩歌以宗門題材和應酬爲主的事實,因此,前期創作雖日趨繁榮,詩藝技巧也日益高超,但詩歌整體面貌尚帶著明顯的宗門風味,禪僧文化與士大夫文化也還有著巨大的距離。而進入應永年間,除了簡寄、送行、惠貺、傷悼之類的應酬之作外,禪僧們更多地因詩會雅集而聯繫在一起。促成這種變化的中心人物是幕府將軍足利義持(1286—1328)。足利義持有著深厚的禪學修養,喜愛靜寂的寺院書齋環境,頻頻參詣各寺,在寺中設立書齋,如相國寺鹿苑院內的蔭涼軒、南禪寺牧護院內的興雲軒、相國寺長得院內的松月軒、勝定院內的靜香軒、寶幢寺鹿王院內的寶慶院等。這些書齋都是義持集合禪僧、舉辦詩會的場所①。此時活躍在義持周圍的禪僧大部分爲絕海中津、義堂周信的弟子和門生,如詩文僧鄂隱慧奯、西

① 參考玉村竹二《五山文学——大陸の文化紹介者として五山禪僧の活動》,第201頁。

胤俊承、惟肖得巖、太白真玄、仲芳圓伊、惟忠通恕、嚴中周噩、大岳
周崇、東健漸易，畫僧玉畹梵芳、天章周文、如拙。在足利義持的推
動下，這些禪僧們平時也頻繁雅集，逐漸形成真正的友社，如建仁
寺的詩社"群玉林"，上述禪僧都曾活躍於其間。江村綬回顧日本
詩史，論及足利氏室町幕府的作用時，説：

> 足利氏竭海內膏血，窮極土木之工，宏廓輪奐之美，所不
> 必論。其僧大率玉牒之籍、朱門之胄，錦衣玉食，入則重裀，
> 出則高輿，聲名崇重，儀衛森嚴，名是沙門，而富貴過公侯。
> 禁宴公會，優游花月，把弄翰墨，一篇一章，紙價爲貴。於是
> 凡海內談詩者，唯五山是仰，是其所以顯赫於一世，震蕩乎四
> 方也。[1]

便將足利氏時代五山禪僧公宴游冶之盛，作爲五山詩歌發達的原
因之一。由於上述禪僧與幕府關係密切，在宗教地位與文化優勢
方面有著近乎壟斷的地位，因此，此後的詩文僧大多接受他們的熏
陶，繼續發揚此期的文化風氣，故而從此詩會雅集便成爲五山禪林
最主要的詩歌創作形態，在創作題材的選擇上也幾乎不越藩籬，造
成了此後禪林詩歌創作顯著的趨同性，深刻地改變了五山文學的
面貌。下面以詩畫軸的製作與題畫詩的創作爲例説明。

　　詩畫軸製作的流行和題畫詩的興起，是應永年間文藝世界最
值得關注的一個現象。從南北朝末期開始，由於水墨畫流行和禪
僧在詩會場合有意模仿宋代士人的文藝雅集——尤其是"蘇門"文
人的雅集唱和，這點下一節會專門論述——以水墨畫爲中介，題畫
詠畫成爲一種新風尚。雅集場合，禪僧往往效仿宋人作畫、傳觀、
題詠、群唱，最後製成詩畫軸，結出了繪畫、書法、詩歌珠聯璧合的
豐碩的藝術果實。這種創作風氣在義堂周信集中已可以見到，到

---

[1]江村北海《日本詩史》卷二，第 486 頁。

應永年間則蔚爲大觀。如義堂周信會下禪僧玉畹梵芳是此期著名的水墨畫家，義堂與諸僧曾題詠其《蘭蕙同芳圖》，詩畫軸原本至今存留，藏於東京國立博物館。上文論及禪林前期流行將應酬場合的詩偈製作成詩軸、頌軸，而詩畫軸則代表著一種雅集唱和創作形式的興起，也意味著此時禪僧集會創作不再如前期那樣圍繞宗門題材而展開。關於詩畫軸與詩軸在製作形態上的差異，玉村竹二曾經有過論述（這裏的詩軸包括頌軸）：

> 詩軸之外還有一種詩畫軸。詩畫軸一般首先繪製水墨畫，然後由多人在畫面題詩，形制以立軸爲主，而詩軸則全爲卷軸。詩畫軸與詩軸不僅外在形制相異，製作動機也有所不同。詩畫軸一般産生於禪僧雅集一堂的場合，畫作在禪僧間巡迴傳遞，某僧委託其他禪僧逐一創作詩、贊，立時即製作成軸，然後自己持有收藏。而詩軸製作則一般由他人發起，募集同道創作詩頌，然後裝軸，呈予受贈者。詩軸的所有者一般均不是個人，而是寺院等公共機構。在某些場合，由於擔心絹帛保存不善，還會將詩軸刻爲詩版，於寺院軒榭門楣間揭挂，以供衆人觀賞。這兩者共同之處，則在於都是社交手段的産物。①

玉村氏區別了詩畫軸和詩軸完全不同的性質：詩畫軸創作於同時同地，是圍繞著繪畫內容展開的同題共作現象，是有著共同品味和愛好的禪僧文藝雅集的成果。而詩軸則如前節所言，主要是交際應酬的産物，是禪僧們活躍於禪林這一公共領域的證據。當然，隨著集會的盛行，前期流行的詩頌軸到應永年間也漸漸變成了集會

---

① 詳參玉村竹二《詩軸集成解題》，《五山文學新集別卷》上冊，第 1177—1178 頁。原爲日文，筆者據以譯出。

場合的同題共作①。

　　詩畫軸製作的盛行，徹底地改變了此後五山詩歌創作的題材
結構。下面的附表 1 中，我羅列了惟忠通恕、鄂隱慧奯、西胤俊承、
惟肖得巖四人別集中的同題詩文，這些詩文皆爲詩會場合創作。

表 1　《雲璈猿吟》《繫驢橛》(惟忠)、《南遊集》(鄂隱)、《真愚稿》(西胤)、
　　　《東海瓊華集》(惟肖)同題詩

作者、詩題	體裁、韻字	同時期他僧同題備考
鄂隱《題夕佳樓畫軸》 惟忠《題趙子昂畫夕佳樓圖》 西胤《夕佳樓圖》	五律(曛、雲、君、薰) 五律(時、詩、颸、期) 五律(潺、厭、蟾、簷)	仲芳圓伊《夕佳樓詩後序》
鄂隱《金銅仙人辭漢圖》 西胤《金銅仙人辭漢圖》	七絕(憂、秋、抔) 七絕(流、憂、秋)	
鄂隱《蘭雪軒》 西胤《蘭雪軒》	七絕(深、襟、心) 七絕(深、心、琴)	
鄂隱《仙翁花》 西胤《仙翁花》 惟肖《仙翁花》	七絕(霞、花、華) 七絕(中、紅、風) 七絕(叢、紅、風)	愚仲周及《仙翁花二首》(七絕)
鄂隱《子昂春山圖》 西胤《子昂春山圖》	七絕(愁、流、收) 七絕(多、峨、螺)	
鄂隱《子昂畫馬》 西胤《子昂畫馬》	七絕(閑、間、班) 七絕(羈、遲、時)	

①但詩軸屬於公共社交應酬的性質仍没有改變，且從題材內容來說，詩軸也依
　然保留著其宗教氣息。此期留存的詩軸，如《愚仲周及賜紫袍賀頌》，是群僧
　應足利義持之命，爲賀愚仲周及被賜紫袍而作，仍屬於應酬之作；又如《悠然
　亭詩軸》，吟詠對象是足利義持北山府邸十境之一，十境是擬禪院境致設計，
　故軸上的詩作理應視爲宗門傳統偈頌題材的創作。事實上，惟忠通恕等禪
　僧別集中，就收有若干詠悠然亭詩偈，這些作品都在別集的偈頌類。

续表

作者、詩題	體裁、韻字	同時期他僧同題備考
西胤《題秋江別意圖贈人之防州》 惟肖《秋江別意圖》	七律（船、纏、烟、前） 七律（消、蒲、潮、條）	仲芳圓伊《秋江別意什序》 天章澄彧《秋江別意贈芳侍者北歸》（七絶）
惟忠《題千里明月圖寄東濡侍者》 惟肖《題千里明月圖寄濡上人》	五律（暉、依、扉、歸） 五律（顔、間、山、斑）	
西胤《香月小盧》 惟肖《香月小盧圖》 惟忠《香月小盧圖》	七絶（裾、居、疎） 五律（殘、檀、寒、看） 五絶（多、何）	仲芳圓伊《香月小盧詩序》
西胤《題海山春曉圖寄攝陽故人》惟肖《題海山春曉圖寄攝陽故人》惟忠《題海山春曉圖寄攝陽故人》	五律（陰、深、尋、吟） 七絶（蠻、顔、山） 五律（看、瀾、寒、殘）	在庵普在弟子某《賦海山春曉圖寄攝陽故人》（七絶）
惟肖《春江白鳥圖》 惟忠《春江白鳥圖》	七律（科、窩、羅、波） 七絶（芽、涯、沙）	
西胤《十雪》 惟肖《和十雪詩》	七絶十首，韻不拘 七律十首，韻不拘	
惟肖《芭蕉秋雨圖》 鄂隱《題芭蕉秋雨圖》 西胤《題芭蕉秋雨圖寄故人》	七律（凉、忙、腸、桑） 七絶（頻、新、人） 七絶（聲、清、明）	
惟肖《江山小隱》 惟肖《江山小隱圖》 惟忠《江山小隱爲友人賦》 惟忠《江山小隱圖》 西胤《江山小隱圖二首》 西胤《江山小隱圖》 西胤《江山小隱圖》 西胤《江山小隱圖》 西胤《江山小隱圖三首》	七律（窗、邦、雙、龐） 五律（山、灣、間、還） 七絶（君、聞、雲） 七絶（江、窗、霜） 五律（家、沙、涯、華∥濱、人、春、鄰） 五古 七古 七律（衣、依、歸、扉、稀）	柏巖繼趙《江山小隱圖》（七絶） 邵庵全雍《題江山小隱圖》（七絶）

续表

作者、詩題	體裁、韻字	同時期他僧同題備考
	七律（黄、良、長、鄉、堂//人、濱、仁、春、鄰//身、親、人、春、新）	
惟肖《題春樹圖寄越故人》 惟忠《題春樹暮雲圖寄日峰朝首座》	七律（窮、鴻、中、公） 七古	在庵普在弟子某《賦春樹寄北越故人》
惟肖《野橋梅雪圖》 惟忠《野橋梅雪圖爲成侍者賦》	五律（坡、過、簑、何） 七絶（天、顛、邊）	在庵普在弟子某《野橋梅雪圖》（七絶） 仲芳圓伊《野橋梅雪圖詩序》
惟肖《讀竹樓記》 惟忠《讀王元之竹樓記》	七絶（全、編、年） 七絶（章、長、香）	在庵普在弟子某《讀竹樓記》（七絶）
西胤《閻立本職貢圖》 鄂隱《閻立本職貢圖》	七絶（攀、還、顏） 七絶（如、書、初）	
鄂隱《裴晉公緑野堂》 西胤《裴晉公緑野堂圖》	七絶（譁、華、家） 七絶（深、金、心）	
惟肖《贊山谷像》 惟忠《贊山谷先生》	七絶（鬚、蘇、圖） 七絶（篇、禪、然）	
西胤《東坡笠屐圖》 鄂隱《東坡笠屐圖》	七絶（蠻、安、冠） 七絶（狂、鄉、腸）	
惟肖《冰雪窩》 惟忠《冰雪窩圖》 西胤《冰雪窩》	七絶（花、耶、茶） 五律（林、深、森、禁） 五古	
惟忠《白雲深處》 西胤《題白雲深處畫東山瑤首座索題云》 西胤《題白雲深處圖》	七絶（林、深、尋） 五律（人、親、塵、神） 五律（寰、山、顏、間）	仲芳圓伊《白雲深處詩序》
鄂隱《悠然亭》 西胤《次悠然亭韻》	七絶（閑、山、間） 七絶（閑、山、間）	

续表

作者、詩題	體裁、韻字	同時期他僧同題備考
西胤《悠然亭》 惟肖《悠然亭》 惟忠《悠然》 惟忠《悠然亭次鄂隱和尚韻》	七絕（青、冥、亭） 七絕（間、山、還） 七絕（悠、浮、秋） 七絕（閑、山、間）	
惟肖《蘸月池》 鄂隱《蘸月池》 西胤《蘸月池》 惟忠《蘸月池》	七絕（明、清、生） 七絕（沉、心、禁） 七絕（流、秋、遊） 七絕（知、池）	

表格中大部分同題之作皆是題畫詩，從畫題可以判斷，這時最流行的是山水、詩意、故事等文人畫題材。圍繞這類繪畫展開的詩歌創作，以畫中的風景、故事爲中心，令詩歌創作從題材到風格都一洗宗門氣味，而逐漸與士人無異。下面列舉惟肖得巖數首題畫詩爲例：

> 溪南溪北竹如束，中著柴關午未開。失脚險途難小却，打頭矮屋好低徊。此君雨好晴還好，諸友舊來今不來。數日階前蹤迹絕，展窠新補紫莓苔。（《和玉畹老師韻題竹隱幽居圖》）

> 半破芭蕉葉葉長，秋來雨打轉淒涼。和宵枕上胡琴少，後夜燈前羯鼓忙。料得彼間無此手，知從何處觸吾腸。（《芭蕉秋雨圖》）

> 送客柴門暮，留歡每不忙。天從沙際黑，月自竹梢涼。巾影似臨水，履痕如冒霜。徐穿南陌去，夜氣透衣裳。（《題柴門月色圖寄南鄰故人》）①

三首詩所題的都是十分典型的文人題材繪畫。第一首和玉畹梵芳

---

① 惟肖得巖《東海瓊華集》，第 850、851、859 頁。

韻，畫或許也出自玉畹之手。第二首題寫芭蕉秋雨之圖，乃作於南
禪寺的詩畫雅集上。第三首則以老杜《南鄰》頷聯"白沙翠竹江村
暮，相送柴門月色新"①所描寫的情景爲畫面內容。此三詩皆清新
可愛，無一點禪詩的蔬笋氣，與士人之作毫無二致。值得指出的
是，上面三種詩畫軸中，後兩種至今尚存。《柴門月色圖》傳爲畫僧
如拙所作，現藏大阪藤田美術館。《芭蕉秋雨圖》則源於南禪寺僧
一華建怤詠"芭蕉秋雨"之作，藏東京國立博物館（見圖1）。

　　據太白真玄與仲方圓伊之序，諸僧以一華之詩爲原唱，舉行雅
集，創作此圖，並且分別唱和題詩。從現存的圖面來看，共有太白
真玄、仲方圓伊、叔英宗播、猷肖昌宣、無文梵章、惟肖得嚴、謙嚴原
冲、惟忠通恕、愕隱慧奯、敬叟彦軾、玉畹梵芳、西胤俊承、嚴中周噩
等五山派禪僧以及武將山名時熙、朝鮮國奉禮使梁需等人參加這
次雅集，幾乎集中了當時詩壇最受矚目的禪僧，唱和之盛，從此圖
中可窺見一斑。更關鍵的是，詩畫軸和詩畫雅集的流行，促成了五
山文學中題畫詩的發達，這種題材偏好貫穿整個五山時期，此後，
不管是否再製作詩畫軸，禪僧在詩會場合仍然常寫作題畫詩，且不
斷延續使用前人的詩題，固定成詩會的命題傳統。如希世靈彦《村
庵稿》中就顯示，寶德二年（1450）他曾作《賦沙鷗寄江左故人》《賦
渭樹江雲寄江東故人》，此後又作《爲令仲題白雲丹壑圖》②，這三個
畫題與詩題均出自應永年間的餞送雅集場合，而至希世靈彦時仍
然因襲著這些創作主題。詩會場合的唱和互酬，原本就往往會讓
參與唱和的詩人互相影響，犧牲掉一些過於突出的個性，而形成比
較鮮明的群體風格③，同題共作的詩會唱和更是如此。五山禪林自
中期以來形成的這種延續前人詩題的傳統，無疑好似將前人與今人

---

① 《南鄰》，蕭滌非等校注《杜甫全集校注》卷七，第 2017 頁。
② 參見希世靈彦《村庵稿》卷上，第 224、226、276 頁。
③ 關於唱和對詩風的影響，可參鞏本棟《唱和詩詞研究——以唐宋爲中心》，中
　華書局，2013 年，第 118—120 頁。

圖 1

也網羅在一場同題詩會之中,所形成的便不僅僅是某個友社的群體風格,而造成了整個五山詩風的趨同性。題畫詩題材、內容的顯著因襲,尤其引人注目。下面的表 2 列舉了五山禪林始自室町前期月溪中珊至室町末期熙春龍喜爲止以李節推待東坡遊風水洞爲題材的詩歌,即顯示了中期以後題畫詩創作的趨同性特點。

表 2　五山禪僧東坡待李節推題材詩作

作者	詩作
月溪中珊(1376—1434)	《李節推行風水洞待東坡》:李公三日先坡翁,繫馬岩花風水中。春半如秋待君意,溪橋梅萼御溝紅。
心中清播(1375—1447)	《風水洞圖》:路隔溪山略彴斜,坡山求句岸烏紗。梅邊知繫故人馬,曉溜浮來點點花。
瑞巖龍惺(1384—1460)	《東坡游風水洞書扇》:蘇公聞昔守杭時,獨愛新城李節推。水洞駐驂三日待,曉流梅萼報人知。
東坡景茝(1417—1501)	《題岩花聲馬圖寄伊陽故人》:風水洞西天下奇,浮梅曉溜去何之。喜君繫馬此花落,流過溪橋君可知。
天隱龍澤(1422—1500)	《東坡游風水洞圖》:年少能詩李節推,風岩水穴有佳期。梅邊繫馬散紅雪,似恨蘇仙三日遲。
橫川景三(1429—1493)	《扇面》:百尺溪橋曉溜清,老坡遠逐少年行。斷腸繫馬櫻花樹,問著春風香暗橫。 風水洞前山鳥幽,少年繫馬此遲留。東坡來暮溪橋曉,驚落梅花付碧流。
月舟壽桂(? —1533)	《李節推聲馬岩花圖》:三日遲留有意哉,洞門繫馬一枝梅。臨流却愛岩花落,坡老隔溪知我來。
常庵龍崇(? —1536)	《李節推風水洞圖》:追君待我轉相多,認得岩花流水坡。交義衹今無李泌,平生四海幾東坡。
驢雪鷹灞(1541 前後)	《屏風面贊八首》(其六):欲作風岩水穴遊,少年騎馬過橋頭。無情梅萼逐流急,人爲坡翁三日留。

续表

作者	詩作
策彦周良（1501—1579）	《李節推待東坡圖》：風水洞邊溪彴橫，蘇公遠逐李公行。東君有意浮梅蕚，先使人知勞待情。 《東坡追李節推圖》：蘇氏過追李氏行，至今圖上得佳名。岩花香與春禽語，怨入東風書不成。 《東坡追李節推圖》：李家年少最多情，偶結蘇公文字盟。吟口梅花相待久，春風三日十三生。
春澤永恩（1511—1574）	《李節推留風水洞圖》：坡老山行吟曳笻，溪橋曉溜水溶溶。梅花亦似桃花漲，波底遊魚恐化龍。
仁如集堯（1483—1574）	《扇面風水洞爲最歟題在南禪》：蘇仙三日至尤遲，著祖生鞭李節推。溪溜浮梅君不遠，岩花繫馬有妍姿。
熙春龍喜（？ —1594）	《題風水洞圖》：溪橋繫馬待多時，咫尺此宵天一涯。曉溜去成流恨水，除岩花外不曾知。 《便面》：梅蕚隨流似惱人，岩花知作馬蹄塵。此游若比坡翁約，吟到洞門三日春。

李節推待東坡圖，以蘇軾熙寧六年（1073）詩《往富陽新城，李節推先行三日，留風水洞見待》爲藍本，從禪僧的題詩可知，畫面景致取蘇詩“溪橋曉溜浮梅蕚，知君繫馬巖花落”①一句，這句詩描寫蘇軾在晨起追趕李節推的路途中，看到路邊溪水中漂浮的梅花花瓣，便猜知李節推在繫馬於前方山巖梅花樹上，等待自己，因而使得花瓣飄飛，逐流而下。詩句從曉溜梅蕚這一美好的意象生發，描寫李節推耐心相待之情。五山禪林正是有感於此詩中的雅趣與兩位風雅士人間惺惺相惜之意，故對此圖十分感興趣。而在相關的題畫詩中，可以看到他們不斷地沿用“梅蕚”“繫馬”“巖花”“曉溜”等原詩意象，在表達上也注意著重刻畫兩人出遊的雅趣、李節推相待的心

---

① 蘇軾《往富陽新城，李節推先行三日，留風水洞見待》，《蘇軾全集校注》，第853頁。

意,可見在這一詩題的表達上已經形成了固定的傳統。

　　詩會興起以後,題畫詩的這種顯著的趨同性不是個案,而是普遍的現象,整個五山禪林的詩歌創作,從題材選擇到具體表達都形成了一定的套路與傳統。除了數量巨大的題畫詩外,新年之始流行試筆詩創作,也始自應永年間,逐漸地形成一種創作傳統:幼僧與師長之間,互相以試筆詩唱和,並且舉行相應的詩會,有著固定的表達模式[1]。此外,如秋日舉行詩會,禪僧創作的詩料主要包括以下內容:詠秋山則必言郭熙秋山,秋風起則必憶漢武《秋風辭》、邢敦夫《秋風三叠》,感新涼、見雨霽則以"時秋積雨霽,新涼入郊墟"爲句題,遇秋雨則讀杜甫《秋雨嘆》,觀秋水則讀莊子之《秋水》,望秋月則讀謝莊之《月賦》,此外以《讀張九齡千秋金鑒録》,以唐玄宗故事爲題材的擊梧桐圖,以韓琦兄弟事爲題材的《韓家梧桐》《韓魏公菊花》。這些詩料都被一代一代的禪僧所傳續,成爲秋日詩會雅集十分穩定的書寫內容。

三、後期的和漢詩會與漢詩"和樣化"

　　前文從酬唱角度觀察五山詩歌,發現禪林詩歌創作由於經歷了從唱和爲主到詩會爲主的變化,使得詩歌內容、形式、風格皆爲之一變。應仁元年(1467),以幕府繼承人問題爲導火索,開始了長達十年的全國戰亂,室町幕府日漸沒落,也標誌著五山文學進入後期。研究者常常論及後期禪林文學的"變質""衰頹",玉村竹二將其時詩風歸納爲"單一化""纖弱化""和樣化"[2]。正如上文所論,隨著應永年間詩會雅集的發展,禪林詩歌創作在題材、體裁的選擇甚

---

[1]關於試筆詩創作的具體模式,可參朝倉尚《試筆詩と試筆唱和詩》,收入其《禅林の文学——詩会とその周辺》,第187—224頁。
[2]前揭玉村竹二《五山文学——大陸の文化紹介者として五山禅僧の活動》,第273—274頁。

至表現技巧方面形成了固定的傳統與特色,造成了五山詩風顯著的趨同性,顯然,正是這種愈演愈烈的趨同性,導致後期詩歌在形式與內容上的單一、纖弱。所謂的"和樣化",表現在兩個方面:在語言上無法維持對漢語詞藻的創造力,"和習"日趨嚴重[1];題材選擇與情感表達偏向於日本和歌式的瑣細、幽微。後期詩歌的這種趨勢,與當時興盛的和漢詩會關係匪淺。

　　和漢詩會,日語文獻中常稱"詩歌合",是指詩人和歌人、禪僧與武家、公家會於一堂、同時創作漢詩與和歌的雅集形式。在漢文學與和文學並駕而行的日本,早在平安時代便有"詩歌合戰"。但至五山時期,由於前期至中期禪僧在文化上擁有近乎壟斷的地位,很多時候主要是武家、公家貴族向禪僧學習新引進的宋元文化。中期以來,雖然也零星舉行和漢詩會,但影響並不大。到了室町後期,由於禪林與公家關係的進一步密切,以及和文化本位思潮的興起,和漢詩會便極其頻繁起來,這種"詩與和歌互相酬"[2]的詩會方式,自然會影響到禪僧的詩歌創作。橫川景三(？—1493)作爲後期的代表詩僧,參加過不少公家、武家的和漢詩會,留下了不少關於詩會唱酬形式的記載,下文就以他的叙述爲基礎,歸納後期流行的這種詩會在酬唱形式上的特點。

　　一是關於和漢詩會的制題,即關於詩會創作題材的規定,橫川集中以下三條記載分別顯示了三種不同的方式:

　　　　讚州源公命天隱見招余及春陽、景徐,會者十人,五緇賦詩,五素賦和歌,時山名氏乞降。(《雨後綠陰》小注)

---

①"和習",又稱"和臭"(わしゅう),是指日本人創作漢詩文時,帶有的日語色彩的痕迹。由於除少數留學僧外,大多禪僧無法使用漢語作爲生活語言。他們利用訓讀法閱讀漢文進行學習、創作,訓讀是一種較爲複雜的中日文互相轉化系統,在轉換時往往會産生語序的顛倒變化。不少日本人即使經過多年訓練,也還是難免出現"和習"。
②橫川景三《晚夏》,《補庵京華前集》,第 239 頁。

文明十二年仲冬天子親選中華故事三十題,命歌人詠和歌;又選本朝故事三十題,命詩人賦唐詩。予奉敕得三題,所謂富士山、住吉浦、菅家是也。(《菅家》跋語)

癸卯孟春十三日,相府有詩歌合之宴,昔後鳥羽院之御宇有此宴云,一時之嘉會也。相公自書三題,曰《雪中鶯》,曰《江畔柳》,曰《山家梯》,乃本朝歌宗飛鳥井氏所出和歌題也。特降嚴命,命歌人詠和歌,命詩人賦唐詩。詩、歌各二十人,人賦三題,合一百二十首。予與北等持、京等持備賦詩之員……到日謁府,相公曰:"不論詩歌,各決勝負。"予與二等持白:"詩可識,歌不可識也。"歌人又白:"歌可識,詩不可識也。"革令曰:"詩人評詩,歌人評歌。"(《山家梯》跋語)①

以上三種後兩種分別是天皇和將軍舉行的和漢詩會,而第一種則是禪僧與地方武士的雅集,從材料中可以看到三種不同的命題方式:第一種從"雨後綠蔭"這一詩題來看,選題帶有禪僧詩會選題切景、切時的當座性特點,而禪僧賦詩,餘者詠歌,也是各騁其能,較爲輕鬆隨意。第二種則爲故事題材的分題創作,其特色在於歌人與詩人各自傳統創作題材互換,禪僧以漢詩吟詠本朝故事,歌人却以和歌詠唱中國故事,這種有意錯位,透露出命題者遊戲和創新的心理。第三種是和漢詩會中最常見的同題共作形式,詩人與歌人皆以傳統歌題爲題,歌人詠和歌,詩人作漢詩。總的來説,後期的和漢詩會制題不出以上三種形式,以第三種吟詠歌題最爲常見,一般情況下,禪僧與武士雅集以及幕府將軍的和漢詩會,都是採用歌題的。聯繫到應永年間武家與禪林的雅集,往往以漢詩往還酬唱,到了後期流行和漢詩會上,却以歌題爲主,其中變遷不能不説意味深長。

——————————

①以上三則分別見《補庵京華前集》《補庵京華續集》《補庵京華別集》,第238、412、505頁。

　　二是和漢詩會中的用韻問題,具體來説,是此時産生了漢詩與和歌互相次韻的酬唱形式。試看以下兩則材料:

　　　　遊永安寺看花,卒依羽州刺史源君詠櫻和歌之韻,陰字爲韻。①

　　　　乙未正月吉辰,余謁汲古賢府君,頗表賀義。蓋准古規檀越賀歲之例也。府君送余茶話,出示和歌三篇,所謂元旦詩筆是也。始曰初春,次曰祝言,終曰神祇,篇篇皆有三韻,如唐體絕句之詩,何其異乎? 國朝鳴於歌詞者,不知其數,而未有押韻以詠者,寔古今絕唱也。府君奉侍樞府左右,朝夕論思九鼎國家。吁,有何暇用意於翰墨之如此哉,可尚矣。命余詩而和焉……謹依嚴韻,各賦其題。②

提到了漢詩對和歌的次韻。不過實際情況是,傳統的和歌創作並不押韻,正是在和漢詩會上受到漢詩次韻的影響,才發展出以漢詩絕句最後一個韻字爲韻脚的押韻方法,所謂的和歌次韻,就是在歌尾用絕句的最後一個韻字,如三條西實隆次韻治山少年試筆所作和歌,原詩爲:

　　　　東風資始莫如梅,咫尺皇居喜色催。百囀鶯兼一雙燕,侍窗窺硯報春來。

三條西實隆就以絕句的"梅、催、來"分別爲韻脚,創作三首和歌:

　　　　あくかる々心のつまの春風はなか軒葉よりにほふ梅そも。

　　　　いかにさくこと葉の花の色香とて折木もあらぬ春を催す。

　　　　かしこしな君かすむへき萬年山もここそと名によはひ

────────────

① 横川景三《小補東遊集》,第 69 頁。
② 横川景三《次韻勢州使君歲旦和歌并叙》,《補庵京華前集》,第 258 頁。

来る。①

實際就是在和歌歌尾押一個漢字韻。這種和歌是在室町時期受到
和漢聯句和禪林酬唱流行次韻的雙重影響而產生的②。而橫川景
三所述的漢詩創作次韻和歌的情況，其實就是在這種和歌已經流
行起來之後，以和歌歌尾韻字作爲漢詩韻脚的一種次韻形式。可
以想見，在此時的和漢詩會上，應該流行著爲和歌、漢詩限韻的情
況。此外，和漢詩會上有時也創作和漢聯句，這種聯句在義堂周信
時期就已經出現，在室町後期也比較流行。雖然本書不會論及詩
會酬唱中的聯句，但也舉一例，以窺和漢詩會形式的全貌。

> 同太清赴二條准后之招，永相山等三五人、官人萬里小路
> 等數人……和漢聯句，始用今大明撰洪武正韻群玉爲韻，遇第
> 一東字。凡吾國俗舊例，和漢聯句，漢有韻，和無韻，今則新立
> 此，和亦押韻。准后以起句讓余、太清兩人，兩人相推，則迫不
> (得)已題發句曰："半欄分愛日"，准后曰："コノハモニハノツ
> モル紅"，太清曰："水紋池濯錦"……③

以日語與漢語詩句交替相聯，是一種頗爲奇特的聯句方式④。

---

①三條西實隆《再昌草》，收入《新日本古典文學大系》，佐竹昭広編《中世和歌
　集・室町篇》，岩波書店，1990年，文龜三年正月條。三首和歌回應讚美治山
　少年絕句内容，大意爲："あくがるる心のつまの春風は汝が軒端より匂ふ
　梅ぞも（嚮往已久，心中春風，便是君家梅花之香）"；"いかに笑く言葉の花
　の色香とて折木もあらぬ春を催す（詩歌一出，有葉有花，有色有香，春色已
　來天地，並非人造之花）"；"かしこしな君が住むべき萬年山もここぞと名
　に呼ばひ来る（君可居此山，山名曰萬年，君壽亦如此）"。
②關於室町時期和歌與漢詩互相和韻的情形，朝倉尚有詳細的研究，可參《和
　歌・漢詩唱和の際における韻の問題》，收入氏著《禪林の文学──詩会と
　その周辺》，清文堂，2004年，第339—379頁。
③《空華日用工夫略集》，康曆三年十一月二日條。
④關於和漢聯句，可參《アジア遊学》第95號專題論文《和漢聯句の世界》，勉
　誠出版社，2007年。

　　以上就是和漢詩會酬唱的主要形式。從本質上説，無論是在創作漢詩和和歌時互相使用彼此的傳統題材，還是兩種不同語言形式的詩歌互相次韻，抑或和漢聯句的創作，都體現了同一個努力方向：即有意識地溝通和、漢兩種文學，試圖將數百年間積累起來的新的漢文學創作經驗融化於日本本土文學中，也希望通過本土文學因素的注入，創造出漢詩新鮮的、富有日本特色的面貌。這種努力在室町初期即已開始，而在末期隨著禪僧與公家交往的日益頻繁，對和、漢文學都産生了較大影響。就對漢詩影響而言，即開頭所説"和樣化"的産生，具體表現在以下幾個方面。

　　首先，最直觀的影響仍然是詩歌題材。和漢詩會場合屢屢使用歌題，使得禪僧漢詩創作增加了許多"歌題之作"。以橫川景三而言，他自己在小注中標明爲歌題的，共有浦鶯、花有遲速（家隆歌題）、花下忘歸（勢州歌題）、菅家、住吉浦、富士山、蘆橘、歸雁似字、柳靡風、旅、雪中鶯、江畔柳、山家梯、花隨風、苔、後朝戀、島花、尋殘花、遠寺鍾、市商客、殘暑（飛鳥井歌題）等 24 個。這些歌題延續了和歌一貫的傳統，内容以幽微的風景、草木、時令等自然現象和細碎的情緒爲主，由於五山漢詩也有愛關注自然景物、敏感於時令季節的轉換的特點，故以直接拓寬題材而論，歌題引入的影響有限。但使用歌題，意味著本土題材也可以成爲漢詩描寫的對象，促使禪僧創作中日本題材增多，這是不言而喻的。許多後期活躍的禪僧，别集中菅廟、富士山、天神贊、住吉贊之類的詩歌越來越多，就是顯著的例子。此外，傳統歌題的引入，必然令禪僧的漢詩創作自覺或不自覺地受到和歌表達方式的影響，和歌詠景注重一瞬間細微感受的傳達，在描寫景物時有許多固定的意象組合，這些都在後期的漢詩創作中或隱或顯地體現出來。如月溪詠霜："天教青女曉餘粧，染不成乾秋色彰。行度板橋寒味好，一雙屐齒嚼砂糖。"[1]最後兩句比

―――――――

[1]見《翰林五鳳集》卷二十一，第 379 頁。

喻細巧而通俗,傳達出纖微而層次豐富的體驗,兼具聲色觸味:初
冬撲面清寒乃觸覺,著一"味"字則傳達寒氣入喉之意,又似描寫味
覺;踩著板橋嚴霜的聲音如嚼砂糖,而砂糖又似與前句勾連,將寒
氣入喉的清冽味覺感坐實了。全詩的幽微感受,與和歌極類似。
後期甚至不乏主動效和歌體的詩作,横川景三《扇面》詩:"九里甌
原雲樹間,泉河不鎖夜過關。岩根吹落浪花雪,四月風寒衣借山。"
跋語曰:

> 右效和歌體一首,爲福城主人作。
> 古歌曰:シヤコイデ、ケウシカノハライヅシガハ、カハ
> カセサムシ、コロモカセヤマ。
> 泉河、鹿背山、甌原,名所。[①]

該和歌出自《古今和歌集》羈旅歌部分,原歌可譯爲:"離都已三日,
今日見甌原。泉河寒風寒徹骨,還望鹿背山貸衫。"從歌意可知横
川扇面詩乃直接化用了古和歌的構思與詩意,不過用了"雲樹間"
"泉河不鎖""夜過關""浪花雪"這樣的漢詩語彙與意象,從而顯出
漢詩的典雅特點,但尾句向山借衣這樣的構思,可謂典型的和歌構
思與特色。總的來説,横川此詩可説是對古歌的一種"奪胎換骨"。
另外,詩中用到了三處日本古地名,也可見本土元素在漢詩中被有
意使用。這種做法在後期詩僧中並不少見,又如彦龍周興《扇面》:
"四海一人憂,長江萬古流。青雲他夜月,白屋此時秋。"自注:

> 後鳥羽院《看月》:カキリアレハ、カヤカノキハノ、月モ
> 見ツ、シラヌハ人ノ、ユクスヘノソラ。此歌之意。[②]

---

① 横川景三《補庵京華續集》,第 431—432 頁。按,該歌出自《古今和歌集》卷
　九羈旅歌部分的無題歌,横川小注有兩處誤字,原歌爲:"シヤコイデ、ケフ
　シカノハラ、イズシカハ、カハカゼサムシ、コロモカセヤマ。(轉寫爲:都
　出て、今日三日の原,泉河、河風寒し、衣貸せ山(やま)。"
② 彦龍周興《扇面》,《半陶文集》卷二,第 1044 頁。和歌出處未知,歌意與詩同。

全詩詩意也是從後鳥羽院和歌化出。

其次,和漢詩會中溝通漢詩和和歌的努力,鼓勵著五山禪僧在漢詩創作中主動引入日語元素,即創作中主動的"和習"。從五山前期和中期的漢詩創作來看,禪林普遍以作詩類中國人爲美,極力避免在漢詩中使用本土元素,如地名、人名、物品名與歷史典故等,故絕海中津詩受到名僧稱讚"無日東語言習氣",便爲莫大的贊譽,爲五山禪林津津樂道。其實,即使在後期,也仍有禪僧以爲在漢詩甚至上堂儀式中也不當使用和歌、和典,《蔭凉軒日錄》中云:

> 齋前小補來云,昨日往靈泉院齋會,盡美盡善,陞座語亦可也。七千字許有之。其中相公倭歌二首舉之,飛鳥井、細川勝元公、同典廄道賢伊勢蓮等之舉之云云。愚一一不可也。蘭坡和尚舉天神七代之事,亦不可也,況今人乎。[①]

小補即橫川景三,靈泉院則指正宗龍統。從材料中可以看到,橫川對正宗在靈泉院齋會陞座法語中使用歌人飛鳥井雅親、細川勝元的和歌極表稱讚。但龜泉集證則不認同這種做法,並且舉蘭坡景茝在上堂中引用日本天神故事的例子,認爲使用日本故典亦不可爲。龜泉集證的看法代表了禪林漢文學創作的傳統觀念。不過,材料中提及橫川、正宗、蘭坡等當時爲五山詩壇所矚目的禪僧皆以適當使用和典、和歌爲美,也可見後期風氣的轉變。後期在主動使用"和習"方面走得最遠的是萬里集九,他詩中隨處可見日本地名、人名、器物名,也時常運用日本典故,如《櫻井》一詩題下注:"濃鵜沼有櫻井,和歌名所一也,和倭通用。"詩曰:"曾入和歌水有名,香於吉野滿山櫻。微瀾散作家家酒,短綆春汲終日聲。"[②]表明是有意使用和歌中常用的倭語地名。因此,在他流浪漂泊的行旅中,常自覺地以日本的山巒川流爲描寫對象,如《梅花無盡藏》卷二有其文

---

①《蔭凉軒日錄》,收入《大日本佛教全書》,第 133—137 册,第 1085 頁。
②萬里集九《櫻井》,《梅花無盡藏》卷一,第 665 頁。

明十七年(1485)東遊赴武藏途中日課之詩 78 首，其中大半是以所
經過的地名、名勝及各地名産爲題，如内屋蔦、丸子里、木枯森、薩
埵坂、田子浦、富士河、浮原島、河陽名産、神奈河、品河之類，這種
詩歌在萬里集九集中尚有很多，從中可以看到他對以漢詩表現日
本文化的熱情。當然，更令人吃驚的是，他不僅僅在漢詩中使用日
語漢字詞彙，還曾嘗試以假名入詩：

> 梅子曾東遊，拜富士。今見便面所圖，而高抃新篇之《書
> 史會要》，載本邦之いろは，譯水曰みつ。蓋み字平聲，つ爲仄
> 聲。雖似好事，借みつ二字，戲富士云。
> 曾驚富士吸銀灣，百億國無如是山。
> 福島原みつ擎雪，扇中三拜舊時顔。①

いろは指的是日本古歌《伊吕波歌》。萬里集九小序中的思路頗爲
有趣，因爲中國典籍《書史會要》記載了日本的《伊吕波歌》，其中提
及日文"みつ"即"水"，故他在此詩中使用假名"みつ"。也即這一
假名詞彙雖是日文，却經中國典籍記載，與漢典仿佛，以此彌合他
在詩中使用日語詞彙的矛盾。這種處理正是對上則材料顯示的龜
泉集證與橫川景三對漢詩中是否應當使用本土文化因素之爭的有
意調節：既順應了日益"和樣化"的漢詩創作潮流，又巧妙地避開了
如龜泉集證這樣持傳統看法的人的指責。萬里集九集中類似的用
法是很多的，例如他從《鶴林玉露》中挖出"蘇昧"（すみ）來指代
"墨"、"分直"（ふつ）來指代"筆"，從《唐書》中挖出"阿每（あめ）國"
指代日本，雖然看似是來自中國典籍的漢語詞彙，其本質却是根據
日語詞彙讀音轉寫而來，歸根結底，是有意選擇的帶和文化色彩的
詞彙。這一點在第二章討論詩歌用事之代名部分還會論及，此不
贅言。總之，萬里集九的這些嘗試都是他有意在漢詩創作中使用

---

① 萬里集九《題便面富士》，《梅花無盡藏》，第 813 頁。

"和習"的體現，這也是後期漢詩"和樣化"的一種極端表現。

綜上所述，本節從五山詩歌屬於酬唱型詩歌這一基礎論斷出發，以各個時期酬唱形態的變化爲線索，梳理了五山詩歌的演進過程。禪僧們在模擬、學習漢詩的過程中，其典範的選擇也必然基於詩歌創作的酬唱語境，下面一節將就此問題展開論述。

第二節　詩可以群：酬唱語境下 五山詩歌的整體風貌
——兼論蘇門酬唱的典範影響

孔子論詩，從"興觀群怨"——感發、認識、交際、批判——四個方面來概括詩歌的功能，這四大功能，一直貫穿於中國詩歌的創作實際中，也是歷代開展詩歌批評常常討論的話題。其中，作爲詩歌"群居相切磋"的典型，酬唱詩的價值在詩歌批評中一直有爭議。宋代元祐年間，蘇門文人集團將"詩可以群"的功能推向頂峰，"以交際爲詩"也成爲"元祐體"最突出的特徵之一①。不過，酬唱詩雖在宋代臻於全盛，宋人對它卻少持贊賞態度，楊萬里下文就可爲代表：

> 大抵詩之作也，興，上也；賦，次也；廣和，不得已也。我初無意於作是詩，而是物是事適然觸及我，我之意亦適然感乎是物、是事。觸，先焉；感，隨焉，而是詩出焉，我何與哉，天也。斯之謂興。或屬意一花，或分題一草，指某物課一詠，立某題徵一篇，是已非天矣，然猶專乎我也。斯之謂賦。至於廣和，

---

① 周裕鍇《詩可以群：略談元祐體詩歌的交際性》，《社會科學研究》2001年第5期。

則孰觸之，孰感之，孰題之哉？人而已矣。出乎天，猶懼戕乎
天；專乎我，而猶懼强乎我。今牽乎人而已矣，尚冀其有一銖
之天、一黍之我乎？蓋我嘗觀是物，而逆追彼之覯。我不欲用
是韻，而抑從彼之用，雖李、杜能之乎？而李、杜之不爲也。是
故李、杜之集無牽率之句，而元、白有和韻之作。詩至和韻，而
始大壞矣。故子蒼以和韻爲詩之大戒。①

此外嚴羽在《滄浪詩話》中也專門表達過批評蘇、黃唱和詩的觀點。
五山禪林論詩多受宋元人影響，但正如上節所述，五山詩歌是典型
的酬唱詩。那麼，宋人對酬唱的批判是否會對五山禪僧産生影響
呢？早在五山前期，虎關師鍊在其《詩話》中引用了楊萬里的上述
觀點，針對楊萬里關於李杜、元白的評價發表了如下看法：

又李杜無和韻，元白有和韻而詩大壞者，非也。夫人有上
才焉，有下才焉。李杜者，上才也，李杜若有和韻，其詩又必善
矣。李杜世無和韻，故賡和之美惡不見矣。元白下才也，始作
和韻，不必和韻而詩壞矣，只其下才之所爲也，故其中雖興感
之作皆不及李杜，何特至賡和責之乎？……楊子不辨上下才，
謾言賦、和者，過矣。子蒼以和韻爲詩之大戒，激學者而警剝
掠牽合耳，恐非楊子之所言之者矣。②

虎關這段言論，從詩人才具有上下之分出發，提出了他對李杜與元
白詩歌優劣原因的分析。顯然，他不同意楊萬里關於和韻害詩的
看法。虎關的《濟北集》在前期詩歌創作以交際應酬爲主的風氣
中，其實屬於少數的並不連篇累牘皆爲酬唱篇章的別集，他尚且爲
酬唱辯護，不能不說宋人賡和害詩的觀點在五山禪林並未發生影
響。相反，五山禪僧最重視的就是詩歌的交際功能，對五山詩歌的

①《答建康府大軍監門徐達書》，楊萬里撰，辛更儒箋校《楊萬里集箋校》，中華
　書局，2007 年，第 6 册，第 2839—2840 頁。
②虎關師鍊《詩話》，《濟北集》卷十一，第 239—240 頁。

酬唱性質有著自覺的認識："道因治《易》得其義，交莫過《詩》可以群。"①"交際論心莫若詩，群英唱和樂清時。"②他們既樂於以詩歌爲交際應酬的方式，往復不休，結下彼此間深厚的友誼；也重視詩會雅集場合的群唱競和，苦吟不止，不斷追求詩歌藝術的進步。由於五山禪僧始終處於"詩可以群"的酬唱語境中，所以他們對中國貼著"雅集"標籤的文人創作團體格外感興趣，如蘭亭集會、韓孟聯句、元白唱和、九老會、耆英會常常作爲艷羨、自况的對象出現在他們的筆下。但真正成爲五山禪僧學習典範、對五山詩歌創作產生重大影響的則莫過於蘇門文人集團元祐間的詩歌創作。元祐間蘇門文人詩歌創作，比重最大的就是酬唱詩，張叔椿在《坡門酬唱集》序言中説："詩人酬唱，盛於元祐間。自魯直、後山宗主二蘇，旁與秦少游、晁無咎、張文潛、李方叔馳騖相先後，萃一時名流，悉出蘇公門下。"③即指出蘇門文人的密切交遊和頻繁酬唱形成了元祐詩壇的隆盛氣象。作爲酬唱詩歌的典範，蘇門酬唱對五山詩歌的影響是多方面的。其創作上表現出來的崇雅和炫學的特點、競技爭勝和交際結盟的意識，都在五山禪林得到認同與發揚，鑄就了五山詩歌的"宋調特色"。本節即立足於五山禪僧對蘇門酬唱詩的學習與受容，討論五山詩歌的整體風貌④。

①柏巖繼趙《寄人》，《水南詩集》，收入《五山文學新集》第三卷，第 625 頁。

②瑞溪周鳳《又次前韻者三篇，寄卿雲侍者，末一索其法兄南容尊契一笑矣》，《卧雲稿》，第 505 頁。

③張叔椿《坡門酬唱集序》，《景印文淵閣四庫全書》，第 1346 册，第 465 頁。

④按，一般來説，"蘇門"是指以蘇軾爲核心，以"四學士""六君子"爲主要成員的文人群體，包括蘇軾、蘇轍、黃庭堅、秦觀、陳師道、張耒、晁補之、李廌等人（參王水照《"蘇門"的性質和特征》，《蘇軾研究》，河北教育出版社，1999 年，第 40 頁）。則蘇門酬唱詩也當主要指蘇門文人間的酬唱詩歌，但顯然這些詩人的酬唱行爲並不僅僅局限在上述數人的範圍，此類詩歌仍能代表蘇門酬唱詩的特點，因此本書在論述中會使用蘇門詩人的所有酬唱詩作爲材料。

一、詩戰：五山禪僧的次韻酬唱與競技騁才心理

自有詩歌酬唱，詩人間就有騁才競技的意識，南齊竟陵王"刻燭爲詩"、初唐宋之問"詩成奪袍"，都是詩人竭力爭勝的表現。及至宋代，這種競技意識更加强烈而自覺，宋代詩文中廣泛流行、幾成套語的"詩戰"之喻就是最好的證明。五山禪僧在各方面接受宋詩的影響，在頻繁的詩歌酬唱中，將禪僧間的反復酬唱和詩會上的群唱競和喻爲戰争，仿佛順理成章。在前期，義堂周信等禪僧就有不少"以戰喻詩"的書寫，而從應永年間後，"詩戰"本身也成爲詩歌敘事主題：

> 詞場横槊士如雲，漢魏齊梁部武分。勿怪未辭三敗辱，擔開文運策奇勛。（西胤俊承《詩戰》）①
> 騷壇諸將思無邪，筆陣堂堂令不譁。自笑老吟猶矍鑠，春城借一問鶯花。（天章澄彧《詩戰》）②
> 五字城邊欲策功，諸公百戰氣如虹。騷壇受鉞眼無敵，雪月風花吾轂中。（月舟壽桂《詩戰》）③

貫穿於整個五山時期的"詩戰"之喻，揭示了禪林"以競技爲詩"的特質，而對五山禪僧產生典範影響、成爲他們效仿目標的也是以蘇軾爲中心的蘇門詩戰。禪僧在詩歌酬唱中的競技比拼，最具有代表性的有兩種：一是在來回往返的應酬詩中，通過次韻爭勝；一是在詩會雅集的場合，在同題共作的情況下爭勝。在這兩種決勝場合，禪僧都往往比附蘇門文人——創作次韻詩時，往往根據具體情況比附蘇門的某一組次韻詩；在詩會場合則多攀蘇軾"白戰"競技

---

① 《真愚稿》，第 2711 頁。
② 《樓碧摘稿》，第 469 頁。
③ 《幻雲詩稿》卷二，第 180 頁。

爲例①。下文就以次韻詩爲中心,討論五山禪僧騁才競技的具體表現和蘇門唱和對其的典範影響。

正如前文所述,次韻爭勝在五山前期便已逐漸成爲禪僧酬唱創作的自覺追求,而以義堂周信最爲典型,故下面便先主要以義堂的次韻詩爲線索,討論五山禪僧的詩戰書寫和騁才競技的具體表現。義堂的大型次韻組詩主要作於兩種情形下,一種是不斷你來我往、反復叠韻,不肯示弱;另一種則是一次創作次韻詩數首乃至數十首,分酬多人,人各一首。第一種反復叠韻如:

> 余少時耽詩,嘗在關左用"城、雷、峰"三韻爲八句詩,和答友人者殆乎百篇,好事者雅爲詩戰。逮年稍長,銳氣消磨,乃痛悔前非,慎防口業,不復從於戰事矣。會庚申春來輦下,後三年壬戌歲首一夕,忽被東光古劍老禪將,以胡字韻爲突騎,襲我不備。其鋒不可當,而避之無計。窘不奈,揭竿爲旗,剡蒿爲矢,三戰三北而乃降矣。遂收其遺矢墮鏃,束爲一包奉納,呵呵。②

這次詩歌酬唱發生在永德二年(1383)正月,義堂在日記《空華日工集》中記載了古劍妙快反復"挑戰"、他以詩"應戰"的過程,兩人之間往復各四次,各作詩十首。古劍原唱押"初、吾、無、符、胡"五字,

---

① 按,"禁體物語"詠雪本是歐陽修首創,蘇軾追效前賢,而稱之爲"白戰不許持寸鐵",故後人稱爲"白戰體"。不過,五山禪僧攀附"白戰體",比喻自己在詩會上唱和競技時,往往以蘇軾爲典範,如:"清談昨日兩三輩,白戰今朝第一功。懷彼蘇公廣禁體,笑他龐老叫心空。"(琴叔景趣《仲冬十七日積雪之裏,梅莊老人携文仲而見訪。予於龍淵丈室,倒衣迎之。寒温未畢,月江、春庸二丈不期而至,壯氣似不介馬而馳,迂在座,座中各賦一句而已。老禪押翁、宮之二字,所謂第一功也。泊晚相送,雖坦座不亦一快哉。其興有餘,用前韻綴爲八句一章,呈梅莊下》,《松蔭吟稿》未收,見《翰林五鳳集》卷二十六,第 490 頁)
② 《古劍新年試筆偈和第二十韻十首叙》,《空華集》卷九,第 1617 頁。

所幸韻並不險，故義堂得以再三次韻，但在此過程中，義堂並非没有力不從心之感，如第三次次韻、即本組的第七首末句説："唱和心降先罷戰，修關不用更防胡。"①結果剛過一日，"古劍復和胡字，留而去。余亦和者三首"，累次韻達十首。所以及至古劍再來"戲話商量胡字和章"，他便説"足成十偈而止，可也"②，主動止住了交鋒。即上序中所謂的"三戰三敗而乃降"。當然，義堂此處的"納降"，可能更帶有自謙的成分，與宋詩酬唱場合隨處可見"降旗""納降""敗北"一樣，不過是對對方的恭惟，是"詩戰喻"的組成部分。如《空華集》卷七義堂與古庭等禪僧往復唱和"名、情、明、行"韻詩，叠作 23 次，共 25 首，其中一首詩題道："器之藏主叠和三首見寄，意在以文挑戰，予倒旌而退，復和三首以納款云。"③雖言退避，却仍作三首，且在此後還作了十三首；又如卷八和答大照、璣叟等僧"來、回、雷、梅"字韻，説："大照叠和索予賡，然押韻殆盡，弗鼓奪襲，勉强和之。庶幾今後毋逼枯松鑽膏云。"④雖言勉强，然一次酬答四首，其後復作六首。均可見所謂"納降"背後，其實主要是競技爭雄的潛意識。

《嶽雲洎諸友再依前韻見懷復次韻答之三十二首》是義堂周信分酬組詩的代表。他先作《謝東山嶽雲見訪三首》，嶽雲和尚與東山諸僧共三十二人次韻和答之，義堂便一一次韻、分別酬答諸僧。其中第一首酬答嶽雲，是這組詩的總綱，他以戰喻詩，表現了與對手決一高下的潛意識：

> 公也風騷將，指揮鵝鸛群。賦成横槊手，才壓戰場文。雉堞徒堅壁，雲梯巧施斤。薄言今倒戟，勝敗不消分。⑤

①《古劍新年試筆偈和第二十韻十首叙》，《空華集》卷九，第 1618 頁。
②《空華日用工夫略集》，永德二年正月十一至廿日條。
③《空華集》卷七，第 1542 頁。
④《空華集》卷八，第 1548 頁。
⑤《嶽雲洎諸友再依前韻見懷復次韻答之三十二首》（其一），《空華集》卷六，第 1505 頁。

全篇皆是以戰喻詩的模式：首聯“風騷將”喻嶽雲，“鵝鸛群”喻東山諸友，言下之意即以嶽雲爲首的東山諸僧群體次韻和答，是對自己的宣戰。頷聯連用兩事，皆既與賦詩作文相關，又不離戰爭之喻，稱譽對方才思之捷，詩作之美。後面兩聯開始寫到自己的復答，所以用交戰的情形比喻雙方的唱和。頸聯上句自謙，下句美譽：在對方“詞鋒森劍戟，筆刃快鐵斤”（其三十）的攻勢之下，自己欲堅守不出，奈何對方早搭雲梯，巧施斧斤，早已攻將進來，雖高叠堡壘也是徒勞。尾聯仍以自謙語氣出之，謂自己匆匆倒戈而降，勝負已分。

　　衆所周知，反復次韻的難度在於韻脚受到牽制，唱和次數越多，難度就越大，那麼義堂在次韻表現到底如何呢？ 這裏以其叠韻次數最多的《次韻春屋首座四十首》爲例分析。如題所示，這組七律次韻達 40 次，用“紅、中、空、蟲”四字。小序曰：

　　　　辛卯春，吾兄春屋首座有病中作，同病諸公遞相賡合，或五首，或十首，乃至二三十首，愈出愈奇，一時之盛作也。周信亦效其顰，凡四十首。此内或贈答，或時事，或題詠，或紀行。余時有温泉之行，遂及之云。[1]

相比這組次韻詩，上一組 35 首的次韻詩，還勉强可説是一次“人唱我和”的被動迎戰，其叠韻次數之多是因爲要一一回酬東山諸僧。而這組詩的小序明白無誤地顯示了義堂周信的創作動因：技癢難耐的競技心理。從小序介紹的背景看，義堂本來並不在參與唱和的同病諸公之列，但他主動加入了唱和活動，且刻意將次韻數量提高到 40 首，與群僧争雄——參與禪僧不過十餘人，但義堂爲了以多取勝，反復酬答諸僧，且在此期間所作的《有感》《遣興》《遣悶》《南征》等許多内容與應酬無關的詩歌也用同韻——顯示了他欲因難見巧、後來居上的創作心理。這組詩中也有不少以戰喻詩的

①《空華集》卷七，第 1524 頁。

書寫：

> 無奈詞鋒來逼我，傷人毒氣甚沙蟲。（《再酬春屋首座》）
>
> 詩壘戰酣籌已窮，詞鋒重淬迸殷紅。（《三酬春屋首座》）①

除了與諸僧之間的競技，如此龐大的次韻組詩當然也是對自我語言能力的挑戰。創作次韻詩，要求韻字相同而語意不能相犯，正如劉克莊所說："作詩難，和詩尤難。語意相犯，一難也；趁韻，二難也。"②這組詩用韻雖不險，但據小序，在他之前已有數十首詩作，他所作又多達四十，必然也會越和越險，越作越難。我們看他最末一個韻字"蟲"，前面十多首押韻語詞用"蟄蟲""飛蟲""候蟲""雕蟲""草蟲""蟻蟲""沙蟲""毒蟲""蝟蟲""蠹書蟲""羽蟲""鷄蟲"之類，尚比較普通，但到後面，便不免以"血氣蟲""怪哉蟲""蔽日蟲""適蟲""撼柱蟲""不受蟲""採花蟲"等足韻，甚至先用"化爲蟲"，又用"化作蟲"，幾乎重複，爲韻所牽而搜腸刮肚的創作樣態，顯露無餘。

如果說來往酬和中彼此次韻代表著彼此之間詩藝長短的較量，那麼次古人之韻，在致敬古人之餘，無疑也暗含了挑戰、超越古人的願望，作爲五山禪林次韻第一人，義堂自然不乏這種挑戰精神，如《自書夢山說後》，記載自己曾次韻蘇軾詩《初入廬山三首》；《和皎然詩送中竺道者赴叡山受戒》，次韻的對象是唐代詩僧皎然；《同諸友和禪居詩題三島廟亭壁》，次韻的對象是前代禪林老宿清拙正澄詩等等。從僧人到士人，從本國到中國，均在他的挑戰範圍之內。而義堂次韻爭勝的熱情，不但得到時人的響應和迎戰，也成爲此後有志於此道的禪僧挑戰的對象。如他得意的"蟲"字韻四十首，直到室町末期還在引起禪僧的注意：

> 昔空華祖"蟲"字盛作八句四十章，一代奇事也。其貽厥

---

① 《空華集》卷七，第 1525、1526 頁。

② 劉克莊《跋魏司理定清梅百詠》，劉克莊撰，辛更儒箋校《劉克莊集箋校》，中華書局，2011 年，第 4542 頁。

吾龍山主盟竺關老人，和以爲巨卷。予一日函丈之次，出之見
示。篇今如金如玉，不意洒祖一百年後，復慰大雅不作之嘆。
遂贅韻末有一章，欽求指教云。①

可惜我們已現在看不到這規模龐大的和篇，不知道這些禪僧對已
叠韻近百次的組詩如何再次韻，但越和越險則可以想見，也可見當
時禪林對次韻炫才的熱情。自義堂周信後，在禪僧之間往來應酬
的詩歌創作中，以次韻争勝仿佛就成爲了傳統，而嫻於次韻的蘇門
酬唱，尤其是蘇黄次韻詩則是他們的典範。

　　首先，次韻作爲五山禪林應酬賡和詩中普遍存在的習慣，自然
是來自蘇、黄次韻的影響，禪僧們常常在次韻組詩的序跋、小注中
提及蘇、黄次韻，便是直觀的證明。如中巖圓月《頌軸序》：

　　　　吾佛氏至有學，有祇夜伽陀之部，以頌偈歌唄讚詠爲法喜
　　禪悦之樂，猶如儒者風雅賡載之作也。彼周詩楚騷選體之後，
　　聲律之學盛于唐，而四句八句、五言七言之格，嚴不可越，故曰
　　律詩也。吾家亦然。以其七佛二十八祖傳法之偈，視今之所
　　作偈頌者，大段不同矣，蓋以拘乎聲律爾，況復和韻之作，最不
　　古也。彼詩家者古云：和者特以酬答而已。晚唐以降，間有押
　　韻者，然不多見也。至于炎宋，蘇、黄二公稍見於集中多矣。
　　然蘇之天資縱逸，加之博覽强記，故不見有艱澀之態；惟黄氏
　　謹愿，而所用之事，皆有所由來，傍搜冥駈，而稱江西宗派之
　　祖，從此以來，押韻亦責有所據，頗失於牽强也。吾佛門者，素
　　無文字，所作亦與時偕俯仰，今所謂頌偈，與古作者不同，亦宜
　　也。延文四年春三月，吉祥寺始得公文，繋名於十方禪院之
　　列。春屋禪師，以三偈爲慶，予以一首和答焉，屋復數首見贈，
　　又諸老衲名勝，互相酬酢，皆用乃押也……以諸公佳作，不喪

古意，然其語用聲律之格，美善盡矣；獨吾語亦牽强，而意不古矣。①

序中提到今之所作偈頌與古偈頌的不同之處，即拘於聲律，慣於和韻，不過作者其實是極贊成和韻的，故後文説要與古不同，而與時偕俯仰。作者在文中引用了前人關於次韻的看法，分析蘇、黄次韻的不同風格，言下之意，似批評黄庭堅次韻亦要博搜廣求，有所來據，容易造成詩歌爲韻所牽的弊病。但其實只不過爲了表達次韻的難度和諸公押韻"美善盡矣"，言下之意，次韻雖難，但諸僧並不難於此。總之，文中特别拈出蘇、黄，實際上説明禪林賡和流行次韻，即是在蘇、黄影響下形成的風氣。

其次，在各種賡和次韻的具體情境中，蘇、黄背景類似的具體作品，常常是禪僧學習的典範。因此許多禪僧，在具體的作品中都會提及蘇、黄，説"亦攀前例"，直接標明自己受到了他們酬唱詩歌的影響。下面以萬里集九"乘"字、"情"字、"杯"字三組次韻詩爲例。

1."乘"字韻酬唱。文明十年，大化和尚掌尾張大本禪院，萬里集九爲表"江湖瓢笠之賀"，作"乘"字韻七律一首贈予對方。結果對方没有及時唱和，萬里便自次前詩韻催之，引用蘇軾督僧唱和之事："南禪寔老，不和數珠之韻，東坡作詩責之，余亦攀前例，督大本擊節云。"又次韻作詩曰：

> 胡爲滿口久含冰，破戒粗言責極乘。君似趙州無答話，吾唯賈島遂非僧。莫將一墨廢文字，能使三玄打葛藤。堪笑南禪和詩晚，摩尼百八不力肱。②

2."情"字韻酬唱。春蘭崇壽以新版《碧巖録》贈桃源瑞仙，桃

---

① 中巖圓月《頌軸序》，收入《關東諸老遺稿》，第 96 頁。
② 《梅花無盡藏》卷五，第 873 頁。

源作詩答謝，並邀請萬里集九次韻唱和。萬里第一次次韻時，在頸聯"縱加神廟五千藏，難換秦王十五城"中，上下兩句重複使用數字"五"，他在詩題中解釋曰："《眉山集》中，寄趙伯誠詩云：'試問高吟三十韻，何如低唱兩三杯'，一聯不忌兩字，蓋意至而忘其懷，則不拘規繩，猶如兵之有機變乎。余雖非好事，聊舉前例，以招禪師之痛罵云。"①

　　3."杯"字酬唱。這一組次韻組詩的起因是光嚴和尚造訪萬里集九梅花無盡藏不遇，此後萬里贈詩寄意，光嚴次韻和之，萬里同時邀請雲庵和尚加入他們的"詩戰"，然而雲庵一開始並沒有響應，他便攀引蘇門唱和例："東坡先生用趙陳之韻，投歐陽叔弼云：'比來唱和，叔弼但旁睍而已。'余數日之先，作詩寄青龍盟主，盟主有和，告雲庵，求和什，遂不來，又用前韻挑之云。"再次以詩自次前韻挑戰，其詩云：

　　　　三日和篇終不來，自斟村濁笑嘗杯。尋常堅守條侯壁，容易難窺孟德臺。冬後一陽梅却雪，曉無宿火葉纔灰。老年樂事共應會，嘯破乾坤莫秘才。

或許是萬里的挑戰起了作用，此後光嚴與雲庵屢唱不休，萬里集九又將此情形比作蘇黃唱和"觴"字韻詩："青龍、雲庵二大老唱和杯字，往返不休，猶蘇黃再三用觴字韻也，余又就二老，督暮年之會，且又覓青龍山中之桂枝云。"再次迎戰次韻：

　　　　我衰今不愧嗟來，二老若招行吸杯。終日延賓欺北海，回天弄筆笑西臺。山中必定可多桂，爐底如斯奈乏灰。待見長安花動後，人皆推穀住持才。②

我之所以不避瑣細，詳細列舉萬里集九酬唱次韻的種種細節與背

①《梅花無盡藏》卷五，第 878—879 頁。
②《梅花無盡藏》卷五，第 881—882 頁。

景,蓋因這些例子在反映以蘇軾爲中心的詩歌應酬次韻對五山禪僧的典範性方面頗有代表性,清晰地揭示了五山禪僧在酬唱中偏好次韻,是有意學習蘇門次韻詩的結果。他們不但接受了蘇門次韻酬唱的傳統,也繼承了其競技與遊戲的心態,甚至連創作細節也刻意模仿。當然,更值得注意的是蘇軾酬唱詩在具體創作上對五山禪僧的示範意義。如上引"杯"字韻和詩不只是簡單地攀附蘇軾酬唱詩例,詩歌本身就留下學蘇詩的痕迹,其樣本是蘇軾《景貺、履常屢有詩,督叔弼、季默唱和,已許諾矣。復以此句挑之》:

> 君家文律冠西京,旋築詩壇按酒兵。袖手莫輕真將種,致師須得老門生。明朝鄭伯降誰受,昨夜條侯壁已驚。從此醉翁天下樂,還應一舉百觴傾。①

這首詩與萬里集九的寫作背景有相似之處,其目的均是邀請更多的友人加入唱和決勝的戰場,而對方和韻遲遲不到,作者按捺不住,再次以詩挑戰。具體的詩歌創作中,萬里集九"杯"字韻詩頷聯"尋常堅守條侯壁",用周亞夫堅壁不出典喻友人未和詩,其實是受到蘇軾上詩頸聯的啓發,對蘇詩的化用。蓋蘇詩因爲對方已應戰("已許諾矣"),故說"昨夜條侯壁已驚",而萬里則因對方尚未應戰,言"堅守"。另外,萬里的尾聯"老年樂事共應會,嘯破乾坤莫秘才",隱約也可看到蘇軾尾聯的影響。實際上,在賡和次韻時,從蘇、黃詩中尋找創作靈感正是五山禪僧贏取詩戰勝利的妙招。上引"情"字韻詩,頸聯上下句用數字不避重複的事例,也顯示了萬里對蘇詩刻意的模擬。細細揣摩萬里之語氣,與其認爲他是攀蘇詩例爲自己不小心重字辯護,莫若說是因爲他認爲這種"不拘規墨"爲創意之舉,是詩戰過程中的"兵有機變",欲倚巧取勝,因此有意模擬。

———————————

① 蘇軾《景貺、履常屢有詩,督叔弼、季默唱和,已許諾矣。復以此句挑之》,《蘇軾全集校注》,第 3769 頁。

　　當然，隻言片語的模仿尚不足以説明問題，最重要的是萬里這三組酬唱詩都延續了蘇軾"以戰喻詩"的用事思路，且同時深得蘇軾酬唱詩用事巧妙精當之旨。第一組"乘"字韻詩頷聯"君似趙州無答話，吾唯賈島遂非僧"，上聯用《五燈會元》中趙州、南泉問答公案，以"趙州無答話"喻對方不和己韻[1]；而下句以賈島還俗事描寫自己，蓋此時萬里集九已經還俗。兩事均巧妙地貼合雙方的身份與行事。此外"杯"字韻最後一首頷聯上句"終日延賓欺北海"，其用事也是化用自蘇軾的"豈知後世有阿瞞，北海樽前捉私釀"[2]，用曹操禁酒，代指友人席上無酒，蓋也因諸僧例不飲酒，而萬里已還俗之故，可謂極其巧妙貼切。通過上面三例次韻組詩，可以看到，從酬唱中對次韻的執著追求、體現競技意識的"詩戰喻"，到具體的酬唱次韻詩創作過程中的用事之法，五山禪僧均受到了蘇軾的影響。

二、慕雅：詩會創作的題材選擇與日常的詩意化

　　忌俗崇雅是宋代士人審美觀念的核心，雅俗作爲人格與文學藝術評價的重要標準，在宋代得到空前强調，崇雅成爲宋代士人對生活、對文藝、對人格的普遍態度和追求。這在詩歌上表現得尤爲突出，嚴羽在《滄浪詩話》中提出："學詩先除五俗：一曰俗體，二曰俗意，三曰俗句，四曰俗字，五曰俗韻。"[3]體現了宋詩從用字造語到謀篇立意都自覺追求典雅的風尚。宋人崇雅的審美情趣，正是經

---

① 按，典出《五燈會元》卷四："南泉上堂，師出問：'明頭合？暗頭合？'泉便下座，歸方丈。師曰：'這老和尚被我一問，直得無言可對。'"（普濟著，蘇淵雷點校《五燈會元》，中華書局，1984 年，上册，第 199 頁）原文實際是南泉不答話，萬里集九誤用爲趙州從諗，不過並不影響其詩意的表達和用事的貼切。
② 蘇軾《趙既見和復次韻答之》，《蘇軾全集校注》，第 1421 頁。
③ 嚴羽著，郭紹虞校釋《滄浪詩話校釋》，人民文學出版社，1961 年，第 108 頁。

由蘇黃等士人大力標舉、在元祐年間最終形成，蘇門在交遊過程中，"兩公六君子之怡怡偲偲"，其酬唱詩作在語言、題材、立意方面都體現了雅趣和人文精神的實現。上一節已提及五山禪林詩會中詩畫軸製作的流行，是對蘇門雅集旨趣的模擬，顯然，這只是五山禪僧追效蘇門、接受其崇雅的審美價值和人文精神的一個具體表現而已。同屬於群體語境下的文學創作，蘇門酬唱詩對五山禪僧詩歌創作的示範性是多方面、深層次的，五山時期友社和詩會酬唱，由題材選擇、語言借鑒等具體層面仿效蘇門創作，最終在群集切磋的詩會唱和中，體得了高雅優美的理想風格，實現了日常的詩意化。

　　研究者論及蘇門酬唱，都會著眼於其題材選擇的文人氣息、立意抒情的人文情懷，他們的唱和活動或圍繞著琴、棋、書、畫、筆、墨、紙、硯等文人雅玩之物展開，不離讀書、作詩、書法、繪畫等士人的精神文化活動，這正是蘇門風雅最直接的表現[1]。五山禪僧的詩會繼承了這種人文氣息，在詩歌創作題材上有意對此進行模仿，表現出博雅的特點，其所效仿的題材可以分爲兩類：其一，體現文人雅士趣味的器物、文明產物與文化活動是五山詩會酬唱的主題。最顯著的當然是題畫詩，已如上節所述，此處不再贅言。繪畫外，其他雅玩、雅事也是吟詠的中心。如詠讀書詩是詩會常見的另一類題目，景徐周麟延德年間參加的詩會，詠讀書的詩題有《讀鑒湖夜泛記》《讀濂溪愛蓮説》《讀黍離詩》《讀李長吉閏月辭》《讀東坡寒碧軒詩》《讀温公布衾銘》《讀羅山正覺碑》《讀六十六州神名帳》《讀范石湖菊譜》《讀書畫堂記》《讀歐陽修牡丹花品叙》《讀宋之問明河篇》《讀東坡饋歲詩》《讀陶淵明桃花源記》，共計 14 種。而統計《翰林五鳳集》所收詠讀書詩，則共達 131 題近五百首，五山禪僧浸染

① 周裕鍇《元祐詩風的趨同性及其文化意義》，《新宋學》第 1 輯，上海辭書出版社，2001 年，第 191 頁；馬東瑤《蘇門酬唱與宋調的發展》，《文學遺產》2005年第 1 期。

於書齋、遊心於翰墨的書卷氣撲面而來。

其二，日常生活中飲茶、釀酒、種花、賞雪等體現具有文人風流趣味的題材，同樣爲五山禪僧所重視。以圍繞花展開的活動爲例，僅《翰林五鳳集》"春"部就有移花、折花、養花、插花、惜花、待花、花下酌月、耕月移花、看花寄人、爲花祈晴、小雨潤花、花下懷舊、花下會友、花下惜春、花下留客、爲花修籬、防雨護花、花陰借榻論詩、春夜留客評花、花時遊山寺等等數十種詩題。這些詩歌並非僅僅以花、草、風、月等自然之物爲描寫對象，他們關注的是人在其中的活動，要傳達的是一種蘊含了審美追求的雅致生活態度，同樣體現了五山禪僧的人文情懷。

特別需要指出的是，五山禪僧還喜歡直接以曾經蘇門文人酬唱的詩題作爲詩料，一方面因爲這些詩歌集中體現了文士的雅趣，另一方面通過同題創作，表達對前賢的追效。郭熙秋山平遠、王晉卿著色夏山、惠崇小景、李伯時摹韓幹三馬、文與可墨竹、涵星硯、鳳咮硯、眉子硯、龍尾石硯、李廷珪墨、鼠鬚筆、猩猩毛筆、澄心堂紙、鴉青紙、玉版紙等曾經蘇門唱和的風雅之物，高麗扇、錢穆父松扇、月石屏、桃榔杖、帳中香等曾經蘇門題詠的書齋雅玩，送雙井茶、汲江煮茶、試院煎茶、釀桂香酒等蘇門生活雅趣，甚至也足軒、睡足軒、綠筠軒、臥陶軒等曾在蘇黃筆下出現過的軒館亭榭名，都紛紛成爲五山禪僧競相詠唱的詩題。下面舉一組詠涵星硯和猩猩毛筆之詩爲例：

> 天遣文星降九霄，老泓涵影尚昭昭。坡仙揮翰玉堂上，一點光芒磨不消。[1]

> 北有斗兮南有箕，石潭移次是何時。回天筆力東坡老，挽取星河作墨池。[2]

---

[1] 瑞溪周鳳《臥雲稿》，第 499 頁。
[2] 琴叔景趣《松蔭吟稿》，第 585 頁。

坡老陶泓新換銘，光芒涵影尚熒熒。才名千古墨池上，七世文章可起興。①

涵星硯是一組蘇軾與范祖禹兄弟的唱和之作，以月石硯、涵星硯、風林月石屏爲中介，蘇軾邀請范氏兄弟加入詩歌唱和："軾近以月石硯屏獻子功中書公，復以涵星硯獻純父侍講。子功有詩，純父未也。復以月石風林屏贈之，謹和子功詩，并求純父數句。"②體現了文人交往酬唱的風雅旨趣。顯然，五山禪僧並沒有擁有以上硯、屏之類的物品，但從上舉三詩可以看出，從瑞溪周鳳到熙春龍喜，涵星硯這詩題在禪僧間一直傳承。實際上，這是禪僧七夕舉行詩會的傳統題目之一③，選擇這一詩題自然是出於對蘇軾的崇仰，上面三詩均表達了這個主題。再來看一組《猩猩毛筆》：

檳榔椰葉寓平生，風月筵中且歃盟。不羨封爲管城子，只圖死得醉侯名。④

檳榔紅膩嶺南春，數百爲群驀里門。翰苑偷吞三斗墨，想應酒渴未消魂。⑤

醉遭束縛保身難，偶入文房插架看。安得酒船三百斛，貯爲硯滴不須乾。⑥

同樣，詠猩猩毛筆諸詩曾經錢穆父、蘇軾、黃庭堅等人唱和，黃庭堅《戲詠猩猩毛筆》跋云："錢穆父奉使高麗，得猩猩毛筆，甚珍之。惠

---

① 熙春龍喜，《翰林五鳳集》卷四十四，第 893 頁。
② 《蘇軾全集校注》，第 4080 頁。
③ 五山禪林詩會評題具有切景、切時的當座性，一般七夕的詩題有涵星硯、張文潛七夕歌、七夕筆、宋之問明河篇、星夕會故人、郝隆曝衣、長生殿密約等，前三個詩題都是出自蘇門詩歌。五山禪僧會不斷傳承前輩詩會的題目，即上節所討論的五山詩歌的趨同性表現之一。
④ 惟忠通恕《雲墅猿吟》，第 2467 頁。
⑤ 東沼周曤《流水集》，第 364 頁。
⑥ 希世靈彥《村庵稿》，第 204 頁。

予,要作詩。蘇子瞻愛其柔健可人,每過予案,下筆不能休。此時二公俱直紫微,故予作二詩,前篇奉穆父,後篇奉子瞻。"①這也是五山禪林的傳統詩題之一。與上一組極力稱頌原作者蘇軾的文學成就不同,這組詩體現了五山禪僧對蘇門詩歌的直接模擬。由於《和答錢穆父詠猩猩毛筆》《戲詠猩猩毛筆》是黃庭堅的名篇,集中體現了黃詩風格,五山禪僧詠猩猩毛筆也主要模擬黃詩。如上引三篇中,"檳郎""束縛""管城公""醉侯"都是曾經山谷使用的語詞,猩猩貪酒更是山谷在三詩中皆用的典故,而五山禪僧一一沿用,留下了明顯的學習和模擬黃詩的痕跡。總的來說,五山詩僧刻意模仿蘇門酬唱中題詠文人生活和文化產品的詩歌,蓋因此類詩歌集中體現了蘇門文人的儒雅氣質和其詩歌的典雅趣味,這正是五山禪僧所追慕的。

　　五山禪僧對蘇門酬唱中所體現的雅趣的繼承,並不僅僅停留在淺層的對題材或具體詩作所進行的簡單模擬,更重要的在於他們通過學習蘇門酬唱,領悟到了詩歌酬唱行爲的意義和價值:即無論是日常交際應酬的詩歌酬唱,還是詩會場合的唱和,通過詩歌創作本身實現了日常生活的詩意提升②。下面舉兩例簡單說明。

　　人際交往中索物、贈物、答謝的行爲,本來是最爲瑣細的生活小事,但是,蘇門文人間十分流行爲此製作短小絕句,使得平常不過的小事詩意化③。答謝贈物,如蘇軾《次韻宋肇惠澄心堂紙二首》,其一曰:"詩老囊空一不留,百番曾作百金收。知君也厭雕肝

---

① 《黃庭堅詩集注》,第 150 頁。

② 參前揭《詩可以群:略談元祐詩歌的交際性》,周裕鍇認爲:酬唱詩歌"在文學史上的最大價值,就在於將日常生活詩意化,即以藝術的競技和應答來實現人的'詩意的棲居'"。

③ 這類絕句,杜甫已經開始創作,其初到成都營建草堂的過程中,便寫了不少乞物、答謝的絕句,如《蕭八明府實處覓桃栽》《憑何十一少府邕覓榿木栽》等,不過杜甫這類作品也只集中於此期,且唐人所作並不多。而宋人受杜詩啓發,故將這一題材發揚光大,蘇、黃的作用尤其顯著。

腎，分我江南數斛愁。"①前兩句稱道友人所贈澄心堂紙之價值，因
爲出之以典故，故毫無庸俗之感，後兩句則轉到贈物行爲，並且將
紙與作詩聯繫起來，十分貼切自然。乞物詩如黃庭堅《從張仲謀乞
臘梅》："聞君寺後野梅發，香蜜染成宮樣黃。不擬折來遮老眼，欲
知春色到池塘。"②將索要臘梅的理由説得風雅有趣。這類絕句，蘇
軾有四十餘首，黃庭堅則高達一百多首，正是其以詩歌提升日常生
活之審美趣味的一個縮影。同樣，五山禪僧繼承了這一詩意化的
行爲，以絕句爲尺牘，創作了數量巨大的索物、贈物詩，從紙帳、脚
婆、巾帶、袈裟、木炭之類的日用之物，到茶、水仙、梅花、紙之類的
風雅之物，凡此種種物品皆風雅的禪僧間酬應的媒介，而詩歌則賦
予這一日常行爲以審美内涵。如雪村友梅《迅筆代柬謝不肯座元
惠茶》："一信西風五袋茶，豐山春色到金華。道人不肯藏真味，要
與村僧漱口牙。"《謝笋供》："錦綳稚子施心開，只見橫身鼎鑊來。
嚼碎渭川千畝玉，飽聽無底鉢中雷。"③又如橫川景三《謝海藻之
惠》："沙藻春肥脚頭邊，二箕浦口白鷗翻。一肴易致樽難致，笑指
前溪作酒泉。"④亦如蘇黃之詩，風趣可愛，實現了日常應酬行爲的
詩意的提升。

　　本章從五山詩歌的創作形態出發，論述了五山詩歌的整體風
格，討論了以蘇軾爲核心的蘇門唱和對其的典範影響。

　　從詩歌發生學的角度來看，五山禪林詩歌是一種酬唱型詩歌，
在整個五山時期，詩歌一般產生於兩種情形下：禪僧之間或與其他
階層之間尋求對話、建立互動關係的贈答招寄、呼應對話；詩會雅
集場合同題共作、分韻分題等一系列形式的群唱競唱。基於這一

①《蘇軾全集校注》，第 3204 頁。
②《山谷詩集注》卷五，《黃庭堅詩集注》，第 203 頁。
③以上兩詩見《寶覺真空禪師録》乾卷，第 671、673 頁。
④橫川景三《村詩十首》(其七)，《小補東遊集》，第 65 頁。

判斷，我沿著創作形態變遷的角度，揭示了五山詩歌的演變過程。早期的詩歌主要產生於交際應酬中，出於宗派之間、禪僧之間交往的必要。對詩歌交際功能的確認，促使禪僧對詩藝的注意和有意研磨，次韻詩創作日益繁榮的局面，就是一個有力的證據。進入應永時期，由於足利義持的推動，雅集場合的詩歌唱和成爲一種潮流。詩會唱和與往返唱酬是酬唱詩中兩種不同的創作形態。這一期的雅會創作，極大地刺激了同題共作、分題分韻等多種創作形式的繁榮，而其中最值得注意的是詩畫軸的流行。雅集的流行造成了五山禪林詩歌中後期顯著的趨同性，首先在於詩歌題材的不斷重複，詩歌圍繞著體現宋代士大夫人文趣味的內容選材；其次是詩風、詩體的同化，群唱模式對詩人個性天然的制約作用，在五山禪僧詩歌創作中得到了最大程度的強調。

　　基於酬唱語境，在以蘇軾爲典範的詩歌模仿中，蘇門酬唱必然是五山禪僧最爲感興趣的一個問題。本書注意到了五山禪僧對蘇門酬唱多方面的效仿。首先，無論是在應酬場合，還是在詩會唱和場合，競技炫才是酬唱詩中最爲普遍的心理形態。五山禪僧沿襲了宋詩中"以戰喻詩"的模式，產生了不少"詩戰喻"詩歌，充分地體現了這種心理。作爲競技心理的表現之一，他們努力地學習蘇門尤其是蘇、黄的次韻詩，在連篇累牘的往復次韻中"帶著鐐銬跳舞"，極力騁才炫學。其次，他們在很大程度上模仿了蘇門酬唱的題材，如題畫詩、詠讀書詩等等，體現了對精致的士大夫文化的充分興趣和高度崇雅的審美旨趣。而最重要的是，五山禪僧對蘇門酬唱的學習與繼承，並不僅僅停留在淺層的對題材的模擬上，更重要的在於通過學習蘇門酬唱，領悟到了詩歌酬唱行爲的意義和價值，即無論是日常交際應酬的詩歌酬唱，還是詩會場合的唱和，通過詩歌創作本身實現了日常生活的詩意提升。

第二章　亂世哀歌：五山詩歌的現實性、政治性與杜甫的典範意義

　　關於日本文學，人們常常將"超政治性"作爲其最重要的特徵，日本學者鈴木修次在其《中國文學與日本文學》一書中，從文學觀、抒情的差異，"風雅"與"諷刺"、"風骨"與"愍物宗情"、經世與遊樂等諸多角度進行中日文學的比較，對日本文學的超政治性特點作了細緻的考察①。若從與中國文學比較的角度，將這個結論視爲對日本文學整體特徵的概括，當然是不刊之論。但若以日本漢文學而言，則由於直接來源於中國文學傳統，不免受到中國文學重視現實的影響，這在平安漢文學中就已有所體現②。及至中世時期，雖然漢文學創作主體爲僧侶，但五山文學對於現實與政治的關注，較之以前又有所加強，是不容忽視的，這既源於對宋元文化與思想的受容，也是由於五山禪僧與現實社會的密切關係。

　　日本佛教在平安時代以前已形成了佛法護國的觀念，而禪宗傳入之始，榮西著《興禪護國論》，道元著《護國正義論》，也都從護國的角度向當時的統治者宣傳禪宗，尋求宗門發展，因此，禪林最初便與政局聯繫緊密。具體到五山禪僧與社會現實及政治的關

①鈴木修次著，吉林大學日本研究所譯《中國文學與日本文學》，海峽文藝出版社，1989 年。

②如藤原克己《菅原道真と平安朝漢文学》就揭示了平安朝漢文學對文章經國、詩言志等文學觀念的受容，東京大學出版會，2001 年。

係，可以從兩個方面進行説明。

首先，從整個中世禪宗與幕府的關係來説，鐮倉時代開始，臨濟宗禪僧就得到幕府及新興的武士階層的外護、皈依，作爲宋元新文化的傳播者，他們逐漸參與到幕府的政治活動中，如足利尊氏信奉夢窗疏石，不但在宗教上聽從其説教，在政治方面也多向他徵詢意見。至足利義滿時模仿宋代官寺制度建立日本禪林的"五山十刹"制度，以相國寺主持爲僧録司，總管五山以下各禪寺事務，此舉不但形成了嚴格的禪寺等級制度，大量五山禪僧也成爲幕府的政治顧問，參與幕府的内政外交：他們作爲使臣出使他國，相國寺成爲掌管外交的場所；經常斡旋於當時公、武以及各種地方勢力之間，充當著中間勢力。從這個角度來説，五山禪僧身份本身便具有政治影響力，同時，爲了宗派勢力的地位與發展，他們也不得不依靠幕府以及使用這種能力。

其次，從思想和學問的背景來説，主張三教一致、儒佛不二是宋元禪林對待外學的主流態度。宋元禪僧與士大夫來往密切，使得其世俗化趨勢日益明顯，如在思想方面吸納儒家忠孝節義的倫理觀念便是表現之一。禪宗傳入日本，便發生在這種已與士人社會以及理學思想水乳交融的情境下。日本禪僧十分熱衷於詩文、理學等外學，五山禪僧在思想與學問方面必然受到宋代士人文化與理學思想的深刻影響①。

正因爲這兩個原因，與宋元禪僧相比，許多五山禪僧在宗教身份以外，還具有政治身份，有積極參與政治的意識與能力，他們深入地研究過儒家思想，形成了獨立的政治觀念與理想，頗具宋元士人的性質。五山禪僧與現實社會的緊密聯繫，不可避免將會反映在他們的文學創作中，使得五山文學在政治性、現實性方面，超越

---

①關於日本中世禪林接受宋學的具體情形，可參前揭芳賀幸四郎《中世禅林の学問および文学に関する研究》第一編第二章《宋学の伝来及び興隆と禅僧社会》，第 43—141 頁。

往昔漢文學，也不同於同時代之和文學，達到了新的高度。在禪僧通過文學關注現實時，杜甫作爲典範的作用是不容忽視的，本章即立足於揭示杜詩對五山文學現實主義一面的典範影響。

<h2>第一節　四十明朝過：五山文學中的
政治理想與不遇之嘆</h2>

　　如果説五山禪僧對待文學的態度，由於其宗教立場而經歷了從“不立文字”到“大興文字”的過程，一開始表現是消極的，那麼他們在政治方面的表現則與此相反，由於日本禪林與幕府的緊密關係，禪僧們在行動上往往表現出積極的“入世”態度：與公卿貴族、大名武士往來密切，對統治者獻策進諫，甚至議論時政，形諸文字。受到儒家思想的影響，禪僧們對與現實政治的認識及其個人政治理想，往往與宋元時期士大夫無異，這主要表現在以下兩個方面。

　　首先，五山禪僧普遍具有儒家的仁政理想，希望政治清明，君主賢能，民衆安居，天下太平，在這種政治語境中，他們對自我身份的認知常常爲賢臣，表現出“扶明堂之顛，支大廈之傾”，以“充世之用”的參與意識[1]，普遍期盼與統治者形成聖主賢臣的關係。從中世流傳下來的各類日記，常有記載禪僧爲幕府將軍、管領或其他公卿講論治國平天下之道、宣傳仁政文教之功、呈獻安邦定國之策，均可以視爲他們爲達成其淑世安民的政治理想而付出的努力。這種政治理想在五山文學中也得到了突出表現，中國古代聖君、賢臣，諸如堯舜，高宗與傅説，文王與呂尚，漢高祖與韓信、張良，劉備

---

[1]義堂周信《德操説》，《空華集》卷十六，第 1783 頁。

與諸葛亮等"聖主得賢臣"的故事,五山時期時常是圖繪表現的主題,在詩歌中也得到了大量的熱情歌頌。以《翰林五鳳集》卷五十九與六十"支那人名部"所收相關詩歌爲樣本進行考察,可以發現賢臣、詩人與隱士是五山禪僧最爲關注的三類人物,其中對詩人與隱士的關注,也不乏從其政治命運與能力著眼,如前文所論述的蘇軾、黃庭堅,均可見禪僧對他們所處政治生態的關注。另外,由於禪僧們嚮往與統治者形成聖主賢臣般的君臣之義,杜甫"聖朝無棄物""葵藿傾太陽"、黃庭堅"炙道背堯舜"這樣與君臣關係、政治狀態相關的詩句,作爲句題也常出現在詩會活動中。如九鼎竺重《聖朝無棄物》:"下是皋夔上有虞,材如莪菲應時須。青雲今日在平地,草合城南處士廬。"[1]便歌頌當時上有如虞舜之君,下有如皋夔之臣,政治清明,登青雲如履平地,有才者皆不隱居避世,以致城南隱士之廬没入荒草之中。月舟壽桂《野無遺賢》如出一轍:"四海群賢起草萊,吾王聖德網恢恢。漢光昔日有遺憾,再使子陵入釣臺。"[2]至於西胤俊承《群賢圖》則更能反映日本中世的政治特色:"數子形容蕭且寬,從亡不肯避艱難。信知霸業資文教,一戰終令晉祀安。"[3]贊嘆晉文公故事,而其中"霸業資文教"莫若説是對當時武家政治的歌頌。雖然這類詩歌從歷史事實的角度來説與當時的社會政治局面相去甚遠,其中含有諷諫之義抑或是粉飾太平也可以進行探討,要皆反映出禪僧們的政治理想與他們在政治活動中"賢臣"的自我身份意識,這一點是不可否定的。

　　其次,從禪僧自身來説,雖然中世隱遁之風盛行,但從儒家忠君報國與佛教救世渡民的思想出發,渴望以一己之能力止戈彌亂、經世濟民者也大有人在,因此待時而出、功成身退成爲禪僧理想的一種人生選擇。所謂"古大丈夫,得志當世者,不動聲色,置天下於

---

① 《翰林五鳳集》卷三十八,第 783 頁。
② 月舟壽桂,《幻雲詩稿》未收,見《翰林五鳳集》卷三十八,第 783 頁。
③ 西胤俊承,《真愚稿》,第 2712 頁。

泰山之安，功成名遂，乞骸歸山，是謂克始克終。"①一曇聖瑞曾告誡
其有"靜退者風"的藏主説："善則善矣，君子之行當時中，如子志，
不亦隘乎？"並且作詩"責其短"云：

> 謝安出處不謀身，豈啻皇家顧遇頻。匪墨匪楊孰爲是，丈
> 夫有志報君親。②

以謝安爲例，説明丈夫當有"報君親"之志向，而不能一味以隱退
爲高尚。五山禪僧這種政治理想的表達，在其字説類文體中表現
得尤其明顯。字説作爲一種文類，源於先秦冠禮制度，主要內容
是解説命名取字的緣由，闡述其意義，同時寄寓規箴、勉勵以及祝
福之意，以小見大，字説往往能體現個人、群體乃至整個時代的理
想追求。這種文體在宋代大爲興盛，宋代尊崇儒學、希聖希賢的
時代文化也體現在這種取字定名的文章之中③。受到這種社會
風氣的影響，宋元禪林字説類文體也十分發達，如惠洪、居簡等僧
人相關文章皆數量不少。五山禪林受宋元風氣影響，禪僧之間請
字立説更是蔚然成風，禪僧文集中字説類文字連篇累牘，堪與詩
歌、四六文、詩畫軸序跋並列爲五山禪林文學中最流行的四種文
體。值得注意的是，五山禪僧爲人立名取字的時候，往往表現出
與宋代士人一樣希聖希賢的人生理想，如直接以君實、希文、南
豐、堯夫這種宋代賢臣之名字表達慕藺之思，取仁如、德秀、顯道、
剛中這類出自儒典的名字寄寓修養道德之意，取致堯、河清、濟川
這類名字表達治世理想，皆體現了五山禪僧對於儒家文化的深度

---

①橫川景三《送慈雲禪師之紀州詩并序》，《補庵京華後集》，第 386 頁。
②《幽貞集》，第 307 頁。
③關於宋代字説，參見張海鷗《宋代的名字説與名字文化》，《中山大學學報》
　2013 年第 5 期；劉成國《宋代字説考論》，《文學遺產》2013 年第 6 期。

受容與認同①。最後，即使僅僅就個人榮寵來説，在"五山十刹"的官寺制度之下，禪僧們對於在官寺出世、獲賜紫衣、得參幕政之類的政治殊榮皆有所憧憬，有著類似於士人出將入相的人生設想。如義堂周信説："自古士大夫之仕官而至將相，高車駟馬，富貴而歸故鄉者，昔人比之衣錦之榮，故曰富貴不歸故鄉如衣錦夜行也。吾方袍之士，游四方、尋師友者，道業既成，踐師之位，紫其衣，師其號，旌幢導其前，輿臺擁其後，而歸父母之邦，行法施之化也，亦比之畫錦之榮。"②

　　不過，當時日本社會的現實情形是鎌倉末期公武之間鬥争頻繁，甚至形成長達半個多世紀之久的南北對立局面；及至室町幕府時期，隨著地方大名勢力的膨脹，幕府的統治範圍又不斷縮小，各種勢力戈矛相向，社會長期處於分崩離析的邊緣。整個中世，戰亂不斷，生靈塗炭，殆無寧日。具體到五山禪林的升進制度，也正如前文所述，由於塔頭的形成與幕府對寺院升進的操控，有才德者沉淪下層、憤而隱居避世洵爲常態。社會現實與禪僧們的理想之間無疑有著巨大的鴻溝，因此，比起表達主聖君賢、生民安樂的太平理想，在與幕府及各地大名往來的過程中，通過詩歌進行勸諫、督責，以及書寫現實與理想之間的落差，顯然更具有現實意義。如中巖圓月在"元弘之亂"後隨其外護者大友宗貞從博多上京都觀見天皇，希望實現以正名思想爲核心的安邦之策未果，他在《寄前大理藤納言》中，以"世運醍醐五百春，忻逢聖德有賢臣"對對方表示恭

---

① 當然，五山禪僧的字説並不只顯示其接受儒家政治理想影響的痕迹。作爲僧人，部分字説表達其明心見性的禪修目的或光大宗派的宗教價值觀；作爲詩文僧與學問僧，部分字説表達其文藝觀念；甚至由於中世隱逸思潮的盛行，部分字説直接反應樂山樂水的情懷，這皆是五山字説反映當時禪僧多樣化人生志趣所應有之內容，其實也從一個側面反映出禪林文化的豐富性和複雜性，禪僧並不僅僅囿於宗教身份，其思想旨趣甚至與士人更爲接近。由於本節只從禪僧與政治之關係著目，故特强調字説反映其政治理想的一面。
② 義堂周信《鎌倉稿序贈權上人南歸》，《空華集》卷十二，第 1671—1672 頁。

惟後，便説："古來獻替忠良事，豈棄蒼生辭逆鱗。"①希望對方能利
用自己的政治地位履行勸諫之責。同時，抨擊當時不重儒者文臣
而豪强武士爲所欲爲的社會現實道："哪堪章甫島居國，不見哀公
復問儒。豪俠臂鷹轉衣錦，將軍飼馬米舂珠。賦詩見妙由橫槊，鼓
瑟雖工奈好竽。汲井瓶羸遭更礙，鷗夷腸大有人沽。"②魯哀公曾向
孔子咨詢政事，首聯便以此故事切入，"哪堪""不見"語氣尖鋭，直
接對當權者不重文治與人才提出批評，而後三聯更是對當時武士
把持政局的批判。中巖圓月的這類抒寫其空懷報國之志與憂國之
情却不能一展懷抱的詩歌，因在五山禪僧中表現尤其突出而較早
得到了研究者們的關注，甚至被稱爲"最具儒學素養""唯一深入百
姓"的詩僧③。事實上，五山禪僧普遍懷有儒家淑世安民的理想，同
時兼負宗派發展的責任，故其對政治的態度均有積極的一面，但在
當時黑暗的現實中則不免時時碰壁，所以中巖的這種書寫並非個
别現象，而是五山詩歌的一個重要内容。上編曾論及禪僧們在題
畫詩塑造的心懷忠義、命途塞澀的杜甫形象中，投射了他們自身的
感情與遭遇，杜甫"竊比稷契"的政治理想與忠義之節對他們自然
有其示範意義，而在五山禪僧以現實爲題材的詩歌創作中，杜詩也
以對社會現實波瀾壯闊、入木三分的描寫，成爲他們效仿、學習的
典範，下文筆者將先從歲除詩這樣一個微小的角度，闡述杜詩在五
山詩歌中所激起的回應。

　　歲除詩指的是以吟詠歲暮除夕光景爲内容的詩歌。在以農業
立國的地區，歲時節令使日常生活形成穩定的節奏。作爲時間的
節點，節日往往既是親族聚集的狂歡時刻，又提醒人們季節的流
轉、時光的流逝，令游宦在外的敏感詩人們驚覺生命短暫、故園暌

---

①中巖圓月《寄前大理藤納言》，《東海一漚集》，第 329 頁。
②中巖圓月《復和前韻寄院司二首》（其二），《東海一漚集》，第 341 頁。
③北村澤吉《五山文學史稿》，富山房，1941 年，第 239 頁。

違，引起無盡的傷感與思考，歲暮除夕尤其如此。因此，歎老嗟卑與念家思親成爲歲除詩最集中抒發的情感，杜甫的歲除詩《杜位宅守歲》，便書寫"自傷將老，壯志未申"之情：

> 守歲阿戎家，椒盤已頌花。盍簪喧櫪馬，列炬散林鴉。四十明朝過，飛騰暮景斜。誰能更拘束，爛醉是生涯。①

此詩作於天寶十載（751）除夕，是年杜甫獻三大禮賦，而後召待制集賢。杜位爲其從弟，李林甫之婿，當時林甫方擅權，故杜位也必十分炙熱。此詩首四句便寫如杜位這等富貴人家的除夕：簪纓聚集，以致櫪中之馬喧闐；炬火通明，使得林中昏鴉驚飛，極寫賓客之衆與筵席之盛。然而後兩句神氣驟變，寫到自身，四十已過，年已將暮而壯志未酬，故不擬更爲功名拘束。雖然是曠達自放之語，實際却蘊含著深深的悲傷，蓋因此時杜甫自覺年歲將暮而尚未授官，稷契之志無因上達，欲拘束己身附勢飛騰則不能，眼睜睜看著暮景飛騰倏忽而過，却只能任其流逝，以爛醉消遣生涯。此詩第三聯所拈出的兩個時間節點，十分值得注意：在自然時間中，除夕是一年最重要的節點，它標識著一段光陰的結束；對以"奉儒守官，未墜素業"爲豪的杜甫來説，四十又是其生命歷程另一個重要的節點。《論語・學而》言："吾十有五而志於學，三十而立，四十而不惑。"②《禮記・曲禮上》又言："四十曰强，而仕。"③可見對於儒士來説，四十歲在爲學致知的求道過程與濟世安民的入世過程中是一個重要的分割點。當除夕守歲之際，立志事君報國的士人因歲暮簪纓的狂歡而審視自己四十未仕的遭遇，無疑具有生命流逝與壯志未申

---

① 《杜甫全集校注》卷一，第 266 頁。
② 《論語・爲政》，何晏集解，邢昺疏《論語注疏》，《十三經注疏》本，第 5 册，第 5346 頁。
③ 《禮記・曲禮上》，鄭玄注，孔穎達等正義《禮記正義》，《十三經注疏》本，第 3 册，第 2665 頁。

的雙重悲哀,這正是此詩容易引起後世士人的同情心理之處。因此,杜詩在五山禪林傳播之初,此詩便引起了禪僧們的關注,他們往往將目光聚集在"四十明朝過,飛騰暮景斜"一聯,每當年近四十,便不能無所感慨。如月舟壽桂言:"'四十明朝過,飛騰暮景斜',乃杜員外感時之言也。古今言詩者,至是不可不慨焉。今年四十,離居山寺,除夕蕭索,殘燈不焰,寒雨打窗,杜子一聯,不覺上心。然如杜則宴姪位家,盍簪之朋,擁馬駢闐,列炬之光,林鴉驚殺,慰暮景者不爲鮮焉。予比哉,感歎之餘,作詩自紀其年。"①像月舟這樣,以杜甫此詩爲典範,五山禪僧創作了不少歲除詩,這些詩歌與我們前文所討論的五山詩歌注重詩歌的交際性功能、偏好表現內容的風雅趣味以及資書以爲詩的寫作特點皆不相類,而是以禪僧們對個人生命與社會現實的真實體驗爲內容,書寫處於亂世的憂生之嗟與不遇之嘆,充滿了强烈的現實主義氣息。在内容與抒情表達上,禪僧們在歲除詩中表達的現實體驗可以分爲以下三個層面進行理解。

首先,歲除詩經常反映了五山禪僧顛沛流離、困頓愁苦的生存狀況以及相關體驗。禪宗雖然受到幕府大力扶持與尊崇,但由於政治黑暗,而禪宗內部派系間爭權奪利也十分激烈,得以在官寺出世任職掌握實權的往往是所謂的"能僧",大量耿介忠直的詩文僧、學問僧則或聚集在師門一派的塔院閒居,只能竟日以詩文唱和相高;或者任職西序,並無權參與寺院實際事務;有的甚至終身沉淪於侍者、藏主之位,不得在官寺出世。大量禪僧雖有文名令譽,許多早年並不得意,輾轉於各禪寺之間,依違於諸名僧門下,受到他派的排擠與壓制,又遭逢亂世,四處漂泊。以前期曹洞宗宏智派所開創的白雲庵友社爲例。由於曹洞宗宏智派東明慧日在鐮倉末頗受幕府重視,其門下一時大盛,但在外護者北條貞時死後,便失去

---

①月舟壽桂《幻雲詩稿》卷二,第 224 頁。

靠山,門下弟子在圓覺寺僧堂逐漸受到臨濟宗諸派擠壓,只得或退居於其師塔院白雲庵,或被迫轉投臨濟宗,又或渡元以逃避矛盾,別源圓旨、東白圓曙、不聞契聞諸僧皆在這種情形下入元留學[1]。其後宏智派弟子中巖圓月因不滿當時禪林嗣法的"潛規則",公開宣布嗣法在元所參學之大慧派東陽德輝,轉又不斷受到宏智派禪僧迫害打擊,甚至危及生命,最終只能憤而隱居藤谷。遭遇個人的失意、派系的爭鬥,又遭逢國家的危機,中巖圓月、別源圓旨都對歲暮這一節序特別敏感和關注,別源圓旨有《除夜書懷》《和孚首座歲暮韻》《用前韻重見和三首》,自傷衰暮之年將至而漂泊異地,蹉跎歲月,理想受挫;又感歎遭逢末世,大法陵夷,干戈四起,餓莩遍地,不由得掩面傷時,發出"蹭蹬危途如畦步"[2]的感歎。其《除夜書懷》道:

> 窩中野客暗傷懷,風物蕭條歲月催。白髦勸人頭上至,青山招我意中來。阿師室內羞盤特,慈母堂前思老萊。四十一春今夜近,平生志氣已寒灰。[3]

處在四十歲這個應當"強而仕"的生命節點上,他却看著自己的滿頭白髮,爲歲月催人、杯盤羞澀、背井離鄉、志氣未申等種種的失意而心如寒灰。中巖圓月也有《歲晚》《新年》《己丑元日》等一系列詩作。《新年》也寫在四十歲之年,即曆應三年(1340)。據其《自歷譜》,先年他數次拒絕東明慧日,因此在多處寺院皆未得出世,及在吉祥寺"表嗣法百丈老師之意,既上鐮倉,洞宗之徒,憤然欲害予",於是是年便"誓杜藤谷門"[4],方經歷過志不可得的痛苦,又遭宏智派迫害,不得不隱居藤谷,在閒居的痛苦中,他感到時光毫不留情

---

① 玉村竹二《東明和尚語録解題》,《五山文學新集別卷》下冊,第663—664頁。
② 別源圓旨《用前韻酬見重和》,《東歸集》,第775頁。
③ 別源圓旨《除夜書懷》,《東歸集》,第765頁。
④ 中巖圓月《佛種慧濟禪師中巖月和尚自歷譜》,《東海一漚集》,第621頁。

地逝去,而自己一無所成,不由得感傷起來:

> 天下至公惟歲華,未嘗行不到閒家。今朝四十何方愕,暮
> 景尋常亦可嗟。茶啜新年甌面雪,梅留舊臘佛前花。兒童那
> 識老來早,競趁青陽笑語譁。①

首句感歎退隱藤谷,世間諸般事物中對自己公平的唯有光陰,不因
其閒居便予放過,一個"惟"字已透露出對所遇不公的不滿,以及閒
而無用的生涯帶來的深深痛苦,繼而寫年邁四十而暮景尋常,又以
兒童不知老暮之速而競相取樂反襯,全詩都沉湎在年命兩不濟的
鬱結情緒之中。在以後的歲月中,中巖還多次表現出對閒居、對年
歲的敏感,四十六歲之時,他寫下如此激憤之語:"閒花野草亦朝
人,余獨何心忌混塵。小子更休勤學我,誤來四十六年身。"②五十
歲的歲首,他又寫下"昨宵伯玉悔非去,今日仲尼知命來。照古菱
鏡雙鬢雪,坐蒲團覺寸心灰"之句③,前一聯用伯玉悔四十九年之非
與仲尼知命的典故,隱含著對自己遭遇的無奈與憤慨,而後一聯暗
用杜甫"勳業頻看鏡"(《江上》)之句,鏡中的白髮令他不由得心如
寒灰。

　　別源圓旨與中巖圓月詩中這種歎老嗟卑、傷時感懷的歲除書
寫,在五山禪僧歲除詩歌中是具有普遍性的,時不我待、扶宗無力、
報國無門,各種悲涼的情緒總是在歲末除夕集中爆發(尤其是四十
歲的除夕),使得禪僧們的歲除詩在抒情表達上顯示出同樣的基
調,下面分別列舉前期、中期、後期歲除詩數首,以見其概貌:

> 急景隙駒催,螫年蛇尾纏。窮何將歲去,老欲與春來。世
> 事鼻堪掩,梅花嗅幾回? 扶宗非我力,芋熟撥爐灰。④

---

① 中巖圓月《新年》,《東海一漚集》,第 332 頁。
② 中巖圓月《藤陰雜興》(其十三),《東海一漚集》,第 346 頁。
③ 中巖圓月《己丑元日》,《東海一漚集》,第 349 頁。
④ 夢巖祖應《歲暮即事》,《旱霖集》,第 12 頁。

　　　　孤蹤困道途，未得賦歸歟。舊隱三千里，行年六十餘。眼
中前輩盡，身上故人踈。鏡裏雙蓬鬢，飄蕭雪不如。①

　　　　天寒歲暮雪如簁，日夜嚴城鼓角鳴。百萬已收燕北馬，頻
繁休督海南岳。長江水冷魚龍伏，曲渚風生鴻雁驚。遥想東
門飯牛者，悲歌聲絶淚縱橫。②

　　　　昨日皆非今日是，明朝五十恰平頭。流年卒卒如奔馬，餘
喘累累如老年。故國長鑱牽曉夢，禁城殘角入春愁。爲君更
復增凄斷，泉上淹留歲再周。③

　　　　半是尤人半怨天，明朝四十下灘船。殘燈一點千金價，未
到曉鍾猶舊年。

　　　　榮辱升沉難付天，天涯愧我迹如船。有何顔色對春色，生
不成名四十年。④

無論是前期的夢巖祖應、天境靈致，還是中期的絶海中津、江西龍
派，抑或後期的策彦周良，其歲除詩皆極類似，以對年歲和生命的
細膩的敏感度，嘆老傷懷，自悲身世兼悲世事，可謂五山詩僧之"同
情"也。

　　其次，歲除詩還直接描寫鐮倉、室町時期的國家之危、百姓之
厄和禪僧們憂國憂民的情緒，表現出對國家危難與民生疾苦的深
切關注。前期公武之間、後期各地守護之間無休止的混戰、破壞與
殺戮，使國家時刻處於分裂的邊緣，面對這種局面，有的禪僧將之
實録於詩中：

　　　　寒風刮肉三冬暮，四邊干戈尚未駐。豺狼梗路行人稀，鰥

---

① 天境靈致《歲暮感懷》，《無規矩》，第 133 頁。
② 絶海中津《歲暮感懷寄甯成甫》，《蕉堅稿》，收入《五山文學全集》第 2 冊，第
　1914 頁。
③ 江西龍派《歲除述懷一首，寫示闡上人，上人攻學不怠，每有流年之嘆，想讀
　此詩，槩擊節》，《續翠詩集》，第 229 頁。
④ 以上兩首策彦周良《除夜》，《翰林五鳳集》卷二十三，第 424 頁。

寰寒餓誰問顧。羽檄四來點行頻，民役兵伍悲長吁。踏虎尾
兮涉春水，億兆叩天嗷嗷籲。傷時掩面象尼袂，哀世登樓仲宣
賦。未知造物如何哉，蹭蹬危途如畦步。騰飛在年籠內鳥，躑
躅堪憐罝中兔。臥龍不起伏波死，廊廟今日思撐捂。①

詩歌以七言古體的形式，鋪敘四方干戈給人民和國家帶來的深重
災難，同情征夫兵役所承受的重壓與苦難，念惜因爲戰爭造成的家
破人亡與鰥寡孤獨，期盼著有如諸葛亮、馬援這樣的能臣武將能夠
支撐廊廟，解救黎民。而有的禪僧則在感歎自己的顛沛流離、老之
將至的同時，往往想到更多生民疲憊，寄望國家統一、社會安定：

光陰荏苒斡旋頻，子丑寅終復卯辰。雪老冰枯殘臘夜，萍
流梗泛異方人。蒲團獨對青燈坐，節序空添白髮新。惟願來
年天降祐，三邊一統罷征塵。②

殘曆捲來今夕盡，賢侯過我語浮浮。十年治亂費千慮，三
國安危繫一身。怒則范增撞玉斗，醉時丙吉污車茵。餘生只
願聞仁政，四海疲民涸轍麟。③

天境靈致先寫光陰的流轉，由自己遭遇的顛沛流離念及天下人皆
如梗漂泛，因此在尾聯寄言來年三邊一統，止戈息武。天隱龍澤之
作是文明十一年（1479）除夕之夜寫呈過訪的赤松政則，此時歷時
十一年之久的“應仁之亂”剛剛結束兩年，頷聯美譽赤松氏所謂的
“十年治亂”即是指此。應仁之亂致使日本各地田園荒蕪，百姓窮
困，甚至連京都貴族也奔逃四處，困苦不堪，幕府統治幾乎崩潰，但
亂後足利義政等統治者却不顧民力的疲憊，重建室町御所，營建東
山別墅，聚斂變本加厲，因此天隱此詩面對執權的赤松氏，諷之以

①別源圓旨《用前韻酬見重和》，《東歸集》，第 775 頁。
②天境靈致《除夕用前韻》，《無規矩》，第 132 頁。
③天隱龍澤《文明乙亥除夕，檀越赤松公過客舍，閑話到深更》，《默雲稿》，第
　1202 頁。

"願聞仁政"，其意就在顧念如涸轍之魚的天下百姓。當時的五山禪僧，在歲暮靜坐之時，詩歌往還之際，多數如同天境與天隱"半論雪月半干戈"，"瓦鼎添香潛默禱，官軍發處熄兵塵"[①]，將解除國家危厄、解救蒼生作爲他們新年的期望。

　　最後，五山歲除詩中對於衰老、貧病、亂離的書寫，隱喻著中世日本國運衰微的現實。詩歌中對於歲暮這一年節的悲凉體驗，不僅僅是禪僧們對於自然生命流逝、社會前途渺茫的真實體驗，也是對中世國家力量衰弱、前途暗淡的綜合體驗。除夕原本是一個意蘊豐富的年節，因爲它不僅僅是舊年的結束，也意味著全新的開始。但是，相較中國歲除詩狂歡記樂與嘆老傷懷並存的情形，五山歲除詩中所見的只有"歲雲暮矣"般暗灰、敗落的意象，如白髮、殘燈、飄蓬、老牛、爐灰、寒風、暮雪，這些意象無不對現實具有隱喻色彩，仿佛預示著末世的來臨。禪僧們對現實的敏感，通過詩歌藝術層面的意象與抒情選擇表現出來，五山歲除詩也正是在這一層面上完成了其現實性與藝術性的同構。

第二節　離亂之痛：五山時期的戰亂描寫與詩史情懷

　　五山詩歌以杜詩爲模板，表現出現實性與政治性的一面，還體現在他們的戰亂描寫與自覺的詩史情懷中。杜詩在内容上"渾涵汪茫，千匯萬狀"，而其中尤以其用詩歌反映"安史之亂"前後的社會狀態、民生疾苦，反映時事政治、寄託政治關懷最爲後人稱道。後人推崇他能"即事名篇"，"諷興當時之事"，認爲這是對《詩經》、

---

① 兩句分别出天隱龍澤《冬夜談懷》《元旦作》，《默雲稿》第 1134、1201 頁。

漢樂府以來的寫實主義傳統的繼承與發揚，許之爲“詩史”①。而五山文學中，禪僧對社會戰亂的描寫，以詩寓史的思想，都受到杜甫深刻的影響。故下文以日本鎌倉末的公、武鬥爭與室町後期的“應仁之亂”這兩次較大的歷史事件爲中心，來看禪僧們對於社會戰亂的描寫。

　　雖然從源賴朝建立鎌倉幕府開始（1192），日本就進入了所謂的武家幕府時代，但是鎌倉武家的統治體制是不徹底的公武二元主義，整個鎌倉時代，公家繼續以朝廷及莊園領主的身份保持著政治地位和經濟權利，所以至鎌倉後期，武家實力衰退，公家便一度試圖恢復統治局面：正中之變（1324）、元弘之變（1331）以及建武中興（1334—1336）等一系列政治事件均是公家勢力爲恢復其政權所作的努力，此後經過了長達五十七年的南北朝（1336—1392）對峙歷史，足利高氏的室町幕府才算完全控制了日本②，公武之間的鬥爭超過半個世紀，在這段時期内，日本社會動蕩，戰亂頻繁，這一段歷史在五山前期的詩歌中得到了真實的反映。許多禪僧的詩歌直接反映了當時公武統治者相爭的局面。中巖圓月《擬古三首》的其中兩首道：

　　　　浩浩劫末風，塵土飛蓬蓬。天上日色薄，人間是非隆。螻蟻逐臭穢，鳳凰棲梧桐。獨有方外士，俛仰白雲中。

　　　　天上何所有，仰看色蒼蒼。兩輪於其中，驅逐相繼光。星宿雜經緯，縱橫粲然張。下土地不平，風惡塵飛揚。人生如夢幻，凡百應無常。愛別怨憎苦，日夜焦中腸。何當乘雲去，飄

---

① 關於宋人的杜甫“詩史”說，張暉《中國“詩史”傳統》第二章《以詮釋杜詩爲中心的宋代“詩史”說》有精到的概括，在關於“詩史”的諸多内涵中，以杜詩記載時事的寓史功能和杜詩的史筆表現最爲宋人所關注（生活·讀書·新知三聯書店，2012 年，第 17—76 頁）。
② 坂本太郎著，汪向榮等譯《日本史》，中國社會科學出版社，2008 年，第 208 頁。

然入帝鄉。①

前一首首二句描寫了一幅佛教末世圖景,以比喻人間混戰的灰暗局面:劫末之風比喻人間的戰爭,塵土飛揚、黯淡無光的末世場景喻示社會在戰亂中暗無天日、分崩離析;第三句"日色薄"借日以喻天皇,象徵著當時天皇實力薄弱,武家操控政權,"是非隆"直寫政局之混亂;最後四句是古詩常見的以小人高士對立模式作結,小人如螻蟻般追逐權勢,而高尚者則如鳳凰般隱止於梧桐,中巖作爲方外之人,爲此局面再三俛仰歎息。第二首同前詩一樣,以象徵的手法描寫當時的政局:日月兩輪相驅逐,隱喻公武之間無休止的爭鬥;縱橫雜亂的星宿光芒,象徵著各地方勢力加入爭鬥的混亂局面。這兩首擬古詩,皆以天象隱喻人間,其基調灰暗,充滿了躁動又壓抑的無由平息的不安情緒,十分敏感地將自然現象與國家興衰或重大變故聯繫起來,顯示出對中國類似戰亂詩歌中災異叙事的熟悉②,也十分真實地反映出如同灾異的政治環境給當時禪僧造成的心理壓力。這種描寫也見於竺僊梵僊、別源圓旨、夢巖祖應、天境靈致、義堂周信等一大批前期經歷公武戰亂局面的禪僧詩中,例如竺僊梵僊就曾次韻中巖的擬古三首,其一:"何處來飄風,萬事如轉蓬。乾坤亦不定,道路成汗隆。盡願作輪轂,不聞彈絲桐。南北阻且遠,推入羊腸中。"③又如義堂周信以"海邊高閣倚天風,明滅樓臺蜃氣紅""沙場戰骨化爲蟲"④描寫戰亂之後他視覺與心理的雙重體驗:戰場天風淒惻,蜃氣迷蒙,遠處樓臺明滅,眼前白骨蠕蠕如

①《擬古三首》(其一、其二),《東海一漚集》,第331頁。
②中巖圓月博通外典雜説,好學曆算陰陽之説,在其《自歷譜》及時人評價中均有反映,竺僊梵僊便言:"如中巖者,學通內外,乃至諸子百家、天文地理、陰陽之説,一以貫之,發而爲文。"(《示中巖首座》,《五山文學新集》第四卷第572頁)
③竺僊梵僊《擬古三首次中巖首座》(其一),《天柱集》,第677頁。
④義堂周信《亂後遣興》,《空華集》卷七,第1529頁。

蟲,似真似幻的描寫中,蘊藏著深刻的悲凉氣息。

更多禪僧運用詩筆詳細地刻畫了當時禪僧、公卿以及民衆的生存狀態。統治者之間的相爭,受苦最嚴重的便是普通的民衆,餓殍、兵役、枯骨、荒城,如此種種,皆被禪僧們懷著沉痛的心情寫入詩中。天境靈致此類詩歌極多,如:

> 擾擾干戈競殺傷,烏鳶飛下啄人腸。城中破壁塵空翳,火後遺基土轉黄。
>
> 戰國山川擁虎賁,壘邊枯骨有刀痕。胡塵漸盡皈鄉梓,昔日親朋半不存。①

前詩作於建武三年(1336),在建武二年(1335),足利尊氏借討伐北條時行之機,基本與後醍醐天皇決裂,其間與新田義貞和北條時行之間多次發生戰爭,攻克鐮倉,兩次進逼京都,迫令後醍醐天皇交出神器,幽禁天皇等諸種事件都發生在此兩年間,可謂混戰不息。在這種局面下,京都民衆的遭遇可想而知,天境之詩就描繪了當時的悲慘景象:戰場干戈不止,尸横遍野,烏鳶盤旋在荒凉的戰場上空,啄食腐尸;城中大火連日,以致破垣壞壁,幾乎空巷。第二首詩作於歸鄉途中,詩人經過戰場,觸目所見的枯骨上面尚有刀痕,這一細節描寫彰顯了詩歌叙事的真實性,使其痛苦情緒的傳達更爲強烈;後兩句寫戰爭帶給家園的變化,雖然戰塵漸漸平靜,然而回鄉後發現昔日的親舊半已不存,莊園寥落的景象如在目前,如果這時再回想那壘邊枯骨,或許就有自己的親人,該是怎樣一種傷痛!類似這樣直寫戰亂帶來的淒慘後果的,還有許多,如"乾坤干戈未息時,氣埃眯目風横吹。餓者轉死盈道路,荒城白日狐狸嬉。我問樂土在何許,一身可以安棲遲"②。這些詩歌所刻畫景象之慘烈、描寫的痛苦之深刻刺骨,頗有漢樂府之風,也確乎表現了五山詩歌所

---

① 天境靈致《丙子秋和序侍者嘆世韻》《亂後還鄉》,《無規矩》,第 130、146 頁。
② 中巖圓月《送澤雲夢》,《東海一漚集》,第 335 頁。

具有的"緣事而發"的現實主義的一面，都反應了公武相争給國家和民衆造成的巨大傷害。

如果説五山前期由於文學觀念的制約，詩歌創作還未完全脱離偈頌氣味，故詩歌感時言懷的現實主義特點主要集中於若干該通儒釋的禪僧創作之中，那麼在流行"詩禪一味"、以詩爲禪的中後期，國家破敗、民生凋敝的現實，必然在五山詩歌中得到更爲廣闊、清晰、深刻的描寫。南北朝合一之後，在陸續經歷了明德、應永、永享、嘉吉年間一系列小型的混亂後，室町幕府的統治力越發脆弱，終於在第八任將軍足利義政的應仁元年（1467），以幕府及斯波、畠山的繼嗣問題爲導火綫，開始了長達十一年的戰亂。這一次戰亂以京都爲中心，遍及全國，尤其作爲主戰場的京都，遭受損失巨大："雒城兵馬亂如胡"[①]，武士劫掠，戰火連綿，幕府所在地花御所、公家宅邸以及天龍寺、相國寺等五山寺院，皆化爲焦土。平民自不必言，連貴族、僧侶皆被迫遷徙流離，四處避難。大量的禪僧自此開始顛沛的生涯，如南江宗沅、瑞溪周鳳、横川景三、景徐周麟、桃源瑞仙、彦龍周興、天隱龍澤、萬里集九、太極藏主等禪僧紛紛避亂各處，他們在逃難途中所作詩文，從不同角度記録所見，抒發所感，展現了許多令人觸目驚心的歷史細節，上文所論及的哀鴻遍野的社會現實與兵戈不歇的統治者争鬥，當然也都得到了十分清晰的呈現，故此處不擬再次描述禪僧詩歌所記録的戰亂局面，而轉換目光，觀察在戰亂之中其應酬詩歌所發生的現實主義轉變。

由前文所論，我們知道在中期詩文創作鼎盛之後，五山文學創作的主流表現出鮮明的交際性的特點，其作品以高雅的情趣、廣博的才識爲主要内容，藝術性大爲提高，不過，由於對雅趣的執著，其反映現實的廣闊度、抒情的力度則不免削弱。及至應仁之亂爆發，詩社風流雲散，知己天各一方，生離死别、異地重逢的悲歡劇情時

---

① 横川景三《浦鶯》，《補庵集》，第 35 頁。

時上演，禪僧之間應酬往來，多問訊、憶舊、傷逝之作，一時應酬詩的內容、情感、風格也因之改變，以橫川景三亂中作品爲中心，我們可以看到整個五山禪僧在應仁之亂中的生存狀態與他們的唱和應酬所發生的變化。

橫川景三(1428—1493)，嗣相國寺養源軒曇仲道芳，從同寺北禪軒瑞溪周鳳學外學，他經歷應仁之亂，與桃源瑞仙避亂移居近江慈雲寺，又陸續輾轉於瑞石山永源寺、龍門庵、識盧庵，數次往返於近江與京都，這一時期所作的詩文皆收入其《小補東遊集》《小補東遊後集》《小補東遊續集》。應仁元年(1467)八月開始的避亂途中，"堅田四十九浦之賊，乘機伺隙，手其戈矛，腰其弓矢，拿船於浦浦，以候來往之人，凡無商無旅，有乘舟過者，掠而奪焉，殺而取焉"，橫川與桃源瑞仙在琵琶湖上也遭遇賊船，二人舟上途中數次聯句記錄了當時"問俗盜爲業，逢人詐亦謀"的情形①。九月十四日，他遇到隨後從京都逃難而來的僧人，與他描述"京兆(細川勝元)、金吾(山名持豐)之戰"的狀況，他聽説相國寺"香燈斷而鍾魚暗"，念及同寺不知何在的僧人，作了下詩：

> 有客新從中國至，剪燈語盡鼓鞞塵。霜坏驚寒敵兼我，沙場哭雨鬼耶神。金吾左右戒何夜，京兆平反笑未春。西風灑淚問官寺，屈指殘僧今數人。②

此詩表達了對同寺諸僧命運的擔憂，這種情緒貫穿於橫川景三逃難時期所作詩歌。此後橫川與桃源相繼與景徐周麟會合，第二年他得到了益之集箴的消息，益之集箴寄詩與他道：

---

① 橫川景三《湖上逢故人詩叙》，《小補東遊集》，第 42 頁。
② 橫川景三《九月十四日，適有僧自京師來者，語京兆、金吾之戰，凡諸將之張軍也，或壁于山、或壘于林，旌旗連影，鼓角交聲，泊乎不可言也。萬年之爲寺，近接大將軍私第，香燈斷而鍾魚暗，是可忍乎？余聞之，不覺淚之橫臆矣，詩一首述懷》，《小補東游集》，第 48 頁。

　　君臣未決兩年師，京國烟塵緇素疲。死者可無千字誄，騷
人只有七哀詩。家家沉竈産蛙日，寺寺長廊繫馬時。最恨承
天作焦土，塔婆獨聳鴨河涯。

　　敵餓近日不堪師，百萬官兵豈至疲。内苑花殘尚入夢，左
街柳盡孰哦詩。將軍耽學杜元凱，畫手潛宗李白時。嗟又春
來幾新鬼，啾啾哭雨洛西涯。①

益之在詩中悲歎兩年過去了，無論緇素、官兵均已疲於奔命，戰事
却還没有結束。他訴説近况：承天寺化爲一片焦土，只有殘破的舊
塔聳立鴨河邊；新春來了，京都戰場上不知又添了多少和雨而哭的
新鬼！得到益之的寄詩，横川回復道：

　　裹糧日欲訪諸師，盜賊縱横行路疲。貧似工夫先徹骨，身
成窮者爲言詩。木犀門外無雙月，菡萏社中猶六時。一别倉
皇不曾餞，到今遺恨有何涯。

　　落譜寒宗承帝師，衲衣下事半生疲。論兵盡學孫吳法，逢
亂空題李杜詩。百歲興亡雲起處，一朝榮辱露乾時。報言待
我買舟日，雨笠烟簑老某涯。②

横川痛訴自己的遭遇：漂泊、貧窮隨著戰争而至，戰亂給他們帶來
音訊暌違、生離死别的痛苦。在亂離中，禪僧之間的關係由之前詩
會往還中的夜雨對床、以詩爲戰，變成了逃難途中的相依爲命，寫
詩也從交際騁才變爲相問存没，横川與益之、景徐、天隱等人的唱
和均是如此，而他們對應酬詩歌的這種轉變也有自覺。應仁二年
（1468）春，横川在與景徐周麟相遇後，終於又得到了萬里集九的消
息，得知萬里避居在景徐雙親所在的草野附近，他托景徐捎去詩

---

① 益之集箴遺稿不傳，關於其行迹與文筆活動部分見於《蔭涼軒日録》，此詩轉
　　引自上村觀光《五山詩僧傳·益之集箴》，收入《五山文學全集别卷》上册，第
　　568 頁。
② 以上兩首《次韻益之見寄文叔十首》（其九、十），《小補東游集》，第 83、84 頁。

文，在小序中陳述自己逃難近況，訴説自己的牽挂："兵火以來，輦
寺一爐，諸友亂離，地角天涯，意緒萬端，不知所以裁也。"申明寄詩
的用意："仍書此句，寄呈老人，蓋欲知余未作鬼録也。"詩道：

　　　　亂裏人西我已東，曾遊夢醒落花風。欲知存没看聯句，四
　　十天涯一秃翁。①

往還的詩歌，象徵著尚在人世的消息，這是横川景三經歷師兄龍淵
本珠的"失聯"、益之的以詩寄意與得到萬里的音訊後，對應酬詩功
能的新認知。與此相應，從前詩會唱和往還的那種專求使事廣博、
抒情閒雅的詩風不見了，沉重而迫切的"問存亡"成爲應酬詩的新
內容②，應酬詩中常見的"江雲渭樹"意象，也由簡單的"朋友之道繫
焉"③變爲"江雲渭樹不堪比，李杜天涯悲亂離"④，如上舉横川景三
與益之集箴在戰亂中的往還詩篇裏，便可以看到横川景三屢屢化
用這一意象，以"但望眼與暮雲共入江東去耳""逢亂空題李杜詩"⑤
表達身處亂中對朋友的無限相思。

　　這一意象內涵的抒情色彩深沉化，正是顯示詩風轉變的極爲
明顯的例子，當然，不但應酬詩風格驟變，實際上，應仁前後的詩
歌，如詠物、節序、集會之類，均不乏內容充實、感慨良深、悲憤感人
之作。

---

①横川景三《應仁戊子仲春廿又三日，景徐侍者往草野省二親，余與桃源句而
　餞之，竊聞萬里老人所居近於草野，喜不可言，仍書此句，寄呈老人，蓋欲知
　余未作鬼録也。抑兵火以來，輦寺一爐，諸友亂離，地角天涯，意緒萬端，不
　知所以裁也。事事付景徐口實耳。自去歲八月，避亂於此邦，糊口於桃源，
　寸步逅遭，伏賜思察，詩一首信筆》，《小補東游集》，第87頁。
②横川屢次以唱和應酬"問存亡"，如"避亂東西南北走，別來何暇問存亡"（《寄
　萬里九藏主》，《小補東游集》，第91頁）。
③太白真玄《寄東濃中華詩軸序》，《峨眉鴉臭集》，第2226頁。
④瑞溪周鳳《又次前韻者三篇，寄卿雲侍者，末一索其法兄南容尊契一笑矣》
　（其二），《卧雲稿》，第546頁。
⑤横川景三《次韻益之見寄文叔詩》，《小補東游集》，第81—83頁。

　　從五山禪僧在戰亂時期表現出的對社會現實與歷史事件的敏感，可以發現他們對杜詩強烈的政治性與現實主義風格的接受與學習，也反映了他們對宋代以杜詩爲中心的"詩史"觀念的接受。通過對其現實寫作的具體分析，筆者認爲五山文學中以杜甫爲典範的詩史創作表現在以下幾個方面。

　　首先，他們在文學創作中關注現實、關心戰爭，是以杜詩爲典範，學習其詩歌記錄時事的筆法，同時效仿其精神。五山禪僧描寫戰爭與政治現實的詩歌，有不少直接聲明或可以確認模擬杜甫同題材的某詩。如太極藏主在應仁二年（1468）作《次老杜釋悶韻自述》《擬苦戰行》，其《碧山日録》中明言係模仿老杜以遣懷，他詩中所言：

　　　　貔貅霜肅六軍兵，流血漂櫓賊屯京。巍巍官殿變荒土，坦坦道路作高城……雖御毒以螫噬向，不知變自肘腋生。
　　　　西羌長驅援元惡，勢如吐蕃敵巨唐。所部奮躍脅朝廷，何時相引歸邊疆。縱整其旅遏暴亂，猶有藩籬匿豺狼。憶昔淫樂毒天下，天下相反致此殃。①

詩題詩語乃至敘事手法皆出自杜詩，同時，這兩詩又都是對"應仁之亂"中山名、細川、畠山、赤松、斯波等諸種勢力混戰京師、割據天下的實寫，至於"淫樂毒天下""變自肘腋生"無疑記錄了亂前足利義政窮奢極慾的聚斂手段和日野富子勾結山名持豐的歷史事實。除太極藏主這種直接標示模擬杜詩的詩歌外，還有一類與戰亂相關的詩歌也顯然受到杜詩的啓發，那就是喜聞捷報後的詩歌。安史之亂中，杜甫聞捷所作詩歌，有至德二載（757）在鄜州所作《喜聞官軍已臨賊境二十韻》《收京三首》，廣德元年（763）在梓州所作的《聞官軍收河南河北》等，這些詩歌皆表達了老杜喜極涕零的一片

────────

① 太極藏主《碧山日録》，應仁二年十一月二日、三日條。

快情和關心國事的滿腔忠心，尤其第三首作於安史之亂結束、自己輾轉道路近十年之際，歸鄉有望的巨大驚喜讓他熱淚滾滾，欣喜若狂，全詩一氣流注，確實是老杜"生平第一首快詩"。在連年戰亂中奔逃，捷報當然是最令人欣喜的消息，它意味著灾難結束的希望，對捷報的歌頌既是心靈真實情感的自然流露，又是憂心國家與厭戰心理的反映，杜甫如此，五山禪僧也是如此。室町中期以前，由於社會相對穩定，這類詩歌雖然所見不多，但也零星存在，如惟忠通恕《聞官軍收關西》就明顯效仿杜詩，歌頌官軍收復關西之戰功①。中期以後，動亂漸漸頻繁，這類詩歌便多了起來，尤其到了應仁之亂以後，許多禪僧輾轉數次逃難，每一回聞捷報有望回歸京都，便不由得寫下當時的心情，故在後期反映現實的詩歌中，聞捷喜勝成爲一個比較常見的詩歌題材，就筆者所見，南江宗沅、景徐周麟、天隱龍澤、月舟壽桂、蘭坡景茝、雪嶺永瑾、琴叔景趣等一大批禪僧都有不少以聞官軍歸、喜官軍凱旋爲主題的詩歌，尤其月舟壽桂最爲顯著，僅被《翰林五鳳集》所選入的就達數十首。此處選他在明應八年（1499）的京師之亂中所作十一首中的三首：

　　　　陣如赤壁舊磯頭，北卒南兵隔岸留。湖上無波兵散後，漁歌轉入凱歌不？

　　　　山擊越角水吳頭，歸袂猶遭佳境留。樵子漁翁皆熟面，他鄉亦作故鄉不？

　　　　雲隔長安天盡頭，避兵暫作賈胡留。太平漸覺春風早，紫禁烟花含笑不？②

這年秋天"南人起兵，京師戒嚴"，"朔方諸將陣於比叡山下，廿二日

---

① 惟忠通恕《聞官軍收關西》："去歲官軍伐遠戎，中原今見捷書通。願言斬盡九州竹，爲記沙場汗馬功。"《雲墅猿吟》，收入《五山文學全集》第 3 冊，第 2453 頁。

② 月舟壽桂《喜官軍凱旋》，《幻雲詩稿》卷三，第 223 頁。

吾京尹俾幕下士與之戰"，於是月舟壽桂離開京都，避居丹州勝願寺，此後他在此居留數年①，這一組詩作於他在丹州聞説官軍獲勝之後，雖然仍然滯留異地，但他愉快的心情從結句的設問中一覽無遺。對於杜詩反映現實的典範意義，五山禪僧是自覺的，希世靈彦説：

> 自丁亥兵起以來，予驚思不平，如茅塞於心，而不能得一詩，甚所愧也。每讀老杜詩集，必有掩卷而嘆者矣。子美自長安避安史之亂，去客於秦蜀夔梓之間，身將不暇於奔走，何其處在多篇題哉？今偶得蕭庵正宗所示詩二百餘篇，謂是丁亥亂來日課所作也。於是重爲發予嘆云。②

稱道正宗龍統應仁之亂後以老杜爲典範所作詩歌，而爲自己不能效仿感到慚愧。實際上，類似的時代遭遇，使禪僧們閱讀杜詩多如同希世靈彦"掩卷而嘆"，因此，即使沒有都如同正宗龍統一樣日課爲詩、記録亂中情事，但他們的異代同悲之感仍留在閱讀杜詩的相關詩作中。後期禪僧普遍對杜甫《洗兵行》《北征》一類記録時事的詩歌感興趣，許多詩僧留下了讀此類作品後有所感觸的詩作，如一曇聖瑞、春澤永恩讀《洗兵行》後所作，雪嶺永瑾、三益永因、春澤永恩讀《北征》後所作，都是借杜詩之情事，言自己之所感，實際上也是對現實的隱喻③。

---

① 上村觀光《五山詩僧傳·月舟壽桂》，《五山文學全集別卷》上册，第659頁。
② 《書正宗詩卷後》，《村庵稿》卷下，第464—465頁。
③ 五山禪僧對杜詩《洗兵行》中"安得壯士挽天河，淨洗甲兵長不用"之心聲尤有同感，不但一曇聖瑞、春澤永恩等禪僧讀此詩後留下詩作，上引太極藏主詩中也化用此句，表達洗戈止武的願望；另外，連在以摹寫景物爲重心的句題詩中，月舟壽桂也將《天涼看洗馬》與此句勾連，表達"江南休兵"的期望。至於禪林對杜甫《北征》詩的注意，可謂由來已久，早期禪僧注意其開頭記年月的寫法，題詠《杜甫北征圖》時，禪僧主要注意到杜甫"此身都是詩"的詩人形象（希世靈彦，第251頁），但在動亂的後期，雪嶺永瑾、三益永因、春澤永恩在讀《北征》詩後，不約而同地感歎其中戰場描寫的淒惻與杜甫之孤忠，有著十分醒目的現實性（此三詩見《翰林五鳳集》卷六十，第1165頁）。

　　其次，五山禪僧描寫戰亂的詩歌皆具有實錄的精神，他們或在詩題及小序中詳細地記錄年月、行迹、事件，或通過詩歌敘事，描寫戰亂中的某些細節，這些詩歌不但爲了解許多禪僧的生平行事提供了詳細的資料，而且可以補史之缺，從中觀察到室町中後期歷史事件與社會狀況的許多細節。五山禪僧這種敘事是有意識的。從後期禪僧此類詩歌多細緻記錄年月路程、多有長篇小序，最可見其用心。五山後期禪僧的這種實錄敘事，在南江宗沅、景徐周麟、天隱龍澤等諸禪僧集中皆可見之，而以萬里集九與橫川景三最爲典型。

　　萬里集九詩文集《梅花無盡藏》，此集按寫作年代編排，最大的特點便是詩文之下皆有小注，大多明確標注寫作之時間、地點、背景、同作之人，另外許多詩題也交代寫作之情形，當時事件，歷歷可考。敘禪僧行迹如《兵間小集》下注：“亂裏自江左赴洛，同諸彥會雲頂。”《次韻興彥龍菊詩》下注：“於時久默堂、興彥龍避洛之亂，寓尾之廣真精舍。”敘時事戰況如《謹奉次玉堂義廉閣下歲首之尊韻》言：“於時尾全國漸入手，遠、越二州未降。”《己亥人日立春》注：“濃兵入南國。”①另外，《梅花無盡藏》中有一大部分詩歌是萬里漂泊途中所作“日課”，題中皆記日期、行迹，甚至一日行事，其以詩寓史的意識是十分清晰的。

　　橫川景三詩提供了十分豐富的應仁之亂的歷史細節，這種歷史事件的細節描寫在其他同時代詩僧筆下也可以見到，如萬里集九曾寫到逃難途中遭遇賊兵，連隨身紙被也遭搶掠的經過②，但橫川景三顯然更有利用詩序來實錄的自覺。考察《小補東遊集》《小補東遊後集》《小補東遊續集》，最引人注意之處就是詩序的長篇巨幅與普遍存在，利用這些詩序，橫川詳細地記錄了應仁之亂中許多

①以上諸詩見《梅花無盡藏》，第 658、661、662、667 頁。
②萬里集九《立春前一日寓興》，《梅花無盡藏》，第 658 頁。

事件發生的具體情形，如《題橫川關序》記錄僧塔的燒失、《湖上逢故人詩叙》中記"相公脱身於軍中而赴勢州"的前因後果、湖上賊兵縱橫佯爲舟子以行劫掠的情形、《次韻益之見寄文叔詩序》叙述在亂中僧人披堅執鋭加入戰爭的事實，如此種種事實，皆因他的詩筆與史筆而存。另外，橫川景三也詳細記錄了禪僧們在逃難過程中的不同遭遇與生存狀態，如《寄桃源詩并序》言自幼長養於師兄龍淵本珠之手的經歷，叙亂中彼此失去消息的緣由，又記錄寄食於桃源和屢次往返求訪瑞溪周鳳之事，事事令人心酸，情見於中，其詩曰："上京百日走兵間，君屢招吾再入山。昨夜松風當枕起，猶疑諸將凱歌還。"夢想亂平還京，其漂泊之情可以想見[①]。

　　第三，在五山禪僧詩中，不乏寓褒貶之作，這自然是對杜詩"千年是非存史筆"的一種有意效仿，關於杜詩"史筆"，宋人從論人的"直筆不恕"、叙事的"直而婉""隱而見"——用語森嚴的褒貶功能角度進行過許多討論，這也是五山禪僧對"詩史"的認識與理解的一個重要方面。一桂老人《讀杜甫麗人行》道："詩史筆誅今視古，麗人春溢曲江頭。"[②]將杜甫運用詩歌進行褒貶視爲詩史在叙事上應有的特點，其本質是對杜詩關懷、批判現實精神的體認，基於對杜詩這一精神繼承，五山詩歌也不乏秉筆諷時之作。爲避免臆測之嫌，筆者擬通過興寄較明顯的一組詩歌來進行分析，即後期禪僧反復吟詠唐玄宗楊貴妃晚年情事的詩歌。

　　考慮到白居易詩特別是《長恨歌》在日本平安時代的廣泛傳播與深刻影響，日域文學作品對玄宗與楊妃情事感興趣並不足爲奇，在五山文學中，以其逸事爲題材的詩歌、繪畫同樣不勝枚舉。筆者通過對五山時期的相關詩歌進行排比對照發現值得注意的現象有兩點：從時代分布而言，後期尤其應仁之亂前後，這一題材

①橫川景三《寄桃源詩并序》，《小補東遊後集》，第 91—92 頁。
②《一桂老人詩》，收入《五山文學新集》第三卷，第 656 頁。

的詩歌創作遠遠多於其他時期。仍以《翰林五鳳集》爲例，筆者從
卷一春部、卷十七秋部及卷六十支那人名部共檢得此題材詩作
29 題 61 首，由應仁之亂前的禪僧所創作的僅有西胤俊承 1 首、
仲芳圓伊 3 首、江西龍派 2 首，其餘均爲後期禪僧所作[①]。從内容
而言，中期及以前的此題詩歌主要著眼於玄宗與楊妃情事之風流
與故事性一面，極少是非判斷；但後期所詠，關注點主要在討論其
與安史之亂的關係，頗具褒貶色彩。這兩個現象啓示我們思考後
期禪僧相關詩歌對現實的影射與禪僧通過詩筆對時政所作的褒
貶。之所以説禪僧所詠"安史之亂"相關詩歌具有影射"應仁之亂"
之意圖，首先當然在於這兩者之間具有可比性。從整個事件而言，
"應仁之亂"爆發至平息，前後十一年，歷時之久、波及之廣、影響之
巨皆與"安史之亂"相仿佛，同時其關鍵原因在於將軍足利義政與
其夫人日野富子的荒政亂國，也與後人認爲"安史之亂"始於玄宗
專寵楊家相似。從歷史細節來説，足利義政與富子沉湎享樂，重建
室町御所，以受賄、放債、私設關所等手段聚斂財富用於賞花、遊
園、歌舞伎等宮廷活動，亦與玄宗之宮廷宴樂十分相近；尤其是日
野富子之兄日野勝光擅專幕政，壓制將軍，又破格擔任内大臣，爲
朝廷所倚重，更與楊家之擅寵專權極爲相似。正由於史實上的這
種類似，後期禪僧吟詠玄宗楊貴妃事的相關詩作，大多具有隱喻現
實的意圖。如中期以前未見的《二月進瓜》，所詠的是玄宗時驪山
溫泉在早春二月已進奉夏季的新鮮瓜蔬，供給楊貴妃之事，批判其
恃寵生驕、窮奢極慾、聚斂無度，從而導致國家大亂[②]，如：

---

① 當然，這一統計還須考慮《翰林五鳳集》在選詩上有略向後期傾斜之特點，筆
　者因此查檢了中期代表詩僧江西龍派、心田清播、惟肖得巖詩集，所得亦只
　有江西 2 首（《翰林五鳳集》已選）、心田 2 首、惟肖 1 首。可見統計數據所反
　映的趨勢是可靠的。
② 出自王建《華清宫》："内園分得温湯水，二月中旬已進瓜。"（《全唐詩》，第
　3426 頁）

　　　　聞昔內園春進瓜，華清風雨野人家。溫湯一掬山河潰，萬
里橋西二月花。

　　　　聞昔驪山冬進瓜，至唐二月早於花。內園竟落野人手，時
有歸牛載暮鴉。①

　　　　驪山二月進溫瓜，一滴只須春養花。笑擘水晶開御宴，宮
前楊柳已昏鴉。②

　　　　二月溫瓜見始驚，花前笑嚼水晶清。驪宮宴罷風成雨，萬
苦皆從甜處生。③

這一題詩歌作於文明十八年（1486），據彥龍周興與景徐周麟之小
注"得鴉字"，且在《翰林五鳳集》中彥龍還有十數首代人之作，可知
這是此年一次詩會的同題共作。此時"應仁之亂"剛平歇數年，但
義政不但不吸取教訓，反而變本加厲，營建了東山別墅，日野富子
依舊把持朝政，享樂更勝從前。禪僧們在詩會上選擇這一題目，詩
中又不約而同地感歎"溫湯一掬山河潰""內園竟落野人手""宮前
楊柳已昏鴉""萬苦皆從甜處生"，顯然有諷刺與警示之意。至於景
徐周麟在另一首類似題材的詩歌中，描寫楊貴妃與玄宗"行在溫湯
年又年，民家競進洗兒錢"④，誰又能說不是借以諷刺義政與富子瘋
狂聚斂的行爲呢？應仁之亂前後，楊貴妃故事題材特別流行。如
享德三年（1454）希世靈彥作《楊妃橫笛圖》："貴妃姐妹悖恩光，玉
管相催檀板忙。一自峨眉西幸後，那知此曲却凄凉。"康正元年
（1455）又作《明皇楊妃並笛圖》："只因偏愛海棠睡，落盡梅花也不
知。"⑤以"海棠"暗指楊妃，以笛曲吹《梅花落》暗示玄宗寵縱後宮，
致使天下搖搖欲墜。希世靈彥此詩因以含蓄的語言暗寓諷刺之意

---

① 以上二首景徐周麟《二月進瓜》，《翰林葫蘆集》，第 117、127 頁。
② 彥龍周興《二月進瓜》，《半陶文集》，第 993 頁。
③ 彥龍周興《二月進瓜代人》，收入《翰林五鳳集》卷一，第 100 頁。
④ 景徐周麟《明皇行幸溫泉圖》，《翰林葫蘆集》卷三，第 97 頁。
⑤ 以上兩詩見希世靈彥《村庵稿》卷上，第 237、241 頁。

而廣爲流傳,如月壽印就將其選入《中華若木詩抄》,且稱其爲"名譽之作"(是モ名譽ノ詩ゾ)①。實際上,除了玄宗與楊貴妃這一比況的明顯的隱喻以外,後期許多詠史詩的諷喻、褒貶色彩都很清晰。例如中期禪僧詠唐太宗事,多是稱道其作爲明君能行德政,而後期相關詩歌却意味深長,景徐從他"懷鷂子"一事著眼,批判正是他的這種"臂鷹終日宴深宮"的逸樂行爲,使得"封倫霸業風霜起,搖動君王懷袖中"②;雪嶺永瑾和月舟壽桂則從玄宗損毀其霸業角度出發,感歎"可惜明皇墜先業,漁陽胡馬入潼關"③。總之,後期禪僧在詠史之時多表現出批判的立場,這正是他們實現詩歌批判現實功能的一種手段。當然,由於日本文學較少直接以時政作爲詩歌表現的題材,所以他們多以這種詠史的隱喻來實現詩歌的褒貶功能,這也可視爲杜詩典範的一種經典變異吧。

　　最後順便提及,許多研究者都注意到,在形式上五山詩歌以七言絕句佔絕對優勢。禪僧喜好絕句,其中原因是複雜的,一般來説,詩歌的樣式和内容之間,也並不存在固定的對應關係。不過,對於主體内容爲流連詩酒、偏好風雅、重視發掘幽微感悟的五山文學來説,七絕這種小碎篇章,在表現方面確實有其優勢。但我們看到,當禪僧追摹杜甫的憂時情懷,寫作反映現實的詩歌時,他們往往會選擇七律甚至古體詩歌這樣容量更大、更適合叙事的詩體,這種選擇與嘗試無疑使五山文學在形式上更加多樣與豐富。而從詩歌風格上説,由於對現實社會以及個人命運表現出强烈關注的大

①《中華若木詩抄》,第149頁。
②景徐周麟《唐太宗懷鷂子》,《翰林葫蘆集》,第166頁。按,景徐"臂鷹終日宴深宮"的描寫更加指示了此詩的隱射意義,室町時代由於武家黨政,蓄鷹十分普遍,鷹在武家生活中極受重視與喜愛,禪僧詩集中詠鷹、畫鷹、鷹贊之作不計其數,故詩中此句顯然是有其現實原型的。又,五山禪僧詠鷹之作受杜甫影響也極大,且不少同樣有著詠物托志的現實意義,爲免瑣碎,拙論不再一一列舉。
③月舟壽桂《閻立本貞觀職貢圖》,《幻雲詩稿》卷二,第200頁。

量詩歌存在，也使得五山詩歌並不只限於閑雅、幽玄的表現風格，尤其在被視爲文學衰頹的五山後期，詩歌中所注入的現實內容，無疑對越趨平弱、單一的詩風產生了一定的衝擊。

第三章　灰里撥陰何：五山禪僧的 詩法理論及其實踐

——黃庭堅詩法理論的典範意義

　　詩法即詩歌創作中種種法則的合稱。在宋代詩人中，黃庭堅及以他爲中心的江西詩派，其詩學理論的重要特點之一是講究詩歌法度，尤其是關於詩歌語言法度方面，在廣泛學習、吸取前人理論和經驗的基礎上，提出了許多新鮮的、具體的内容，因此，詩法是山谷詩學中一項極其重要的内容。作爲盛名流播日域的文學典範，黃庭堅的詩法理論不僅僅對江西詩派和宋代詩歌產生過深遠影響，也滋潤著日本中世禪林的詩歌創作。因此，本章從五山禪僧詩法理論的相關表述與具體的創作實踐出發，討論山谷詩法理論對五山時期詩歌創作的典範意義。

　　相較於此前的平安時代與此後的江户時期，五山禪林詩歌創作興盛而理論總結較爲缺失，尤其是關於詩法理論，更缺少系統的總結，雖然五山禪林流行著大量的宋元詩話、詩格著作，但禪僧在此方面的專門著述却不多①。不過，由於詩會以及論詩風氣的發達，部分禪僧在自編的別集中將詩會上批評討論的若干斷片以注

①據筆者調查，五山時期標明爲詩話類著作的只有虎關師錬《詩話》(《濟北集》卷十一)，共 24 則；此外，中巖圓月《藤陰瑣細集》，所收條目幾乎全圍繞具體詩人、詩歌展開，具有詩話的特色，同爲中巖所著的《文明軒雅談》，所收條目不少論及詩歌，因此這兩書也可視爲詩話類著作。

釋的形式保存下來，使我們得以窺見五山禪僧關於詩歌創作的種種具體法則。另外，五山時期大量的集部抄物也是記錄禪僧詩論的寶庫。張伯偉先生在討論東亞中日韓三國之詩話時，提出詩格化和小學化是日本詩話最重要的特點，日本詩話多爲初學者而作[①]。這一特色也是日本大部分集部抄物的特點。在這些對具體作品進行講解的抄物中，也可以勾稽出禪僧關於創作法度的論述。因此，在本章中筆者主要從以上兩種資料中發掘材料，討論五山禪僧的詩法理論及其與黄庭堅詩法的關係。具體來説，本章將會以九淵龍琛的《九淵遺稿》、萬里集九的黄詩抄物《帳中香》及其別集《梅花無盡藏》、如月壽印所抄《中華若木詩抄》爲討論的重心。

　　《九淵遺稿》爲臨濟宗黄龍派九淵龍琛詩稿。九淵龍琛（1398左右—1474），建仁寺知足院僧，嗣法天祥一麟，與中期著名詩僧江西龍派在法系上爲同門，在俗世則爲江西之姪，同出東氏一族，從江西受外學。他頗具詩名，室町中期以後編選的禪僧漢詩選集《花上集》《百人一首》《中華若木詩抄》《翰林五鳳集》皆選入其作。詩文集《葵齋集》今已不存。由於黄庭堅與黄龍派因緣深厚，天祥一麟以下黄龍派諸師的黄詩講義極爲豐富，《帳中香》中引用過九淵龍琛本人舊抄，九淵同門師友兄弟中，江西龍派、瑞岩龍惺、正宗龍統都有講義留存，此外，他從學過的希世靈彦也是講解過黄詩的重要禪僧。據此，黄庭堅對九淵龍琛的影響自然不可低估。《九淵遺稿》乃九淵龍琛自選詩集，共收詩 48 首，每詩後皆注明創作情形、當時諸人之評點，時或引用相關詩作進行對比。從所引評點來看，以江西龍派爲主，此外還包括心田清播、九鼎竺重等當時著名詩僧。討論的範圍包括煉字之警策、詩歌的章法結構、用事諸情形與原則、詩歌風格等各個方面，因爲所論附著於具體詩歌，故其反映

---

①張伯偉《論日本詩話的特色——兼談中日韓詩話的關係》，《外國文學評論》
　2002 年第 1 期。

出的詩法理論必然十分生動、具體①。

　　《帳中香》爲萬里集九講黃庭堅詩的抄物，所講包括任淵注《山谷內集詩注》二十卷，其中引用了自鎌倉時代開始的各種舊抄，資料十分豐富。在講解黃詩的過程中，萬里等禪僧不但時常論及黃詩的章法結構、句法字眼，通過對黃詩的具體分析來學習其詩法，並且引用了許多宋人詩話中關於黃詩詩法的分析。從這一抄物中，當然可以觀測到五山禪林對黃詩詩法理論的接受、吸收與學習黃詩的詳細情形。《梅花無盡藏》爲萬里集九詩文集，萬里集九在詩歌創作中受到黃庭堅極大影響，而其詩文集的特點之一也是自注豐富，不少自注反映了萬里本人的詩論，可與其《帳中香》相關言論進行對比。

　　《中華若木詩抄》爲如月壽印所抄。如月壽印（生卒年不詳），臨濟宗幻住派僧，月舟壽桂法嗣。月舟壽桂作爲五山後期活躍的文學僧，“口義惟夥”，留下的漢詩抄物著作包括杜詩、《三體詩》和黃詩，其中黃詩抄物兩種，前文已有所述。其法嗣如月壽印所抄的《中華若木詩抄》兼選漢人與五山禪僧七絶，每詩後附日文講義，是一部面向禪林初學者的選集抄物，以具體作品分析漢詩創作的方法。由於如月壽印學問背景，他對黃庭堅詩及山谷詩法十分了解，因此《中華若木詩抄》中不少詩法理論均可見到黃庭堅影響的痕迹②。

　　在從以上三種資料中發掘、總結五山禪僧詩法理論的同時，我

---

① 關於《九淵詩稿》之版本、成書的詳細情況，可參玉村竹二《九淵遺稿解題》，見《五山文學新集別卷》下冊，第 692—697 頁；堀川貴司《〈九淵詩稿〉について一室町時代一禪僧の詩集》，收入其《五山文學研究：資料と論考》，笠間書院，2011 年，第 24—43 頁。

② 《中華若木詩抄》有大塚光信、尾崎雄二郎、朝倉尚整理本，收入《新日本古典文學大系》，岩波書店，1995 年。此外，相關研究可參朝倉尚《抄物の世界と禪林の文學》，清文堂，1996 年。

將聯繫禪僧的創作實踐進行討論，以期論證黃庭堅詩法理論對五山詩歌創作實踐產生的影響。必須説明的是，黃庭堅的詩法理論，有他個人的表述，有其親友同輩的記載評論，也有其後學晚輩的追述與歸納，更有後人的演繹，内涵豐富，是一個龐大的體系。但並不是其中的每一個細節都爲五山禪僧所注意和接受，同時他們的理解也有很多淺薄、偏頗之處，未必符合山谷的原意，這是經典傳播過程中正常的變異現象。本章以五山禪林所受容的黃庭堅詩法理論和在此理論指導下的創作實踐爲研究對象，因此，我以五山禪僧的相關論述和其詩歌創作爲中心，對山谷詩法理論在日域傳播產生的實際影響作出探索，對那些在日僧詩論與創作中幾乎没有體現出來的詩法内容，本節將不會涉及。例如黃庭堅常論及章法布置的問題，他自己作詩也十分講究結構安排，這一點雖爲五山禪僧所注意到（如萬里集九在講解黃詩時，無論長篇短制皆會關注其謀篇布局的特點和複雜細密的藝術結構），但在詩歌創作過程中，五山禪僧對山谷的章法理論却很少效仿與接受，這大概因爲五山文學創作主要以絶句爲主，尤其詩會場合命題製作幾乎皆爲絶句，而山谷的詩歌章法則常常針對的是體制較大的詩歌，難以在平時的創作中付諸實踐，因此禪僧創作往往受《三體詩》《聯珠詩格》等絶句選集中章法論的影響，這是很正常的現象，在本書中就不再展開。據我調查，五山禪僧自覺接受到的山谷詩法精神，主要體現在字法、用事、句法等具體的創作細節中，本章將主要從這幾個層面展開論述。

第一節　字法

　　落實到山谷詩法的具體要素，首先不得不討論字法。黃庭堅

論述字法而爲五山禪林所注意者，可以從兩個角度來討論。一是
關於"煉字"的問題，山谷常表述爲"置字"，如他説"置一字如關門
之鍵""置字有力""安排一字有神"，強調煉字有力，意思精切穩貼，
能振起全句；又説"句中有眼"，認爲好詩必有警策之字。這種煉
字，一般講究的是詩句中意象與意象之間的繫連字。宋代詩話中
記載了不少黃庭堅重視煉字的實例：《王直方詩話》記載黃庭堅"百
葉湘桃苦惱人"等句不厭多改一條，提供了黃庭堅煉字的實際經
驗①；《洪駒父詩話》所載"一方明月可中庭"一則，也可見山谷對下
字的重視②。二是關於"字字有來處"的問題，黃庭堅説："如此作詩
句，要須詳略，用事精切，更無虛字也。如老杜詩，字字有出處，熟
讀三五十遍，尋其用意處，則所得多矣。"③本意原指作詩下字須要
有其用意，不可隨。不過此後宋人討論得更多的乃是"無一字無
來處"，講究用字的有出處可據，變成了詩歌語言典雅與否的問題。
五山禪僧理解"字字有出處"，針對的也是這一問題。不過這也符
合黃詩煉字的具體實踐，視爲山谷之字法理論也無妨。五山禪僧
對用字的以上兩個要求都十分重視，下面分而論之。

　　首先來看五山禪僧對詩歌煉字之重視。《九淵遺稿》中的《湖
上春遊》一詩，是五山禪僧討論詩歌煉字的實例。九淵龍琛原詩：
"山谷淡淡水溶溶，今不歡娛笑我慵。隔岸東西三百寺，飯橈欲載
夕陽鍾。"自注道：

　　　　右江西《題畫軸》詩曰"倦客過橋行未盡，山風吹落夕陽
　　鍾"，"過"字妙也，非知詩人，則不下此字，知此等則其在唐人
　　之中也。江西在知足之日，謂余曰："'山風吹落夕陽鍾'，自覺

---

①《王直方詩話》，《宋詩話輯佚》卷上，第 50 頁。
②《洪駒父詩話》，《宋詩話輯佚》卷下，第 426 頁。
③黃庭堅《論作詩文》，《黃庭堅全集·別集》卷十一，第 5 册，第 1542 頁。

得意作。公之'夕陽鍾'尤好，出於余作之上也。"①

注中以江西龍派所作意境相似之詩對比，又提供了九淵與江西對此兩詩用字的看法：九淵認爲江西詩前句之"過"字工妙，而江西則認爲九淵所作後句較自己爲優，細味其意，即認爲九淵之"載"字比自己之"落"字更工妙。客觀來看，材料中舉到的九淵與江西兩詩均不見甚佳，到底孰優孰劣也值得商榷，但這並不意味著自注中的意見毫無根據，下面我嘗試從當事人的立場出發，進行討論。從詩句看，江西龍派所題之畫面是日暮時分山間行旅的景象。九淵龍琛認爲"過"字下得妙，是因爲句中"過"字與後文"行未盡"繫連，正行在橋上時山風突然吹來了遠處的暮鍾之聲，宣告日暮的鍾聲與行旅的疲倦仿佛使得"過"這一動作無限地延長，十分符合"倦客"急切歸家的心理。而江西龍派對此詩的自得之處是"落"字，結合詩意，句中"落"所傳達的內涵還是比較豐富的。首先，"落"字似乎形象地展現了圖畫中山寺與倦客的位置關係："倦客"方行至谷底山澗的橋上，山風猛然將鍾聲吹"落"下來，則山寺位於望不見的渺渺雲山之上可以想見。其次，因爲"落"之賓語是"鍾"，使得無形的聲音不但有了具體的形狀，並且這兩個字組合在一起構成了突然的、強烈的衝擊力，仿佛驀然滾入耳內的鍾聲，使得行人猛然意識到天色將暗，前方還有蜿蜒無盡的山路。最後，"落"與原本起修飾之用的"夕陽"也構成詞組，隨著鍾聲滾落的還有漸漸暗淡的夕陽。因此，"落"字造成了聽覺（鍾聲）、視覺（夕陽）、觸覺（山風晚涼）交織層叠的效果，表現心理感受是十分豐富的。據九淵自述，江西龍派欣賞其詩"歸橈欲載夕陽鍾"一句，這一句煉字之關鍵在"載"。九淵此詩後兩句寫湖上春遊興盡晚歸之所見所感，句中"載"字與江西之"落"字一樣，是經過刻意錘煉、意蘊較爲豐富的字眼：以一葉扁舟而"載"鍾聲，將鍾聲之悠揚清越具象化了，裊裊不絕的鍾聲

①《九淵遺稿》，第 405—406 頁。

仿佛幻化爲舟尾粼粼不斷的水紋；而"欲載"細膩地反映出作者表
達上的矜持，全詩輕快疏淡的氣氛、詩人興盡而歸的愜意感仿佛如
鍾聲、如歸橈一樣微微地鼓蕩著、充盈著，但又有所節制地含蓄著，
因此，"載"在傳達情緒這一點上也是體貼入微的。從以上分析來
看，無論是九淵欣賞的"過"，還是江西自得的"落"與欣賞的"載"，
在詩中都無疑是反復錘煉的結果，這一條材料也顯示了如何用字
在論詩時佔有很重要的地位，可見五山禪僧對煉字的態度。實際
上，江西龍派重視字句鍛煉這一點，確實爲叢林所公認，惟肖得巖
就曾説他"鍛煉加而才思足，知其用心較苦"，評價他的詩歌爲"句
中有警九還丹"①。

　　《九淵遺稿》的材料給我們提供了五山禪林平時討論、吟味詩
歌煉字技巧的實例，同樣的例子《中華若木詩抄》中有許多，這也説
明在初學者習作漢詩之始，煉字的重要性就被五山禪僧普遍重視，
下面也舉一例。署名田野夫的《亂後經村墟》："戰場無處不傷情，
亂後村居次第經。昨日英雄今白骨，春風原上草青青。"作者野夫
□田行迹不詳，此詩同時還收入惟肖得巖集中，又被目爲仰之泰作
品，選入橫川景三所編《百人一首》，可見當時在五山禪林流傳之
廣。它膾炙人口源於一則軼聞，《中華若木詩抄》記載野夫持此詩
見惟肖得巖求改作，據如月壽印所説，此詩第三句原作"昨日英雄
今日骨"，野夫持此詩見惟肖得巖求改，惟肖在"日"字上加一點，改
爲"白"。如月極口稱道其妙，謂"改一點而活一句"（一点ニテハラ
リト変リテ、一句ガ活動シタ。妙ナレト云イ伝エタコト也）。因
爲改爲"白骨"後，不但加强了"昨日"和"今日"之間的對比，而且正
如如月講義中所説的，如此修改，此句與下句間也形成巨大的張
力：原上草逢春又青青如許，白骨却不會如春草再次返生（原上ノ
草ガ春風吹ケバ又青々トアル也。白骨モ春草ト┘モニ、生キハ

────────────

① 參見《續翠詩集》卷尾之惟肖得巖跋語，第 245 頁。

返ラヌモノゾ)①，戰亂帶來的傷痕更加令人感到刺骨痛心。惟肖改"日"爲"白"的故事，極具戲劇性，不過據收錄此詩的不同版本，其字句確實有出入，尤其第三句，有"今日淚""今日骨""今白骨"的不同②。不論軼聞內容真實性幾何，這一異文的存在和改字故事廣泛流傳都顯示了禪僧對詩歌煉字的普遍重視，而如月壽印選入此詩，看重的也正是詩歌反復添削、斟酌煉字的故事對童蒙的訓示意義。

由於黃庭堅自己的詩歌就重視字句錘煉，萬里集九在《帳中香》中常常提醒禪僧對黃詩用字要"細細著眼"，如：

"驚鹿要須野草，鳴鷗本願秋江"，《帳中香》注云：驚、鳴二字可細著眼哉。

"共理須良守，今年輟省曹。平生割雞手，聊試發硎刀"，注云："輟"字甚有深意，野夫平生僅宰一縣，未足展力，今守宣城，則聊應試其所業而未可全盡力也，故下"聊試"二字宜著眼也。③

可見他注重對黃庭堅詩歌中的一字一詞進行仔細地品悟，從中習得詩歌的煉字技巧。

其次，五山禪僧詩歌創作要求"字字有出處"的意識也十分強烈。《九淵遺稿》中可見數例，如《雨後遊七里灘》首句"令姿在水雨晴天"，九淵自注曰："坡曰'流水有令姿'，好意也。"又如《春宵小集》結句"待窗送曙與花別，渾舍歡遊一夜稀"，九淵自注以韓愈詩"銀燭燒殘窗送曙"解釋上句"送曙"之出處，又以東坡詩"酒肉淋漓

---

① 《中華若木詩抄》，第 153 頁。

② 惟肖得嚴《東海瓊華集》，《亂後經村居》第三句作"昨日英雄今日淚"，題下小注曰"今日淚，或作今日骨"；《百人一首》中題爲仰之泰作品，作"昨日英雄今日淚"。

③ 參見《帳中香》卷一上。

渾舍喜"解釋下句"渾舍",並説因"門徒會合,用渾舍字"①。皆充分説明了九淵龍琛對"來處"的重視。這在五山禪林是十分普遍的現象。以萬里集九爲例,其《梅花無盡藏》中所收詩歌,幾乎都有小注,其中一部分就是專爲注明用字來歷。如《贋釣齋》詩:"嚴絲易動吕竿危,開闢未見真釣磯。猶曝姓名烟浪上,白鷗一片掉頭飛。"詠嚴子陵、吕尚垂釣事,認爲他們用意不在垂釣,或爲求名,或爲謀勢,江上白鷗知其機心,便高飛不顧。末句暗用《列子》典故,但"掉頭飛"之語較爲生新,萬里集九便如此解釋:

> 或問云:"白鷗而用頭字,有來據麽?"余答曰:"子未熟讀杜詩歟?'浦鷗防碎首,霜鶻不空拳'云云,首與頭通,故云白首白頭。"②

以杜詩爲根據解釋"頭"字,可見作詩有來據是他自覺的追求。又如此詩:"不識日從門外遷,老來疏懶只栽眠。鷄聲被破松風漏,欲補今無半紙緣。"對於"栽眠"一字,萬里集九自注曰:"白玉蟾集中有'栽培睡'語,夫補睡眠猶如栽培群卉乎?"③將老來貪眠喻爲栽培群卉,是因爲在長養精神這一點上有共同之處,下"栽"字顯然是錘煉語言的結果,但萬里集九引葛長庚之詩,説明此字並非生造,可見他對"字字有出處"的重視。

---

① 《九淵遺稿》,第 407、408 頁。
② 萬里集九《贋釣齋》,《梅花無盡藏》,第 674 頁。
③ 萬里集九《昔晦庵先生以紙被贈放翁而令禦一寒,放翁詩以謝之。吁,故人之交,如是而已。余今一身弔影,海内無寒温之問,强就天寧主盟求破衾修補之紙云》,《梅花無盡藏》,第 673 頁。按,"栽培睡"之語,横川景三也化用過,他用"培睡"爲齋名,也同樣注明出處,但所引的是陸游之詩"一杯濁酒栽培睡",並説"'培睡'二字,爬著癢處",參見横川景三《培睡齋説》,《補庵京華續集》,第 465 頁。

第二節　用事

　　"用事"作爲中國古典詩歌常用的修辭方法，包括使用典故以及化用經史詩文中的成語，它在詩歌的語言藝術中佔有重要的地位，簡練的詩歌形式往往因爲用事而顯得層次豐富，意味雋永。詩歌用事古已有之，到了宋代，推崇資書用事、提倡以才學爲詩的風氣超越前代，用事儼然成爲宋詩最鮮明的特點，宋人詩話討論用事比比皆是，尤其王安石、蘇軾、黃庭堅以用事富贍廣博、精確深密、靈活變通最爲宋人所津津樂道，成爲詩歌用事之典範。前章論及蘇軾的典範影響時，已部分地涉及到了五山禪林"資書以爲詩"的特點以及禪僧對博學孜孜不倦的追求。用事作爲一種詩歌修辭手段，正是展現博學的最佳途徑之一，這種修辭方法的複雜性，對禪僧所掌握的語言技巧及其文化素養構成極高的挑戰，而他們爲騁才炫學，也確實醉心於此，未肯或忘。在五山禪僧關於用事的相關討論中，可以發現以黃庭堅爲代表的宋詩用事觀念與方法產生的重要影響。

一、五山詩歌用事求博的努力

　　黃庭堅詩"用事深密，雜以佛儒，虞初稗官之説，雋永鴻寶之書，牢籠漁獵，取諸左右"[1]，在宋人中，首先以用事富博著稱，"山谷之詩與蘇同律，而語尤雅健，所援引者乃多於蘇"[2]。爲求詩歌用事

----

①許尹《黃陳詩注序》，《黃庭堅詩集注》，第 1 册，第 2 頁。
②錢文子《山谷外集詩注序》，《黃庭堅詩集注》，第 3 册，第 715 頁。

之博,他從各類典籍中爬羅剔抉,在搜羅典故方面極下功夫,甚至還流傳有一冊他抄録資料的筆記①。與此相應,談論詩法時,黃庭堅往往教人泛覽博觀,例如他説"詞源廣大精神"②,又説:"其佳句善字皆當經心,略知某處可用,則下筆時源源而來矣。"③五山禪僧受到山谷這些言論的影響,也表現出要求積極搜求、廣泛取材的傾向。一方面,他們也提倡博極群書以資作詩的方法。對此,《九淵遺稿》中有過兩處總結,《荷香如沉水》一詩注曰:

> 可多知故人名作而後得好詩,宜誦多誦舊詩。

《和少年試筆之韻》一詩則以此法授後學:

> 苦心須學少年時,能讀書人得好詩。試向風前倚欄立,清香來自有花枝。④

樹因有花才能散發清香,九淵以此爲喻,形象地闡述了"能讀書人得好詩"的經驗。在這種思想指導下,五山禪僧平時重視積累學問、廣泛搜羅典故。如瑞溪周鳳拔萃其平生所讀內外典籍,摘録其章句、故事,成《刻楮集》二百卷,就是最有名的一例。瑞溪日記寬正六年(1465)七月四日條記載橫川景三代春溪洪曹問"'盟雲'二字出處":

> 予曰:"在《誠齋集》。"即取《刻楮》第十九來,然不在《誠齋集》,而在《放翁集》。予只記在此冊中云。⑤

可見《刻楮集》確實是爲詩文創作儲備故事與語典資料的。因爲對黃詩用事淵博有深切體會,五山禪僧在閱讀、注釋黃詩過程中,也

---

① 參見黃寶華《黃庭堅評傳》,南京大學出版社,2011年,下冊,第337頁。
② 《再用前韻贈子勉四首》(其三),《黃庭堅詩集注》,第2冊,第576頁。
③ 黃庭堅《答曹荀龍》,《黃庭堅全集》,第495頁。
④ 《九淵遺稿》,第409、414頁。
⑤ 《臥雲日件録拔尤》,第163頁。

就對黃詩用事格外注意，他們不但力求追溯詩中每一典故的確切
出處，同時還通過黃詩來漁獵詩材，爲己所用。《帳中香》中，萬里
集九的講解重點之一，就是詮釋典故，發掘典故運用的精微之處，
説明其在詩歌中溝通古今語境的藝術效果。他不滿足於任淵注
釋，屢屢引用宋人詩話中的相關條目，甚至自己翻檢典籍，以求更
全面地理解黃詩用事的出處、用意與方法，提供可資模仿的典範。
另一方面，五山禪僧的創作實踐，也以黃詩用事之廣博爲楷模，講
究廣泛搜求，博極群書。前人論黃詩用事，説他"專求古人未使之
事"①，"專用經史雅言、晉宋清談，《世説》中不要緊字，融液爲詩"②，
這都是黃庭堅不斷開拓詩歌用事範圍的表現。五山禪僧繼承這一
精神，廣泛從各種典籍中搜求可資創作的典故、章句，而且特別重
視未被前人著力開發的典籍。對五山詩壇來説，唐宋以來的典籍
正是發掘故事、儲備詩材的寶庫，尤其是唐宋筆記小説、詩話類書
中豐富的故聞逸事，特別受他們喜歡。如萬里集九《梅花無盡藏》，
光就其自注來看，他用過的自宋代以來的典籍就有《豫章外集》《劍
南詩稿》《中州集》《春浦紀聞》《江湖紀聞》《鶴林玉露》《海瓊集》《誠
齋集》《韻府》《事文類聚》《御製秘藏詮》《佛祖通載》《東坡集》《陳簡
齋詩》《太平御覽》《書史會要》《五燈會元》《事林廣記》《方輿勝覽》
《韻語陽秋》《圖繪寶鑒》《西清詩話》《後村詩話》《太平廣記》《石林
詩話》《洪駒父詩話》《詩林廣記》《聯珠詩格》《冷齋夜話》《苕溪漁隱
叢話》《滄浪詩話》《詩人玉屑》《百川學海》《孫公談圃》《雪浪齋日
記》《許彥周詩話》《呂氏童蒙詩訓》《湖海新聞》《清林詩話》等數十
種③。此外，萬里集九使用典故甚至有不少出自日本本國的假名書
籍，化用的前人語彙也有不少出自和歌等假名語料，他在自注中常

---

① 魏泰《臨漢隱居詩話》，何文煥編《歷代詩話》本，中華書局，2011年，第327頁。
② 方回《劉元輝詩評》，《桐江集》，《續修四庫全書》本，上海古籍出版社影印版，
　 2002年，第1322册，第437頁。
③ 此處所列書名，以在《梅花無盡藏》詩歌自注中第一次出現的先後次序排列。

常加以説明,更可見其用事之廣。

二、翻案:五山詩歌用事對翻新出奇的追求

除了淵雅廣博之外,黃詩用事更突出的一個特點是典故的生新出奇,其用事別出心裁,不循故常,特別擅長以熟典表達新意,這正是形成其生新奇警詩風的重要原因。用事而追求生新的效果,山谷及其後學有過很多的理論總結,例如山谷本人所説"點鐵成金""以故爲新",惠洪《冷齋夜話》總結的"奪胎換骨",都部分地關涉用事的翻新出奇。五山禪林受宋人影響,對此點也十分著力。下文通過五山禪僧在用事時使用"翻案"和"代名"的情況,來觀察他們在用事時如何翻新出奇。

首先來看翻案。《九淵遺稿》中置於卷首的《長樂宮》,是九淵龍琛最自得之作,其小注討論的中心就是故事的翻案。原詩爲:"畫棟雕梁雲半埋,天顔有喜酒如淮。蕭何在右叔孫左,坐見乾坤繞玉階。"小注説:

> 右,漢高祖七年七十餘戰,竟取天下而築長樂宮,以講禮樂也。杜詩:"乾坤繞漢宮。"日本惟肖和尚《長樂宮》詩曰"漢祖七年成此宮"云云。續翠江西老之詩,門徒會合,正月二日詩題曰《長樂宮圖》。九鼎和尚,吾山詩僧也,此時在席。江西《長樂宮》詩三四云:"干戈未洗七年血,有愧明堂揖讓風。"一寺它寺傳誦以爲絶唱。木蛇老人一覽短册之後,告余曰:"公長樂宮詩真佳作也。他年有行卷以行於世,必以此詩置於第一番也。"江西存生之日,如此告余者三四度,故東西五山知余此詩。江西又告余曰:"凡詠故事詩,比舉荒敗零落,以語有感慨,使人動興。公之此作,偏述長樂之宴而不及荒敗之後,故長樂之意宛然在四句中,故曰佳作。是亦古人所爲難也。是以今日之詩,高出於諸公詩之上。"木蛇此評,正法寺利明院初

　　江首座昔年在東山聽此言也。①

江西龍派言下之意，九淵詩好在不落詠史詩俗套而使用了翻案的
手法。他對這一點的再三强調顯示了五山禪林對翻案法的重視。
用事追求翻案，與禪林詩歌題材突出的趨同性和詩會發達的環境
是分不開的。正如前章所論，進入中期以後，詩會極其發達，最主
要的詩歌創作模式是同社詩僧的同題共作以及詩友間的應酬，而
詩會評題，突出的特點是資書以爲詩，句題、故事、經典繪畫皆是最
常見的詩題。要在這種詩歌創作情境中脱穎而出，最重要的當然
是能不斷翻案出新。正因如此，禪僧們的翻案意識十分自覺，愛在
詩中自陳翻案之意，如萬里集九遭遇漏雨，説："子美云：'床之屋漏
無乾處'，坡老亦云：'破屋常持傘'，分兩翁之意，或翻案，或捕影，
戲作一絶。"②此處"捕影"指化用前人之句，而翻案則反前人詩句而
用之。又如在詠杏花屏風之時，他道："詩話云'疏影暗香'宜杏花
而非梅，斯論頗用新活法也。"因此翻"疏影暗香"之句而詠杏花：
"翻案暗香疏影句，醉中欲續杏花詩。"③認爲詩歌用事翻案正是江
西詩派作詩講求"活法"的體現④。五山禪僧這種翻案意識十分普

---

①《九淵遺稿》，第 405 頁。

② 萬里集九《九月旦至晚間疾風甚雨，遂及夜，逆旅之茅堂，其壁疏而簷破矣，
避漏痕處處移床，老妾就爐背吹品字之薪，纔取明而已。子美云："床之屋漏
無乾處"，坡老亦云："破屋常持傘"。分兩翁之意，或翻案，或捕影，戲作一絶
投天府丈云》，《梅花無盡藏》，第 736—737 頁。又，張伯偉先生指出，此詩中
引杜詩懷疑萬里集九原文不是"床之屋漏"，而是重複符號"床々"，即"床床
屋漏無乾處"，王安石集杜句曾配以"獨立蒼茫自咏詩"，可見至少宋代一本
如此，而萬里集九所引杜詩或出此本，《五山文學新集》在整理編輯時涉形近
誤作"之"。

③ 萬里集九《屏風貼畫贊十二首》（其三），第 778 頁。

④ 周裕鍇説宋人用事注重翻案，所謂"反用"，其實是一種"活用"，與宋詩學"活
法"的精神是一致的，看法正與萬里集九一致。參氏著《宋代詩學通論》，上
海古籍出版社，2007 年，第 525 頁。

遍。如熙春龍喜《重陽賞未開菊》:"菊未開時佳節加,愧無一片酌
君霞。今朝翻案老坡句,蝶亦不愁明日花。"①也明言翻案。至於英
甫永雄《冬日海棠》"臘天寒重異韶光,怪見枝枝睡海棠。映雪改來
老坡句,不燒銀燭照紅妝"②,雖然沒有直接用"翻案"字,但他直説
"改",也顯然見其翻案之意。這些事例都充分説明了五山禪僧使
用翻案法的自覺。此外,禪林對於翻案法的重視,還體現在他們的
詩歌選本中。以江西龍派編選的《新選分類諸家詩卷》和慕哲龍攀
編選的《續新編分類諸家詩集》爲例。兩集各選唐宋絶句千餘首,
編選的目的都是爲了便於叢林參學漢詩,習得詩歌創作法門。這
兩種選集在選詩上的重要特點之一,就是所選詩歌多用翻案手法,
這一點在懷古類表現尤爲突出③。如《新編集》懷古類所選的羅隱
《西施》,就以"西施若解傾吳國,越國亡來又是誰"一句翻案而著
名。尤其值得注意的是,兩集選了許多同題而立意各別的作品,如
《新編集》中《淮陰侯》一題,選了錢諫議、劉禹錫、羅昭陳、汪遵、許
渾、張耒、李長源七人的作品,《釣台》一題,選了陸龜蒙、夾古之奇、
黄庭堅、顧謹中四人的作品,立意各有其新穎巧妙之處。正因爲對
翻案的重視,常使得五山詩歌立意新奇、理趣盎然,不僅僅限於故
事類詩題,也不僅僅表現在詩歌用事,而成爲五山詩歌的普遍特
點。下面以虎關師鍊數首詠物詩爲例:

　　　　冰崖雪壑見閨姝,不問先知姓獨孤。侵曉靚妝疑處子,暮

①熙春龍喜《重陽賞未開菊》,參見《翰林五鳳集》卷二十,第365頁。
②英甫永雄《冬日海棠》,參見《翰林五鳳集》卷二十三,第416頁。
③《新選集》《新編集》以及在此基礎上選編的《錦繡段》中選詩愛用"翻案法"的
傾向,卞東波也有提及,詳參以下兩文:《天隱龍澤〈錦繡段〉文獻問題之考
訂》(收入《域外漢籍研究集刊》第6輯,中華書局,2010年,第348頁)、《域外
漢籍中的宋代文學史料——以日本漢籍〈新選分類集諸家詩選〉、〈續新編分
類諸家詩集〉爲例》(收入卞東波《宋代詩話與詩學文獻研究》,中華書局,
2013年,第291頁)。

年榮富似陶朱。歐公已載名花譜，炎帝可書本草圖。盡謂松
筠持晚節，未如濃艷起凋枯。(《和山茶花韻》)

　　一樹婆娑金粟香，根離下土葉無商。休言斫却添光去，留
與天人作蔭涼。(《月中桂》)

　　春葉漸繁夏蔭昌，此間風景似潯陽。不將衰色媚秋色，翠
黛碧鬖足懶涼。(《青楓》)[1]

第一首詠山茶花，尾聯使用翻案法，認爲雖然松柏、翠竹有歲寒不
凋之節，却不如山茶，不但不凋謝，還怒放艷麗的花朵，成爲肅殺冬
日最明媚的景色。第二首詠月中桂花，結句翻杜甫“斫去月中桂，
清光應更多”之案，認爲留得月中桂樹，可與天上之人作蔭涼，發想
奇特，“休言”二字，則表明乃刻意要作翻案之語。第三首詠夏天的
楓樹，楓葉最引人注意的特點是入秋變紅，因此前人詠楓樹，多寫
秋日之楓，或贊賞其如火如霞、燦爛艷麗的景色，或悲歎其即將凋
零、營造秋天淒清的意境。虎關以青楓爲題，却暗使白居易“潯陽
江頭夜送客，楓葉荻花秋瑟瑟”句而反用之，認爲從春至夏，綠意漸
濃的楓樹比秋天更值得欣賞，因其無衰敗之氣，而有婆娑之態、蔭
涼之恩。虎關這三首詩的共同之處是都使用了翻案法，由於反用
故事、陳句，這些詩歌的意思顯得更曲折、更深刻、更獨特，表現出
類似宋詩般尚意尚理的風貌。這種風格正是禪僧們深刻領會了黃
詩及宋人用事精神的一種表現。

三、代名：五山詩歌的諧趣遊戲意味

　　再來看代名。代名是指在詩歌寫作過程中以異名別稱指代事

---

[1]以上三詩分別見虎關師鍊《濟北集》，第 79、111、116 頁。

物的現象,它從根本上講是一種語言藝術,屬於詩歌修辭技巧[1]。宋以前詩文中雖已有使用代名的現象,但直到宋人才更自覺地搜集、使用乃至創造代名,使之成爲詩歌生新出奇的手段之一。正如羅寧所言:"宋人好用代名,是宋人好用並善用典故、俗語的一個表現。"[2]宋詩話對詩人以代名爲生新手段津津樂道,如王安石之"青女"、蘇軾之"青州從事""白墮"、黃庭堅之"管城子""孔方兄"、張耒之"雲間趙盾"等,不斷被討論。其中黃庭堅使用代名既多又巧且新,表現出充分的創造精神,他在巧用典故、歇後、俗語創造代名之外,還特別喜歡結合事物性狀或相關典籍,自己杜撰代名,如"青奴""脚婆""荀令湯""朱雲湯"等,因此最爲時人關注。此後,不但他創造發明的新代名被作爲典故使用,後學還繼承其生造精神,繼續積極發明新的代名。因此,黃庭堅堪稱宋人運用代名的典範,而深受宋詩話影響的五山禪僧,在代名的使用上也突出地反映出山谷的典範影響。

---

[1]關於代名之定義,前人有廣狹不同的情況,關於其緣起與功用,也有不少研究。如程千帆《詩辭代語緣起說》定義爲:"即行文之時,以此名義當彼名彼義之用,而得具同一效果之謂。"所言"代語"屬於定義較廣的情況,涉及詩文修辭多個方面(收入《古詩考索》,《程千帆全集》第 8 册,河北教育出版社,2005 年,第 376 頁)。錢鍾書《談藝錄》中"代字"篇以及"長吉用代字"篇對古典詩歌中使用代字的情況叙述也很詳細,他所論"代字",較程先生所言"代語"定義較狹〔參見《談藝錄》(修訂本),生活·讀書·新知三聯書店,2008年,第 145—150、606—614 頁〕。蔣寅和周裕鍇均專門闡發過宋人使用代語的情況:蔣寅《古典詩學的現代詮釋》,中華書局,2003 年,第 89—95 頁;周裕鍇《宋代詩學通論》,第 494—497 頁。此後,羅寧在前人基礎上,將宋人詩歌中使用代語而具有修辭意義的一種情況命爲"代名",其定義爲"代名是指源自典故、成語(包括歇後語、俗語)而形成的對某一事物的異名和別號",他所定義的"代名"必須基於典故成語,或有出處可考,或爲時人俗語,排除了以"落屑"代雪、"鴨綠"代水之類的簡單借代。由於羅寧關於"代名"的定義更貼合宋詩運用代名的特點,能表現其創造性,也近於本書所論的五山禪僧使用代語的情況,故本書中所論"代名",取羅寧之說。

[2]前揭羅寧《論宋人對代名之使用與創造》。

　　五山禪僧喜歡使用代名，主要表現在三個方面。

　　其一，大量沿襲宋人詩中代名，尤其是蘇、黃詩中的代名，例如青州從事、白水真人、烏有先生、麴秀才、督郵、狸奴、衛蟬、於菟、青女、巽二、滕六、般若湯、郭索、無腸公子、此君、管城子、陶泓、楮先生、木上座、阿堵、趙盾、三尺、一抔、竹夫人、琴高、猫頭、玉版、籛龍之類，紛紛出現在五山禪僧別集中。特別是黃庭堅創造之代名"青奴""脚婆"等，五山禪僧甚至以之爲詩會評題，用這種方式或致敬山谷的創新精神，或贊嘆山谷善於形容的巧思①。由此也可見禪僧使用代名以追求語言生新雅致的意識，與黃庭堅的影響密切相關。另外，九淵龍琛在《商山四皓屏風》"旗五丈前秦隱者，劍三尺下漢詩人"一聯後自注：

　　　　右，《阿房宮賦》云"下建五丈旗"，漢高祖提三尺劍以取天
　　下。古人詩云"耳聞英主提三尺，眼見愚民盜一抔"，出《漢
　　書》，不言土而一抔，不言劍而三尺。②

九淵所作這聯詩雖然運用了"五丈""三尺"兩個語典，確切地説其實並不屬於代名，因爲詩中已出現"旗""劍"的名稱。不過九淵自注後半部分的内容却是代名的範疇，而且據《洪駒父詩話》，這一段話正是山谷論用事之言論③。

　　其二，五山禪僧特別注意搜集和發掘新穎生僻的代名，在這一點上，萬里集九尤其顯著。如題詠扇面竹子時，萬里集九使用了"無色花""不秋草"兩個代名，自注曰："呼竹爲無色花、不秋草，見《中州集》。"又如在其試筆詩中，他多次以"分直""蘇味"指代筆和

---

①如横川景三有自作並代人之《青奴》一組，就是在詩會上所作，見《補庵京華
　續集》，第 464 頁。
②《九淵遺稿》，第 417 頁。
③《洪駒父詩話》："山谷言唐彦謙詩最善用事，其《過長陵》云'耳聞明主提三
　尺，眼見愚民盜一抔。千古腐儒騎瘦馬，霸陵斜日重回頭'……皆佳句。"
　（《宋詩話輯佚》卷下，第 426 頁）

墨，並自注曰："《鶴林玉露》：墨曰蘇味，筆曰分直。"再如其"赤冕拜
英丈，皂衣揖季狸"一聯，自注："蜻蜓號赤冕丈人；狸號季狸，又號
皂衣郎。"上句的"赤冕"就是代名①，諸如此類的例子，在《梅花無盡
藏》中還有許多。此處尤其要指出的是上引第二例之"分直""蘇
味"，雖説萬里集九注明出自《鶴林玉露》，但實際上原本就是日語
"ふて（意爲筆）""すみ（意爲墨）"的音譯，萬里使用這兩個代名，體
現了一種自覺發掘含本土色彩之詩材語料的意識，這一點在後文
還會論及，此處暫不展開。

　　其三，五山禪僧與黄庭堅一樣，主動地杜撰、創造代名。如最
受禪僧推崇的蘇軾，其字、號都成爲詩文流行中的代名。在詩歌
中，禪僧常以"頭上子瞻""東坡"代指笠帽：

　　　　頭上子瞻優亦賢，當時神廟一歡然。不梟二虜非遺憾，棄
擲奇才十九年。（惟肖得巖《東坡先生畫像》）②

　　　　孰爲楚相孰爲優，頭上子瞻如此不？熙豐十八年天下，檐
短屋高雙鬢秋。（横川景三《子瞻樣帽》）③

　　　　南遷千萬里，頭上戴東坡。驢瘦尾成鼠，是非春雨多。
（萬里集九《東坡畫像》）④

以上三詩雖然都與蘇軾有關，但前兩詩的"頭上子瞻"和第三詩的
"東坡"都顯非指東坡本人，第一、三詩均指畫像上東坡戴的笠帽，
而第二首則是直接詠東坡所戴形制的帽子。蘇軾與帽子的聯繫最
爲後人樂道的有兩處，一是筆記中記載元祐初士人好效仿蘇軾高
桶狀的"子瞻樣帽"，其次是蘇軾南遷後，遇雨借笠，以及以椰子殼

①分別爲萬里集九《題扇面竹》《正月一日試分直》《春岳崇公記室聯句和并
　叙》，《梅花無盡藏》，第665、756、865頁。
②此詩《東海瓊華集》未見，《翰林五鳳集》收録，第1177頁。
③《補庵京華前集》，第249頁。
④《梅花無盡藏》，第899頁。

作冠，寫作《椰子冠》的經歷①，兩者在當時都有"規摹簡古人争看"的效應，同時也傳達出"東坡何事不違時"的傲岸人格。此後在中國與日本都廣爲流傳的東坡圖繪，其冠服形制便有不少以此爲藍本。不過，宋元人雖也好詠"子瞻帽""東坡帽""戴笠東坡""椰子冠"之類，但並没有徑直以"子瞻""東坡"代帽的詩例，日僧則在詩中創造了這一代名。這種情形略同於《能改齋漫録》卷三"青女横陳"條所記載的王安石使用代名的情形：唐人寫霜雖已用"青女"之典，但王詩始直接以"青女"代霜。兩者都是屬於突破舊典以及詞彙本義而創造代名的情況②。順便提及，"東坡"在日僧筆下還被用來指代味噌，這個用法與五山禪林流行的俗語"東坡山谷，味噌醬油"，"三蘇"的日語讀音與味噌相近有關③，不過作爲味噌代名的"東坡"並不見於詩歌創作。如果説"頭上子瞻"這種較流行的代名，還只是對宋元詩歌中典故的一種發展的話，那下面的例子，則可視爲禪僧追求語言新異而自出機杼。萬里集九曾以"千里及"作爲指代西湖一帶的代名，其詩"靈藥傳名千里及，相逢細話脉論詩"，自注："千里及，蓋湖州藥名，福富從西湖來，故取之。千里及，

---

① 蘇軾《椰子冠》，《蘇軾全集校注》，第 4905 頁。

② 詳參吳曾撰《能改齋漫録》卷三，上海古籍出版社，1979 年，第 55 頁，此條材料前引羅寧論文已有揭示。按，黄庭堅"姮娥携青女，一笑粲萬瓦"以"素娥""青女"爲月、霜之代名，同樣是對唐彦謙《紅葉》中"素娥前夕月，青女昨夜霜"的突破使用。

③ "東坡"代指味噌，參見陳小法《漢語詞彙在域外的傳承與創新——以中世日僧策彦周良〈初渡集〉爲例》（《浙江大學學報》2011 年第 6 期）。按，陳小法以《初渡集》爲例列舉了五山禪僧日記中創造代名的現象，如"東坡"代味噌、"廬陵"代米、"烟景"代銅錢五百文、"買臣"代薪柴等。據我考察，這些代語在五山詩歌中幾乎没有出現，大概是所指代的皆爲日常俗物，因此較少入詩。但日録中頻繁地出現創造代語的現象，我認爲與詩歌使用代名的審美心理是一致的，都是五山禪林在文學創作中追求語言文雅、新奇的產物。

又載《本草》。"①昧萬里集九之意,因爲"千里及"是湖州所産,故以之代稱位於湖州附近的西湖。以名産代指産地,在中國早已有之,不過萬里特地選用"千里及"作代名,還另有心思:這是藥名,而題中稱福富公爲醫家,用事貼切。這一代名不依傍前人的使用經驗,雖然在構思的精巧生動程度上不可能同黃庭堅自鑄"青奴"一名相提並論,但這也是聯繫詩歌描寫對象進行的創造,其創造性庶幾無差別。

四、本地風光:五山詩歌用事對精確穩貼的追求

以上通過對五山詩歌用事時使用"翻案"和"代名"兩種方法進行考察,已基本上可以看到他們在宋人用事之法影響下,積極翻新出奇的努力。五山禪僧除了自覺追求用事的廣博和生新外,對用事的精確穩貼也有所要求。精確穩貼是宋詩用事的另一個特點,也是詩話討論的重心。宋代詩話在五山禪林廣泛流傳,日僧對此當然深有體會,如此時流行的《詩人玉屑》,其卷七"用事精密"條以黃庭堅《詠猩猩毛筆》和《戲呈孔毅父》爲例,説明山谷"善用事""精妙穩密,不可加矣"②,萬里集九在《帳中香》中便全文引用。上文所舉萬里集九使用"千里及"一詞體現的用事符合詩歌描寫對象的特點,也是用事精確的表現。五山禪僧的這種思想,《九淵遺稿》有所表述。其《期友不來》末句:"在花見我閑愁重,壓底薔薇著雨枝。"自注:

> 右,東山所作,故用東山薔薇之故事也。③

---

① 萬里集九《醫家福富公阻雨不得揚舨鞭,劀和之餘作旅詩一篇見寄,漫同厥韻云》,《梅花無盡藏》,第 672 頁。
② 《詩人玉屑》卷七,上册,第 212 頁。
③ 《九淵遺稿》,第 410 頁。

根據九淵龍琛的解釋，這是他在東山候友所作，詩句以薔薇著雨、枝葉低沉之態，將友人未至、閑極無聊的心情形象化，且暗用謝安東山薔薇洞的典故。九淵注釋的關鍵就是要説明"東山所作，故用東山之事"這層意思，強調用事的當妥帖、精妙穩切。九淵龍琛論述的這個用事原則，在《中華若木詩抄》中同樣被堅持，以其中所選希世靈彦《和九淵老人韻》爲例。詩曰："蒼生久待起東山，却在若耶溪水間。料識霓虹無處吐，打頭矮屋丈夫顔。"如月壽印抄曰：

> 是ハ、九淵和尚ノ、越前ノ大野ト云處ニ引コシテ居ラレタ時ノ和ノ匂也。東山ハ、建仁寺ノ山號也。九淵ハ東山ノ僧也。若耶渓ハ越州ニアリ。（此詩，九淵和尚居越前大野時和韻。東山，建仁寺山號也。九淵乃東山之僧也。若耶溪在越州。）①

檢索希世靈彦《村庵稿》中本詩題下小注，可知這首詩寫作背景：該詩作於文明三年（1471），九淵龍琛此時因避應仁之亂（1467—1477）在越前增福寺，而希世靈彦在其外護細川勝元的安頓下，回到了京城岩栖院，與雪江宗深交往密切。因此他酬和雪江寄九淵詩，"告國家收復之兆"，招請九淵龍琛回歸京城②。在講義中，如月壽印結合這個背景解釋了詩歌一、二句所用典故：因爲九淵本京城建仁寺（東山）之僧，故前句用謝安起東山的典故；而下句則用隱居若耶來指代九淵避居越前。如月選此詩講用事之法，理由正如九淵龍琛一樣，是因爲其用事精當可學。九淵龍琛、如月壽印所重視的這種用事原則，大略與清人趙翼所指出這一種宋詩用事特色

---

① 《中華若木詩抄》，第 119—120 頁。
② 詳見希世靈彦《龍安方丈老師近日得越之增福東軒九淵老人書，其末有詩三篇，重述書中未盡之意。老師欣然不置，和者三篇，并以示余，見徵其和，余不獲辭，謹和三篇。其一以慶老師道望之盛，其二以喜九淵温存之信，其三以告國家收復之兆，蓋徵倖方丈禪餘之一笑耳》，《村庵稿》卷上，第 287 頁。

相同：

> 宋人詩，與人贈答，多有切其人之姓，驅使典故，爲本地風
> 光者。①

與人贈答，使用典故切合對方的姓氏或身份，既顯示出用事的高超技巧，又含蓄地稱揚了對方，十分親切。五山禪僧在贈答詩中這種"本地風光"式的用事例子極多，以下按時代順序舉具有代表性的數例：

> 唐代能詩贊上人，汝今同諱亦同神。雲中步響青絲履，袖
> 裏光蟠瑞錦鱗。（義堂周信《酬贊成之》）
> 僧中間氣仲靈嵩，望汝名同實亦同。《輔教編》成回佛日，
> 《正宗論》出振禪風。（義堂周信《送小師梵嵩歸里兼簡龍門太
> 清》）②
> 書畫米家家法新，君今詩筆更如神。澄江紅樹醉時墨，不
> 及佳人七字春。（江西龍派《和繼章佳丈早春之什》）③
> 逐一令誰留此景，靈泉院裏老庭堅。（萬里集九《便面》）④

以上四詩，前兩首爲前期義堂周信所作，後兩首分別是中期和後期的作品，從這四首詩中可看到禪僧用事追求"本地風光"的手段日益精進。據詩題，義堂周信前一首是寄送鹿苑寺的僧人贊成之，他用杜甫與禪僧贊上人往還之詩，稱道對方"能詩"與風雅明潔的高僧神態；後詩送別小師梵嵩，則用北宋名僧契嵩事，以示寄予厚望。江西龍派詩和答僧童繼章元暉，詩中前兩句使用米友仁（字元暉）典故，以其畫筆出神比喻繼章詩筆如神；後兩句則暗用謝朓（字玄暉）的兩個寫景名句，具體地稱譽繼章的早春詩作。最後一首據萬

---

① 趙翼著，霍松林、胡主佑校點《甌北詩話》卷十二，人民文學出版社，1963 年，第 176 頁。
② 以上兩詩見《空華集》卷八，第 1555、1587 頁。
③ 《續翠詩集》，第 210 頁。
④ 萬里集九《梅花無盡藏》，第 877 頁。

里集九題下注釋，是酬和其前輩正宗龍統，在尾聯他將正宗龍統比喻爲黃庭堅，關於兩者的聯繫，萬里有自注，他説"《山谷文集》有靈泉寺之詩"，而正宗龍統所住爲靈泉院。以上四詩都是用事貼切的表現，值得注意的是其中用事日益精進、生新的趨勢。義堂周信兩詩都點明"同諱""名同"（一般僧名的上字爲宗派繫字，故下字相同則可稱同名，江西用謝玄暉喻元暉也同此），主動表明他用事注重"本地風光"。縱覽義堂其他贈答詩，都與這兩首一樣，一旦用"本地風光"，都會直接出現所涉高僧名諱。可見其用"本地風光"還略顯刻板，典故選擇範圍也較爲拘謹（基本都用僧人事），另外，刻意的強調還反映了在前期能用"本地風光"是才能的體現，並不爲所有禪僧所掌握。到了江西龍派，可以發現他詩中所用兩事遠比義堂活潑，也更加妥帖。這不光體現用事不爲僧人身份拘束，更重要的是他用此兩事，實際上選擇的是故事中"米芾之子""小謝"的身份，作爲對僧童的贈答，這是極妥當、極含蓄、又極能表現身份關係的（高僧和答僧童試筆詩，常將對方譽爲"小坡"蘇過，與此相似）。中期禪僧詩藝精進、用事更貼切正體現了這種進步。而到了後期萬里集九的用事，他偏偏不從名號入手，僅以黃詩中寺名與正宗龍統塔院名的巧合，就將兩位老詩人聯繫在一起，其中體現的是萬里集九對這種"本地風光"刻意翻新的意識，與他詩歌好出其不意、追求表達新奇的特點是一致的。總之，從義堂到萬里，禪僧們追求用事精密穩貼的努力一直不曾放鬆。

第三節　句法

　　黃庭堅詩法理論概念豐富，具體而生動，一部分直接在他本人詩文及創作過程中體現出來，而另一部分則被其同道親友、後學晚輩記錄下來,見於各種詩話類著作。在討論詩法時,山谷最常用到的法度概念是"句法",在其詩文中共 18 處。宋人詩話也常以句法爲中心,討論山谷的詩法。正如錢志熙所説:"詩歌比之散體之文,最大的特點就是句相對全篇的獨立性大大地突出起來。字包括在句之中,而篇章則由句構成,所以,句法其實包含著字法,而章法實際上也是以句法爲前提的。"①從這個意義上看,黃庭堅時時不忘"句法",後人將"句法"作爲概括他詩法理論的核心關鍵詞,是必然的結果。句法對詩歌創作的重要性,以及山谷句法在其詩法中的核心地位,五山禪僧也頗能體悟。如景徐周麟贊山谷:"句法傳家老拾遺,鬼門關外鬢成絲。"②雖然來源於《洪駒父詩話》中"山谷句法高妙,蓋其源流有所自"③的論述,但也表示他已認識到杜甫句法對山谷產生的影響。五山禪僧接受了山谷句法理論,並在實際創作中以其句法爲典範,最直觀的證據是當他們討論句法時都不約而同追溯到山谷或江西詩派:

> 哦詩深愛黃家子,蘗弟梅兄句法新。(夢巖祖應《次水仙花韻》)④

> 句法誰知有憑處,定應宗派自江西。(中巖圓月《和答玄森侍者》)⑤

> 濟北宗風猶未墜,江西句法又重興。(鄂隱慧奯《和白雲書記登西靈塔韻》)

> 江西句法驚新製,喚起傳衣人姓黃。(在庵普在弟子僧某《用前韻和無白、東日》)⑥

---

①錢志熙《黃庭堅詩學體系研究》,北京大學出版社,2003 年,第 193 頁。
②景徐周麟《贊山谷》,《翰林葫蘆集》卷三,第 107 頁。
③《洪駒父詩話》,《宋詩話輯佚》卷下,第 428 頁。
④《旱霖集》,第 807 頁。
⑤《東海一漚集》,第 334 頁。
⑥《雲巢集》第 759 頁。

紛紛將自己或他人視爲山谷句法的接班人。那麼，五山禪林在句法理論與創作實踐中到底多大程度接受山谷影響呢？下文從山谷本人的句法理論和宋人歸納的山谷句法兩個層面進行討論。

　　黃庭堅重視句法，注意吸取前人遣詞造句的經驗，在創作中"薈萃百家句律之長"，但在論述句法的時候，多數時候其理論並不指向具體的造句規則，而往往指向一種詩歌風格，即通過句法體現出來的詩歌的氣格神韻。如"句法清新俊逸，詞源廣大精神""所寄吉州舊句，並得見諸賢和篇，皆清麗有句法，讀之屢歎""所寄詩，醇淡有句法""其用字穩實，句法刻厲而有和氣""詩來清吹拂衣巾，句法詞鋒覺有神""句法何壯麗"諸如此類的議論，都將句法運用之功，指向詩歌的風格之美①。五山禪僧受到山谷句法理論的影響，也常將句法與詩歌風格聯繫起來，試舉數例：

　　　　清新句法宜追庚，開府勳名邁祖公。（虎關師鍊《和春來四面花韻》）②

　　　　句法皆古遠而清秀，讀者可以一洗胸中塵埃也。（中巖圓月《藤陰瑣細集》）③

　　　　文章推雅健，句法愛清新。誰借天機巧，織斯無限情。（一曇聖瑞《次灌上人新歲詩韻》）

---

① 參錢志熙《黃庭堅詩學體系研究》，第 197—198 頁。按，錢氏討論山谷句法分爲三個層次，即具體句式、造語之工、風格。據我考察，黃詩文中 18 處論及句法，包括兩種情況：一如文中所述，句法最終指向風格美；一指句法淵源，如"傳得黃州新句法""得老杜句法""得張籍句法"之類，細味其意，實際也是指通過學習前人詩歌造句法度而參得前人之風格神髓。故山谷本人的句法理論，均應視爲由句法而達風格美。錢氏所論其他兩點，一是具體句式層面的"句法"，實際主要出自宋人總結，我在下一層討論中涉及。二是造語之工，因爲黃庭堅對"造語之工"的要求不只關涉句法，錢氏用來論證的五則材料也皆只討論"工"而不及句法，故此不取。
② 《濟北集》卷二，第 82 頁。
③ 《東海一漚集》，第 457 頁。

　　　　愛君句法自然新，筆下雲敷靄靄春。餘子目前兒戲耳，妙年也有老成人。（一曇聖瑞《次韻善甫藏主早春作》）①

　　　　詩脾無俗趣，句法可新開。（在庵普在弟子某《次韻春日口號三首》其二）②

材料顯示五山禪僧們與黃庭堅一樣，要求由講究句法而上升爲風格美。其實，他們在詩歌風格的審美方面也受到山谷影響。上文所舉黃庭堅討論句法所指向的風格，有"清新俊逸""清麗""醇淡""刻厲有和氣""壯麗"等種種分別，那是由於所評價的對象不同。如果要討論他自己最欣賞的風格，則最關鍵的必然是"清"，尚清反俗是山谷以及宋人普遍的審美追求③。五山禪僧在以蘇、黃爲典範的過程中，無疑接受了這種詩美理想。

　　　黃庭堅詩文中的"句法"最終都指向風格，所論顯得比較抽象。但他平時確實注意總結前人法度，對後學循循善誘，其創作也有法可循，因此詩話中出現了不少後學記錄其言和據其創作實踐總結出的句法理論。這些句法理論相對而言更具有指導性和可模仿性，討論的往往都是具體的句式類型，或是與句式、語法、修辭等具體因素相關的問題，如句式構造、字詞組合方式、句內節奏、聲韻格律的配合、上下句的對仗等各個方面。宋人有關黃庭堅句法的討論，主要集中在以下三個方面：其一，拗句，這裏包括節奏不合詩歌一般規律的拗折句型與近體詩語境中的出格拗律。爲矯詩歌呆板圓熟之弊，黃庭堅特別在開發程度不高的拗句上下功夫，因此拗句成爲他詩歌句式的一大特質。他的許多詩句或故意打破詩歌內部慣有節奏，或有意破棄詩歌固有的格律，在音律、形式甚至意脉上

---

① 以上兩詩出《幽貞集》，第 289、307 頁。

② 《雲巢集》，第 767 頁。

③ 參張海鷗《北宋詩學》，此書在討論黃庭堅詩美理想時，專列"尚清反俗"條予以說明（河南大學出版社，2007 年，第 214—222 頁）。

都甚奇崛險拗。打破節奏的如：七言"折腰體"的上三下四式（"心猶未死杯中物，春不能朱鏡裏顔"），"一三一二"式（"邀陶淵明把酒碗，送陸靜修過虎溪"），"二三二"式（"應無二十四琵琶"）；五言如"一四"式（"吞五湖三江""石吾甚愛之"），"一二二"式（"吾早知有覷，而不知有覯"）。破棄格律即近體詩中通常所説的拗體，如黃庭堅頗自得的"蜜房各自開户牖，蟻穴或夢封侯王""黃流不解涴明月，碧樹爲我生涼秋"，皆犯三平調大忌，且前詩全篇無一句合律。以上兩類詩句在黃詩中十分引人注目，其造句模式都被宋人目爲有代表性的山谷句法。其二，散文句式。詩歌創作中使用加入大量虛詞的散文句式，顯得峭拔新警，是黃庭堅的經驗之談。《王直方詩話》記載山谷説："作詩使《史》《漢》間全語，爲有氣骨。"[1]故詩話中討論山谷句法時，這一類詩句所佔比例也非常大。其三，特殊對句。由於黃詩研煉句法，首先在七律下手，且七律最能反映他個人的獨特風格，故宋人普遍認爲黃詩律詩句法"別爲一體"，十分重視總結山谷律詩句式相較前人所發生的變化，尤其是其對仗句式的特殊格式。如"流水對""當句對""偷春對"，前人只是偶爾一用，山谷却有意大量使用，以之創變句法。因此詩話記載山谷論句法，討論的常是這類句式；後人從黃詩中總結句法，也往往以這些句式爲"魯直句法"[2]。宋人以具體句型爲例的這些言論，大多確實能代表山谷在詩歌句法方面的實踐及其特色，並且以詩句爲例的分析，非常便於學習和模仿。因此，五山禪林的山谷抄物中多引用這些詩話作爲資料，禪僧平時也流行從句式結構來討論和學習黃庭堅句法。如黃詩《和外舅孫莘老》開頭"西風挽不來，殘暑推不去"，萬

---

① 《王直方詩話》，《宋詩話輯佚》卷上，第 87 頁。
② 關於黃詩句法的研究，參考了周裕鍇《論黃庭堅詩歌的藝術特徵》〔原載《四川大學學報叢刊》第 28 輯《研究生論文選刊》（1985 年），後收入《黃庭堅研究論文選·文學編》第 1 卷，江西教育出版社，1999 年，第 201—203 頁〕、吳晟《黃庭堅詩歌創作論》（江西人民出版社，1998 年，第 74—86 頁）。

里集九《帳中香》言：

> 破題如此，妙哉！凡五言，上二字三字，下二字三字；七言
> 亦上四字三字，下四字三字。取史傳之熟語以續警策之語，是
> 謂江西詩祖之句法。西風、殘暑，皆警策，而"挽不來""推不
> 去"皆是史中之熟語。①

"取史傳之語"即上文所言散文句式，萬里所論的根據無疑就是上
引《王直方詩話》，從中也可見萬里對這種散文句式的推崇。雖然
詩話中所論及的這些黃氏句法在五山文學中都產生了影響，不過，
具體來看，無論在理論上還是實踐中，五山禪僧對不同的句式接受
的程度也是不一樣的，下面以拗句與特殊對句爲例論述。

　　拗句。上文中我將不符合詩句内部常規節奏和不符合近體詩
格律要求的詩句統稱拗句，這是因爲二者實際上都是通過反抗傳
統聲律系統來創立詩歌風格。從創作心理來説，在唐詩盛極難繼、
晚唐宋初詩歌流於圓熟平易的背景下，黃庭堅對拗句的偏好，體現
的是不肯"隨人作計"、要求"自成一家"的精神。雖然五山禪僧對
山谷極爲推崇，也深受其自覺生新出奇之創作精神的影響，不過在
拗句問題上，五山禪僧很少受到山谷影響。相反，由於五山時期的
日本漢詩創作遠遠達不到北宋水平，更不可能有熟易之弊，達到格
律上嚴格工整、音調上圓美流轉就已經是極高的成就。因此，黃庭
堅近體的出格拗句對他們似乎吸引力不大，大部分情況下他們更
在乎是否合律，努力追求合律，而不是通過破律達到變體的效果，
也極少有自覺突破近體格律的詩句②。但另一種打破句内節奏點

① 《帳中香》卷二。
② 五山禪僧別集中不合近體格律的詩歌不少，但有些是因爲禪僧受限於漢語
　 水平，有些畫贊號頌類絕句則由於屬於宗門題材，禪僧在格律上要求較低，
　 總之大部分並非有意之作。就我所見，自覺創作並明確標示過的格律"拗
　 體"，僅有萬里集九一首絕句。

的拗句的接受情況則要複雜很多。這是因爲日僧寫作漢詩存在的
"和習"問題,這種"和習"往往也表現爲句間節奏與傳統漢詩不同,
所以究竟何時屬於禪僧囿於"和習"而表達不力,何時屬於有意突
破節奏,往往很難區别。總的來説,前期因與宋元的人員交流頻
繁,禪僧漢文水平較高,出現"和習"的概率極少,故出現這種異於
常規節奏的句式,多屬學習黄詩的結果。到中期以後,訓讀法的出
現,使日僧不須掌握漢語也能寫作漢詩,增大了"和習"出現的概
率。在這種情況下,大部分禪僧反而希望突破"和習"的局限,傾向
於追求符合漢詩傳統節奏的表達。上引材料中萬里集九提到"五
言上二下三""七言上四下三"都屬於傳統句式,正表現了禪僧們的
選擇。當然,也不乏模擬黄詩這種句式,甚至有意利用"和習"創作
奇崛拗口句型的禪僧,萬里集九就是特別突出的一例,下面略舉數
例。例如"二三二"句式:

> 海藏/五千餘/白蠹,山房/一萬/卷/紅螢。看來内外皆糟
> 粕,近枕鶯聲帶夢聽。[1]

此詩前兩句對仗工整,特殊的節奏顯然是作者有意爲之,絶非"和
習",這類節奏的句式萬里集九集中還有數例,如"仙山八萬歲春
風"[2]。而下詩則可視爲有意拗折與"和習"的産物:

> 八百年/之間/李耳,十三世/以上/鄒陽。梅花並作/東
> 坡/一,海外殘僧亦莫湯。[3]

前兩句同上詩一樣,是顯然的拗折,近似於"上三下四"的"折腰
句";第三句原本是"四三"的傳統句型,但按原本漢詩習慣應當作
"一東坡"的詞組被倒置了,則是囿於日語語法、絶句格律産生的

---

①萬里集九《群書》,《梅花無盡藏》,第790頁。
②《蓬萊左股圖》,《梅花無盡藏》,第764頁。
③萬里集九《祭蘇雪堂》,《梅花無盡藏》,第665頁。

"和習"（此句訓讀爲"梅花は並び作るも、東坡は一なり"）①，萬里
集九類似詩句還有不少，如"青春入話故人六""一欄佳景今並二"
等等。又如"上三下四"的折腰句式：

> 旅底聊試杯味薄，洞宗禪／不及相看。（《同二十八日，喫
> 角淵之晨炊，赴白井，途中隔一村，馬上望拜上野之總社，見黑
> 髮山及五老峰，狂客渡吾妻河，有危橋日月，歷觀白井城中，遂
> 作四詩》）
>
> 千百億／分身戰場，山形兔角卧目床。（《睡布袋贊》）
>
> 三十車書兒若讀，文章／必／萬丈波瀾。（《元夕聽小兒誦
> 書聲欣然有作》）
>
> 百二十／趙州甲子。（《呈定輪堂上師學甫和尚》）②

無論"二三二"句式、"折腰句"還是其他拗折句式，均不是黃庭堅的創
造，如杜甫"杖藜嘆世者誰子"（《登白帝城最高樓》）、韓愈"雖欲悔舌不
可捫"（《陸渾山火和皇甫湜用其韻》）就是有名的例子，但黃庭堅常有意
用之，就成爲他的特色。萬里集九深受山谷影響，便也習得此癖。

　　特殊對句。由於五山禪僧創作律詩的比例不算特別高，尤其中
期以後，在表現才學詩藝的詩會上往往要求寫作絕句，故五山時期日
本律詩的成熟水平遠遠不能同北宋相比。因此，禪僧在大部分情況
下，對大部分對仗形式不甚注意，但例外的是其中"當句對"形式特別
爲禪僧注意，目爲山谷句法之代表，從前期到後期模仿者層出不窮。
當句對是指句子內部語詞構成對偶形式，這本既不是黃庭堅的發
明，也非黃詩獨有的特色，但宋人討論黃詩句法時，特別喜歡舉當
句對之例。如《潛溪詩眼》記載向山谷詢問句法的一則：

> 句法之學，自是一家工夫。昔嘗問山谷："耕田欲雨刈欲

---

① 本書的萬里集九詩日文訓讀，參考了市木武雄《梅花無盡藏注釋》，第108頁。
② 見《梅花無盡藏》，第741、754、756頁。

晴，去得順風來者怨。"山谷云："不如'千巖無人萬壑靜，十步回頭五步坐'。"此專論句法，不講義理，蓋七言詩四字三字作兩節也。此句法出《黃庭經》，自"上有黃庭下關元"已下多此體。張平子《四愁詩》句句如此，雄健穩愜。至五言詩亦有三字兩字作兩節者。老杜云："不知西閣意，肯別定留人？"肯別耶？定留人耶？山谷深愛其深遠閑雅，蓋與上七言同。①

宋人詩話相關討論影響到五山禪僧，他們理所當然地接受了這種看法，以之爲黃詩句法的代表。如宋人討論猶多的"野水自添田水滿，晴鳩却喚雨鳩來"一聯，萬里集九《帳中香》引用杜甫《曲江對酒》、白居易《贈韜光禪師天竺寺詩》中類似的詩句比較後，認爲黃詩此聯"句法爲聯珠格也"，特別推崇②。基於這種認識，五山禪僧在創作中對這種當句對的形式近乎偏愛。僅統計萬里集九《梅花無盡藏》卷一，就多達 24 例。他偏愛使用這一句式，幾乎不計其藝術效果，如"嘯者比丘歌者樵""凹處雲殘凸處烟""早茶煎罷晚茶煎""左眼看山右眼花""諸史作衾經作屛""砌下泉聲案上山""一片爲鴛一片鴦""共花眠去共花驚""古今無弱又無强""山有珍禽水有魚""十步看梅五步梅""堂上主人船上客""遠江月色越山春""山皆摩詰水徐熙""四海不醒陶獨醒""遂不招凉招戰塵""酌罷又歌歌罷舞""局有三翁枕一翁""左搏方丈右蓬萊"，均無甚詩意，僅句式特殊而已。五山禪僧對黃詩這一句式的膠柱鼓瑟，有時甚至影響到他們對黃詩藝術的欣賞。如夢巖祖應《次水仙花韻》説：

今日花中見洛神，色如蒸栗氣如春。哦詩深愛黃家子，蘂弟梅兄句法新。③

---

① 《宋詩話輯佚》，第 330—331 頁。
② 《帳中香》卷十六《自巴陵略平江臨湘入通城無日不雨，至黃龍奉謁清禪師，繼而晚晴，邂逅禪客戴道純》。
③ 《旱霖集》，第 807 頁。

衆所周知,《王充道送水仙花五十枝,欣然會心爲之作詠》是山谷詠水仙的名作,宋人稱道此詩不遺餘力。先看山谷原詩:

> 凌波仙子生塵襪,水上輕盈步微月。是誰招此斷腸魂,種作寒花寄愁絶。含香體素欲傾城,山礬是弟梅是兄。坐對真成被花惱,出門一笑大江橫。①

前三聯詠水仙之清雅意態,將其比作月下之凌波仙子,認爲水仙可與潔白的山礬和清幽的梅花爲兄弟。但此詩之所以稱奇,乃在於其結句,靜坐與水仙相對,不由得情思迷亂,所以起身出門,看到寬闊的大江橫在眼前,頓時心情開朗明淨,欣然一笑。末聯的闊大境界與前三聯幽麗纖細之間形成的巨大張力,一洗前文的穠麗,不但開拓了詩境,也淨化升華了全詩的感情。任淵注云"老杜詩'鷄蟲得失了無時,注目寒江倚山閣',山谷句意類此"。正抓住了黄詩這種結尾宕開一筆、旁入他意的章法,詩話中討論此詩也多是以此爲山谷"打諢出場"章法的代表作。夢巖祖應在詠水仙花時向山谷致敬,説明此詩在五山禪林也膾炙人口。不過五山禪僧對此詩之體悟與宋人完全不同。夢巖祖應及其後的禪僧都注目於礬弟梅兄一句,認爲它是山谷句法新奇的代表。客觀地説,把早開的梅花、遲開的山礬分別比作水仙的兄弟,在立意上的確有新穎之處,但僅僅是發想奇特,表達上此句直露而不含蓄,沒有咀嚼的空間。五山禪僧之所以推崇此句之"句法",究其原因是此句與前引詩話中所討論的句式一樣,從句式上來看是當句對的形式,這正是他們狹隘地理解山谷句法所造成的局限。

　　雖然對句式、語法以及修辭格的效仿是有局限的,但個人的語言風格,總蘊含在這些具體的因素中,要習得典範的創作風格,就免不了通過模擬來學習其句法、詩風,大多數情況下,五山禪僧對

---

①《王充道送水仙花五十枝,欣然會心爲之作詠》,《黄庭堅詩集注》,第546頁。

黃庭堅句法的推崇和學習，體現在對具體詩句的模擬之中，下面從夢巖祖應和萬里集九詩中各舉一例，來看一看他們模擬黃詩的成果。先看夢巖祖應詩：

> 躍馬京華二十秋，誰知蟻穴夢王侯。軒天氣勢棺三寸，蓋世功名土一杯。廡下遍裨皆素服，門前吊客半縗流。寂寥常在光中景，醉舞無人月滿樓。（《悼將府》）
>
> 游方竭力魚千里，把百艱辛付一休。衰態隨年惟我覺，頹風逐日豈吾憂。身從於世無求靜，居自將塵有隔幽。露掬帶華親手種，購僮剖竹引清流。（《題友人壁》）①

上面前兩詩中"棺三寸"對"土一杯"、"魚千里"對"付一休"兩聯，是山谷喜歡用的一種對偶句式。其中"土一杯"本出唐彥謙詩，因山谷論此聯爲"佳句"的言論被宋詩話廣爲轉載，故成名句；至於第二詩首聯即對仗，用"魚千里"事，則顯然是模仿黃詩。山谷屢用"魚千里"對句，有"從師學道魚千里，蓋世功名黍一炊""小池已築魚千里，隙地仍栽芋百區""心遊魏闕魚千里，夢覺邯鄲黍一炊""爭名朝市魚千里，觀道詩書豹一斑"，宋人在筆記、詩話中有數處討論，夢巖祖應此兩詩的對句不能不說是刻意模擬山谷的結果。

再來看萬里集九。"桃李春風一杯酒，江湖夜雨十年燈"一句，宋人討論猶多，都稱賞此聯造語之奇，作爲山谷名句，五山禪僧效仿此聯而造句的也大有人在。萬里集九在講此聯之時，廣引諸如《王直方詩話》《苕溪漁隱叢話》《呂氏童蒙》《詩人玉屑》中的說法，對這一聯詩的境界進行分析，並自述其模擬經驗：

> 《漁隱前集》四十七載《王直方詩話》云：張文潛嘗謂余曰：黃九似"桃李春風一杯酒，江湖夜雨十年燈"，真是奇語。苕溪漁隱曰：汪彥章有"千里江山漁笛晚，十年燈火客氈寒"之句，

效山谷體也。余亦嘗效此體作一聯云"釣艇江湖千里夢，客氈風雪十年寒"。①

萬里集九對黃詩的模仿，基本上把握住了原句的特點：通過意象的組合造句，上下聯意境相隔較遠，對比强烈。因此，他的仿作不是止於模仿意象、詞彙，也同樣以純粹的情境描寫表達了夢想與現實之間的巨大差距。順便提及，《九淵遺稿》中有一條論及律詩對句"不可容易"，似乎與宋人討論黃庭堅此聯常説到的對句"句意皆遠"原則類似。其《蝸》詩"小能喻大牛羊角，異處俱同蛟鰐涎"一聯注云：

> 凡賦蝸八句詩，誰不角對涎乎？是以造句則容易與衆人作同也。坐客各有角涎對而優劣顯矣，勝負定矣。凡有詩人之名與無名，則繫一座，一座之盡意以致精彩，則必得作者焉，不可容易。②

詩人詠蝸往往以"角"對"涎"，這種對句上下聯往往平易呆滯，容易氣弱，也即九淵所説的"容易"。在這裏，九淵雖然没有提出具體的解決方法，但我們確實可以體會到他要求造句力矯俗套、盡力以致精彩的觀點。

餘　論

除了字法、用事、句法之外，五山禪僧在詩歌創作中一些具體的修辭技巧上也受到黃庭堅的影響，比喻就是比較明顯的一例。宋人在"意新語工"上與前人爭勝，比喻技巧的演進也是一個重要的表現，其中黃庭堅爲宋人更新比喻技巧的傑出代表，時人在詩話

---

① 《寄黃幾復》，《帳中香》卷二。
② 《九淵遺稿》，第 416 頁。

中常稱道，如以下兩條：

> 如山谷《種竹》云："程嬰杵臼立孤難，伯夷叔齊食薇瘦。"
> 《梅花》云："雍也本犁子，仲由元鄙人。"善於比喻，何害其爲好
> 句也。①

> 前輩作花詩，多用美女比其狀，如曰："若教解語應傾國，
> 任是無情也動人。"誠然哉。山谷作《酴醿》詩曰："露濕何郎試
> 湯餅，日烘荀令炷爐香。"乃用美丈夫比之，特若出類。②

皆認爲黃詩善於比喻，設喻新奇。錢鍾書曾指出，黃庭堅在比喻技
巧上特擅於"曲喻"，周裕鍇在此基礎上進一步將黃詩的"曲喻"分
爲"牽強性比喻"與"擴展性比喻"③，陶文鵬也認爲黃詩的比喻特色
是"遠取譬""曲喻"④，可見"曲喻"確爲黃詩比喻最鮮明的特色。按
周氏的歸納，材料中的兩例重視性質相似，"在形式、事類上毫不相
關"的比喻，正是"牽強性比喻"；"擴展性比喻"則指在使用喻體比
喻描寫對象後，離開對象，由喻體引申擴展，進一步生發。曲喻較
之直喻，雖然感官效果有所減弱，但往往意蘊豐富，妙造幽微，易出
人意表，又頗具理智之美，因此雖以黃詩爲典型代表，實際上是宋
詩的普遍特色。五山禪僧受到黃庭堅和宋詩話影響，其比喻也重
視造意與神理的相似，在詩歌創作中也善於使用曲喻，當然，由於
五山詩歌多爲絶句，禪僧詩中的"牽強性比喻"遠遠多於"擴展性比
喻"。下面舉春澤永恩的兩首同題作品來看其"牽強性比喻"：

> 雨前雨後葉初青，花是雖加奈易零。若比衆人兼屈子，群
> 紅如醉綠如醒。（春澤永恩《綠蔭勝花》）

---

① 《苕溪漁隱叢話》後集卷三十一，第 232—233 頁。
② 惠洪《冷齋夜話》卷四，見《稀見本宋人詩話四種》，第 38 頁。
③ 參前揭周裕鍇《論黃庭堅詩歌的藝術特征》一文。
④ 陶文鵬《論黃庭堅詩歌的比喻藝術》，載《中國社會科學院文學研究所學刊》，
　中國社會科學出版社，2007 年，第 116—129 頁。

　　　夏木森森風露新,清陰愛看勝花辰。凡紅俗子世間士,綠
　是嗣宗青眼人。(春澤永恩《綠蔭勝花》)①

詩歌主題是表達"綠蔭勝花"之意,前詩寫的是花盛葉稀時的景色,
設喻新奇之處在由群卉與點滴新綠的對比,聯想到"衆人皆醉我獨
醒"的屈原;後一首轉寫綠樹成蔭的景色,但主題不變,作者換用阮
籍青眼之典故,於是紅花與綠樹又形成俗子與高士的對比。詩中
的本體與喻體原本毫無相關之處,但作者拈住主題中的"勝"的對
比之意,借屈原、阮籍的高潔品格比喻綠蔭的清凉脱俗,顯然注重
的是事理上的相似。其實從上面兩詩中可以發現,五山禪僧使用
"牽强性比喻"與黄庭堅還有一個相似之處,那就是設喻的依據多
來自於書籍典故,智識性强,書卷氣濃,這也是五山禪僧資書爲詩
風氣的體現。再舉兩首:

　　　當階紅藥已離披,爲我分來寄所思。春淚多情經雨後,似
　看淮海女郎詩。(九鼎竺重《謝人贈紅藥》)②
　　　雪苦霜辛幽谷間,春風何日聽綿蠻。凍吟未了林君復,澀
　體猶存李義山。(江心龍岷《凍鶯》)③

前一首詠芍藥,描寫芍藥點綴著滴滴春雨,沉甸甸地不勝嬌柔,詩
人破除將花比作美女的俗格,將芍藥婉約柔美的形態喻爲秦觀的
"女郎詩",雖只用一個喻體,但層次豐富:像是將芍藥比作秦觀"終
復婉弱"的詩風,又仿佛是比作如秦觀詩風般婉弱的"步春時女",
且還似暗用了秦觀"有情芍藥含春淚"。後一首詠冬日的黄鶯,著
重描寫它在天寒地凍時不復清脆流轉的鳴聲,用了兩個比喻:這啼
聲好像孤山雪裏梅邊苦吟的林逋,尚帶寒塞之氣;又如模擬李商隱
的西昆體,嘔啞嘲哳,終難曉暢。通過比喻,江心傳達出了凍鶯鳴

---

① 以上兩首皆見《翰林五鳳集》卷十四,第 280 頁。
② 《翰林五鳳集》卷十四,第 282 頁。
③ 見《翰林五鳳集》卷二十一,第 385 頁。

聲清冷凝澀的神理。顯然，九鼎和江心詩中設喻都是取自宋元人的詩話詩論。這樣的比喻雖然在形象性上略嫌不足，但更曲折含蓄，層次豐富，更能激發讀者的想象。如從江心的比喻，就仿佛能從嘶啞的凍鶯聲中更形象地體會到宋初的兩種詩風，使得本詩仿佛不僅是詠物，又有了論詩詩的性質。

　　最後，萬里集九等人曾論及聯句的對仗，雖不能指認爲受到黃庭堅的影響，但顯然受到宋代詩話影響，在此處也一并列出。萬里集九《聯句説》中説："夫佛語之烏鉢羅，禪語之赤肉團等，莫森森，莫紛紛，梵以梵對之，漢以漢對之，倭以倭對之。"[1]將佛語對佛語、梵語對梵語、倭言對倭言作爲對仗的基本原則。這是一種詩歌對仗工整嚴密、精巧貼切的要求。宋人中，王安石在這一點上最受推崇，詩話中時見討論，如"用漢人語，止可以漢人語對，若參以異代語，便不相類"[2]，就是流傳頗廣的一例。萬里集九聯句對仗的理論顯然來自這類宋代詩話，同樣體現了對對仗精工的要求。在平時創作實踐中，萬里集九也自覺實踐這種對仗法則，以其長達五十韻的《春岳崇公記室聯句和并叙》中的數聯爲例：

> 達磨十年壁，摩耶三月枝。
> 般若部翻鶯，楞嚴會罵蚰。
> 再來紅卵塔，從事碧雲師。
> 天神安樂像，日本靈臺棋。
> 座分圓覺韻，窗寫辟支詩。[3]

上舉第一、二聯"達磨"對"摩耶"、"般若"對"楞嚴"都是梵名作對，兩句所用又都是佛典，另外，萬里自注説"九年而爲十年，見《江湖紀聞》；二月而爲三月，見《佛所行贊》"，所用故事在邏輯上也堪作

---

①《聯句説》，《梅花無盡藏》，第942頁。
②葉夢得《石林詩話》卷中，《歷代詩話》本，第422頁。
③《春岳崇公記室聯句和并叙》，《梅花無盡藏》卷四，第864—865頁。

偶,可見他講求工切的對的覺悟;同樣,第三聯上句用慈濟禪師瑪瑙石塔事,下句用湯惠休碧雲詩事,又以"塔"對"師",第五聯"圓覺韻"對"辟支詩",也都是佛語對佛語、佛典對佛典的切對;第四聯上句"天神安樂像"指的是日本安樂寺的入唐天神像,因此與下句同爲日本本國典故,亦屬工對。追求工對,不僅是萬里集九個人的創作興趣,從《湯山聯句抄》等一系列禪林詩會聯句中,可以發現五山禪林一致推崇對仗的精巧工整。日僧何以在對仗方面沒有以黃庭堅爲楷模,趨尚"偏枯""異質"等帶來奇崛效應的對句法,走上化切對爲寬對的路子呢? 我想這與禪僧沒有完全接受黃詩的拗句句法答案是一樣的:從詩歌發展程度來說,五山漢詩在追求詩歌精致工巧方面還有廣闊的空間,比起"寧對不工,不使氣弱"之類的對仗理論,顯然精巧的切對更能滿足禪僧騁才的心理。——這當然也可以解釋何以他們對黃詩"奇""新"之類的詩美觀念津津樂道,却對其晚年"皮毛剥落盡"的平淡理想不感興趣。由此也可見典範接受過程中的選擇性。

　　上文論述了五山禪僧在詩歌創作的具體方法層面受到的山谷影響。作爲一位重視法度的詩人,黃庭堅對創作方法的講究使他帶有一點苦吟詩人的形象,這在其詩歌中也有反映。他曾在與高子勉論詩時使用了一個十分形象的比喻:"寒爐餘幾火,灰裏撥陰何。"[①]以從寒灰中深撥出一星火種,比喻苦心孤詣地作出好詩。這一比喻化用杜甫"頗學陰何苦用心"之句,同時使用《傳燈錄》中百丈啓發溈山時深撥爐灰以得火的公案,兩者都指向深思苦求,可見黃庭堅對作詩的態度。此後,"灰裏撥陰何""寒爐撥火"成爲描寫"作詩"行爲最流行的喻體之一。由於這一比喻與禪宗的天然聯繫,特別符合五山禪僧"悟得禪機"與"作得好詩"的詩禪理想,也符合他們深迷章句、極力搜求的苦吟形象,因此在五山禪林中格外流

---

①《次韻高子勉十首》(其四),《黃庭堅詩集注》,第268頁。

行。在寒夜論詩之時，他們總會使用此句，如："碧瓦吹霜寒更奇，爐邊撚斷數莖鬚。官梅想可動詩興，吟撥陰何灰未知。"①"詩兼吟鬢雪皤皤，一夜陶泓凍不波。灞水蹇驢聞亦冷，圍爐灰裏撥陰何。"②從這樣一個細節，也可以看到黃庭堅對五山詩歌創作所産生的影響吧。

①蘭坡景茞《爐邊話詩》，見《翰林五鳳集》卷二十一，第 387 頁。
②天隱龍澤《詩寒似雪》，見《翰林五鳳集》卷二十二，第 402 頁。

附録:日本五山禪林的杜詩閲讀與闡釋

作品被閲讀的程度,決定著作家地位的確立。宋代隨著杜詩的流布,各種注本應運而生,所謂"千家注杜",便可見其盛况。在與日本五山禪林文學初期密切相接的宋末直至元代中後期,大陸最爲流行的兩種杜集是《集千家注分類杜工部詩》和《集千家注批點杜工部詩》。前者爲杜詩之分類集注本,最便於初學就題模擬;後者爲加入劉辰翁批點、簡化注釋的批注本,最利於初學理解與揣摩杜詩。這兩種杜集從問世之初起就極爲流行,其版本的複雜性便是一個明證①。受宋元流行風氣的影響,在日本五山禪林流行過的宋元刊刻的杜詩,主要也是這兩個系統。據黑川洋一考證,五山時期在日本刊刻過的杜集,有《集千家注分類杜工部詩》二十五卷、《集千家分類杜工部詩》二十五卷和《集千家注批點杜工部詩》二十卷②。雖爲三種,但《集千家分類杜工部詩》無注文,應當是從《集千家注分類杜工部詩》録出原文,另行刊刻者,實際仍可視爲分類本之一種。雖然這些杜甫詩集何時傳入日本,在目録與禪僧著述中都没有確切反映,不過我們可以確認,日本最早刊刻之杜集注本是現在日本所藏五山版《集千家注分類杜工部詩》,乃元皇慶元年(1312)有勤堂刊本的覆刻本,刊刻於日本永和二年(1276),在此之

---

① 萬曼《唐集叙録》,河南大學出版社,2008年,第157—164頁。
② 黑川洋一《日本における杜詩》,《杜甫の研究》,創文社,1977年,第342—343頁。

前閱讀杜集必已蔚然成風。另外，《集千家注分類杜工部詩》與《集千家注批點杜工部詩》先後相續，流傳於叢林的基本軌迹，也在禪僧閱讀、談論、注釋杜甫的材料中有所顯示，這些事實都已爲前賢之研究所確認①。本文擬在前人研究基礎上，從日本中世禪林杜詩閱讀與杜集流傳的具體情況入手，以禪僧詩文中對杜甫的各種論述和流傳禪林的杜甫抄物爲基本材料，闡述禪林對杜詩的接受程度與杜詩在此傳播過程中發生的變異。爲了論述的方便，根據五山文學發展的軌迹以及杜詩閱讀、接受的基本情況，筆者仍將之分前後兩期進行論述。

一、虎關到義堂：前期的杜詩受容與在地變異

　　日本五山文學前期禪林閱讀杜集、接受杜詩的情形，直接的資料比較少，只在禪僧們的語録和别集中有所反應。通過對義堂周信以前主要禪僧語録和别集進行檢索，筆者將發現的與杜甫相關的資料分爲以下三類：（一）早期禪僧語録中，少數存留有直接題詠杜甫的贊頌類詩偈，如無學祖元《杜甫》、石室善玖《杜少陵》，另外大休正念有析杜甫《絶句二首》“遲日江山麗”四句爲題的四首詩偈，不過應考慮無學祖元與大休正念皆爲赴日僧。（二）部分禪僧詩文、語録中評論杜詩或者使用杜甫逸事。例如雪村友梅“少陵未覺風流遠，合策詩名與世誇”②；逸事主要是對筆記與詩話中記載的杜甫不詠海棠的故事比較留意，時常用爲典故，如天岸慧廣《題海棠手卷》：“可惜少陵吟不到，黄鸝枝上盡情啼。”③（三）虎關師鍊及

---

①太田亨《日本禪林における中国の杜詩注釋書受容——『集千家註分類杜工部詩』から『集千家注批點杜工部詩集』へ》，《日本中國學會報》第55集，第240—256頁。
②《和杜御史甘肅守途中十八絶》（其六），《岷峨集》，第565頁。
③天岸慧廣《東歸集》，第17頁。

其弟子夢巖祖應、日田利涉，以及曾從其問學的中巖圓月，清拙正
澄弟子天境靈致，對杜詩投注了較大的興趣，不但留下了推崇、論
述、講解杜詩的記載，其詩也有學杜的痕迹。太田亨將前期禪僧詩
文中這些詠及杜甫的情況，歸納爲三種，即關於杜詩的叙述、對杜
甫人生及其生活方式的關心、在各種情形下引用杜詩，並據此得出
前期禪林的杜詩受容著重在對杜甫忠孝形象的關心的結論①。但
實際上，上述前兩種情況主要只是沿襲宋元社會關於杜甫的一般
論述，討論的密度與認識的深度均不能與虎關師鍊等人相提並論，
也不具有獨創性。所以，筆者認爲，五山禪林前期，正式的杜詩受
容應當以虎關師鍊爲開端，以上文所列第三種資料爲討論的重心。
故下文將拈出與杜甫典範地位形成有實際影響的禪僧，討論在他
們的杜詩閱讀與闡釋過程中，值得注意的三個現象。

　　首先值得注意的是虎關師鍊與中巖圓月關於杜詩的闡釋與評
論。虎關師鍊《濟北集》第十一卷《詩話》部分有關於杜詩的集中評
論，二五則詩話中，談及杜詩者七則，專論杜詩者四則，所以黑川洋
一稱之爲日本"杜詩研究之祖"②。略晚於虎關的中巖圓月《東海一
漚集》中詩文部分以及詩話雜談《藤陰瑣細集》，也有關於杜詩及杜
甫其人的評論。虎關和中巖的評論，之所以比前面提及的出現在
某些禪僧詩文中的評論更值得關注，是因爲他們都不約而同地選
擇了"李杜—元白"對照評論的模式，他們對於杜甫的標舉，顯示出
日本漢詩風氣轉移的征兆。如虎關師鍊駁斥南宋楊萬里"元白始
有和韻而詩大壞"這一説法：

　　　　　夫人有上上才焉，有下才焉。李杜者，上才也。李杜若有

①太田亨《日本禪林における杜詩受容——禪林初期における杜詩評價》，中
　國中世文學會《中国中世文学研究》第 39 期，2001 年 1 月；《初期禪林におけ
　る外集受容初探——杜詩受容を中心として》，《中國中世文學研究》第 41
　期，2002 年 3 月。
②黑川洋一《日本における杜詩》，《杜甫の研究》，第 339 頁。

和韻,其詩又必善矣。李杜世無和韻,故廣和之美惡不見矣。
元白下才也,始作和韻,不必和韻而詩壞矣,只其下才之所
爲也。①

認爲"李杜之集,無牽率之篇",並非因爲李杜不爲和韻之詩;元白
詩不及李杜,也並非因爲元白始爲廣合之篇。兩者之間的差距,在
於才力的大小。貶低元白而抬高李杜的意識清晰可見。中巖圓月
也數次將李杜與元白甚至杜甫與白居易進行對比,如:

> 詩壓樂天追杜甫,史宗師古駁如淳。
> 樂天元九詩,甘蔗味何滋。爛嚼唯殘滓,方知李杜奇。②

前詩以杜甫詩歌爲超越白居易的更高一層境界;後詩則以爲元、白
之詩不奈咀嚼,無言外之味,不若李、杜之奇。這些言論,雖如太田
亨所考證,可以從《詩人玉屑》和《苕溪漁隱叢話》中一一發現其出
處③,但是"杜甫—白居易"的對比模式,對日本漢詩來説有著更爲
突出詩歌地位升降的意義:因爲在此前的平安時代,日本漢文學、
甚至於假名文學領域,白居易是唯一的典範,產生了深刻的影響。
而此時貶低元白、尊崇李杜的言論,無疑顯示著禪僧對於文學風氣
轉變的自覺。

其次,在主要體現爲用杜甫逸事或詩句爲典故、話頭的風氣
中,上述禪僧已經開始模仿杜詩、學習杜詩,這才是真正推崇杜甫、
使之成爲五山禪林漢詩典範的開端。前期吟味、模仿杜詩,表現最
爲明顯的是虎關師鍊、夢巖祖應、天境靈致和中巖圓月。虎關在其
詩話中除對杜詩具體詞句之理解發表了自己獨立的看法外,也關
注詩話中對杜詩藝術的分析。如對《古今詩話》中評論杜詩"深山

---

① 虎關師鍊《詩話》,《濟北集》卷十一,第 239 頁。
② 分別見中巖圓月《復和前韻寄院司二首》(其一)、《五言二絶》(其一),《東海
　一漚集》,第 340、342 頁。
③ 參前揭太田亨《日本禪林における中国の杜詩注釋書受容》。

催短景，喬木易高風”句“了無瑕纇”，虎關認爲“如是詩評，爲盡美
盡善也”①。在具體的寫作方面，他也模擬過杜甫，其五古《大風
雨》：“德治第三曆，歲行在戊申。中秋且記閏，一日到中旬。雲意
尤獰惡，天容甚赫嗔。”②開頭即擬杜甫《北征》③。中巖圓月先後有
《偶看杜詩有感而作》《三月旦聽童吟杜句有感續之三絶》《效老杜
俳諧體》諸多詩作，表明了對杜甫的推崇與追慕。其《效老杜戲作
俳諧體》：

> 日本自無虎，夜半何有虁。觸藩非羝羊，作怪應狐狸。烟
> 荒雲冷處，天陰月黑時。隻履似催我，歸去未愆期。④

步趨杜甫在夔州期間所作《戲作俳諧體遣悶二首》，刻畫在殊方異
俗的環境下，一種荒冷的氛圍與陰鬱的心情，可謂頗得“遣悶”之
旨。誠如有學者所説的，“中巖與杜甫相通者，主要在於能脱却釋
家面目，以真性情入詩，感事書懷，直面現實”，“真切地表現了亂世
風塵、民生苦難和一己的坎坷遭際，頗具感發力量”⑤。

前期如中巖這樣能學習杜詩直面現實、感事書懷的禪僧，尚有
夢巖祖應和天境靈致，在討論五山前期學杜時，虎關與中巖爲學者

---

① 虎關師錬《詩話》，《濟北集》卷十一，第 237 頁。
② 《濟北集》卷一，第 71 頁。
③ 五山文學前期，禪僧模仿《北征》開頭方式的現象比較常見，另如天境靈致
　《送觀侍者歸省父母》亦是。這其中也反映了前期杜詩接受與閱讀的兩個現
　象：1.禪僧對杜詩中數處以紀年開頭的詩歌較爲注意，受到了宋詩話中關於
　杜甫“詩史”表現之討論的影響，可見宋代詩話在對杜甫受容過程中的作用；
　2.可印證前期流行的杜集注本爲《集千家注分類杜工部詩集》，因其以《北
　征》爲首，故禪僧對此篇特爲留心。
④ 中巖圓月《效老杜戲作俳諧體》，第 353 頁。
⑤ 尚永亮《論前期五山文學對杜詩的接受和嬗變——以義堂周信對杜甫的受
　容爲中心》，《唐代文學研究》第 12 輯，廣西師範大學出版社，2008 年，第
　540—569 頁。又，尚永亮關於中巖《效老杜戲作俳諧體》的看法與筆者頗爲
　不同，可參看。

所重視，而他二人學杜的成績則經常被忽略。其實，他們雖然不曾像虎關和中巖有過極力推崇杜甫的言論，詩中也較少提及杜甫，但其學杜的成果並不遜色於中巖，甚至從藝術角度來說，更得杜詩之滋味，其中最爲突出的就是學習杜詩關懷現實、以藝術的筆觸描寫並干預時事的精神。夢巖祖應描寫現實之詩，有如《歲暮即事》《悼將府》《虎臣》《聞野山爲亂兵所劫掠》《祈穀》等，天境靈致有《丙子中秋和序侍者嘆世韻》《除夕用前韻》《歲暮感懷》《嘆世》《亂後還鄉》等一系列詩歌，皆書寫當時戰亂的現實，充滿憂時之感，頗得杜詩沉鬱之味。另外，夢巖祖應在杜甫典範化中的作用，還有一點值得注意的地方，即其詩中刻畫杜甫形象使用的某些意象，已與中期杜詩的典範地位確定後，禪僧在詩歌與圖繪中想象杜甫形象時所使用的意象相同。例如他筆下杜甫的忠君形象：

> 只恨鴟夷腹，更無忠義肝。杜陵布衣老，帝魂拜杜鵑。一杯高槐葉，停筯望露寒。[1]

此詩刻畫杜甫忠君的形象，使用了兩個意象，即拜鵑與槐葉冷淘。拜鵑之忠君意味，來自杜詩："我見常再拜，重是古帝魂。"[2]而杜甫《槐葉冷淘》詩，因食槐葉冷淘而念及君王，"獻芹欲小小，薦藻明區區。萬里露寒殿，開冰清玉壺。君王納晚涼，此味亦時須"[3]。更被蘇軾標舉爲"一飯未嘗忘君"，成爲杜甫忠君最典型的表現。夢巖祖應使用這兩個杜詩典故，在禪林前期不多見，僅有拜鵑之杜甫還曾出現在雪村友梅詩中[4]。但這是後來禪林對杜甫忠君形象想象

---

[1] 夢巖祖應《祈穀二首》（其二），《旱霖集》，第 798 頁。
[2] 杜甫《杜鵑》，《杜甫全集校注》卷十二，第 3492 頁。
[3]《杜甫全集校注》卷十六，第 4573 頁。
[4] 雪村友梅《再和》："重鵑再拜聞臣甫，化鶴千年記姓丁。"（《寶覺真空禪師録》坤卷，收入《五山文學新集》第三卷，第 323 頁）按，雪村此詩作於蜀地，且從其下聯來看，使用拜鵑事不過爲名人典故而已，與夢巖表彰其"忠義"不可同日而語。

與刻畫的起點,在中期禪林流行過《杜甫拜鵑圖》,不少禪僧有題畫詩流傳,而在詠杜鵑時,也常與杜甫勾連,在此已可見端倪。夢巖對杜詩的認識,還可通過其《月》了解:"一片杜陵詩世界,孤吟蟾亦戀貂裘。"①上句用王禹偁"子美集開詩世界"②語,贊揚杜詩承前啓後、無所不包的藝術成就,而下句則從杜甫《月》詩:"兔應疑鶴髪,蟾亦戀貂裘"③化出,表彰杜甫忠直的人格特徵。比起前期大部分禪僧只是襲用宋人話題,泛泛而談杜詩不詠海棠或者在語錄、詩文中偶爾用杜詩一句,明顯更爲深入。另外,值得説明的是,中期禪僧江西龍派講解杜詩之抄物《杜詩續翠抄》,引用了當時和此前許多禪師對杜詩的闡釋,其中所收前期禪師講義不多,見存的僅虎關師錬一條,其法嗣夢巖祖應兩條,另一法嗣日田利渉一條,中巖明月一條,以及義堂周信三條④,這也可以看出,前期禪林對杜詩真正下過一番細細品讀、深入體悟功夫的並不多,僅限於此數人而已。

最後,五山禪僧對杜詩"文章一小技,於道未爲尊"一句及與禪宗相關的杜詩的首先著目,也值得注意。在前期,囿於禪宗"不立文字"的宗教立場和禪僧文學觀念的發展,雖然實際上叢林中積極參究外典的風氣已十分濃厚,但禪僧們畢竟還没有擺脱宗門關於文字礙道的叙述。所以,在這種情形下,他們對外典中與宗門關係密切的事實與文字格外注意。如許多禪師語錄中皆拈出杜甫"文章一小技,於道未爲尊"來進行言與道關係的闡述,就是特別顯著的例子⑤。另外,虎關師錬在詩話中專門爲杜詩注釋指謬的四條,

---

①夢巖祖應《月》,第 808 頁。

②王禹偁《日長簡仲咸》,《小畜集》卷九,《四部叢刊》初編本。

③《杜甫全集校注》卷十七,第 5149 頁。

④太田亨《日本禅林における杜詩受容——初期における応用と浸透》,《中國學研究論集》,第 8 號。

⑤如竺僊梵僊語錄中與弟子問答部分就曾引此語,《竺僊和尚住淨智並無量壽寺語錄》卷上,收入《大日本佛教全書》,第 281—282 頁。

其中三條關乎禪宗事實，他分別辨析了《題巳上人茅齋》中"巳上人"並非齊己，《別贊上人》中"楊枝晨在手，豆子雨已熟"的出典和《秋日夔府詠懷》中"身許雙峰寺，門求七祖禪"中"七祖"當作何解三個問題[1]。前期禪僧對杜詩中這些内容的關心，不僅是杜詩在禪林流傳和研究的證明，同時也顯示出在杜詩的閱讀和接受過程中，五山禪僧有關注其宗教内容、結合現實因素解讀、學習杜詩的傾向，這固然是一種自然而然、順理成章的選擇，但自由、個性解讀的苗頭，是杜詩在五山禪林發生在地變異的起點。"經典的變異"，正是在與現實的社會文化脈絡相結合時發生的[2]。

　　總之，五山禪林大體自虎關起，開始了真正認真閱讀、學習杜詩的風潮，從相關禪僧之論杜言論中，也可以發現杜甫將成爲五山禪僧追慕之典範的先兆，這一切預示著杜詩閱讀風潮即將到來。真正推動日本禪林閱讀、學習杜詩的風氣，使其更爲濃厚的，應當推義堂周信。

　　義堂周信在其詩文中一再推崇杜甫，與前期其他禪僧別集語録中零星的杜詩評論相較而言，他在言談著述之際對杜甫再三致意，贊揚之語俯拾皆是，我將先從義堂周信個人的杜甫受容來論述其對杜甫典範地位確立所産生的影響。義堂對杜甫的重視，主要集中在三個方面：

　　其一是對其詩歌偉大成就的高度評價，如"工部逸才詩似史"[3]。義堂服膺杜詩，言談寫作中時常流露，如《賦岱山高送岱上人并序》：

　　　　予少時嘗讀老杜詩集，中有《望東岳》詩，最愛其首章"岱

①《濟北集》卷十一，第 231—232 頁。
②關於"經典"在傳播過程中發生變異的情形，前揭張伯偉《典範之形成：東亞文學中的杜詩》一文有十分深入的探討，可詳參。
③《答管翰林學士見和》，《空華集》卷九，第 1609 頁。

宗夫如何？齊魯青未了”句,高寒萬仞,屹乎在吾几案間矣。

　　岱也仰之久,高哉攀未緣。諸峰看似塊,列岳小如拳。吞
碧疑無海,來青覺有天。不知飛鳥外,誰在白雲邊。[①]

從序言可知他從小研讀杜詩,頗爲喜愛,同時本詩模擬《望嶽》的痕
迹也清晰可見,可見他愛不釋手、反復揣摩的學杜經歷與對杜甫的
崇仰之情。

　　其二,對杜甫篤於君臣節義、憂國憂民之心性道德的標舉。
《空華集》中,有許多爲杜甫圖像所作的題畫詩、題跋,他再三通過
文字對杜甫艱難窮愁之中忠君憂國的一片丹心表示贊嘆,其《少
陵》詩曰:“風塵漠漠鬢絲絲,許國丹心只自知。”[②]又論杜甫之《佳
人》詩説:

　　唐天寶之亂,君臣失道,上下相疑,士之守節義者罕矣。
而獨杜子美旅於秦蜀荆楚間而憂國傷時,竊以忠義期其君,是
以詩末章曰:“天寒翠袖薄,日暮倚修竹。”足見歲寒弗變之節
操也。然則節義固人道之終也。[③]

從漢文學興寄傳統的角度發掘該詩的微言大義,表彰杜甫“歲寒弗
變之節操”,並以之爲典範,提出“節義固人道之終”。關於杜甫以
上兩方面的評價,宋代以來洵爲常言,並非義堂個人對杜詩之發掘
與詮釋。但在日本禪林,他是首位經常且較系統論述杜甫在文學
與道德兩方面意義的禪僧,産生的影響自然不容小覷[④]。

　　其三,義周信堂對杜甫重視人情,尤其是看重朋友之情格外留

---

①《空華集》卷六,第 1501 頁。

②《空華集》卷四,第 1435 頁。

③《贈機上人詩叙》,《空華集》卷十三,第 1714 頁。

④按,義堂周信對杜甫詩歌成就的推崇、對其忠君憂國之心艱難不易之志的表
　彰,在前揭尚永亮論文中已有所論述,筆者爲求全面論述義堂對杜甫作爲典
　範形象之内涵的發掘,故不避重複,敬請悉知。

意。他對杜甫之交游詩傾注了更多的注意力，特別看重杜甫與其他詩人的交往，數十次提到、化用杜詩"渭北春天樹，江東日暮雲"①，使之凝固成"江雲渭樹"的意象，專門用來表達分居兩地的朋友間互相思念的深厚感情，並進一步推許此詩爲贈答詩的典範：

> 凡贈答詩，先須審其人，曰僧俗、曰名氏、曰居處，以至年之老少，德之厚薄，而後可作也。唐能詩者，無若杜子美，開元天寶間與李白齊名，時稱李杜。杜之集中，有《春日憶李白》詩云：……其"白也"者，指言李白名也；"詩無敵"云者，李公才之豪也。渭北乃子美居處也，江東乃白之所寓也。"春天樹"也，"日暮雲"也，並叙其詩思也。由是，詩家以雲樹爲美談，豈非名氏居處審而作者乎？②

在這則長序中，義堂不但稱道杜甫與李白之間的深厚情誼，還以杜詩爲典範探討了贈答詩的體式與寫法，批評日本禪林中詩人贈答往往"没其名匿其居而弗顯"③，友人之間不能互相發揚。除李白以外，義堂周信對杜甫與高適、嚴武、贊上人等人之間的交往都曾留心，可見他對杜甫篤於友情孜孜不倦地推崇，正因如此，"江雲渭樹"成爲五山文學中一個重要的文化意象，此後被禪僧們不斷使用，對友情的格外重視也成爲五山文學表達的一個重要主題④。在本書下編第一章已經論述了五山禪林友社的興盛與對詩歌交際性的重視，從這層面來説，義堂對杜甫之友情與贈答詩投注目光有其現實的社會文化背景，這正是杜甫文學典範形象在域外發生變異的一個表現。相比而言，宋元文學批評中雖然也有過關於杜甫對

---

①《春日憶李白》，《杜甫全集校注》卷一，第 107 頁。
②義堂周信《贈秀上人詩叙》，《空華集》卷十一，第 1648 頁。
③義堂周信《贈秀上人詩叙》，《空華集》卷十一，第 1648 頁。
④關於"江雲暮樹"意象在五山文學中使用的情形，可參看朝倉尚《"雲、樹"美談考》，收入氏著《禪林の文学——中国文学受容の様相》，清文堂，1985 年。

李白情義之殷切的討論,但重視友情在宋元杜詩批評中畢竟不是其經典意義的構成部分。就以上文提及的《春日憶李白》爲例,宋人關注的焦點主要在"清新庾開府,俊逸鮑參軍"一聯,詩話中樂於討論該聯是否準確概括了李詩特點以及杜甫對李詩評價的高低,而對"江雲渭樹"一聯則不甚關注。五山禪僧對中國詩人的受容,雖然受到宋元詩話極大的影響,在此處却表現了與其相異的一面,展示了由於社會文化不同,而使得經典文本與詩人形象發生在地變異的生動例子。

　　最後,需要説明的是,雖然義堂對杜詩的認識已比較深刻,對杜詩典範的闡釋也十分全面,但這種看法主要是他個人性的,當時禪林的杜詩接受遠沒有達到這一深度。下面將主要通過《空華日用工夫略集》《杜詩續翠抄》中收録的義堂周信講解杜詩的條目,觀察一下義堂同時代五山禪林受容杜詩的基本情況。《空華日用工夫略集》爲義堂周信日記,其中從應安元年(1368)至永德三年(1383)共收録與杜詩相關的條目十五則;而江西龍派所作《杜詩續翠抄》引用義堂杜詩講義三條。這十八則杜詩條目,均是義堂周信爲當時禪僧講解杜詩的記録,從中我們可發現他的講義對杜詩的關注點幾乎完全不同於他個人的詩文,這些講義最突出的是對杜詩音律的重視。江西龍派《杜詩續翠抄》中引用的三處,其中兩處皆是關於杜詩用字音韻的討論。如《王竟携酒高亦同過共用寒字》中説:

　　　　兩字詩人使之,或謂平,云仄非也。唯作者之作而已。亦"重"仄聲好乎。[1]

即討論該詩中"通行小徑難"與"携酒重相看"中用字的平仄問題。又如《朝二首》其二中,引義堂之説:

①《杜詩續翠抄》卷八,該書影印本收入《續抄物資料集成》,清文堂,1980年。本書所引抄物資料,部分爲日文文言,若未特別説明,皆爲筆者據其意譯出。

　　　詩不可謂聲惡，或叶音律，或聲訛之時有數度改易者。①

皆對於杜詩格律精嚴、聲韻考究的特點特爲注意。這一點在日記中同樣有所反應，《空華日用工夫略集》中時時可見到當時禪僧喜學杜詩，擬作後請義堂修改的記録，如應安三年（1370）八月二日、八月七日、九月八日諸條，分別記載了學僧和作《秋日夔府詠懷一百韻》與擬作《春日憶李白》後，義堂與之講解之事；應安四年（1371）十一月四日條、永和二年（1376）九月六日條記與學詩者講論詩中用字的平仄問題②。杜詩近體詩格律精嚴，聲韻考究，自宋代以來一直是近體寫作的楷模。義堂爲禪僧講解杜詩時對聲韻格律的重視，一方面説明此時禪林漢詩寫作尚不成熟，禪僧們需要通過揣摩杜詩的聲韻用字，來磨練寫作漢詩的能力。另一方面則意味著他對杜詩格律精嚴的特點已有深切體會，將杜詩作爲寫作漢詩之榜樣的意識十分明顯，見微知著，僅從此點也可看出杜詩作爲典範的地位正逐步確立。不過，值得注意的是，雖然義堂通過杜詩音律來與禪僧講論詩歌寫作中的聲律問題，但他並不一味以杜詩聲韻爲標準，如："爲常宗求改《思舊隱》詩……'萬事不如歸去好，張翰當日憶鱸魚'，改作'季鷹'，蓋翰字本平聲，老杜作仄用，自爾詩家遂作仄聲。所謂捨祖而取孫也。"③説法雖有可商，但可見他並不盲從杜詩。

　　綜上所述，義堂周信對杜甫的推崇主要表現在文章、忠義與友情三個方面，這三者構成了五山禪僧心目中完整的杜甫形象，也是他們所體認到的杜詩的典範性所在。在義堂以後，日本禪林對杜甫的認知、闡釋與推崇主要圍繞這三方面展開，可見義堂周信在杜

---

①《杜詩續翠抄》卷十六《朝二首》（其二）。
②以上《空華日用工夫略集》，應安三年八月二日、八月三日、九月八日，應安四年十一月四日，永和二年九月六日條。
③義堂周信《空華日用工夫略集》，應安元年某月十一日條。

詩典範化過程中所發揮的重要作用。

二、從箋注到批點：中期的杜集閱讀與闡釋

　　作爲夢窗疏石的高弟，義堂周信以其深厚的學殖、出色的文學才華、卓越的行動力受到五山禪僧的崇仰。自從義堂大力表彰杜詩，進一步促進了日本禪林閱讀、闡釋杜集的風氣，杜詩作爲五山漢詩典範的地位，逐漸確立。從杜集閱讀來看，前期禪僧所閱讀的杜集注本，在義堂周信以前，能確認的只有《集千家注分類杜工部詩集》（以下簡稱《分類本》），從義堂開始則使用《集千家注批點杜工部詩集》（以下簡稱《批點本》），另外如《草堂詩箋》也開始被五山禪僧所閱讀。永和二年（1376），五山禪林第一次覆刻杜集注本，即元皇慶元年（1312）的有勤堂《分類本》，可以想見，比起靠“進口”杜集的前期，本地“批量生産”顯然將刺激此後禪林閱讀杜集的規模，推動杜詩在五山禪林的普及。同時，禪林閱讀杜集的方式，也隨之發生變化：從義堂日記《空華日用工夫略集》可以看出，前期以由義堂這樣的高僧指導學僧閱讀爲主，但中期開始逐漸變成各寺廟、各友社禪僧相與討論杜詩勝義，這一點在瑞溪周鳳日記《臥雲日件錄》中得到了充分證明①。從杜詩的闡釋來看，從中期開始五山禪林進入杜詩闡釋的高產期，幾乎出現與宋代一樣“千家注杜”的局面，在五山文學史上留下足迹的禪僧大部分都有講解杜詩的經歷。

---

①如寶德二年二月二十三日條、寶德三年三月五日條皆記載一華建怘來相與討論杜詩若干句、寶德三年四月十六日條記載西胤俊承、元璞與瑞溪討論杜詩注解與批語、享德二年五月十日條記載天英周賢、元璞與瑞溪討論杜詩“出黃沙”之“出”字、康正元年六月二十四日條記載等持寺長老來話及“花隱掖垣暮”句，此類記載十分可觀。參見瑞溪周鳳撰，惟高妙安拔萃《臥雲日件錄拔尤》（收入東京大學史料編纂所編《大日本古記錄》，岩波書店，1961年，第 47、49、59 頁）。

現今可以確認的杜詩抄物就有《心華臆斷》《杜詩續翠抄》《續臆斷》《杜詩抄》，這些抄物均帶有集注性質，引用各家説法，從中可窺見當時杜詩闡釋之盛。以江西龍派《杜詩續翠抄》爲例，所引前期僅四家，而所引中期禪僧的杜詩闡釋，多達十七家①。抄物未能留存傳世的禪僧應當更多，如大年祥登，據記載他“講杜三百度”②；西胤俊承曾在考祥軒和勝定塔兩度講杜詩近十卷，瑞溪周鳳在鹿苑寺歷時三十三月講杜詩二十卷畢③，這些規模宏大的杜詩闡釋之作都沒有傳承。禪僧們或以比興説詩，注重考索杜詩背後的隱義；或以知識主義作風，挖掘語辭、典故的來歷；或條分縷析，研究杜詩之結構；或著眼於藝術效果，探尋杜詩精妙的表達。他們闡釋的途徑方法與目的效果雖各各不同，要皆可見中期以後杜詩闡釋之異彩紛呈。本部分承接上文，討論五山禪林中的杜集閱讀與杜詩闡釋，由於中期學杜風氣之繁榮，對此兩方面的各類記載不能俱述，故筆者將抓住在杜集閱讀與闡釋上發生的重要轉變，觀察杜詩成爲五山漢詩學習典範的具體過程，選擇的切入點是江西龍派《杜詩續翠抄》。

　　江西龍派（1375—1446），嗣法天祥一麟，從絶海中津受外學，學杜詩於絶海、太白真玄、大陽□伊等中期進行過杜詩闡釋的重要禪僧，《杜詩續翠抄》（下文簡稱《續翠抄》）是他講解杜詩的成果，由文叔真要所抄，成書於嘉吉年間（1441—1443），此抄是繼《心華臆斷》後，第二種有記載的杜詩抄物，也是現存最早的杜詩抄物。上文言及其中所收前期講杜者四人，中期十七人，這些禪僧都對杜詩

---

① 參太田亨《日本禅林における杜詩受容——『杜詩続翠抄』に見られる中期禅僧の杜詩研究》,《広島商船高等専門学校紀要》,第 28 號,2006 年。按,由於對五山文學分期看法的不同,太田氏將義堂列入中期禪僧,而誤收惟忠通恕入前期,上文中禪僧數目爲筆者參考其文調整後統計的數目。
② 《續翠抄》卷十四《課伐木序》。
③ 參見《卧雲日件録拔尤》寶德三年十二月十七日條記載,第 63 頁。

在五山禪林的傳播、閱讀產生了重要影響,他們的闡釋成果賴《續
翠抄》得以保存,見於江西之引述中,所以通過《續翠抄》可以略窺
前期至中期禪林杜詩闡釋的面貌。另外,由於江西龍派有十分自
覺的"杜詩學"傳承意識,在講解與闡釋中穿插了不少關於禪林學
杜解杜譜系的敘述,對杜詩接受與杜詩闡釋之演進、傳承進行了追
溯,所以此抄對了解中期禪林杜詩閱讀與闡釋過程,是一個合適的
切入點。

　　《續翠抄》中最引人注意的地方是它對中期禪林杜集閱讀與杜
詩闡釋的演進、傳承過程的自覺追述,這大概與禪宗重視師資相傳
的傳統有關。其中傳續關係最爲清晰的是江西對自己的杜詩學淵
源的追認:

　　　　伊大陽者,心華之同宿,豕是以就大陽於江州舍,親聞其
　　講。而後謁太白,太白說毀心華之解,故請得聞太白之說也。
　　　　太白傳勝定,勝定傳季潭也。
　　　　太白和尚杜詩荷擔,始雪("雪"當爲"雲"之誤)溪大年間,
　　而後問勝定國師。
　　　　勝定說亦依渭清遠義者也。①

據江西龍派敘述,絕海中津、如心中恕等赴明,從季潭宗泐、清遠懷
渭學杜詩,而後傳之太白真玄,而江西龍派從太白聞絕海之杜詩
學,即"清遠懷渭、季潭宗泐——絕海中津——太白真玄——江西
龍派"一脉相傳②。雖然江西也記載自己學習過心華元棣、大陽□
伊等人的杜詩闡釋,但他所承認的杜詩學淵源大體如上文所述。
與此相應,江西的講義中還經常提到與其傳承的杜詩學相異的兩

―――――――――――

①以上《續翠抄》卷二《投贈哥舒開府二十韻》、卷四《奉陪鄭駙馬韋曲二首》、卷
　四《奉和賈至舍人早朝大明宮》、卷六《別贊上人》。
②此外他還記載自己曾親聞絕海中津之說,詳見《杜詩續翠抄》卷一《李監宅二
　首》、卷三《送長孫九侍御赴武威判官》、卷十八《暝》等詩講義。

派，其一爲：

> 季潭荷擔《批點》，俊用章荷擔《千家》。季潭、用章，共雖爲笑隱弟子，相異也。大年所取，洙注也；勝定國師用《批語》也。
>
> 伯英未住天龍爲西堂時，勝定問此句。英曰："好問也。悟道得法亦當如此。"長講之，云云。然異於勝定義也。伯英問之俊用章者也。①

在其追述中，元末明初大陸禪林學杜詩分爲兩派，一派以季潭宗泐、清遠懷渭爲代表，以劉辰翁批點之《集千家注批點杜工部集》爲中心討論杜詩，由入明的絶海中津、如心中恕傳入日本，即江西自己傳承的杜詩學；另一派以用堂子梗、用章廷俊爲代表，以黃鶴父子補注之《集千家注分類杜工部集》爲中心討論杜詩，傳之於入明的大年祥登、伯英德俊，即"用堂子梗、用章廷俊──大年祥登、伯英德俊"的杜詩學傳授系統。另外，與這一派同樣以《分類本》講授杜詩的尚有太清宗渭②。江西龍派講義中的第三種杜詩傳承系統爲：

> 勝定渭清遠傳也，心華尊西堂傳也，大年《千家》傳也。
>
> 《心華臆斷》有三度改作焉。其第一番即語甚簡。第二番法具裏書之，唯伊大陽傳之，世不知此，乃可見也。第三番今世間充滿者，整書是也。③

尊西堂未知何人，但江西既然認爲心華元棣之杜詩學傳承自他，則應當是禪林較早研習杜詩者。另外，心華元棣曾從義堂周信和夢巖祖應學杜詩等外學，則其實心華的杜詩學中當然也有前期義堂

---

① 以上諸條見《續翠抄》卷四《晚出左掖》、卷八《絶句四首》（其三）。
② 詳見《續翠抄》卷十三《八哀詩》下講義。
③ 以上兩條見《杜詩續翠抄》卷二《投贈哥舒開府二十韻》、卷十九《次晚洲》。

等人的傳承,而傳之於其同宿大陽□伊,即"義堂周信/尊西堂——心華元棣——大陽□伊"的傳承系統。江西龍派追述的五山文學中期之始這三派杜詩學傳承系統,基本被中期以後的禪僧所承認,天隱龍澤記載:"本朝禪林耆宿,大年、心華、太白諸大老,口義惟夥。"①所列三人恰爲江西所述三派之代表。細繹江西關於諸人杜詩學的叙述,可以發現除他個人承續的絶海中津一派以外,諸人皆是義堂之後,比絶海略早進行杜詩講義的關鍵禪僧②。而筆者發現,雖然江西按傳承關係將之分爲三派,但根據他的記載,歸納其杜詩學的具體内容和特點,五山禪林中期的杜詩閱讀與講義實際上可分爲先後嬗遞的兩派。理由如下:其一,從使用的杜詩注本來説,江西一再强調絶海講義一系以《批點本》爲中心,而與此相對,大年祥登一系以《分類本》爲中心。同時,通過《續翠抄》中引用心華元棣、大陽□伊、太清宗渭的相關講義,也可發現他們所據杜詩注本,也主要是《分類本》和《草堂詩箋》。其二,更爲重要的是從江西對這兩派的批判中,可以發現兩者杜詩闡釋的特點都是注重一字一句一詩義理的闡發,江西稱之爲"迂闊""穿鑿"③。由於以大年祥登、心華元棣爲代表的禪僧的杜詩學,以箋注杜詩的杜集注本《分類本》《草堂詩箋》爲中心,杜詩闡釋也顯示出箋注的作風,而其後絶海到江西一系禪僧的杜詩學,推崇劉辰翁杜詩批點,且講解杜

---

① 天隱龍澤《和文搵首座韻序》,《默雲稿》,第 957 頁。

② 絶海中津在五山漢文學發展中處在十分關鍵的地位,無論是在杜詩接受乃至整個五山漢詩的發展,還是五山禪林另一重要文學樣式——四六文的接受、傳承、發展中,在重視叙述師資傳承的禪林學藝譜系中他都被禪僧們置於風氣轉折的關捩點上,並且太白真玄與江西龍派皆被視爲最有力的繼承者(尤其在四六的傳承中他們的地位得到普遍强調)。這當然決定於絶海、太白、江西等人傑出的文藝成就,但建仁寺友社在整個五山禪林的勢力與其在中期以後廣泛深遠的影響,更是一個不容忽視的因素。

③ 如《續翠抄》卷一《贈特進汝陽王二十韻》"寸長堪繾綣"一句,江西批判大年祥登之解釋説:"大年和尚云寸心愁長,其説似迂闊矣。非也。"

詩注意從中吸取作詩之法,注重藝術效果,爲了叙述方便,筆者按
江西立場歸納其特點,將其分爲兩派,列表如下:

	箋注派	批點派
代表禪僧	心華元棟、太清宗渭、大年祥登、伯英德俊、雲溪支山、大陽□伊	絶海中津、太白真玄、惟肖得巖、江西龍派、瑞溪周鳳
閲讀杜集	《分類本》《草堂詩箋》	《批點本》
闡釋特點	注重詞句訓釋、義理闡發	注重梳理詩意、品味藝術效果
闡釋成果	《心華臆斷》	《杜詩續翠抄》

下文將以這兩派先後相續的歷程爲線索,對杜集閲讀與闡釋中值
得注意的現象進行分析,從而研究杜詩典範地位確立的内在動力。

　　首先,就杜集閲讀的具體情況來説,前文已經提到日本學者太
田亨注意到禪僧們閲讀的杜集注本經歷了從流行《分類本》《草堂
詩箋》到推崇《批點本》的變化。江西龍派曾總結此前七八十年間
叢林流行杜集的情況道:

　　　　《草堂》《千家》及趙次公注,義理也,餘注古事機緣也。而
　　　《草堂》惡,《千家》比興也,趙次公分段皆誤。唯日本七八十年
　　　翫杜詩,除惡取善,從其善則好矣。[1]

江西繼承絶海中津的杜詩闡釋學,推崇劉氏批點,對《草堂詩箋》
《分類本》等此前流行於五山禪林的以箋注爲中心的注本頗多指
責,對它們注重義理、比興、注古事機緣的注釋方式與分段皆不滿
意,將禪林七八十年間杜集閲讀從各種箋注本轉向批點本的過程,
稱爲"除惡取善"。黑川洋一曾總結削減舊注、添加劉氏評點的批
點本取代各種箋注本流行禪林的原因,其中具有對比意義的有以
下三點,即:1. 劉氏批點本削落了各種箋注本中不必要的注釋,比

---

[1]《杜詩續翠抄》卷十三《贈秘書監江夏李公邕》。

《分類本》《草堂詩箋》更爲簡潔；2. 劉氏批點引用各種筆記、詩話中的杜詩評論，比起箋注本僅爲注釋的枯燥無味來説，更具興味；3. 劉氏的品評間見於批點本杜集，這種注重詩歌文本本身的態度，與之前的箋注本以考證事實、探求出典的風格大不相同①。這三點總結深中劉氏批點流行之因。事實上，從表面看只是在閱讀時注本選擇的不同，其内在却體現了杜詩接受的演進，反映了禪林學杜風氣的變化。《草堂詩箋》《分類本》等杜詩箋注本和《批點本》看似只是杜集的不同注本，實際上代表著兩種不同的闡釋和批評方法。韋勒克、沃倫將文學批評分爲"注釋性"和"判斷性"兩種②，箋注和批點恰可以代表這兩種類型。箋注重心是注釋與解説，側重點在於考證語辭的出處，考究詩歌的典故本事，考察詩歌寫作的背景，最終闡發詩歌的本意。從其目的來説，它希望獲得對詩歌本身的真實認知，這是一種客觀的認知。批點的核心是闡釋者對於詩歌文本的感悟與鑒賞，比起考釋語辭和典故，它更重視詩歌遣詞用字和謀篇立意的審美價值，相對於箋注考索的客觀來説，更依賴於批點者的主觀判斷。宋人闡釋杜詩，對此頗有自覺。就箋注來説，以最先流行於五山禪林、江西龍派上文中提及的《草堂詩箋》與《分類本》爲例，蔡夢弼與黃鶴這樣概括其杜詩闡釋方式：

　　　　每日逐句之本文之下，先正其字之異同，次審其音之反切，方作詩之意釋之，復引經史傳記以證其用事之所從出。③
　　　　每詩再加考訂，或因人以核其時，或搜地以校其迹，或摘

①參見黑川洋一《〈集千家注批點杜工部詩集〉解題》，見《天理圖書館漢籍善本叢書》，八木書店版。原爲日文，筆者撮其要點翻譯。
②韋勒克、沃倫著，劉象愚等譯《文學理論》，生活·讀者·新知三聯書店，1984年，第272頁。
③蔡夢弼《草堂詩箋跋》，引自周采泉《杜集書録》，上海古籍出版社，1986年，第78頁。

　　句以辨其事，或即物以求其意。①

蔡夢弼、黄鶴等箋注者希望通過對詩歌語辭、典故、背景的考察，實現詩歌意義的客觀呈現，這正是一種“注釋性”的文學闡釋。而劉氏批點則是對這種闡釋方式的反動，他常批判之前的箋注穿鑿附會、考證繁瑣，時常主張杜詩“不必解”“語至不可解則妙耳”，以其主觀的審美判斷取代箋注對具體意義的客觀分析。宋代的杜詩闡釋，從注重知識主義、歷史主義的箋注走向注重審美認知的批點，其發生的機緣與變遷的原因，當然有著複雜的過程與原因②。五山禪林閱讀杜集，選擇注本呈現從箋注到批點的變遷，雖不乏宋元杜詩闡釋學風氣的影響，但究其根本卻應當是由五山文學發展的内在理路決定的。上文嘗論禪林研習杜詩的風氣真正興盛之始，表現爲禪僧特別注重杜詩的聲律音韻，以之作爲學習漢詩的模板。隨著杜詩研讀的進一步深入，禪僧試圖更深入細緻地揣摩詩意，同時關注杜詩的義理，以求獲得對杜詩的真實認知，自是題中之義，故而卷帙浩繁、專輯各家箋注的集注本杜集流行一時。據江西龍派記載：“昔杜詩皆無注，故此《八哀詩》著手不得。雲門御影太清和尚以《千家》廣談義焉。”③當時禪林渴望“讀懂”杜詩的情形可見一斑。及至學詩、作詩的風氣進一步興盛，禪僧們更期待通過學習杜詩揣摩其藝術成就，參悟杜甫工詩之三昧，以啓迪、指導並提高自己的詩歌創作，就成爲十分現實的需求。畢竟杜詩的客觀義理，

①黄鶴《補注杜工部年譜辨疑後序》，引自周采泉《杜集書録》，第63頁。
②關於評點，詳參張伯偉《中國古代文學批評方法研究》（中華書局，2002年，第543—580頁）。關於宋代詩歌闡釋由箋注向評點的變遷，可參周裕鍇《中國古代闡釋學研究》（上海人民出版社，2003年，第205—321頁）、楊經華《宋代杜詩闡釋學研究》（中國社會科學出版社，2011年）。
③《續翠抄》卷十三《八哀詩》。

終與日本禪林的現實隔著一層，不過如同"畑中水蓮"一般①，而劉氏批點通過簡潔的語言"選雋解律""析奇評賞"的闡釋方法更便於禪僧品讀杜詩，啓其靈悟，故批點本逐漸取代箋注，成爲五山禪林流行的杜詩讀本。江西龍派説：

> 　　若有人謂杜詩妙，却是無知者矣。凡詩集文集，有注者雖多，無若杜詩。諸才人注之者，然而猶不注出矣。是序所謂"一語而破無盡之書，一字而含無涯之味，或可評不可注、或不必注、或不當注"。大唐人猶如此，況日本人乎？序坡公謂杜詩《史記》，此語往往人謬解之，以爲謂《史記》全部。史者散文，詩者緊句，豈相似乎？但凡司馬遷之語，則句外有意味，杜詩似之也。②

引用劉辰翁之子劉將孫爲《批點本》所作的序，贊同杜詩"可評不可注、或不必注、或不當注"，推崇杜詩之味，這些都是劉辰翁曾重視的，可見江西對杜詩藝術的留意③。

　　五山禪林的杜詩闡釋也與杜集閱讀同步發生變化。心華元

---

① 江西龍派《杜詩續翠抄》中曾將心華等日本禪僧訓釋杜詩之義理的行爲喻爲"水蓮"，認爲畢竟不是"唐人真實相傳"，如同旱地中欲生長水蓮，終究徒勞，詳見卷四《奉陪鄭駙馬韋曲二首》（其一）之江西講義。關於"水蓮"喻意，筆者參考了太田亨的解釋，參見前揭太田亨《日本禪林における中国の杜詩注釋書受容》。
② 江西龍派《續翠抄》卷一《游龍門奉先寺》。
③ 另外，《批點本》在閱讀方面的優勢，還有值得一提之處。正如上文中黑川洋一總結的，《批點本》廣引詩話、筆記中的杜甫逸事和杜詩評論，也是其流行的原因，但並不僅僅因逸事使杜詩更具興味，而主要源於五山禪林的現實需求：其一，許多詩話中的杜詩評論如同劉氏批點一樣，對體會杜詩藝術深有助益；其二，如本書下編所論，中期以後五山漢詩顯示出濃厚的"資書以爲詩"的風氣，典範詩人杜甫有許多逸事成爲禪僧詩歌創作的本事來源，故輯有筆記中杜甫逸事的《批點本》更符合閱讀需求，即江西所説《批點本》"引詩話爲重寶，集中所引詩話可熟覽也"（《續翠抄》卷十六《寄杜位》）。

棣、大年祥登等禪僧較早講解杜詩，注重義解，發掘杜詩"一字之來處"與"微言大義"，從存留在《續翠抄》所引用的諸條講義中可以看出。隨著《批點本》的流布與禪僧杜詩閱讀的深入，太白真玄、江西龍派都對這種闡釋方式表示不滿，杜詩的闡釋逐漸從學者式的箋注轉爲詩人式的解析與體悟。《續翠抄》中江西對所引諸家闡釋的評論對此過程有所反映。如卷五《赤谷西崦人家》"溪回日氣暖，徑轉山田熟"一句：

> 言見徑之前後左右無非田云云。《心華臆斷》"溪回故徑轉，西收之後東作之先"云云，"使徑迂曲"云云，非也。凡心華穿鑿，義説如此。非解詩之注多矣，此亦其一等也，畢竟非也。凡徑邊之田必良而熟，熟者能得秋也。日氣晴處山田熟意也。①

心華完整的解釋雖不存，從江西引述中，可以看出他注重的是確定詩意的實際所指。而江西的解説只大致梳理詩意，其中"徑邊之田必良而熟""日氣晴處山田熟"加入個人的生活體驗，顯得活潑生動。故他批判心華之説"穿鑿""非解詩之注"，言下之意爲心華元棣不懂詩歌。他曾多次明確表達這種看法，認爲心華之解杜詩，騁其博學，猶如蛛網之巨細不捐，徒然繁複穿鑿：

> 其科無盡而如蛛網，見之則目可炫矣。頗似失詩意焉。況心華非詩僧，彼品評不可信也……雙桂亦甚嫌其臆斷也。②

鄙薄心華不是詩人，不懂解詩，並引述惟肖得巖的看法，"嫌其臆斷"。江西與惟肖皆是中期最負盛名的詩僧，他們的看法無疑是具有代表性的。江西甚至在講解杜詩之時，引心華"一身處處雲無蒂，雙鬢年年雪有莖"一聯，評論其作"雪有莖"不如"雪千莖"，以此

---

①《續翠抄》卷五《赤谷西崦人家》。
②《續翠抄》卷二《投贈哥舒開府二十韻》。

作爲心華元棣非詩人的證據①。與《續翠抄》對心華元棣、太清宗
渭、大年祥登等一衆禪僧的杜詩講義多持批評態度相對，是他對作
爲詩人的絶海中津、太白真玄、惟肖得嚴的杜詩闡釋的高度評價。
如絶海中津講《李監宅二首》，認爲這兩首詩編次順序應當倒轉，江
西説"此義殊勝也"②；他也多次稱揚太白真玄講解杜詩，如"此點即
太白讀也，故好矣""太白如此講，面白"③。那麼絶海、太白在進行
杜詩闡釋與心華等究竟有何差别呢？從一小分歧可見他們趣味的
迴異。《續翠抄》記載絶海中津評《暝》中"欲掩見清砧"説：

　　　　勝定面白此見字，不爲聞之故也。④

杜詩詠"暝"，尾聯"半扉開燭影，欲掩見清砧"，刻畫日暮後室内光
線晦暗，燃燭之際起身掩門，在燭影的微光間驀然瞥見搗衣砧的輪
廓，寫暝時光景，體察之細，曲折而有情致。尤其末句的"見"字，連
綴一"清砧"意象，實寫暝色中看到砧石的視覺感受，但由於"砧"在
傳統詩歌中經常被用爲一具有聽覺效果的意象，因此此句又給人
以夜幕降臨之際，砧聲亦隨即清亮徹耳的隱約暗示，能喚起讀者秋
夜的想象。因此，"見"字雖看似不合理，其實反比"聞"蘊意豐富，
耐咀嚼回味。若换成"聞"字，便變成實寫秋夜搗砧之聲，而絶無法
給人以暝色晦暗的視覺印象了。絶海中津贊賞這"見"字，正是出
於對杜甫詩煉字"一字而含無涯之味"的深刻體會，但他評價藝術
效果却只簡單地説"不爲聞之故也"，既不解釋句意，也不分析這
一字内所藏的曲折光景，僅僅下一"聞"字，讓人自行對比領悟。這

―――――――――

① 《續翠抄》卷一《贈韋左丞丈濟》。按，此處若作"雪千莖"顯然不合詩律，細究
　 江西原意，應當是批評心華之"雪有莖"造語不如"雪千莖"有雅致有詩味。
② 《續翠抄》卷一《李監宅二首》。
③ 以上兩條分别見《續翠抄》卷四《奉和賈至舍人早朝大明宫》、卷十三《贈太子
　 太師汝陽王璡》。
④ 《續翠抄》卷十八《暝》。

種闡釋方法,不重視詩意的具體闡發,却試圖努力啓發讀者思考杜詩遣詞用字之妙,學習其煉字技巧,與上引材料中心華元棟試圖通過解釋努力貼近杜詩原意,達到的效果是顯然迥異的。富有對比意義的是,江西記載心華"面白""謂之壓卷"的詩乃是《佳人》①,此詩歷來闡釋者皆認爲深有寄託,得國風諷詠之神髓,從上文義堂周信關於此詩的評論,可知他傾向於從香草美人比興寄託的傳統來闡釋該詩,心華的杜詩闡釋深受義堂沾溉,他對《佳人》更加偏愛的緣由,不難想見。實際上在《續翠抄》中,江西龍派常常對心華比興説詩之法表示不滿,對其爲求證語辭典故的出處不惜割裂詩句,更是進行嚴厲批判,這種取捨,證明了日本禪林對杜詩關注點的變化和對其在漢詩創作中典範性的重視。江西曾以自己研習杜詩的經歷現身説法,表示義理並不重要:"昔老僧講無點本極辛苦……其後學古事義理。今日一向本古事義理,無益也。"②而他對批點則推崇備至,常將杜詩與劉氏批點作爲參悟詩歌創作之"敲門瓦子",如:"凡《千家》注雖好,《批點》則讀批語好也。不可不讀批語也。""解詩宜參得句,有批點可見之。""能見批點,則詩可作。"③通過批點參悟杜詩,通過杜詩參悟作詩之法,最終得到重視的,是杜詩的文學性與對寫作漢詩的指導性。

　　總之,宋代以來,杜甫逐漸確立了其在詩歌史上至高的典範地位。從南宋開始,日本與中國以禪僧爲中介,交流活動漸趨頻繁,日本漢文學受宋元文學之沾溉,如逢時雨,開始逐漸步向新春。在此過程中,平安朝幾乎被無視的杜甫,從鎌倉後期開始得到關注,日本禪林自此打開杜集閲讀與闡釋之門。五山文學濫觴期,深入的杜集閲讀僅集中在部分漢文化水平較高的禪僧之間,其闡釋也

---

①《續翠抄》卷五《佳人》。
②《續翠抄》卷八《廣州段功曹到得楊五長史譚書功曹却歸聊寄此詩》。
③以上三條分別見《續翠抄》卷四《晚出左掖》、《續翠抄》卷十七《諸葛廟》、《續翠抄》卷十六《猿》。

比較零散，主要集中在與其宗教立場密切相關的若干篇目。南北朝後期，由於各種杜集注本的相繼傳入與刻印，日本禪林杜詩閱讀的規模與深度迅速提升。漢文學巨擘義堂周信在詩文中一再標舉杜詩，並從文學、道德、情感三個角度完整地搆塑了杜甫堪爲詩人典範的形象，杜集閱讀與闡釋隨即變得普遍而繁榮。五山禪僧的杜集閱讀，一開始注重其詩意的理解，因此無論是注本選擇還是闡釋方式，都以箋注爲主。隨著理解的深入，禪僧們逐漸開始重視對杜詩文學性的感悟、學習與吸納，於是其閱讀與闡釋便轉而表現爲對批點的重視。這一過程，清晰地顯示了日本杜詩接受的一步步深入，而全面關注杜詩示範性意義的抄物《杜詩續翠抄》的成書，可視爲杜甫作爲漢詩創作典範最終確立的標識。

主要參考文獻

基本典籍

《滄浪詩話校釋》,嚴羽撰,郭紹虞注解,人民文學出版社,2005 年。

《策彦和尚詩集》,策彦周良撰,收入《續群書類從·文筆部》第 13
　　輯下册,塙保己一編,續群書類從完成會,1924 年。

《大覺禪師語録》,蘭溪道隆,收入《大日本佛教全書》第 95 册,佛書
　　刊行會,1914 年。

《杜詩詳注》,仇兆鰲注《杜詩詳注》,中華書局,1979 年。

《島隱集》,桂庵玄樹撰,《續群書類從·文筆部》第 12 輯下册。

《東瀛詩選》,俞樾撰,佐野正巳編,汲古書院,1991 年。

《扶桑禪林書目　日本禪林撰述目録》,義諦,收入《大日本佛教全
　　書》第 1 册,佛書刊行會,1914 年。

《黄庭堅詩集注》,任淵、史容、史季温注,劉尚榮校點,中華書局,
　　2003 年。

《黄庭堅全集》,劉琳、李勇先、王蓉貴點校,中華書局,2021 年。

《翰林五鳳集》,以心崇傳編,收入《大日本佛教全書》第 144—146
　　册,佛書刊行會,1914 年。

《幻雲稿》,月舟壽桂,《續群書類從·文筆部》第 13 輯上册。

《幻雲詩稿》,月舟壽桂,《續群書類從·文筆部》第 13 輯上册。

《幻雲文集》,月舟壽桂,《續群書類從·文筆部》第 13 輯上册。

《角虎道人文集》,常庵龍崇撰,收入《續群書類從·文筆部》第 13

輯上册，塙保己一編，續群書類從完成會，1924 年。

《劍南詩稿校注》，陸游撰，錢仲聯校注，上海古籍出版社，2005 年。

《空華日用工夫略集》，義堂周信撰，太陽社，1939 年。

《狂雲集》，一休宗純撰，《續群書類從·文筆部》第 12 輯下册。

《欒城集》，蘇轍撰，曾棗莊、馬德富校點，上海古籍出版社，2009 年。

《冷泉集》，常庵龍崇撰，收入《續群書類從·文筆部》第 13 輯上册。

《梅溪集》，雪嶺永瑾撰，收入《續群書類從·文筆部》第 13 輯下册。

《梅花無盡藏注釋》，萬里集九著，市木武雄注，續群書類從完成會，
　　1993—1994 年。

《梅屋和尚文集》，梅屋宗香撰，收入《續群書類從·文筆部》第 13
　　輯下册。

《南陽稿》，西笑承兑撰，收入《續群書類從·文筆部》第 13 輯下册。

《清溪稿》，清溪通徹，收入《續群書類從·文筆部》第 13 輯下册。

《千載佳句》，大江維時編纂，宋紅校訂，上海古籍出版社，2003 年。

《日本詩史》（影印本），江村北海著，收入《詞華集日本漢詩》第 2
　　册，汲古書院，1983 年。

《日本詩史　五山堂詩話》，清水茂、揖斐高、大谷雅夫校注，岩波書
　　店，1991 年。

《宋代禪僧詩輯考》，朱剛、陳珏著，復旦大學出版社，2012 年。

《詩林廣記》，蔡正孫撰，中華書局，1982 年。

《三脚稿》，湖心鼎碩撰，收入《續群書類從·文筆部》第 13 輯下册。

《蘇軾詩集》，孔凡禮校點，中華書局，1982 年。

《蘇軾文集》，孔凡禮校點，中華書局，1986 年。

《蘇軾全集校注》，張志烈、馬德富、周裕鍇主編，河北人民出版社，
　　2010 年。

《蔗軒日録》，季弘大叔撰，東京大學史料編纂所編，岩波書店，1961 年。

《三益稿》，三益永因撰，收入《續群書類從·文筆部》第 13 輯上册。

《三益艷詞》，三益永因撰，收入《續群書類從·文筆部》第 13 輯

上册。

《松蔭吟稿》,琴叔真趣撰,收入《續群書類從·文筆部》第 13 輯
    上册。

《聖一國師語錄》,圓爾辨圓,收入《大日本佛教全書》第 95 册,佛書
    刊行會,1914 年。

《水拙手稿》,祖溪德浚,收入《續群書類從·文筆部》第 13 輯下册。

《五山文學全集》,上村觀光編,思文閣,1992 年。

《五山文學集　江户漢詩集》,山岸德平校注,岩波書店,1966 年。

《五山文學集》,入矢義高校注,收入《新日本古典文學大系》第 48
    册,岩波書店,1990 年。

《五山文學新集》,玉村竹二編,東京大學出版會,1976—1977 年。

《萬瑛和尚文集》,收入《續群書類從·文筆部》第 13 輯下册。

《卧雲日件録拔尤》,瑞溪周鳳撰,惟高妙安拔萃,東京大學史料編
    纂所編,岩波書店,1961 年。

《宿蘆稿》,惟杏永哲撰,收入《續群書類從·文筆部》第 13 輯下册。

《元亨釋書》,虎關師練著,收入《大日本佛教全書》第 101 册,佛書
    刊行會,1914 年。

《月舟和尚語録》,月舟壽桂著,《續群書類從·文筆部》第 13 輯
    上册。

《珍本宋集五種:日藏宋僧詩文集整理研究》,徐紅霞輯著,北京大
    學出版社,2013 年。

《中華若木詩抄　湯山聯句鈔》,大冢光信、尾崎雄二郎、朝倉尚校
    注,岩波書店,1995 年。

《蔭凉軒日録》,叔英宗波、季瓊真藥、龜泉集證撰,收入《大日本佛
    教全書》第 133—137 册,佛書刊行會,1914 年。

《注石門文字禪》,惠洪撰,廓門貫徹注,張伯偉等校點,中華書局,
    2012 年。

《石門文字禪校注》,惠洪撰,周裕鍇校注,上海古籍出版社,2021 年。

中文論著

《北宋文人集會與詩歌》,熊海英著,中華書局,2008 年。

《北宋詩學》,張海鷗著,河南大學出版社,2007 年。

《北宋三大文人集團》,王水照著,上海古籍出版社,2021 年。

《被開拓的詩世界》,程千帆、莫礪鋒、張宏生著,上海古籍出版社,
　　1990 年。

《重訪新批評》,趙毅衡著,百花文藝出版社,2009 年。

《唱和詩詞研究——以唐宋爲中心》,鞏本棟著,中華書局,2013 年。

《從風格到畫意:反思中國美術史》,石守謙著,生活・讀書・新知
　　三聯書店,2015 年。

《東亞漢詩的詩學構架與時空景觀》,嚴明著,聖環圖書出版社,
　　2004 年。

《東亞漢文學研究的方法與實踐》,張伯偉著,中華書局,2017 年。

《東亞歷史年表》,鄧洪波著,臺灣大學出版中心,2005 年。

《東亞文化意象之形塑》,石守謙、廖肇亨編著,允晨文化出版社,
　　2011 年。

《杜甫評傳》,莫礪鋒著,南京大學出版社,2009 年。

《杜甫評傳》,陳貽焮著,北京大學出版社,2011 年。

《風與雲——中華詩文論集》,小川環樹著,周先民譯,中華書局,
　　2005 年。

《法眼與詩心——宋代佛禪語境下的詩學話語建構》,周裕鍇著,中
　　國社會科學出版社,2014 年。

《漢籍在日本的流布研究》,嚴紹璗著,江蘇古籍出版社,2000 年。

《漢字的魔方——中國古典詩歌語言學札記》,葛兆光著,復旦大學
　　出版社,2008 年。

《黃庭堅詩學體系研究》,錢志熙著,北京大學出版社,2003 年。

《黃庭堅評傳》,黃寶華著,南京大學出版社,2011 年。

《距離與想像:中國詩學的唐宋轉型》,淺見洋二著,金程宇、岡田千

穗譯，上海古籍出版社，2005 年。

《江西詩派研究》，莫礪鋒著，齊魯書社，1986 年。

《江西宗派研究》，伍曉蔓著，巴蜀書社，2005 年。

《橘與枳：日本漢詩的中國文體學研究》，吳雨平著，中國社會科學出版社，2008 年。

《徑山文化與中日交流》，江靜、陳小法著，上海辭書出版社，2009 年。

《美的焦慮：北宋士大夫的審美思想與追求》，艾朗諾著，杜斐然、劉鵬等譯，上海古籍出版社，2013 年。

《南宋詩選與宋代詩學考論》，卞東波著，中華書局，2009 年。

《南宋臨安對外交流》，王勇等著，杭州出版社，2008 年。

《南宋"五山文學"研究》，王汝娟著，復旦大學出版社，2021 年。

《清代詩話東傳略論稿》，張伯偉著，中華書局，2007 年。

《日本古鈔本與五山版漢籍研究論叢》，劉玉才、潘建國主編，北京大學出版社，2015 年。

《日本漢詩選評》，程千帆、孫望選評，上海古籍出版社，1988 年。

《日本漢文學史》，陳福康著，上海外語教育出版社，2011 年。

《日本漢學研究續探：文學篇》，陳明姿、葉國良著，華東師範大學出版社，2008 年。

《日本漢詩論稿》，蔡毅著，中華書局，2007 年。

《日本詩歌的傳統：七與五的詩學》，川本皓嗣著，王曉平、隽雪等譯，譯林出版社，2004 年。

《日本漢文學史論考》，岡村繁著，上海古籍出版社，2009 年。

《日本俳句與中國詩歌——關於松尾芭蕉文學比較研究》，関森勝夫、陸堅著，杭州大學出版社，1996 年。

《日本古代漢文學與中國文學》，後藤昭雄著，高兵譯，中華書局，2006 年。

《日本文學史序説》，加藤周一著，葉渭渠、唐月梅譯，開明出版社，1995 年。

《日本漢詩溯源比較研究》，馬歌東著，商務印書館，2011年。

《日記解題辭典——古代、中世、近世》，馬場萬夫著，東京堂，
　　2005年。

《日本歷史與日本文化》，內藤湖南著，劉克申譯，商務印書館，
　　2012年。

《日本和歌史》，彭恩華著，學林出版社，2004年。

《日本俳句史》，彭恩華著，學林出版社，2004年。

《日本填詞史話》，神田喜一郎著，程郁綴、高野雪譯，北京大學出版
　　社，2000年。

《日本詩話中的中國古代詩論研究》，孫立著，北京大學出版社，
　　2012年。

《日本藏宋人文集善本鉤沉》，嚴紹璗編撰，杭州大學出版社，
　　1996年。

《日本藏漢籍珍本追蹤紀實——嚴紹璗海外訪書志》，嚴紹璗著，上
　　海古籍出版社，2005年。

《日本漢學研究續探：思想文化編》，張寶三、楊儒賓著，華東師範大
　　學出版社，2008年。

《日本遁世文學的研究——中世知識人的思想與文章表現》，陸晚
　　霞著，人民文學出版社，2003年。

《山鳴谷應：中國山水畫和觀眾的歷史》，石守謙著，上海書畫出版
　　社，2019年。

《十三世紀中國政治與文化危機》，戴仁柱著，劉曉譯，中國廣播電
　　視出版社，2003年。

《詩之旅：中國與日本的詩意繪畫》，高居翰著，洪再新、高昕丹等
　　譯，生活·讀書·新知三聯書店，2012年。

《書籍的社會史：中華帝國晚期的書籍與士人文化》，周紹明著，何
　　朝暉譯，北京大學出版社，2009年。

《蘇軾評傳》，王水照、朱剛撰，南京大學出版社，2004年。

《宋代詩話與詩學文獻研究》,卞東波著,中華書局,2013 年。

《宋詩概説》,吉川幸次郎著,鄭清茂譯,(臺北)聯經出版社,
　　2012 年。

《宋代文學通論》,王水照主編,河南大學出版社,1997 年。

《宋人別集叙録》,祝尚書著,中華書局,1999 年。

《宋人總集叙録》,祝尚書著,中華書局,2004 年。

《宋代詩學通論》,周裕鍇著,上海古籍出版社,2007 年。

《宋僧惠洪行履著述編年總案》,周裕鍇著,高等教育出版社,
　　2010 年。

《宋代杜詩闡釋學研究》,楊經華著,中國社會科學出版社,2011 年。

《釋惠洪研究》,陳自力著,中華書局,2005 年。

《唐宋詩歌論集》,莫礪鋒著,鳳凰出版社,2007 年。

《談藝録》(修訂版),錢鍾書著,生活·讀書·新知三聯書店,
　　2007 年。

《唐宋“古文運動”與士大夫文學》,朱剛著,復旦大學出版社,2013 年。

《圖像證史》,彼得·伯克著,楊豫譯,北京大學出版社,2008 年。

《文字禪與宋代詩學》,周裕鍇著,高等教育出版社,1998 年。

《王水照自選集》,王水照著,上海教育出版社,2000 年。

《萬卷:黃庭堅和北宋晚期詩學中的閱讀和寫作》,王宇根著,生
　　活·讀書·新知三聯書店,2005 年。

《遊目騁懷:文學與美術的互文性再生》,衣若芬著,里仁書局,
　　2011 年。

《西方正典:偉大作家和不朽作品》,哈羅德·布魯姆著,江寧康譯,
　　譯林出版社,2011 年。

《移動的桃花源:東亞世界中的山水畫》,石守謙著,生活·讀書·
　　新知三聯書店,2015 年。

《影響的焦慮》,哈羅德·布魯姆著,徐文博譯,生活·讀書·新知
　　三聯書店,1989 年。

《閲讀史》,阿爾維托・艾古爾曼著,吴昌傑譯,商務印書館,2011 年。

《雲影天光:瀟湘山水之畫意與詩情》,衣若芬著,里仁書局,2013 年。

《域外漢籍研究論集》,張伯偉著,北京大學出版社,2011 年。

《域外漢籍研究入門》,張伯偉著,中華書局,2012 年。

《中國館藏日人漢籍書目》,王寶平著,杭州大學出版社,1997 年。

《中國傳統文化在日本》,蔡毅編譯,中華書局,2002 年。

《中國古代文學批評方法研究》,張伯偉著,中華書局,2002 年。

《中國古代闡釋學研究》,周裕鍇著,上海人民出版社,2003 年。

《中國"詩史"傳統》,張暉著,生活・讀書・新知三聯書店,2012 年。

《中國轉向内在:兩宋之際的文化轉向》,劉子健著,趙冬梅譯,江蘇
　　人民出版社,2012 年。

《中日關係的歷史軌迹》,王勇編著,上海辭書出版社,2010 年。

《中日文化交流史大系・典籍卷》,大庭修、王勇主編,浙江人民出
　　版社,1996 年。

《中日文化交流史大系・歷史卷》,大庭修、王曉秋主編,浙江人民
　　出版社,1996 年。

《中日文化交流史大系・藝術卷》,上原昭一、王勇主編,浙江人民
　　出版社,1996 年。

《中日文化交流史大系・文學卷》,中西進、嚴紹璗主編,浙江人民
　　出版社,1997 年。

《中日文化交流史大系・宗教卷》,源了圓、楊曾文主編,浙江人民
　　出版社,1996 年。

《中唐至北宋的典範選擇與詩歌因革》,李貴著,復旦大學出版社,
　　2012 年。

《作爲方法的漢文化圈》,張伯偉著,中華書局,2011 年。

　　日文論著

《東アジアの文化交流史》,池田温著,吉川弘文館,2002 年。

《禪林の文学:中国文学受容の諸相》,朝倉尚著,清文堂,1985 年。

《禅林の文学——詩会とその周辺》,朝倉尚著,清文堂,2004 年。

《禅林画賛：中世水墨画を読む》,島田修二郎、入矢義高監修,毎日新聞社,1987 年。

《抄物の世界と禅林の文学論攷》,朝倉尚著,清文堂,1996 年。

《杜甫の研究》,黒川洋一著,創文社,1977 年。

《古典の變容と新生》,川口久雄著,明治書院,1984 年。

《漢詩と日本人》,村上哲見著,講談社,1994 年。

《五山文学集と江戸漢詩集について》,山岸德平著,有精堂,1972 年。

《五山文学》(《日本漢文学史概説》),市川本太郎著,大修館書店,1969 年。

《五山文学史稿》,北村沢吉著,富山房,1941 年。

《五山文学》,玉村竹二著,至文堂,1966 年。

《五山の学藝》,玉村竹二著,勉誠社,1985 年。

《五山禪僧傳記集成》,玉村竹二著,思文閣,1985 年。

《五山禪林宗派圖》,玉村竹二著,思文閣,1985 年。

《五山文學の研究》,俞慰慈著,汲古書院,2004 年。

《五山文学研究——資料と論考》,堀川貴司著,笠間書院,2011 年。

《日本中世絵画の新資料とその研究》,赤沢英二著,中央公論美術出版,1995 年。

《日本漢文学史》(增訂版),岡田正之著,山岸德平、長沢規矩也補,吉川弘文館,1954 年。

《日本中世禅林の儒学》,久須本文雄著,山喜房佛書林刊,1992 年。

《日本中世禅籍の研究》,今泉淑夫著,吉川弘文館,2004 年。

《日本における中国文学》,神田喜一郎著,二玄社,1967 年。

《日宋文化交流の諸問題》,森克己著,刀江書店,1950 年。

《日本文学と漢詩——外国文学の受容について》,中西進,岩波書店,2004 年。

《日本漢詩》,猪口篤志著,明治書院,2002 年。

《室町水墨画と五山文学》,城市真理子著,思文閣,2012 年。

《詩のかたち・詩のこころ——日本中世漢文学研究》,堀川貴司
　　著,若草書房,2006 年。

《水墨画にあそぶ——禅僧たちの風雅》,高橋範子著,吉川弘文館,
　　2005 年。

《宋元版禅籍の研究》,椎名宏雄著,大東出版社,1993 年。

《中世禅林の学問および文学に関する研究》,芳賀幸四郎著,日本
　　學術振興會,1956 年。

《中国文学と日本文学》,鈴木修次著,東京書館,1987 年。

《中世禅僧の墨迹と日中交流》,西尾賢隆著,吉川弘文館,2011 年。

《中世漢文学の形象》,小野泰央著,勉誠出版,2011 年。

《中世風狂の詩》,蔭木英雄著,思文閣,1991 年。

《中世禅林詩史》(《五山詩史の研究》増補版),蔭木英雄著,笠間書
　　院,1994 年。

《中国中世都市紀行——宋代の都市と都市生活》,伊原弘著,中央
　　公論社,1988 年。

論文

《初期禅林における外集受容初探:杜詩受容を中心として》,太田
　　亨,《中国中世文学研究》第 41 號,2002 年。

《從新材料、新問題到新方法——域外漢籍研究的回顧與前瞻》,張
　　伯偉,《古代文學前沿與評論》第 1 輯,2018 年。

《翻刻建仁寺兩足院「新選分類集諸家詩卷」,堀川貴司,付同系統
　　他本による補遺——「新選集」「新編集」研究のその一》,《斯道
　　文庫》第 45 輯,2010 年。

《扶桑五山文学原典箋注系列第一種:絶海中津蕉堅藁箋注》,俞慰
　　慈,《福岡国際大学紀要》第 1—6 號,1999—2001 年。

《法眼看世界:佛禪關照方式對北宋後期審美觀念的影響》,周裕

鍇,《第四屆宋代文學國際研討會論文集》,2005 年。

《從法眼到詩眼:佛禪關照方式與宋詩人審美眼光之關係》,周裕鍇,收入《聖傳與詩禪:中國文學與宗教論集》,中央研究院中國文哲研究所,2007 年版。

《概論日本漢文學中的杜甫受容》,王京鈺,《遼寧工學院學報》第 7 卷,2005 年。

《黃庭堅詩在日本》,宋紅,《九江師專學報》(哲學社會科學版)1986 年第 1 期。

《虎関師錬の韓愈評価について:韓愈の排仏への態度を中心に》,比留間健一,《上智大学国文学論集》1986 年第 19 號。

《「翰林胡蘆集」の書齋記の思想:居室に関する中世禅僧の意識について》,西村稔,《園田学園女子大学論文集》1982 年第 17 號。

《惠洪文字禪的理論與實踐及其對後世的影響》,周裕鍇,《北京大學學報》(哲學社會科學版)2008 年第 7 期。

《絶海中津の評価について:文学活動を中心に》,朝倉和,《広島商船高等専門学校紀要》2005 年第 27 號。

《今日東亞研究之問題、材料和方法》,張伯偉,《中國典籍與文化》2012 年第 1 期。

《論前期五山文學對杜詩的接受和嬗變——以義堂周信對杜甫的受容爲中心》,尚永亮,《中華文史論叢》2006 年第 4 期。

《論日本詩話的特色——兼談中日韓詩話的關係》,張伯偉,《外國文學評論》2002 年第 1 期。

《"六根互用"與宋代文人的生活、審美及文學表現——兼論其對"通感"的影響》,周裕鍇,《中國社會科學》2011 年第 6 期。

《范式與傳統:惠洪與中日禪林的"瀟湘八景"書寫》,《四川大學學報》2014 年第 1 期。

《面向中國的日本詩話》,孫立,《學術研究》2012 年第 1 期。

《夢幻與真如——蘇、黃的禪悅傾向與其詩歌意象之關係》,周裕鍇,《文學遺産》2001 年第 5 期。

《「千家詩選」と「新選集」——周防国清寺舊藏本をめぐって》,住吉
　　朋彦,《斯道文庫》2010 年第 45 輯。

《儒學東漸與域外詩話》,蔡鎮楚,《中國文學研究》1995 年第 4 期。

《日本古代中世文論的歷史掃描》,靳明全,《重慶師範大學學報》
　　(哲學社會科學版)2011 年第 3 期。

《日本禅林における杜詩受容:禅林初期における杜詩評価》,太田
　　亨,《中国中世文学研究》2001 年第 39 號。

《日本禅林における杜詩受容——初期における応用と浸透》,太
　　田亨,《中国学研究論集》2001 年第 8 號。

《日本禅林における中国の杜詩注釈書受容》,太田亨,《日本中國
　　學會報》2003 年第 55 期。

《日本禅林における杜詩解釈:杜甫「巳上人茅齋」詩について》(人文
　　科学),太田亨,《広島商船高等専門学校紀要》2004 年第 26 號。

《日本禅林における杜詩受容について:中期禅林における杜甫画
　　図賛詩に着目して》(〈特集〉小尾郊一博士追悼特集),太田亨,
　　《中国中世文学研究》2004 年第 45、46 號。

《日本禅林における杜詩受容:中期禅僧の目録に見られる杜詩の
　　浸透》(人文科学),太田亨,《広島商船高等専門学校紀要》2005
　　年第 27 號。

《日本禅林における杜詩解釈:「賛上人に別る」詩について》,太田
　　亨,《中国中世文学研究》2005 年第 48 號。

《日本中世禅林における陶淵明受容(2)初期における杜甫受容と
　　比較して(六朝詩の語彙および表現技巧の研究)》,太田亨,《中
　　国古典文学研究》2005 年第 3 期。

《日本禅林における杜詩受容:「杜詩続翠抄」に見られる中期禅僧
　　の杜詩研究》(人文科学),太田亨,《広島商船高等専門学校紀
　　要》2006 年第 28 號。

《日本中世禅林における杜詩受容：中期における杜甫の情に対する関心》，太田亨，《広島商船高等専門学校紀要》2007 年第 29 號。

《日本中世禅林における杜詩受容——『集千家註批點杜工部詩集』の中期禅林に及ぼした影響》，太田亨，《禅學研究》2008 年第 86 號。

《日本中世禅林における杜詩解釈：「樂府詠懷」—身は許す雙峰寺、門は求む七祖禅—について》，太田亨，《中国中世文学研究》2012 年第 61 號。

《日本早期"五山漢文學"淵源之探討——以中國宋元代"禪文化"東傳爲中心》，丸井憲，《北京大學學報》2003 年第 1 期。

《日本室町時代的文化及其特色》，王軍彥，《上海師範大學學報》（哲學社會科學版）2009 年第 3 期。

《繞路説禪：從禪的詮釋到詩的表達》，周裕鍇，《文藝研究》2000 年第 5 期。

《十一種宋代禪門隨筆集人名索引（下）》，石井修道，《駒澤大學佛教學部研究紀要》1985 年 3 月第 43 號。

《詩を論じる詩——五山詩的理知性について》，小野泰央，《群馬高專レビュー》2009 年第 28 號。

《宋代詩學術語的禪學語源》，周裕鍇，《文藝理論研究》1998 年第 12 期。

《六根互用與出位之思——略論《楞嚴經》對宋人審美觀念的影響》，周裕鍇，《四川大學學報》（哲學社會科學版）2005 年第 7 期。

《五山禪僧對中國典籍的誤讀和新解——以瑞溪周鳳的〈臥雲日件録拔尤〉爲例》，陳小法，《日語學習與研究》2010 年第 6 期。

《五山文学の展開とその様相》，芳賀幸四郎，《国語と国文学》1957 年 4 月號。

《「五山文学」研究の諸問題》，海村惟一，《福岡国際大学紀要》2004

年第 11 號。

《無学祖元與日本的五山文學》,江靜,《日語學習與研究》2011 年第
　　3 期。

《五山僧絶海中津與日本中世禪林文學》,任萍,《日本研究》2010 年
　　第 4 期。

《五山詩文における梅花》,小野泰央,《群馬高專レビュー》2009 年
　　第 28 號。

《五山漢詩の引用方法》,小野泰央,《群馬高專レビュー》2010 年第
　　29 號。

《五山文学の自注——〈梅花無盡藏〉を中心に》,小野泰央,《中央
　　大学国文》2010 年第 53 號。

《五山漢詩の起源に關する研究》,俞慰慈,《福岡国際大学紀要》
　　2003 年第 9 期。

《以俗爲雅:禪籍俗語言對宋詩的滲透與啓示》,周裕鍇,《四川大學
　　學報》(哲學社會科學版)2000 年第 5 期。

《域外漢籍與中國文學研究》,張伯偉,《文學遺産》2003 年第 5 期。

《域外漢籍研究——一個嶄新的學術領域》,張伯偉,《學習與探索》
　　2006 年第 3 期。

《義堂周信詩文中的“江雲渭樹”——日本五山文學杜甫受容的一
　　個側面》,王京鈺,《遼寧工學院學報》第 5 卷,2004 年。

《注釋中國古典文獻的日本漢籍抄物——以日本内閣文庫藏天文
　　五年寫本〈三體詩幻雲抄〉爲例》,劉玲,《北京師範大學學報》(社
　　會科學版)2009 年第 4 期。

《中世歌論に見られる宋代詩論》,小野泰央,《群馬高專レビュー》
　　2009 年第 28 號。

《作爲經典的東亞文學史上的杜詩》,張伯偉,收入第四届國際漢學
　　會議論文集《跨文化實踐:現代華文文學文化》,中研院,2013 年。